10|18
12, avenue d'Italie — Paris XIIIe

*Des mêmes auteurs
dans la collection 10/18*

Roseanna, n° 1716
L'homme au balcon, n° 1717
Le policier qui rit, n° 1718
La voiture de pompiers disparue, n° 1746
L'homme qui partit en fumée, n° 1747
Vingt-deux, v'là des frites, n° 1759
L'abominable homme de Säffle, n° 1827
L'assassin de l'agent de police, n° 1876
Les terroristes, n° 1890

LA CHAMBRE CLOSE

PAR

Maj SJÖWALL et Per WAHLÖÖ

Traduit du suédois
par Philippe Bouquet

10|18

INÉDIT

« Grands Détectives »
dirigé par Jean-Claude Zylberstein

Si vous désirez être régulièrement tenu au courant
de nos publications, écrivez-nous :

Éditions 10/18
c/o 01 Consultants (titre n° 1865)
35, rue du Sergent Bauchat
75012 Paris

Titre original :
Det slutna rummet

© 1972, AB PA Norstedt & Söners förlag, Stockholm.
© 1987, Union générale d'Éditions pour
la traduction française.
ISBN 2-264-01055-X

I

Au moment où elle sortit de la bouche de métro de Wollmer Yxkullsgatan, deux heures sonnaient à l'église Sainte-Marie. Elle s'arrêta pour allumer une cigarette, avant de se diriger à grands pas vers la place de Mariatorget.

La vibration de l'air, propageant le bruit des cloches, lui rappela les tristes dimanches de son enfance. Elle était née et avait grandi à quelques pâtés de maisons de cette église, où elle avait été baptisée et fait sa communion voilà près de douze ans. Tout ce dont elle se souvenait, ainsi que des cours de catéchisme, c'était d'avoir demandé au pasteur ce qu'avait voulu dire Strindberg lorsqu'il avait parlé du « soprano splénétique » des cloches de l'église Sainte-Marie, mais elle ne se rappelait pas ce qu'il lui avait répondu.

Le soleil lui brûlait le dos et, après avoir traversé Sankt Paulsgatan, elle ralentit l'allure afin de ne pas être en sueur. Elle comprit soudain combien elle était nerveuse et regretta de ne pas avoir pris un calmant avant de partir de chez elle.

Une fois arrivée au milieu de la place, elle trempa son mouchoir dans l'eau de la fontaine avant d'aller s'asseoir sur un banc, à l'ombre des arbres. Elle ôta ses lunettes, se frotta rapidement le visage avec son mouchoir humide, essuya ses verres avec un pan de sa chemise bleu clair puis remit les lunettes. Ensuite elle enleva son chapeau de toile bleu à larges bords, souleva ses cheveux blonds qui lui tombaient si bas dans le cou qu'ils effleuraient les pattes d'épaules de la chemise et s'essuya la nuque. Enfin elle remit son chapeau, le baissa sur son front et resta assise là, absolument immobile, son mouchoir roulé en boule entre ses mains.

Au bout d'un moment elle étala le mouchoir sur le banc, à côté d'elle, et s'essuya les mains sur son jean. Elle regarda sa montre, qui indiquait deux heures dix, et s'accorda trois minutes pour se calmer avant de continuer, puisqu'il le fallait.

Lorsque sonna le quart, elle souleva le rabat du sac de toile verte posé sur ses genoux, prit le mouchoir maintenant tout à fait sec et le laissa tomber à l'intérieur sans se donner la peine de le plier. Puis elle se leva, passa la sangle du sac sur son épaule droite et se remit en marche.

Tout en se dirigeant vers Hornsgatan elle sentit qu'elle se détendait et s'efforça de se persuader que tout irait bien.

C'était le dernier jour de juin, un vendredi, et, pour bien des gens, les vacances venaient de commencer. Hornsgatan était très animée, tant sur les trottoirs que sur la chaussée. Au débouché de la place, elle tourna à gauche et se trouva alors à l'ombre des immeubles.

Elle espérait avoir bien fait de choisir ce jour-là. Elle avait soigneusement pesé le pour et le contre et elle était bien consciente qu'il lui faudrait peut-être remettre l'exécution de ses projets à la semaine suivante. Ce ne serait pas bien grave, dans ce cas, mais elle préférait être soulagée de la tension nerveuse de l'attente.

Elle arriva plus tôt qu'elle ne l'avait pensé et s'arrêta du côté de la rue qui était à l'ombre, tout en observant la grande baie vitrée, en face. Le soleil s'y réfléchissait, mais elle était de temps en temps masquée par la circulation très dense de la rue. Elle put cependant constater que les rideaux étaient tirés.

Elle fit lentement les cent pas sur le trottoir en faisant semblant de regarder les vitrines, et, bien qu'il y eût une grande pendule un peu plus loin dans la rue, devant un magasin d'horlogerie, elle ne cessait de consulter sa montre-bracelet. Tout en surveillant du coin de l'œil la porte d'en face.

A trois heures moins cinq elle se dirigea vers le passage clouté situé au carrefour et, quatre minutes plus tard, elle se trouva devant l'entrée de la banque.

Avant de pousser la porte et d'entrer, elle souleva le rabat de son sac.

Du regard elle fit le tour de ce local, qui abritait une agence de l'une des grandes banques. Il était de forme allongée et la porte et l'unique baie occupaient l'un des murs de la largeur. A droite, un comptoir courait sur toute la longueur. A gauche se trouvaient quatre pupitres fixés au mur et, plus au fond, une table basse de forme ronde et deux tabourets recouverts d'un tissu à carreaux rouges. Tout au bout partait un escalier très raide qui descendait en colimaçon vers ce qui devait être la salle des coffres et la chambre forte.

Il n'y avait qu'un client devant elle, un homme en train de ranger des billets et des papiers dans sa serviette.

Derrière le comptoir étaient assises deux employées et, un peu plus loin, un homme consultait un fichier.

Elle se dirigea vers l'un des pupitres et chercha un stylo dans le compartiment extérieur de son sac, tout en observant du coin de l'œil le client pousser la porte de la rue et sortir. Elle prit un imprimé et se mit à dessiner dessus. Mais elle n'eut pas longtemps à attendre avant de voir le directeur de l'agence aller verrouiller la porte d'entrée. Puis il se baissa pour soulever le taquet qui retenait la porte intérieure et, tandis que celle-ci se refermait avec un petit soupir, regagna sa place derrière le comptoir.

Elle sortit alors son mouchoir de son sac, le prit dans sa main droite et fit semblant de se moucher tout en avançant vers le comptoir, l'imprimé à la main.

Une fois arrivée devant la caisse, elle laissa tomber l'imprimé dans son sac, en sortit un filet en nylon qu'elle posa sur le comptoir, puis saisit le pistolet et le pointa vers la caissière en disant, le mouchoir devant la bouche :

— C'est un hold-up. Le pistolet est chargé et, si vous bronchez, je tire. Mettez tout l'argent que vous avez dans ce filet.

La femme qui se trouvait en face d'elle la regarda avec de grands yeux, prit lentement le filet et le posa devant elle. L'autre femme, qui était en train de se peigner, assise sur une chaise, s'arrêta dans son geste et laissa retomber les mains. Elle ouvrit la bouche comme pour dire quelque chose mais n'émit pas le moindre son. L'homme, qui se tenait toujours derrière son bureau, esquissa un geste rapide mais elle braqua aussitôt le pistolet dans sa direction et cria :

— Ne bougez pas. Les mains en l'air, tout le monde.

Puis elle agita le canon de son arme en direction de

la femme, apparemment paralysée, qu'elle avait devant elle, et reprit :

— Qu'est-ce que vous attendez ? J'ai dit tout l'argent !

La caissière commença alors à mettre les liasses de billets dans le filet et, une fois qu'elle eut terminé, le posa à nouveau sur le comptoir. De derrière son bureau l'homme dit soudain :

— Vous ne vous en tirerez pas comme cela. La police va...

— Taisez-vous ! s'écria-t-elle.

Puis elle jeta le mouchoir dans son sac resté ouvert et prit le filet, dont le poids lui parut très prometteur. Elle braqua ensuite son pistolet, à tour de rôle, vers les trois employés tout en se dirigeant lentement vers la porte, à reculons.

Soudain, venant de l'escalier situé au fond de la pièce, quelqu'un se jeta sur elle. C'était un grand homme blond, en pantalon blanc très bien repassé et blazer bleu aux boutons bien astiqués et portant un grand blason brodé en fils d'or sur la poitrine.

Un claquement très sec retentit dans la pièce et se répercuta d'un mur à l'autre et, tout en sentant son bras projeté malgré elle vers le plafond, elle vit l'homme au blason doré faire un bond en arrière. Elle eut le temps de noter que ses chaussures étaient neuves, qu'elles étaient blanches et avaient d'épaisses semelles en caoutchouc rouge rayé, mais ce n'est que lorsque sa tête alla cogner sur le dallage, avec un affreux bruit sourd, qu'elle comprit qu'elle l'avait tué.

Elle jeta son pistolet dans son sac, lança un regard affolé aux trois personnes mortes de peur qui se tenaient derrière le comptoir et se précipita vers la porte. Elle ouvrit celle-ci, après s'être un peu énervée sur le verrou, et, avant de se retrouver dans la rue, elle eut le temps de se dire : « Du calme, il faut que je marche tout à fait normalement. » Mais, une fois sur le trottoir, elle se mit à courir à moitié vers la première rue transversale.

Elle ne vit pas vraiment les gens autour d'elle, sentant seulement qu'elle heurtait plusieurs d'entre eux au passage, tandis que la détonation continuait à retentir dans ses oreilles.

Elle tourna le coin de la rue et se mit alors à courir vraiment, le filet à la main et son sac lui cognant contre la hanche. Elle ouvrit brutalement la porte de l'immeuble dans lequel elle avait habité étant enfant, enfila jusqu'au bout le couloir bien connu qui donnait sur la cour et, une fois parvenue là, ralentit l'allure et se mit à marcher normalement. Au fond de la cour, elle pénétra dans un autre immeuble qu'elle traversa également et se retrouva dans une nouvelle arrière-cour. Là, elle descendit l'escalier très raide menant à la cave et s'assit sur la dernière marche.

Elle essaya alors de mettre le filet de nylon noir dans son sac, par-dessus le pistolet, mais il n'y tenait pas. Elle ôta donc son chapeau, ses lunettes, ainsi que sa perruque blonde, et fourra le tout à la place. Elle était maintenant brune, les cheveux courts. Elle se leva, déboutonna sa chemise, l'enleva et la mit également dans le sac. Dessous, elle portait un maillot de coton noir à manches courtes. Elle passa la sangle de son sac sur son épaule gauche, prit le filet à la main et regagna la cour. Elle traversa plusieurs autres immeubles et plusieurs cours et enjamba deux murets avant de se retrouver dans la rue, à l'autre extrémité du pâté de maisons.

Elle entra dans un magasin d'alimentation, acheta

deux litres de lait, qu'elle mit dans son sac à provisions avec, par-dessus, le filet de nylon noir.

Puis elle se dirigea vers l'Ecluse et prit le métro pour rentrer chez elle.

II

Gunvald Larsson arriva sur le lieu du crime dans sa voiture tout à fait personnelle. Celle-ci était rouge, d'une marque fort rare en Suède — à savoir EMW — et beaucoup trouvaient qu'elle était bien trop chic pour un policier de son rang, surtout quand il l'utilisait dans le service.

Par ce beau vendredi après-midi il venait de s'installer au volant pour rentrer chez lui lorsqu'il vit Einar Rönn sortir en courant dans la cour de l'hôtel de police et venir réduire à néant tous ses projets portant sur une soirée paisible, chez lui, à Bollmora. Einar Rönn avait le même grade et il était en outre le seul ami que Gunvald Larsson comptât parmi ses collègues. Lorsqu'il lui dit qu'il était navré de devoir gâcher sa soirée, il était donc parfaitement sincère.

Rönn partit pour Hornsgatan dans une voiture de police et, lorsqu'il y arriva, plusieurs voitures et pas mal d'agents du district sud étaient déjà sur place. Quant à Gunvald Larsson il se trouvait déjà à l'intérieur de la banque.

Il s'était déjà formé un petit attroupement à l'extérieur et, lorsque Rönn traversa le trottoir, l'un des agents en uniforme qui se tenaient là et dévisageaient les curieux s'avança vers lui et lui dit :

— J'ai ici deux ou trois témoins qui disent qu'ils ont entendu le coup de feu. Qu'est-ce que je dois en faire ?

— Fais-les attendre un instant, dit Rönn. Et tâche de renvoyer les autres chez eux.

L'agent acquiesça d'un signe de tête et Rönn pénétra dans l'agence.

Le mort gisait sur le dos, entre le comptoir et les pupitres, les bras en croix et le genou gauche plié. La patte de son pantalon était relevée et, du fait de cette position, révélait une chaussette en orlon d'un blanc immaculé ornée sur la tige d'une ancre bleu marine ainsi qu'une jambe très bronzée couverte de poils d'un blond éblouissant. La balle l'avait touché en pleine face et une substance faite de sang et de cervelle mêlés lui coulait sur la nuque.

Le personnel de la banque était regroupé, sur des sièges, au fond de la pièce et, devant eux, Gunvald Larsson était à moitié assis, une cuisse sur l'angle d'un bureau. Il prenait des notes sur son bloc tandis que l'une des femmes parlait d'une voix aiguë et bouleversée.

Lorsque Gunvald Larsson aperçut Rönn, il mit sa grosse paume droite devant le visage de la femme, qui s'arrêta au beau milieu d'une phrase. Gunvald Larsson se leva, ouvrit l'abattant du comptoir et alla retrouver Rönn, son bloc à la main. Il désigna de la tête l'homme qui gisait sur le sol et dit :

— Ça n'est pas bien beau à voir. Si tu veux bien rester ici, je vais emmener les témoins ailleurs, à Rosenlundgatan par exemple. Comme ça, vous pourrez travailler en paix, ici.

Rönn acquiesça d'un signe de la tête.

— Il paraît que c'est une fille qui a fait ça, dit-il. Et

qui a pris l'argent. Est-ce que quelqu'un a vu par où elle est partie ?

— Aucun des membres du personnel, en tout cas, dit Gunvald Larsson. Il y a bien un type qui était dehors et qui a vu une voiture démarrer mais il n'a pas pu noter le numéro et n'est même pas sûr de la marque, alors ce n'est pas ça qui nous mènera bien loin. Je verrai ça plus tard.

— Et celui-là, qui est-ce ? demanda Rönn avec un petit signe de la tête en direction du mort.

— Un idiot qui a voulu jouer les héros. Il a tenté de se jeter sur la fille et alors, naturellement, elle s'est affolée et elle a tiré. C'était un client de la banque, bien connu du personnel. Il était descendu à son coffre et il a remonté l'escalier pour se trouver au beau milieu de tout ça.

Gunvald Larsson regarda son bloc-notes.

— C'est un prof de gym du nom de Gårdon. Ecrit à la suédoise, précisa-t-il.

— Mais il s'est peut-être pris pour Blixt Gordon, dit Rönn.

Gunvald Larsson leva vers lui un regard intrigué.

Rönn rougit et dit, pour changer de sujet :

— Euh, il doit bien y avoir des photos de cette fille, là-dedans.

Il montrait du doigt la petite caméra de surveillance pendue au plafond.

— A supposer qu'elle soit au point et qu'il y ait un film dedans, dit Gunvald Larsson, légèrement sceptique. Et que la caissière ait eu la présence d'esprit d'appuyer sur le bouton.

La plupart des agences bancaires étaient désormais équipées de caméras de surveillance qui se déclenchaient lorsque la personne de service à la caisse appuyait avec le pied sur un bouton placé sur le sol. C'était la seule chose que le personnel eût à faire en cas d'attaque à main armée. Devant la multiplication de celles-ci, les banques avaient donné pour consigne à leurs employés, en pareille circonstance, de remettre l'argent et de ne rien faire qui puisse mettre leur vie en péril. Pareille attitude n'était pas due, comme on aurait pu le penser, à des considérations humanitaires ou au souci du bien des salariés mais au fait qu'il était plus avantageux, pour les banques aussi bien que pour les compagnies d'assurances, de laisser les bandits partir avec leur butin que de verser des pensions d'invalidité ou des dommages aux familles. Ce qui pouvait facilement être le cas lorsqu'il y avait des blessés ou des morts.

Le médecin légiste arriva et Rönn alla chercher sa mallette dans sa voiture. Il utilisait des méthodes un peu démodées, non sans être bien souvent réduit à l'échec. Gunvald Larsson partit pour l'ancien commissariat du deuxième district, à Rosenlundgatan, avec les trois employés de la banque et quatre autres personnes qui s'étaient manifestées en tant que témoins.

Il se fit prêter une salle d'interrogatoire, où il enleva sa veste en peau de chamois et l'accrocha au dossier de sa chaise, avant de commencer à poser ses questions.

Si les dépositions des trois premiers témoins, à savoir les employés de la banque, étaient parfaitement concordantes, celles des quatre autres divergeaient allégrement.

Le premier de ceux-ci était un homme de quarante-deux ans, qui, lorsqu'il avait entendu le coup de feu, se trouvait dans l'entrée d'un immeuble, à cinq mètres de la porte de la banque. Il avait vu une jeune femme portant un chapeau noir et des lunettes de soleil passer très vite devant lui et quand d'après ses déclarations, il avait regardé dans la rue, une demi-minute plus tard, il avait vu une voiture particulière verte, probablement une Opel, partir en trombe, à une quinzaine de mètres de là. La voiture avait rapidement disparu en direction de la place de Hornsplan et il avait cru voir la jeune fille au chapeau noir assise à l'arrière. Il n'avait pas eu le temps de relever le numéro mais il pensait que le véhicule était immatriculé dans la ville ou dans le département de Stockholm.

Le témoin suivant était une femme, une commerçante qui se tenait sur le pas de sa porte, juste à côté de la banque, lorsqu'elle avait entendu un claquement sec. Elle avait tout d'abord cru que celui-ci provenait de la cuisine située derrière son magasin et, craignant qu'il n'ait été causé par le poêle à gaz, elle s'était précipitée dans cette direction. Voyant qu'il n'en était rien, elle était revenue sur ses pas. Lorsqu'elle avait regardé dans la rue, elle avait remarqué une grosse voiture bleue quittant le stationnement en faisant crisser ses pneus. Au même moment, une femme était sortie de la banque et avait crié que quelqu'un venait d'être tué. Elle n'avait pas vu le conducteur du véhicule ni le numéro de celui-ci et n'en connaissait pas non plus la marque ; elle pensait cependant qu'il ressemblait un peu à un taxi.

Le troisième témoin était un métallo de trente-deux ans, qui fournit pour sa part des renseignements nettement plus détaillés. Il n'avait pas entendu le coup de feu, du moins consciemment. Mais il marchait sur le trottoir lorsque la jeune femme était sortie de la banque. Elle était pressée et l'avait légèrement bousculé au passage. Il n'avait pas vu son visage mais il estimait qu'elle devait avoir aux environs de trente ans. Elle portait un pantalon bleu et une chemise de la même couleur, ainsi qu'un chapeau et tenait à la main un sac de couleur sombre. Il l'avait vue se diriger vers une voiture immatriculée dans la ville de Stockholm, dont le numéro comportait deux fois le chiffre trois. C'était une Renault 16 de couleur beige. Un homme maigre, qui pouvait avoir entre vingt et vingt-cinq ans, était au volant. Il avait de longs cheveux bruns qui pendaient en mèches et portait un tee-shirt blanc. Il était en outre très pâle. Un autre homme, paraissant un peu plus vieux, se tenait sur le trottoir et avait ouvert la porte arrière à la jeune femme. Après l'avoir refermée sur elle, il était allé s'asseoir à côté du chauffeur. Ce second homme mesurait environ un mètre quatre-vingts, il était bien bâti, avait des cheveux cendrés très abondants et bouclés. Il avait le teint rosé et portait un pantalon noir à pattes d'éléphant et une chemise noire en tissu à reflets. La voiture avait coupé la chaussée et était partie en direction de l'Ecluse.

Après avoir entendu ce troisième témoin, Gunvald Larsson ne sut plus trop quoi penser et relut ses notes avant de faire entrer le dernier.

Celui-ci se révéla être un horloger de cinquante ans, qui attendait, dans sa voiture garée devant la banque, sa femme partie faire une course dans un magasin de chaussures de l'autre côté de la rue. Sa vitre était baissée et il avait entendu la détonation sans réagir parce qu'on entend tellement de bruits de toutes sortes dans une rue aussi passagère que Hornsgatan. Il était trois heures cinq quand il avait vu la femme sortir de la banque. Il l'avait tout de suite remarquée parce qu'elle semblait tellement pressée qu'elle ne s'était même pas excusée lorsqu'elle avait bousculé une vieille dame, et il avait pensé que c'était bien stockholmois d'être aussi pressé et aussi mal élevé. Pour sa part, il était de Södertälje, à une vingtaine de kilomètres au sud. Cette femme était en pantalon, portait sur la tête quelque chose qui ressemblait à un chapeau de cow-boy et tenait à la main un filet noir. Elle avait couru jusqu'à la première rue transversale et avait disparu au coin de celle-ci. Non, elle n'était montée dans aucune voiture, elle ne s'était même pas arrêtée un seul instant et avait gagné directement le coin de la rue, avant de disparaître.

Gunvald Larsson téléphona le signalement des deux occupants de la Renault 16 puis se leva, rassembla ses papiers et regarda la pendule, qui indiquait déjà six heures.

Il venait probablement d'effectuer pas mal de travail inutile.

Le signalement des différentes voitures avait déjà été communiqué par les agents arrivés les premiers sur les lieux.

En outre, les témoignages ne permettaient pas de se faire une idée d'ensemble de ce qui s'était passé.

Encore une fois, c'était bien mal parti.

Il réfléchit un instant, se demandant s'il ne devait pas retenir le meilleur de ces témoins, mais il y renonça. Ils semblaient tous désireux de rentrer chez eux le plus vite possible.

Et, pour dire vrai, nul ne l'était sans doute plus que lui.

Mais il était probable que c'était là un espoir bien vain.

Il laissa donc partir les témoins.

Puis il mit sa veste et retourna à la banque.

Les restes du vaillant prof de gym avaient été emportés et un jeune agent sortit de sa voiture-radio pour venir lui annoncer que Rönn l'attendait dans son bureau.

Gunvald Larsson poussa un soupir et regagna son propre véhicule.

III

Il se réveilla, étonné d'être toujours vivant.

Ce n'était pas nouveau. Depuis quinze mois il ouvrait chaque matin les yeux en se posant la même question étonnée.

Comment se fait-il que je sois en vie ?

Et immédiatement après :

Pourquoi ?

Juste avant de se réveiller, il avait fait un rêve. Un rêve vieux de quinze mois, lui aussi.

Les détails variaient un peu mais l'ensemble restait le même.

Il chevauchait, au galop, penché en avant, un vent froid lui rejetant les cheveux en arrière.

Puis il courait sur le quai d'une gare. Devant lui, il voyait un homme en train de lever un pistolet. Il savait qui était cet homme et ce qui allait se passer. L'homme s'appelait Charles J. Guiteau et l'arme était un pistolet de compétition de marque Hammerli International.

Au moment où l'homme faisait feu, il se jetait en avant et interceptait la balle avec son corps. Le coup le frappait à la poitrine, comme une masse. De toute évidence il s'était sacrifié mais, en même temps, il comprenait que c'était en vain. Le président gisait déjà sur le sol, son haut-de-forme resplendissant était tombé de sa tête et roulait en demi-cercle.

Comme chaque fois, il se réveilla au moment où la balle le frappait. D'abord tout devenait noir, une onde brûlante lui traversait le cerveau et il ouvrait alors les yeux.

Martin Beck était étendu sur son lit, immobile, les yeux fixés au plafond. Dans la chambre il faisait grand jour.

Il pensa à son rêve. La signification de celui-ci ne lui parut pas évidente, du moins dans cette version-là.

En outre, il était plein d'absurdités. L'arme, par exemple. Il aurait dû s'agir d'un revolver ou, tout du moins, d'un derringer. Et comment le président Garfield pouvait-il être étendu là, mortellement blessé, alors que c'était lui Martin Beck qui avait reçu la balle en pleine poitrine ?

Il ne savait pas à quoi ressemblait le meurtrier dans la réalité. Même s'il avait jamais vu son portrait, le souvenir de cette image s'était effacé depuis bien longtemps. En général, dans son rêve, Guiteau avait les yeux bleus, une moustache blonde et les cheveux plats, peignés en arrière et légèrement de travers, mais aujourd'hui il ressemblait plutôt à un acteur dans un rôle bien connu.

Il trouva aussitôt lequel : John Carradine dans le rôle du joueur de *la Diligence*.

Tout cela était extrêmement romantique.

Pourtant, une balle dans la poitrine peut facilement se muer en quelque chose de fort peu poétique. L'expérience le lui avait prouvé. Si elle perfore le poumon gauche et va se nicher quelque part à proximité de la colonne vertébrale, elle peut avoir des conséquences parfois très douloureuses qui finissent par être extrêmement monotones.

Mais beaucoup de points de ce rêve concordaient

avec sa réalité à lui. Par exemple le pistolet de compétition. Il avait appartenu à un ancien policier aux yeux bleus, à la moustache blonde et aux cheveux peignés en arrière. Ils s'étaient trouvés face à face sur un toit, sous un ciel de fin d'hiver assez frisquet. Mais le dialogue entre eux s'était limité au tir d'une balle de ce pistolet[1].

Le même soir, il s'était réveillé dans un lit d'une chambre aux murs blancs qui s'avéra située dans le pavillon de chirurgie de l'hôpital *Karolinska sjukhuset*. On lui avait dit que ses jours n'étaient pas en danger mais cela ne l'avait pas empêché de se demander comment il se faisait qu'il était toujours en vie.

Ensuite on lui avait dit que ses jours n'étaient plus en danger mais que la balle était mal placée. Il avait tout de suite saisi ce que signifiait cette petite différence — plus au lieu de pas — mais il ne l'avait pas tellement appréciée. Les chirurgiens avaient passé des semaines à étudier les radios avant de débarrasser son corps de cet hôte indésirable. Puis on lui avait dit que ses jours étaient définitivement hors de danger. Il finirait même par être complètement rétabli, à condition de se montrer très sage. Mais, à cette époque, il avait cessé d'ajouter foi à leurs propos.

Pourtant il avait été très sage. Il est vrai qu'il n'avait pas tellement le choix.

Maintenant on disait qu'il était complètement rétabli. En ajoutant cependant un petit adverbe, cette fois : physiquement.

En outre, il lui était interdit de fumer. Ses bronches n'avaient jamais été en très bon état et une balle dans le poumon n'arrange pas vraiment les choses. Après

1. Voir *l'Abominable homme de Säffle*, 10/18, n° 1827 (*N.d.T.*).

sa guérison, de mystérieuses taches étaient apparues autour des cicatrices.

Martin Beck se leva.

Il traversa la salle de séjour et alla chercher le journal, sur le paillasson, en dessous de l'ouverture de la boîte aux lettres. Puis il se rendit dans la cuisine en lisant les titres de la première page d'un œil distrait. Il faisait beau et cela avait toutes chances de durer, d'après la météo. Par ailleurs, tout semblait évoluer pour le pire, comme d'habitude.

Il posa le journal sur la table de la cuisine et sortit une boîte de yaourt liquide du frigidaire. Le goût n'en était ni meilleur ni pire que d'habitude : un peu artificiel et un rien renfermé, sans plus. Sans doute était-il déjà un peu ancien même lorsqu'il l'avait acheté. Les temps où l'on pouvait trouver quelque chose de frais, à Stockholm, sans avoir à déployer des prodiges d'ingéniosité ni à payer des prix prohibitifs étaient révolus depuis bien longtemps.

La halte suivante fut la salle de bains. Après s'être débarbouillé et lavé les dents, il regagna sa chambre, fit son lit, enleva son pantalon de pyjama et commença à s'habiller.

Pendant ce temps il balaya du regard son appartement, sans aucun enthousiasme. La plupart des gens l'auraient qualifié de logement de rêve, situé comme il l'était au dernier étage d'un immeuble de Köpmansgatan, au cœur de la Vieille Ville. Cela faisait maintenant trois ans qu'il y habitait et il se souvenait encore à quel point il s'y était plu jusqu'à ce jour sur le toit d'un autre immeuble.

Maintenant il avait, la plupart du temps, l'impression d'y être seul et comme prisonnier, même quand il avait de la visite. Sans doute cela n'avait-il rien à voir avec l'appartement lui-même ; ces derniers temps, il avait souvent éprouvé ce sentiment de claustration, même à l'extérieur.

Il ressentait une vague envie, peut-être celle de fumer une cigarette. Les docteurs le lui avaient bien interdit mais il ne s'en souciait guère. Le facteur décisif était le fait que la Régie suédoise des tabacs avait cessé de fabriquer sa marque préférée. Maintenant elle ne vendait d'ailleurs plus aucune cigarette qui ne fût pas à bout filtre. Il avait essayé à deux ou trois reprises d'autres marques mais n'avait pas réussi à s'y habituer.

Ce jour-là, il s'habilla avec un soin tout particulier et, tout en faisant son nœud de cravate, observa d'un œil indifférent ses modèles réduits de navires, rangés sur une étagère au-dessus de son lit. Il y en avait trois : deux terminés et un qui ne l'était qu'à moitié. Il avait commencé le premier plus de huit ans auparavant mais, par contre, il n'avait plus touché à aucun d'eux depuis ce jour d'avril de l'année précédente.

Entre temps, ils avaient eu le temps d'amasser pas mal de poussière.

Sa fille lui avait plusieurs fois proposé d'y remédier mais il lui avait dit de n'en rien faire.

Il était huit heures en ce matin du 3 juillet 1972, qui tombait un lundi.

Cette date possédait une signification particulière.

Car c'était le jour où il reprenait le travail.

En effet, il était toujours dans la police, plus précisément commissaire et chef de la brigade criminelle nationale.

Martin Beck mit sa veste et fourra le journal dans sa poche.

Se disant qu'il le lirait dans le métro. C'était une

petite partie de toute cette routine qu'il allait retrouver.

Il suivit le quai de Skeppsbron, sous le soleil, respirant à pleins poumons un air parfaitement pollué. Il se sentait vieux, vidé de sa substance.

Mais rien de tout cela ne se lisait sur lui. Au contraire, il se déplaçait avec souplesse et rapidité et faisait l'effet d'être en bonne santé et plein de vigueur : un homme bronzé et de haute taille, à la puissante mâchoire et aux yeux paisibles, gris-bleu, sous un large front.

Martin Beck avait quarante-neuf ans. Il allait même bientôt en avoir cinquante mais la plupart des gens ne lui donnaient pas son âge.

IV

Son bureau du commissariat sud, à Västberga allée, portait les marques évidentes du fait que quelqu'un d'autre que lui avait fait fonction de chef de la brigade criminelle pendant une assez longue période.

Certes, il était propre et bien rangé et quelqu'un s'était donné la peine de placer un vase contenant des paquerettes et des bleuets sur la table. Pourtant, l'ensemble portait l'empreinte d'un certain manque de formalisme et d'un désordre général, superficiel mais perceptible, et même agréable à certains points de vue.

Cela valait en particulier pour ses tiroirs.

Il était hors de doute que quelqu'un les avait très récemment vidés d'une partie de leur contenu mais il en restait malgré tout. Par exemple de vieux reçus de taxis, des billets de cinéma, des stylos-bille inutilisables et des boîtes de comprimés vides, des chaînes de trombones agrafés les uns dans les autres, des élastiques, des morceaux de sucre ou de la saccharine en emballages tout préparés. Deux serviettes rafraîchissantes, un paquet de mouchoirs en papier, trois douilles vides et une montre-bracelet en panne de marque Exacta. Ainsi qu'une foule de bouts de papier couverts de notes diverses, rédigées d'une écriture soignée et faciles à lire.

Martin Beck avait fait le tour de la maison et était allé dire bonjour à tout le monde. La plupart étaient des anciens qu'il connaissait depuis longtemps mais ce n'était pas le cas de tous.

Maintenant il était assis à son bureau, en train de contempler cette montre-bracelet qui lui paraissait parfaitement inutilisable. Le verre était embué à l'intérieur et, quand on la secouait, elle faisait entendre un bruit qui ne présageait rien de bon, comme si tout le mécanisme était en morceaux, à l'intérieur.

Lennart Kollberg cogna à la porte et entra.

— Salut, dit-il. Heureux de te revoir.

— Merci. C'est à toi, cette montre ?

— Oui, dit Kollberg, pas très fier de lui. Elle a malheureusement fait un petit séjour dans la machine à laver. Un jour où j'ai oublié de vider mes poches.

Il fit le tour de la pièce des yeux et ajouta, sur un ton d'excuse :

— J'ai bien essayé de faire un peu d'ordre ici, vendredi dernier, mais j'ai été interrompu. Tu sais ce que c'est...

Martin Beck fit un petit oui de la tête. Kollberg était celui qu'il avait rencontré le plus souvent au cours de sa convalescence et ils n'avaient pas grand-chose de neuf à se dire.

— Et ta cure d'amaigrissement ?

— Ça marche très bien, dit Kollberg. Ce matin, j'ai perdu cinq cents grammes. De cent quatre à cent trois et demi.

— Tu n'as donc plus pris que dix kilos depuis que tu as commencé ?

— Huit et demi, corrigea Kollberg, avec un air d'amour-propre froissé.

Il haussa les épaules et continua ses lamentations :

— C'est impossible, ce truc. C'est contraire à la nature. Gun n'arrête pas de se moquer de moi et Bodil aussi, d'ailleurs. Et toi, comment vas-tu ?
— Bien.
Kollberg fronça les sourcils mais ne dit rien. Il se contenta d'ouvrir la fermeture Eclair de son porte-documents et d'en sortir une chemise de plastique rouge clair. Elle semblait contenir un rapport pas très volumineux. Une trentaine de pages, peut-être.
— Qu'est-ce que c'est que ça ?
— Disons que c'est un cadeau.
— De la part de qui ?
— De moi, par exemple. Non, en fait ce n'est pas vrai. Il t'est offert par Gunvald Larsson et Rönn. Ils ont un sens de l'humour un peu particulier.
Kollberg posa la chemise sur la table, en ajoutant :
— Malheureusement il faut que je file.
— Où ça ?
— A la DN.
La direction nationale de la police, bien sûr.
— Pourquoi ?
— A cause de ce foutu hold-up.
— Et l'anti-gang, alors ?
— Ils ont besoin de renforts. Vendredi, il y a une espèce d'idiot qui s'est fait descendre.
— Oui, j'ai lu ça dans le journal.
— Alors le directeur a immédiatement décidé de renforcer l'anti-gang.
— En te recrutant, toi ?
— Non, dit Kollberg : en fait c'est toi qu'ils ont recruté, il me semble bien. Mais l'ordre est arrivé vendredi et ce jour-là, c'était encore moi le patron, ici. C'est pourquoi j'ai pris une décision, tout seul comme un grand.

— Laquelle ?
— Eh bien, de t'épargner un petit séjour dans cette maison de fous et d'aller moi-même renforcer l'anti-gang.
— Je te remercie.

Cela venait vraiment du fond du cœur. Faire partie de la brigade de répression du banditisme impliquait, selon toute vraisemblance, d'avoir quotidiennement affaire au directeur de la police nationale, à au moins deux chefs de division et à d'autres bureaucrates et amateurs pleins de suffisance. Kollberg avait alors préféré affronter lui-même de telles épreuves.

— Bon, dit Kollberg. En échange, on m'a donné ceci.

Il posa son gros index sur la chemise en plastique.
— Qu'est-ce que c'est ?
— Un cas, dit Kollberg. Un cas très intéressant, à la différence des hold-up et autres choses du même genre. Dommage simplement...
— Que quoi ?
— Que tu ne lises pas de romans policiers.
— Pourquoi ça ?
— Parce que tu l'aurais peut-être apprécié un peu plus, alors. Rönn et Larsson croient que tout le monde lit des romans policiers. Ce cas leur revient, en fait, mais ils sont tellement surchargés de boulot en ce moment qu'ils sous-traitent leurs affaires à ceux qui sont volontaires. C'est un cas à résoudre par la réflexion, en restant assis bien tranquillement dans son fauteuil. Un truc pour convalescent, quoi.
— Eh bien, je vais voir ça, dit Martin Beck sans passion.
— Les journaux n'ont pas dit un mot sur cette affaire. Je suppose que ça doit piquer ta curiosité ?

— Bien sûr. Eh bien, salut.
— Bye-bye, dit Kollberg.

Il s'arrêta un instant sur le pas de la porte et resta immobile, les sourcils froncés. Puis il hocha la tête, l'air soucieux, et se dirigea vers l'ascenseur.

V

Martin Beck s'était déclaré curieux du contenu de la chemise rouge mais c'était une affirmation à prendre avec beaucoup de réserves.

En fait, celui-ci ne l'intéressait pas le moins du monde.

Alors, pourquoi cette réponse évasive et trompeuse ?

Pour faire plaisir à Kollberg ? Ce n'était guère probable. Pour l'induire en erreur ? Encore plus improbable.

Car, tout d'abord, il n'avait aucune raison de le faire et, ensuite, c'était impossible. Ils se connaissaient trop bien depuis beaucoup trop d'années et, de plus, Kollberg était l'une des personnes les plus difficiles à tromper qu'il ait jamais connues.

Peut-être pour se tromper lui-même, alors ? Mais cela non plus n'était guère vraisemblable.

Martin Beck continua à ruminer cette question, tout en poursuivant l'examen systématique de son bureau.

Lorsqu'il en eut terminé avec les tiroirs il passa aux meubles, déplaça les chaises, modifia la position de la table, poussa l'armoire de rangement un peu plus vers la porte, dévissa la lampe de bureau et la fixa du côté droit de celui-ci. Apparemment, son remplaçant préférait un éclairage venant de la gauche, à moins que ce ne se soit trouvé comme cela, tout simplement. Kollberg n'était pas très à cheval sur les détails. Il se rattrapait, par contre, par un perfectionnisme certain quant aux choses importantes. Par exemple, il avait attendu l'âge de quarante-deux ans pour se marier, en prenant bien soin de faire savoir à tout le monde qu'il voulait une femme parfaite.

Et il avait attendu que se présente celle qu'il fallait.

Pour sa part, Martin Beck avait derrière lui près de deux décennies de vie conjugale manquée avec une personne qui, de toute évidence, n'avait pas été celle qu'il fallait.

Il est vrai qu'il était maintenant divorcé mais il avait probablement manqué son divorce aussi, en attendant trop longtemps.

Au cours des six derniers mois il lui était même arrivé de se surprendre à se demander si, en définitive, ce divorce n'était pas une erreur. Une femme bonnet de nuit et acariâtre valait peut-être mieux, tout compte fait, que pas de femme du tout.

Mais cela n'avait guère d'importance.

Il prit le vase contenant les fleurs et alla les donner à l'une des dactylos. Elle eut l'air toute contente.

Martin Beck retourna ensuite s'asseoir dans son bureau et fit des yeux le tour du propriétaire. L'ordre était rétabli.

Peut-être désirait-il se persuader que rien n'avait changé ?

Cette question était absurde et, afin de l'oublier le plus vite possible, il prit le dossier rouge.

Le plastique en était transparent et il vit immédiatement qu'il s'agissait d'un décès. Parfait. Les décès faisaient partie intime de son métier.

Mais qu'est-ce qui l'avait causé, ce décès ?

Au numéro 57 de Bergsgatan. Autant dire sur le perron de l'hôtel de police.

Dans l'ensemble, il pouvait très bien faire valoir que cette affaire ne le concernait pas personnellement, pas plus que son service ; elle était du ressort de la police judiciaire de Stockholm. Pendant un moment il fut donc tenté de prendre le téléphone et d'appeler quelqu'un, à Kungsholmen, pour lui demander de quoi il retournait, au juste. Ou bien de glisser simplement le tout dans une enveloppe et le retourner à l'envoyeur.

L'envie de se montrer à cheval sur le règlement était si forte qu'il lui fallut faire un effort de volonté pour la réprimer.

Pour se changer les idées, il regarda la pendule. Déjà l'heure du déjeuner. Mais il n'avait pas faim.

Martin Beck se leva, gagna les toilettes et y but un verre d'eau tiède.

Lorsqu'il regagna son bureau, il s'aperçut qu'il y faisait chaud et que cela sentait le renfermé. Pourtant, il n'ôta pas sa veste et ne déboutonna même pas le col de sa chemise.

Il s'assit à son bureau, prit à nouveau le rapport et se mit à lire.

Vingt-huit années passées dans la police lui avaient appris beaucoup de choses et, entre autres, l'art de dépouiller les rapports, d'élaguer rapidement toutes les redondances et les détails sans importance, afin de n'en retenir que les grandes lignes, dans la mesure où il y en avait.

Il lui fallut moins d'une heure pour lire attentivement l'ensemble du dossier. La plupart des pièces le composant étaient mal rédigées, certaines même proprement incompréhensibles et d'autres caractérisées en certains endroits par une formulation particulièrement malheureuse. Il en reconnut immédiatement l'auteur. Il s'agissait d'Einar Rönn, qui semblait devoir beaucoup, sur le plan linguistique, à ce collègue resté célèbre pour avoir affirmé, dans le règlement concernant la circulation, que l'obscurité tombe lorsque s'allument les réverbères.

Martin Beck feuilleta toutes ces pièces une seconde fois, en marquant une pause çà et là pour vérifier tel ou tel détail.

Puis il éloigna de lui le rapport, appuya les coudes sur la table et se prit le front entre les mains.

Il fronça les sourcils et s'efforça de se faire une idée des événements.

Ils se subdivisaient en deux parties. La première était banale mais écœurante.

Quinze jours plus tôt, très exactement le dimanche 18 juin, l'une des locataires de l'immeuble sis au numéro 57 de Bergsgatan avait appelé la police. Le coup de téléphone avait été enregistré à quatorze heures dix-neuf mais ce n'est que deux heures plus tard qu'une voiture avec à son bord deux agents était arrivée sur les lieux. Cela peut paraître étonnant, étant donné qu'il ne faut pas, à pied, plus de cinq minutes pour se rendre de l'hôtel de police de Kungsholmen à l'adresse indiquée mais le retard s'explique par le fait que la police de Stockholm est tellement à court d'effectifs, surtout en période de vacances et, comble de malheur, un dimanche. En outre, rien ne pouvait laisser soupçonner que l'affaire fût urgente. Les agents Karl Kristiansson et Kenneth Kvastmo étaient entrés dans l'immeuble, avaient parlé avec la personne qui les avait appelés, à savoir une femme qui habitait au deuxième étage, dans la partie donnant sur la rue. Elle leur confia que, depuis quelques jours, elle était incommodée par une odeur extrêmement déplaisante régnant dans l'escalier, qui l'incitait à soupçonner quelque chose d'anormal.

Les deux agents avaient également remarqué immédiatement cette puanteur. Kvastmo l'avait définie plus précisément comme une odeur de pourriture, et même de viande pourrie. Des investigations plus poussées avaient conduit les agents à localiser cette odeur comme provenant d'un logement situé au premier étage. Selon les renseignements disponibles, celui-ci ne comportait qu'une seule pièce et était occupé depuis un certain temps par un homme d'une soixantaine d'années répondant probablement au nom de Karl Edvin Svärd. C'était en effet le nom qui était porté à la main sur un morceau de carton apposé au-dessous du bouton de la sonnette. Ayant donc des raisons de supposer que derrière cette porte se trouvait le cadavre d'un suicidé, d'une personne ou d'un chien décédé de mort naturelle — toujours selon Kvastmo — ou bien encore de quelqu'un de malade et incapable d'appeler à l'aide, on décida donc de pénétrer dans l'appartement, puisque la sonnette ne semblait pas fonctionner et que les coups frappés à la porte n'avaient donné aucun résultat.

Il avait également été impossible de trouver un gardien, concierge ou gérant d'immeuble détenant un double des clés.

Là-dessus, les agents avaient rendu compte et s'étaient vu donner pour instructions de pénétrer dans l'appartement. On fit alors appel à un serrurier, ce qui causa un délai supplémentaire d'une heure et demie.

Une fois le serrurier arrivé, celui-ci constata que la porte était munie d'une serrure de sûreté très perfectionnée et qu'il n'y avait pas d'ouverture par où passer un crochet quelconque. Il fallut donc enlever la serrure au moyen d'une perceuse d'un modèle particulier. Mais, malgré cela, la porte ne s'ouvrait toujours pas.

Kristiansson et Kvastmo, maintenant retenus par cette affaire au-delà de leur temps de service normal, allèrent chercher de nouvelles instructions et se virent cette fois intimer l'ordre de forcer la porte. A la question de savoir si la présence d'un membre de la criminelle n'était pas nécessaire, ils s'entendirent répondre très laconiquement qu'il n'y avait personne de disponible.

Le serrurier était reparti, considérant qu'il avait fait tout ce qui était de sa compétence.

Vers sept heures du soir, Kristiansson et Kvastmo avaient ouvert la porte en faisant sauter les gonds. Mais ils ne furent pas pour autant au bout de leurs peines. En effet, elle se révéla également pourvue de deux verrous métalliques très robustes ainsi que d'un dispositif communément appelé *foxlock* et constitué par une barre de fer fichée aux deux extrêmités dans l'huisserie. Il leur fallut donc encore une bonne heure pour pénétrer véritablement dans l'appartement, où ils furent accueillis par une chaleur accablante et une insupportable odeur de cadavre.

Dans cette chambre, située sur la rue, se trouvait un homme mort. Le corps gisait sur le dos, à environ trois mètres de la fenêtre, qui donnait sur Bergsgatan, et près d'un appareil de chauffage allumé. Du fait de la chaleur dégagée par celui-ci, encore accrue par la canicule qui régnait alors, le cadavre avait enflé « au moins du double de son volume ». Il était en état de putréfaction avancée et grouillait littéralement de vers.

La fenêtre sur la rue était fermée de l'intérieur et le store baissé.

L'autre fenêtre de l'appartement, celle du coin-cuisine, donnait sur la cour. Elle était obturée au moyen de bandes adhésives et ne semblait pas avoir été ouverte depuis longtemps.

L'ameublement était restreint et l'aménagement sommaire. L'appartement était en mauvais état aussi bien quant au plafond qu'au sol, aux murs, à la tapisserie et à la peinture.

La cuisine et la chambre ne comportaient à elles deux qu'un nombre très restreint d'ustensiles ménagers.

Une notification de versement de retraite donnait à penser que le défunt était bien Karl Edvin Svärd, ancien manutentionnaire, âgé de soixante-deux ans et bénéficiant depuis six ans d'une pension d'invalidité.

Une fois l'appartement inspecté par un assistant de la criminelle du nom de Gustavsson, le corps avait été transporté à l'Institut médico-légal, afin que soit pratiquée l'autopsie prévue en pareil cas.

En attendant le résultat de celle-ci il fut conclu au suicide, avec comme alternative une mort naturelle causée par la faim, la maladie ou toute autre raison du même ordre.

Martin Beck chercha instinctivement dans ses poches un paquet de ses chères Florida, maintenant défuntes elles aussi.

Les journaux n'avaient pas parlé de Svärd. Le cas était bien trop banal pour cela. La ville de Stockholm peut se vanter de l'un des taux de suicides les plus élevés au monde, que l'on s'efforce de passer sous silence ou même de camoufler au moyen des diverses formes existantes de manipulation ou de falsification des statistiques. Le plus souvent les autorités se contentent d'arguer que tous les autres pays trafiquent plus ou moins leurs propres statistiques. Mais, depuis quelques années, les membres du gouvernement n'osent même plus affirmer cela publiquement, ayant probablement le sentiment que les gens se fient plus au témoignage de leur expérience qu'aux explications spécieuses des politiciens.

Mais s'il ne s'agissait pas d'un suicide, en l'occurrence, le cas n'en était que plus embarrassant. La société dite de bien-être offrait déjà bien assez d'exemples d'êtres malades, solitaires et misérables vivant dans le meilleur des cas de nourriture pour chiens et laissés sans soins dans les trous à rats leur servant de logements jusqu'à ce que mort s'ensuive.

Non, cela n'était pas le genre d'affaire à crier sur les toits. On pouvait même se demander s'il était bon que la police y mette son nez.

Mais ce n'était pas tout. Car il existait une autre partie à l'histoire de Karl Edvin Svärd.

VI

Martin Beck était dans la profession depuis assez de temps pour savoir que si quelque chose paraît incompréhensible dans un rapport c'est, quatre-vingt dix-neuf fois sur cent, parce que quelqu'un a négligé un détail, commis une erreur, mal recopié, oublié l'essentiel ou été incapable de s'exprimer de façon compréhensible.

Or, la seconde partie de l'histoire du mort de l'immeuble de Bergsgatan paraissait bien obscure.

Tout d'abord, les choses avaient suivi normalement leur cours. Le corps avait donc été emporté un dimanche soir et aussitôt placé en chambre froide. Le lendemain on avait procédé à la désinfection de l'appartement, opération plus que nécessaire, et les policiers responsables avaient remis leur rapport.

On avait pratiqué l'autopsie le mardi et les conclusions étaient parvenues à la police le lendemain.

Il n'est jamais très drôle de procéder à l'autopsie de vieux cadavres, surtout quand on sait à l'avance qu'il s'agit d'une personne qui s'est suicidée ou qui est morte dans des circonstances naturelles. Lorsque, en plus, l'intéressé n'a occupé qu'une place fort obscure dans la société, comme par exemple un manutentionnaire admis à la retraite par anticipation, la chose devient véritablement fort ennuyeuse.

Le rapport d'autopsie était signé par quelqu'un dont Martin Beck n'avait jamais entendu parler, probablement un remplaçant. La lecture en était rendue fort difficile par une prolifération de termes techniques.

C'était peut-être la raison pour laquelle cette affaire n'avait suscité aucun excès de zèle. Car, apparemment, ces papiers n'étaient arrivés sur le bureau de Rönn qu'une semaine plus tard. Et ce n'est qu'à partir de ce moment qu'on leur avait prêté l'attention qu'ils méritaient.

Martin Beck tendit la main pour attraper le téléphone, afin de donner son premier coup de fil professionnel depuis bien longtemps. Il décrocha le combiné, posa la main droite sur le cadran mais resta un instant sans rien faire.

Il avait oublié le numéro de l'Institut médico-légal et fut donc contraint de le chercher tout d'abord.

Le médecin légiste, une femme, parut surprise.

— Bien sûr, répondit-elle. Ce rapport est parti d'ici il y a deux semaines.

— Je sais.

— Il y a quelque chose qui vous paraît obscur ?

— Simplement quelques points que je ne comprends pas très bien.

— Que vous ne comprenez pas ? Comment cela ?

La voix au bout du fil paraissait légèrement froissée.

— D'après vos conclusions, l'intéressé s'est suicidé.

— En effet.

— De quelle façon ?

— Est-ce que cela n'apparaît pas ? Me suis-je vraiment si mal exprimée ?

— Non, non, absolument pas.

— Alors qu'y a-t-il que vous ne comprenez pas ?
— Pas mal de choses, pour être franc. Mais c'est naturellement dû à mon ignorance.
— Vous voulez parler de la terminologie ?
— Entre autres choses.
— Il est vrai qu'il faut toujours s'attendre à des difficultés de ce genre lorsque l'on ne possède pas les connaissances médicales nécessaires, dit-elle en guise de consolation.

Sa voix était nette et claire. Elle était certainement assez jeune.

Martin Beck garda le silence pendant un instant.

A ce moment il aurait dû dire :

« Ma chère demoiselle, ce rapport n'est nullement destiné à des spécialistes de la pathologie humaine mais hélas à des personnes bien différentes. Il vous a été demandé par la police et aurait donc dû être formulé de façon que des policiers d'un rang même modeste puissent le comprendre. »

Mais il se retint. Pourquoi ?

Ce fut son interlocutrice qui mit fin à ses réfléxions en disant :

— Allô. Vous êtes toujours là ?
— Oui, oui. Je suis toujours là.
— Vous vouliez me demander quelque chose de particulier ?
— Oui. Tout d'abord, j'aimerais savoir sur quoi vous basez l'hypothèse d'un suicide ?

Lorsqu'elle répondit, sa voix avait changé de ton, et celui-ci était maintenant légèrement étonné.

— Monsieur le commissaire, c'est la police qui nous a amené ce corps. Avant de procéder à l'autopsie j'ai moi-même pris contact avec la personne responsable de l'enquête, à ce que j'ai cru comprendre. Celle-ci

45

m'a dit qu'il s'agissait d'une affaire de routine et qu'elle désirait uniquement obtenir la réponse à une question.

— Laquelle ?
— Savoir si l'intéressé s'était suicidé.

Légèrement irrité, Martin Beck se frotta le sternum avec les phalanges. Parfois, il avait encore mal à l'endroit où la balle l'avait atteint. On lui avait dit qu'il s'agissait là de douleurs d'ordre psychosomatique qui disparaîtraient lorsque son inconscient serait délivré du passé.

Or, c'était apparemment l'inverse qui se produisait. Ce qui l'irritait, c'était surtout le présent. Mais son inconscient ne pouvait guère en être affecté.

Une erreur de débutant avait été commise à ce stade. Il aurait fallu faire procéder à cette autopsie sans aucune hypothèse particulière de départ. Fournir une telle piste à un médecin légiste était à la limite de la faute professionnelle, surtout lorsque l'intéressée était jeune et inexpérimentée, comme dans le cas présent.

— Vous rappelez-vous le nom de la personne en question ?
— Il s'agit de M. Aldor Gustavsson, qui a le grade d'assistant, il me semble. Il m'a donné l'impression d'être chargé de cette affaire. Il avait l'air d'avoir l'expérience de ce genre de choses et d'être sûr de son fait.

Martin Beck ne connaissait ni d'Eve ni d'Adam ce Gustavsson et encore moins ses qualifications éventuelles. Il reprit donc :

— La police vous a donc donné certaines directives ?
— Je pense que c'est bien ce que l'on peut dire. En

tout cas, elle m'a fait comprendre que l'on soupçonnait qu'il s'agissait d'autolyse.

— Ah bon !

— Comme vous le savez peut-être, autolyse veut dire suicide.

Martin Beck ne répondit rien à cela. Au lieu de cela il reprit :

— Cette autopsie a-t-elle été particulièrement délicate ?

— Non, pas vraiment. Mis à part le fait que les mutations organiques étaient assez importantes. Cela confère toujours un caractère assez différent à l'opération.

Il se demanda combien d'autopsies elle avait effectuées par elle-même mais s'abstint de poser la question.

— Elle a pris longtemps ?

— Pas du tout. Etant donné qu'il s'agissait d'autolyse ou d'un cas de maladie aiguë, j'ai commencé par ouvrir le thorax.

— Pourquoi ?

— Le défunt était un vieil homme. Lors des décès soudains, l'insuffisance cardiaque ou l'infarctus sont alors des causes qui viennent tout de suite à l'esprit.

— Qu'est-ce qui vous a permis de penser que le décès a été soudain ?

— C'est ce policier qui me l'a laissé entendre.

— De quelle façon ?

— Sans aucun détour, d'après mes souvenirs.

— Que vous a-t-il dit ?

— Soit que cet homme avait mis fin à ses jours ou bien qu'il avait eu une crise cardiaque. Quelque chose comme cela.

Nouvelle erreur des plus caractérisées. Rien dans

les pièces du dossier ne s'opposait à l'hypothèse que Svärd soit resté paralysé ou impotent pendant plusieurs jours avant de mourir.

— Vous avez donc ouvert la cage thoracique.

— Oui. Et j'ai immédiatement obtenu la réponse à la question. Il n'y avait pas le moindre doute quant à la conclusion à retenir.

— Le suicide ?

— Bien sûr.

— Quelle forme ?

— Il s'était tiré une balle dans le cœur. Elle y était encore.

— Le coup avait atteint le cœur ?

— En tout cas très près. La blessure principale concernait l'aorte.

Elle observa une petite pause avant d'ajouter d'un ton acide :

— Est-ce que je me fais bien comprendre ?

— Parfaitement.

Martin Beck formula donc sa question suivante avec un soin tout particulier.

— Avez-vous une grande expérience des blessures par balles ?

— Une expérience suffisante, il me semble. En outre, le cas ne présentait aucune complication particulière.

De combien de personnes abattues par balles avait-elle bien pu faire l'autopsie au cours de son existence ? Trois ? Deux ? Peut-être même une seule ?

Son interlocutrice sembla deviner ses doutes inexprimés et compléta donc par cette précision :

— J'ai servi en Jordanie, pendant la guerre civile, il

y a deux ans. Ce n'étaient pas les blessures par balles qui manquaient, là-bas.

— Par contre, les suicides...

— En effet, c'est exact.

— Il se trouve, voyez-vous, que fort peu de candidats au suicide visent le cœur. La plupart choisissent la bouche et quelques-uns la tempe.

— C'est sans doute vrai. Mais celui-ci est loin d'être le premier. En psychologie on m'a appris que les suicidaires ont une propension très marquée à braquer leur arme précisément en direction du cœur. En particulier parmi les personnes qui romantisent le suicide. Ce qui est une tendance fort répandue.

— Combien de temps pensez-vous que Svärd a pu survivre à sa blessure ?

— Pas longtemps. Une minute, peut-être deux ou trois. L'hémorragie interne était abondante. Je dirais une minute, mais c'est une hypothèse. Cependant la marge d'erreur est faible. Est-ce que cela a une importance ?

— Peut-être pas. Mais une autre chose m'intrigue. Les restes de cette personne ont été soumis à votre examen le 20 juin.

— C'est bien possible.

— Depuis combien de temps considérez-vous qu'elle était morte à cette date ?

— Hum...

— Le rapport est très vague sur ce point.

— En fait, ce n'est pas facile à dire. Peut-être quelqu'un de plus expérimenté que moi aurait-il pu fournir une réponse plus précise.

— Mais d'après vous ?

— Au moins deux mois, mais...

— Mais ?

49

— Mais tout dépend des conditions régnant à l'endroit où il se trouvait. La chaleur et l'humidité jouent un grand rôle et peuvent raccourcir notablement cette durée, surtout si le corps a été exposé à une chaleur intense. Mais, d'un autre côté, il était en état de décomposition fort avancé, comme je vous l'ai dit...

— Et le point d'impact ?

— Encore une fois, l'état de décomposition des tissus fait qu'il est très difficile de répondre à cette question.

— S'agissait-il d'un coup tiré à bout portant ?

— Non, pas selon moi. Mais je peux me tromper, je tiens à le souligner.

— Quelles sont vos conclusions, alors ?

— Qu'il s'est tué de l'autre façon. Vous n'ignorez pas qu'il existe deux façons bien répertoriées, n'est-ce pas ?

— Oui, dit Martin Beck. C'est exact.

— Ou bien l'on appuie le canon de l'arme contre le corps et l'on appuie sur la détente. Ou bien alors on tient l'arme à bout de bras, tournée à l'envers. Dans ce cas, il faut en fait appuyer sur la détente avec le pouce. N'est-ce pas ?

— En effet. Et c'est donc cette hypothèse que vous retenez ?

— Oui. Mais non sans réserves. Car il est très difficile de déceler un coup tiré à bout portant sur un corps dans un tel état.

— Je comprends.

— Alors c'est moi qui ne comprends plus, ajouta la jeune personne sur un ton détaché. Pourquoi me posez-vous toutes ces questions ? Est-ce que cela a une telle importance de savoir la façon exacte dont il s'est tué ?

— Oui, il semble bien. On a trouvé Svärd mort dans son appartement, toutes les fenêtres et les portes fermées de l'intérieur. Il était allongé près d'un appareil de chauffage en marche.

— Voilà qui peut expliquer le degré de décomposition du cadavre, dit-elle avec vivacité. Dans ces conditions, il pouvait être mort depuis un mois seulement.

— Vraiment ?

— Oui. Et cela peut également expliquer pourquoi il est si difficile de trouver des indices d'un coup à bout portant.

— Je comprends, dit Martin Beck. Merci de votre aide.

— Oh, il n'y a pas de quoi. Si je peux encore vous être utile, n'hésitez pas.

— Au revoir.

Il reposa le combiné.

Après tout, elle ne s'expliquait pas si mal que cela, quand elle le voulait. En fait, il ne restait donc plus qu'une chose à expliquer.

Mais celle-ci était d'autant plus énigmatique.

En effet, Svärd ne pouvait pas s'être suicidé.

Il n'est pas facile de se tirer une balle dans le cœur sans disposer de certains instruments.

Or, aucune arme à feu n'avait été retrouvée dans l'appartement de Bergsgatan.

VII

Martin Beck continua à faire fonctionner le téléphone.

Il tenta de mettre la main sur la patrouille qui avait été appelée à Bergsgatan en premier, mais ni l'un ni l'autre de ses membres ne semblaient de service. Au bout d'un certain nombre de coups de fil, il s'avéra que l'un était en vacances et l'autre déchargé de service afin de pouvoir témoigner dans un procès.

Gunvald Larsson était en réunion et Einar Rönn était sorti, également pour motif de service.

Finalement, il finit par entrer en contact avec l'assistant qui avait transmis l'enquête à la brigade des agressions. Cela n'avait eu lieu que le lundi 26 et Martin Beck ne put donc s'empêcher de poser la question :

— Est-il exact que le rapport du médecin légiste est parvenu dès le mercredi ?

L'homme hésita longuement avant de répondre :

— Je ne suis pas bien sûr. Moi, en tout cas, je ne l'ai lu que le vendredi.

Martin Beck ne dit rien. Il attendait une sorte d'explication qui finit, en effet, par venir.

— Nous ne disposons que de la moitié de notre effectif, en ce moment, dans le district. On arrive tout juste à faire le strict nécessaire. Alors les papiers s'entassent. Et ça ne fait qu'empirer tous les jours.

— Personne n'a donc regardé ce rapport avant ?
— Si, notre commissaire. Et le vendredi matin il m'a demandé où était passé le pistolet.
— Quel pistolet ?
— Celui avec lequel Svärd s'était tué. Moi, je n'étais pas au courant de quoi que ce soit à propos d'un pistolet, mais j'ai supposé que l'un des agents ayant répondu à l'appel l'avait trouvé.
— J'ai leur rapport devant les yeux, dit Martin Beck. S'il y avait eu une arme à feu dans l'appartement, il me semble qu'elle y serait mentionnée.

L'homme se mit aussitôt sur la défensive :
— Je ne pense pas qu'on puisse dire qu'ils aient commis une faute quelconque.

Il paraissait très soucieux de défendre ses subordonnés et il n'était pas difficile de comprendre pourquoi. Au cours des dernières années, les critiques visant les membres de la police en uniforme n'avaient fait que croître, les rapports de celle-ci avec le public que se détériorer et sa charge de travail avait presque doublé. Cela avait eu pour conséquence que nombreux étaient ceux qui quittaient la profession et c'étaient en général les meilleurs qui jetaient ainsi le manche après la cognée. Malgré le chômage qui régnait dans le pays, il était impossible de procéder à tous les remplacements nécessaires, et la base sur laquelle ceux-ci s'opéraient était chaque jour moins satisfaisante. Les policiers qui restaient ressentaient donc plus que jamais le besoin de se serrer les coudes.

— Peut-être pas, dit Martin Beck.
— Il ont fait ce qu'ils avaient à faire. Après avoir pénétré dans l'appartement et trouvé le mort, ils ont fait venir un supérieur.
— Ce Gustavsson ?

— C'est ça. Un type de chez vous. C'était à lui de tirer les conclusions et de rendre compte de ce qu'il avait pu observer après la découverte du cadavre. J'ai donc supposé qu'ils avaient attiré son attention sur le pistolet et que c'était lui qui s'en était chargé.

— Et qu'il avait tout simplement omis de le signaler ?

— Ça arrive, répondit sèchement le policier.

— Eh bien, il ne semble pas qu'il y ait eu d'arme dans la pièce.

— Non, mais je ne l'ai su que lundi dernier, il y a donc exactement une semaine, en parlant avec Kristiansson et Kvastmo. J'ai alors immédiatement transmis le dossier à la P.J.

Le commissariat de Kungsholmen et les locaux de la P.J. étaient tous deux situés dans Kungsholmsgatan et dans le même pâté de maisons. Martin Beck se contenta donc de répondre :

— Ça n'a pas dû prendre bien longtemps.

— Nous n'avons commis aucune faute, répliqua l'homme, toujours sur la défensive.

— Vous savez, je cherche plus à savoir ce qui est arrivé à Svärd qu'à déterminer qui a bien pu commettre une faute.

— Si quelqu'un en a commis une, ce n'est en tout cas pas chez nous.

Devant le tour que prenait la conversation, Martin Beck jugea préférable d'y mettre fin.

— Merci de votre aide, dit-il. Au revoir.

Il eut ensuite au bout du fil Gustavsson, qui avait l'air véritablement débordé.

— Ah oui, ce truc, dit-il. Oui, je n'y comprends rien. Mais je suppose que c'est le genre de choses qui arrivent de temps en temps.

— Quoi donc ?
— Des faits inexplicables, des énigmes véritablement impossibles à résoudre. On voit tout de suite qu'il vaut mieux abandonner tout espoir.
— Si vous voulez bien venir dans mon bureau, dit Martin Beck.
— Tout de suite ? A Västberga ?
— C'est cela.
— C'est malheureusement impossible.
— Je ne le pense pas.
Martin Beck regarda sa montre.
— Disons : à trois heures et demie, ajouta-t-il.
— Mais c'est proprement impossible...
— Trois heures et demie, dit Martin Beck avant de raccrocher.

Il se leva de son bureau et se mit à faire les cent pas dans la pièce, les mains derrière le dos.

Tout cela était significatif d'une tendance de plus en plus marquée au cours de ces cinq dernières années. Il arrivait de plus en plus souvent de devoir démarrer une enquête en travaillant tout d'abord sur la façon de procéder de la police. Et, dans bien des cas, c'était la partie la plus délicate de toute l'affaire.

Aldor Gustavsson pénétra dans le bureau de Martin Beck à quatre heures cinq.

Le nom ne lui avait rien dit mais il reconnaissait maintenant son interlocuteur. C'était un homme d'une trentaine d'années, assez maigre, aux cheveux bruns et se donnant des airs de dur en roulant les épaules.

Martin Beck se souvint l'avoir rencontré de temps en temps à la permanence de la P.J. de Stockholm et à d'autres postes subalternes.

— Veuillez vous asseoir.

Gustavsson prit le meilleur fauteuil, croisa les jambes et sortit un cigare. Puis il l'alluma et dit :

— Sale histoire, n'est-ce pas ? Qu'est-ce que tu veux savoir ?

Martin Beck observa un moment de silence, roulant son stylo-bille entre ses doigts. Puis il dit :

— A quelle heure êtes-vous arrivé à Bergsgatan ?

— Dans la soirée. Vers dix heures environ.

— Dans quel état avez-vous trouvé les lieux ?

— Affreux. C'était plein de gros vers blancs. Ça empestait. L'un des agents avait vomi sur le pas de la porte.

— Où étaient-ils, tous les deux ?

— L'un montait la garde devant la porte. L'autre était descendu s'asseoir dans la voiture.

— Avaient-ils gardé la porte en permanence ?

— Oui, à ce qu'ils m'ont dit en tout cas.

— Qu'est-ce que... tu as fait, alors ?

— Eh bien, je suis rentré et j'ai regardé. Comme je viens de le dire, c'était affreux. Mais ça pouvait concerner la P.J., on ne sait jamais.

— Pourtant, tu as tiré une conclusion différente ?

— Oui, bien sûr. C'était clair comme de l'eau de roche. La porte était barricadée de l'intérieur de trois ou quatre façons. Les gars avaient eu un mal fou à l'ouvrir. Et puis la fenêtre était fermée et le store baissé.

— La fenêtre était donc toujours fermée ?

— Non. Les gars de la patrouille l'avaient bien sûr ouverte en arrivant. Autrement, ils n'auraient pas pu rester là sans masque à gaz.

— Combien de temps es-tu resté ?

— Pas très longtemps. Juste assez pour m'assurer que ce n'était pas du ressort de la P.J., justement.

C'était soit un suicide, soit une mort naturelle, le reste nous regardait donc.

Martin Beck se mit à feuilleter le dossier.

— Il n'est nulle part fait mention d'objets qui auraient été saisis, dit-il.

— Ah non, c'est vrai, on aurait peut-être dû y penser. Mais, d'un autre côté, c'était inutile. Il n'y avait presque rien dans cette chambre. Une table, une chaise et un lit, je crois, et puis quelques trucs qui traînaient dans le coin-cuisine.

— Mais tu as quand même inspecté les lieux ?

— Bien sûr. J'ai tout regardé de près avant de donner le feu vert.

— Pour quoi ?

— Comment ? Qu'est-ce que tu veux dire ?

— Avant de donner le feu vert pour quoi faire ?

— Eh bien, pour emporter le cadavre, bien sûr. Il fallait l'autopsier, ce type. Même s'il s'agissait d'une mort naturelle, il fallait le faire disséquer. C'est le règlement.

— Pourrais-tu résumer tes observations ?

— Bien sûr. C'est très simple. Le cadavre était à peu près à trois mètres de la fenêtre.

— A peu près ?

— Oui, je n'avais pas de mètre sur moi. Il avait l'air de dater d'environ deux mois ; en d'autres termes il était en état de putréfaction. Dans la chambre il y avait deux chaises, une table et un lit.

— Deux chaises ?

— Oui.

— Tout à l'heure, tu as dit une.

— Ah bon ! Eh bien, je crois qu'il y en avait deux. Et puis il y avait une petite étagère sur laquelle étaient posés des livres et des vieux journaux. Dans le coin-cuisine, il y avait deux casseroles, une cafetière et le fatras habituel.

— Le fatras habituel ?

— Eh bien oui : des couverts, des ouvre-boîtes, une poubelle, ce genre de trucs.

— Bien. Y avait-il quelque chose par terre ?

— Rien du tout. Mis à part le cadavre, naturellement. J'ai posé la question aux deux agents et ils m'ont dit qu'ils n'avaient rien trouvé non plus.

— Quelqu'un d'autre est-il entré dans l'appartement ?

— Personne. J'ai aussi posé la question aux gars et ils m'ont dit non. Personne d'autre qu'eux et moi n'est entré. Ensuite sont arrivés les types avec leur camionnette et ils ont emporté le cadavre dans un sac en plastique.

— Depuis, on a appris de quoi est mort Svärd.

— Oui. C'est ça. Il s'est tué d'un coup de pistolet. C'est ça que je ne comprends pas. Qu'est-ce qu'il a pu faire du flingue ?

— Tu n'as aucune explication à proposer ?

— Aucune. C'est complètement idiot. Comme je disais tout de suite : une énigme impossible à résoudre. Ça n'arrive pas très souvent, hein ?

— Les agents n'avaient aucun avis sur la question, eux non plus ?

— Non, ils m'ont simplement dit qu'il était mort et que tout était fermé dans la pièce. S'il y avait eu un flingue, on l'aurait trouvé, eux ou moi. D'ailleurs, il aurait certainement été par terre, à côté du corps.

— T'es-tu informé de l'identité du mort ?

— Oui, bien sûr. Il s'appelait Svärd, puisque c'était marqué sur la porte. Et on voyait bien quel genre de type c'était.

— Quel genre ?
— Bah, un de ces cas sociaux. Sans doute un vieux poivrot. Ils se font souvent leur affaire, à moins qu'ils ne se pintent à mort ou bien qu'ils clamsent d'une crise cardiaque ou de quelque chose comme ça.
— Tu n'as rien d'autre à dire qui puisse concerner cette affaire ?
— Non. Je viens de le dire : c'est incompréhensible. Mystère complet. J'ai bien l'impression que personne ne pourra le résoudre, même pas toi. D'ailleurs, il y a des choses plus urgentes.
— Peut-être.
— C'est bien mon avis, en tout cas. Est-ce que je peux filer, maintenant ?
— Pas encore, dit Martin Beck.
— Je n'ai plus rien à ajouter, dit Aldor Gustavsson en écrasant son cigare dans le cendrier.
Martin Beck se leva et alla jusqu'à la fenêtre. Il resta le dos tourné à son visiteur.
— Mais moi, si, dit-il.
— Ah bon ? Quoi donc ?
— Pas mal de choses. Entre autres, qu'il a été procédé la semaine dernière aux constatations sur place. Bien que la plupart des traces éventuelles aient été effacées, on a aussitôt découvert deux taches de sang sur le tapis, une grande et une petite. En as-tu vu, pour ta part ?
— Non. Mais il est vrai que je n'en ai pas cherché.
— Je ne te le fais pas dire. Qu'est-ce que tu as cherché, au juste ?
— Rien de particulier. L'affaire avait l'air d'être évidente.
— Si tu n'as pas vu ces taches de sang, d'autres choses ont également pu t'échapper, n'est-ce pas ?

— En tout cas, il n'y avait pas d'arme à feu.
— As-tu remarqué comment le mort était habillé ?
— Non, pas vraiment. Il était dans un tel état de putréfaction. Je pense qu'il portait des chiffes. Je ne crois d'ailleurs pas que ça ait grande importance.
— Tu as observé que le mort était un homme solitaire et pauvre. Personne de bien important.
— Oui, bien sûr. Quand on a vu autant de vieux alcoolos que moi, eh bien...
— Eh bien quoi ?
— Eh bien, on sait distinguer les torchons des serviettes.

Martin Beck réfléchit un instant à la signification de cette expression. A voix haute, il demanda :

— Mais, si le mort avait été un peu mieux intégré à la société, tu aurais peut-être fait preuve d'un peu plus de zèle ?
— Oui, dans ces cas-là il faut avoir du tact. En fait, on a vachement à faire.

Il regarda autour de lui.

— On le dirait peut-être pas, mais on est vraiment débordés. On ne peut pas se mettre à jouer les Sherlock Holmes à chaque fois qu'on trouve un vieux clodo mort. C'est tout ce que tu avais à me dire ?
— Non, encore une chose. Je voudrais te faire remarquer que, dans cette affaire, tu as commis de graves négligences.
— Quoi ?

Gustavsson se leva. On aurait dit qu'il comprenait tout à coup que Martin Beck était en position de lui causer de graves ennuis pour la suite de sa carrière.

— Attends un peu, dit-il. Tout ça parce que j'ai pas vu ces taches de sang et ce pistolet inexistant !
— Les péchés par omission ne sont pas les plus

61

graves, dit Martin Beck. Même s'ils sont impardonnables, eux aussi. Mais je note que tu as appelé au téléphone le médecin légiste afin de lui donner des directives, d'ailleurs basées sur une opinion préétablie et erronée. En outre, tu as incité ces deux agents à croire que la chose était tellement simple qu'il suffisait que tu entres dans la chambre et que tu y jettes un coup d'œil pour que l'affaire soit dans le sac. Tu as dit qu'il n'était pas nécessaire de procéder à des constatations sur place et tu as laissé emporter le cadavre sans même avoir fait prendre des photos.

— Mais enfin, bon sang, dit Gustavsson, il s'était fait son affaire, ce vieux !

Martin Beck se retourna et le regarda.

— Est-ce que... est-ce que... il va y avoir des suites ? demanda Gustavsson.

— Oui, tu peux me faire confiance. Au revoir.

— Attends une seconde, je suis prêt à faire tout ce que je peux pour t'être utile....

Martin Beck secoua la tête. Gustavsson sortit. Il avait l'air inquiet mais avant que la porte ne se referme Martin Beck l'entendit dire :

— Espèce de vieux con.

Naturellement, Aldor Gustavsson n'aurait pas dû occuper les fonctions qui étaient les siennes, il n'aurait même jamais dû entrer dans la police. Il n'en avait pas les capacités, il se donnait de grands airs et se faisait une conception totalement fausse de sa tâche.

La P.J. avait toujours recruté parmi les meilleurs éléments de la police en uniforme. Et, dans l'ensemble, c'était encore le cas.

Si donc quelqu'un comme lui avait pu, deux ans auparavant, se voir chargé d'enquêtes, que n'en serait-il pas à l'avenir ?

Martin Beck se dit que sa première journée de travail était terminée.

Demain, il irait voir cette chambre close.

Qu'allait-il faire ce soir ? Manger quelque chose, n'importe quoi, puis se mettre dans un fauteuil et feuilleter des livres qu'il savait devoir lire. Ensuite il resterait couché, seul, dans son lit, à attendre le sommeil. Et à se sentir prisonnier.

Dans sa chambre close personnelle.

VIII

Einar Rönn était sportif et il avait choisi la police parce que c'était un métier qui permettait de bouger et offrait maintes occasions de prendre l'air. Mais, avec les ans et les promotions, il en était venu à passer le plus clair de son temps assis derrière un bureau et les occasions de s'oxygéner — expression plutôt paradoxale à Stockholm — s'étaient faites de plus en plus rares. C'était donc pour lui une question de vie ou de mort que de pouvoir passer ses vacances dans les montagnes de sa région d'origine, la Laponie. A vrai dire, il détestait Stockholm et, à l'âge de quarante-cinq ans, il avait déjà commencé à penser à la retraite, qui lui permettrait de regagner pour de bon son cher pays natal d'Arjeplog.

Les vacances de cette année-là n'étaient plus bien loin et il commençait déjà à redouter qu'on lui demande de les sacrifier si cette histoire de hold-up, au moins, n'était pas éclaircie d'ici là.

Afin de contribuer à faire progresser l'enquête vers une sorte de conclusion, il accepta donc, le lundi soir, d'aller interroger un témoin à Sollentuna, en banlieue, au lieu de rentrer directement chez lui à Vällingby.

Non seulement il avait proposé de lui-même de se

rendre chez ce témoin, qui aurait aussi bien pu venir faire sa déposition à la P.J., comme d'habitude, mais il avait même fait preuve d'un tel enthousiasme à l'idée de cette mission que Gunvald Larsson, s'abusant sur ses motifs réels, lui demanda si tout allait comme il fallait, pour l'instant, entre lui et sa femme.

— Euh, oui, bien sûr que ça va, répondit Rönn, fidèle à ses habitudes linguistiques.

L'homme chez qui Rönn devait se rendre était ce métallo de trente-deux ans déjà interrogé par Gunvald Larsson quant à ce qu'il avait vu devant la banque, le jour du hold-up.

Il se nommait Sten Sjögren et habitait seul dans une maison mitoyenne de Sångarvägen. Il était dans son jardin, en train d'arroser ses rosiers lorsque Rönn descendit de voiture et il posa aussitôt son arrosoir pour aller lui ouvrir la barrière. Il s'essuya les mains sur son pantalon avant de serrer celle de son visiteur et monta le petit perron devant lui afin de lui ouvrir la porte d'entrée.

La maison était petite et, au rez-de-chaussée, elle comportait uniquement une pièce en plus de la cuisine et de l'entrée. La porte de cette pièce était entrouverte. Elle était absolument vide. L'homme remarqua le regard de Rönn.

— Oui, je suis divorcé, dit-il. Ma femme a emporté la plupart des meubles, alors c'est un peu vide par ici, pour l'instant. On ferait mieux de monter.

En haut de l'escalier se trouvait une grande pièce comportant une cheminée et, devant celle-ci, quelques fauteuils dépareillés autour d'une table basse peinte en blanc. Rönn s'assit mais l'homme resta debout.

— Est-ce que je peux vous offrir quelque chose à

boire ? demanda-t-il. Je peux vous faire du café mais il y a certainement aussi de la bière au frigo.
— Je prendrai ce que vous prendrez vous-même, dit Rönn.
— Eh bien alors : de la bière.
Il descendit l'escalier et Rönn l'entendit faire du bruit dans la cuisine.

Rönn regarda autour de lui. Il n'y avait pas beaucoup de meubles mais par contre une chaîne hi-fi et des livres en nombre assez important. Dans le porte-revues, à côté de la cheminée, Rönn remarqua la présence du quotidien *Dagens Nyheter*, mais aussi d'un journal communiste, de l'hebdomadaire des coopérateurs et de la revue du syndicat des métallos.

Sten Sjögren revint avec deux verres et deux boîtes de bière qu'il posa sur la table blanche. Il était maigre et nerveux, avait des cheveux ébouriffés tirant sur le roux d'une longueur que Rönn qualifiait de normale. Son visage était couvert de taches de rousseur et il arborait un franc sourire. Après avoir ouvert les boîtes et servi la bière, il s'assit en face de Rönn, leva son verre dans sa direction et se mit à boire. Rönn l'imita puis commença :

— J'aimerais bien que vous me fassiez part de ce que vous avez observé l'autre jour, devant la banque de Hornsgatan. Il vaut mieux ne pas attendre que vos souvenirs aient le temps de s'effacer.

C'était fort bien dit, pensa Rönn, très content de lui-même.

— Ah, si j'avais su qu'il venait d'y avoir un hold-up et un meurtre, j'aurais certainement regardé la fille de plus près, de même que les types de la voiture.

— De toute façon, vous êtes le meilleur témoin que nous ayons, dit Rönn pour l'encourager. Vous avez donc déclaré que vous marchiez dans Hornsgatan. Dans quelle direction alliez-vous ?

— Je venais de l'Ecluse et j'allais vers le boulevard périphérique. Cette fille est arrivée par-derrière et m'a bousculé assez violemment quand elle m'a dépassé en courant.

— Pourriez-vous me la décrire ?

— J'ai bien peur que non, pas très bien. En fait, je l'ai surtout vue de dos ; de côté uniquement l'espace d'un instant, quand elle est montée dans la voiture. Elle était plus petite que moi, environ d'une dizaine de centimètres. Moi, je mesure un mètre soixante-dix-huit. Je ne suis pas sûr de son âge mais je crois qu'elle ne pouvait pas avoir moins de vingt-cinq ans ni plus de trente-cinq, la trentaine quoi. Elle portait des jeans de couleur normale, c'est-à-dire bleus, et un corsage ou une chemise bleu clair pendant par-dessus son pantalon. Je n'ai pas remarqué ce qu'elle avait aux pieds mais sur la tête elle avait un de ces chapeaux de toile à larges bords, façon jeans, vous savez. Ses cheveux étaient blonds, droits et pas très longs, comme pas mal de filles les portent en ce moment. De longueur moyenne, quoi. Et puis, à l'épaule elle portait un sac en toile verte, genre armée américaine, si vous voyez ce que je veux dire ?

Il sortit un paquet de cigarettes de la poche de sa chemise kaki et le tendit à Rönn qui secoua la tête en disant :

— Avez-vous vu si elle tenait quelque chose à la main ?

L'homme se leva, alla chercher une boîte d'allumettes sur le manteau de la cheminée et alluma une cigarette.

— Non, je ne saurais pas vous le dire. Mais c'est bien possible.

— Comment était-elle ? Je veux dire mince, forte...

— Ni l'un ni l'autre, si je me souviens bien. En tout cas, pas assez pour que ça se remarque. De taille normale, je dirais.

— Vous n'avez absolument pas vu son visage ?

— Je l'ai vu l'espace d'un instant quand elle est montée dans la voiture. Mais, d'une part, elle avait ce grand chapeau sur la tête et, d'autre part, elle portait de grosses lunettes de soleil.

— La reconnaîtriez-vous si vous la voyiez ?

— Certainement pas de visage. Et certainement pas si je la voyais habillée autrement, en robe par exemple.

Rönn sirota sa bière d'un air pensif. Puis il dit :

— Vous êtes absolument certain qu'il s'agissait d'une femme ?

L'autre le dévisagea, l'air étonné. Puis il fronça les sourcils et dit, non sans hésiter :

— Ben, j'ai eu l'impression que c'était une fille, moi. Mais maintenant que vous me le demandez, je n'en suis plus trop sûr. C'est plutôt comme qui dirait une impression que j'ai eue, on a tous sa petite idée sur ce que c'est qu'un type et ce que c'est qu'une fille, même si c'est pas toujours facile de voir la différence maintenant. Je ne peux pas jurer que c'était une fille, après tout, j'ai même pas eu le temps de voir si elle avait de la poitrine.

Il se tut et observa Rönn à travers la fumée de sa cigarette.

— Non, vous avez raison, ajouta-t-il lentement. C'était pas forcément une fille, ça pouvait très bien être un type. Ce serait d'ailleurs plus vraisemblable, c'est pas souvent qu'on voit des filles attaquer une banque et abattre des gens.

— Vous pensez donc qu'il pouvait s'agir d'un homme ? demanda Rönn.

— Oui, maintenant que vous le dites. Bien sûr, c'était forcément un type.

— Bien, et les deux autres. Pouvez-vous les décrire ? Ainsi que la voiture ?

Sjögren tira une dernière bouffée sur sa cigarette et jeta le mégot dans la cheminée, où il alla rejoindre bon nombre de ses semblables ainsi que d'allumettes consumées.

— La voiture était une Renault 16, ça j'en suis certain, dit-il. Elle était gris clair ou beige, je ne sais pas comment ils appellent ça au juste, mais c'est presque blanc. Je ne me souviens pas de tout le numéro, mais elle était immatriculée dans la ville de Stockholm, et je crois encore voir deux fois le chiffre trois sur la plaque. Bien sûr, il se peut qu'il y en ait eu trois mais je suis certain de deux, et je crois qu'ils se suivaient, à peu près au milieu du numéro.

— Vous êtes certain qu'il y avait une seule lettre, pas deux ? demanda Rönn.

— Non, non, une seule, un A, ça j'en suis certain. J'ai une très bonne mémoire visuelle.

— Euh, c'est parfait, dit Rönn. Si tous les témoins oculaires étaient dans ce cas, ce serait une bonne chose.

— Eh oui, dit Sjögren. *I am a camera*, comme dit Isherwood. Vous avez lu ça ?

— Non, dit Rönn.

Il avait vu le film, mais il se garda bien de le dire. Il l'avait vu à cause de Julie Harris mais ne savait ni qui était Isherwood ni même que le film fût tourné d'après un roman.

— Mais vous avez vu le film, naturellement, dit Sjögren. C'est toujours comme ça quand un bon livre est adapté au cinéma, les gens vont voir le film et ne prennent pas la peine de lire le livre. C'est vrai qu'il était bon mais ils lui avaient collé un titre complètement idiot : *Nuits sauvages à Berlin*, je vous demande un peu.

— Ah bon, dit Rönn, qui était persuadé l'avoir vu sous son titre original. Oui, c'est plutôt idiot, en effet.

Le soir commençait à tomber, et Sten Sjögren se leva pour allumer le lampadaire qui se trouvait derrière le fauteuil de Rönn. Une fois qu'il fut à nouveau assis, Rönn dit :

— Bon, revenons à nos moutons. Vous alliez décrire les occupants de la voiture.

— Oui, mais, en fait, il n'y en avait qu'un assis dans la voiture quand je les ai vus.

— Ah ?

— L'autre était debout sur le trottoir et il tenait la portière entrouverte. Il était grand, un peu plus que moi, et assez fort. Pas gros, mais bien bâti et l'air assez costaud. Il devait avoir à peu près mon âge, entre trente et trente-cinq, et il avait les cheveux très bouclés, un peu comme Harpo Marx, mais plus bruns. Disons : grisâtres. Il portait un falzar noir qui le serrait drôlement, à pattes d'éléphant, et une chemise noire en tissu à reflets. Elle était ouverte sur sa poitrine, assez bas, et je crois qu'il avait une sorte de chaîne en argent autour du cou. Il avait la bouille très bronzée, ou plutôt un bon coup de soleil. Quand la fille est arrivée en courant — enfin, si c'est bien une fille — il a ouvert la portière pour qu'elle puisse bondir dans la voiture puis il l'a claquée et il est allé s'asseoir à l'avant. Ensuite la voiture a démarré sur les chapeaux de roues.

— Dans quelle direction ? demanda Rönn.

— Elle a coupé la chaussée et est partie vers la place de Mariatorget.

— Euh, bon, dit Rönn. Très bien. Et l'autre ? Le second de ces hommes ?

— Lui, il était au volant et je ne l'ai pas bien vu. Mais il avait l'air plus jeune, il n'avait certainement pas beaucoup plus de vingt ans. Et il était maigre et pâle, à ce que j'ai vu. Il portait un tee-shirt blanc et il avait les bras plutôt maigrichons. Ses cheveux étaient très bruns, assez longs et ils avaient l'air sales. Ils étaient gras et tombaient en mèches. Il avait des lunettes de soleil et je me souviens maintenant qu'il portait une montre-bracelet noire et très large au poignet gauche.

Sjögren se renversa dans son fauteuil, son verre de bière à la main.

— Eh bien, je crois que je vous ai dit tout ce dont je peux me rappeler. A moins que j'aie oublié quelque chose, selon vous ?

— Je ne sais pas, dit Rönn. Mais si jamais quelque chose d'autre vous revenait, j'espère que vous voudrez bien nous le faire savoir. Serez-vous chez vous dans les prochains jours ?

— Malheureusement oui, dit Sjögren. Je suis bien en vacances en ce moment, mais j'ai pas de fric pour aller où que ce soit. Alors va bien falloir que je reste ici à traîner.

Rönn vida son verre et se leva.

— Bien, dit-il. Il est très possible que nous ayons encore besoin de votre aide par la suite.

Sjögren se leva également et suivit Rönn dans l'escalier.

— Vous croyez qu'il va falloir que je raconte tout ça encore un coup ? demanda-t-il. Est-ce qu'on ne ferait pas mieux de l'enregistrer une fois pour toutes ?

Il ouvrit la porte d'entrée et Rönn sortit sur le perron.

— Je voulais surtout dire que nous pourrions peut-être avoir besoin de vous pour identifier ces gens-là, quand on aura mis la main dessus. Il se peut aussi qu'on vous demande de venir à la P.J. pour regarder quelques photos.

Ils se serrèrent la main et Rönn dit :

— Enfin, on verra. Nous n'aurons peut-être plus besoin de vous déranger. Merci pour la bière.

— Oh, de rien. Je suis à votre disposition, si je peux vous être utile.

Lorsque Rönn partit, il vit Sjögren lui faire un petit signe amical du haut de son perron.

IX

Si l'on excepte les chiens policiers, les professionnels de la lutte contre le crime ne sont jamais que des êtres humains, après tout. Même au cours d'enquêtes difficiles et importantes, il arrive qu'ils aient des réactions typiquement humaines. Il peut, par exemple, se faire que la tension soit trop forte lorsqu'on s'apprête à les mettre face à des éléments de preuves uniques et décisifs.

La version suédoise de la BRB ne constituait nullement une exception à cette règle. Ses membres, ainsi que les hautes personnalités qui s'étaient invitées elles-mêmes, retenaient donc leur souffle. La pénombre régnait dans la pièce et tous les yeux étaient braqués sur l'écran rectangulaire où allaient bientôt apparaître les images prises sur le vif du hold-up de la banque de Hornsgatan. On allait assister, *de visu*, à une attaque à main armée et à un meurtre et voir une personne qu'une presse du soir sur le qui-vive avait déjà affublée de tous les qualificatifs possibles et imaginables, depuis « la beauté blonde au pistolet et aux lunettes de soleil » jusqu'à « la vamp qui tue ». De telles épithètes montraient bien que, faute d'imagination, les journalistes se fiaient à celle des autres — charmant euphémisme pour ce qui n'était en fait rien d'autre que du vulgaire plagiat.

La dernière « vamp » qui avait été arrêtée pour attaque à main armée était une dame boutonneuse, aux pieds plats et dans la quarantaine, qui, selon des sources bien informées, pesait quatre-vingt-sept kilos et possédait un triple menton à faire pâlir un catcheur. Pourtant, même après l'avoir vue perdre son dentier devant le tribunal, la presse n'avait pas mis la moindre sourdine à son lyrisme quant au physique de cette dame et une bonne partie de ses lecteurs les moins critiques était convaincue pour toujours qu'elle était douce et belle, qu'elle avait des yeux de rêve et qu'elle aurait été toute désignée pour être hôtesse de l'air de la Panam ou bien pour briguer le titre de Miss Univers.

Il en allait toujours ainsi chaque fois qu'une femme commettait un crime un tant soit peu sensationnel. La presse du soir les transformait immédiatement en mannequins de renommée internationale.

Si les images du hold-up n'avaient pu être montrées plus tôt, c'était dû au fait que, comme d'habitude, la cassette présentait certains défauts et que le laboratoire photographique avait dû déployer des trésors d'ingéniosité pour ne pas endommager irrémédiablement le film. Les techniciens avaient malgré tout réussi à défaire la bobine et à développer la pellicule sans même en abîmer les bords.

Pour une fois, la caméra semblait avoir été convenablement mise au point et on avait tout lieu de supposer que le résultat allait être parfait du point de vue technique.

— Je me demande ce qu'on va voir : peut-être bien Donald, plaisanta Gunvald Larsson.
— Moi, je préfère la Panthère rose, dit Kollberg.

— J'en connais qui opteraient pour Nüremberg dans les années 30, conclut Gunvald Larsson.

Ceux qui étaient assis tout à l'avant de la salle parlaient sans se gêner mais, derrière eux, régnait un silence de mort. Les plus hautes huiles de la police, le directeur de la police nationale et Malm en personne, ne disaient mot et Kollberg se demandait bien ce qu'ils pensaient.

Sans doute étaient-ils tout simplement en train de réfléchir aux meilleurs moyens d'empoisonner l'existence de leurs subordonnés les plus récalcitrants. Peut-être leurs pensées remontaient-elles le temps vers l'époque bienheureuse où régnaient véritablement la loi et l'ordre, où les délégués suédois avaient voté sans broncher pour Heydrich comme président de la police mondiale, et regrettaient-ils même le bon temps de l'année précédente, où personne n'avait encore osé critiquer l'idée de confier totalement, à nouveau, l'instruction des policiers à des militaires réactionnaires.

Le seul à rire sous cape était Bulldozer Olsson.

Auparavant, Kollberg et Gunvald Larsson n'avaient guère eu d'estime l'un pour l'autre. Mais certaines expériences récentes faites en commun les avaient quelque peu rapprochés. Non pas que l'on pût les qualifier d'amis ou que l'idée puisse leur venir de se fréquenter en dehors du service, mais il leur arrivait de plus en plus souvent de se trouver sur la même longueur d'ondes. Et, au sein de la BRB, ils éprouvaient sans le moindre doute un certain nombre de sentiments communs.

La technique était enfin prête.

La salle trépignait d'impatience contenue.

— On va voir ce qu'on va voir, dit Bulldozer Olsson, enthousiaste. Si les images sont aussi bonnes qu'on le dit, on va les passer au journal télévisé de ce soir et ils sont faits comme des rats.

— Les dessins animés, ce n'est pas mal non plus, dit Gunvald Larsson.

— Ou un bon film cochon bien suédois, soupira Kollberg. Dire que je n'ai jamais vu ce chef-d'œuvre du septième art qu'est *Les minettes au pensionnat*.

— Silence, s'il vous plaît messieurs, grogna le directeur de la police nationale.

La projection commença. L'exposition était parfaite, les images d'une netteté irréprochable. A tel point que personne n'en avait encore vu de pareilles. Dans la plupart des cas les auteurs de hold-up apparaissaient sous la forme de taches diffuses ressemblant à des pommes de terre en robe des champs ou à des œufs pochés, mais cette fois tout était parfait.

La caméra avait été si astucieusement disposée que l'on voyait la caisse de derrière et, grâce à une nouvelle émulsion ultra-sensible, on distinguait parfaitement la personne qui se trouvait de l'autre côté du comptoir.

Certes, on ne vit tout d'abord personne. Mais, au bout d'une minute environ, quelqu'un pénétra dans le champ, s'arrêta, tourna la tête d'abord à droite puis à gauche avant de fixer la caméra du regard, bien droit, comme pour s'assurer de passer également à la postérité de face.

Sa tenue était, elle aussi, parfaitement distincte : veste en peau de chamois, chemise bien coupée aux pointes de col très longues.

Son visage était puissant, ses traits sévères, ses cheveux blonds et peignés en arrière et ses sourcils blonds fort broussailleux. Son regard traduisait un mécontenttement certain. On vit alors cette personne lever une grosse main velue et arracher un poil de l'une de ses narines avant de l'examiner longuement.

Aucun doute ne pouvait régner sur son identité.

C'était bien Gunvald Larsson.

La lumière revint dans la salle.

La BRB tout entière gardait le silence.

C'est alors que le directeur de la police nationale laissa tomber ces fortes paroles :

— Rien de ceci ne doit transpirer.

Bien entendu.

De toute façon, rien ne devait jamais transpirer.

Puis ce fut au tour de Malm de dire de sa voix de fausset :

— Absolument rien ne doit transpirer. Vous êtes tous responsables.

Kollberg éclata de rire.

— Qu'est-ce qui a bien pu se passer ? demanda Bulldozer Olsson.

Il semblait légèrement ébranlé, lui aussi.

— Bah, dit le spécialiste. C'est tout à fait explicable du point de vue technique. Le déclencheur a très bien pu se gripper et la caméra a commencé à tourner avec un certain retard. C'est très sensible, ce genre d'appareil.

— Si jamais je lis un mot de cela dans la presse, gronda le directeur de la police nationale,...

— Le ministère devra encore commander une nouvelle moquette, compléta Gunvald Larsson. Il en existe peut-être de parfumées à la framboise.

— Tu as vu le déguisement qu'elle a utilisé, dit Kollberg. Où est-ce qu'elle est allée chercher ça ?

Le directeur de la police nationale se précipita vers la porte, avec Malm sur ses talons.

Kollberg respira à pleins poumons.

— Je ne sais pas comment qualifier cela, dit Bulldozer Olsson.

— Si je peux me permettre, je trouve, moi, que le film était excellent, suggéra timidement Gunvald Larsson.

X

Kollberg était maintenant remis de ses émotions et regardait pensivement la personne qui, pour l'instant, devait être considérée comme son supérieur immédiat.

Bulldozer Olsson était l'âme de la BRB. Il adorait littéralement les hold-up et leur montée en flèche, ces dernières années, avait occasionné en lui un véritable épanouissement. C'était de lui qu'émanaient les idées et l'énergie : il était capable de travailler dix-huit heures par jour pendant des semaines de suite sans jamais laisser échapper une parole de plainte ni donner de signes d'état dépressif ou même de fatigue. A tel point que lorsque ses collaborateurs directs étaient au bord de l'épuisement ils en venaient à se demander si ce n'était pas lui, en fait, le grand patron de ce « syndicat du crime » dont on parlait tant dans le pays.

Bulldozer Olsson aimait le travail de police. Il trouvait que c'était le plus divertissant et le plus passionnant qu'il soit possible d'imaginer.

C'était certainement dû au fait qu'il n'était pas lui-même dans la police.

C'était un magistrat ayant rang de substitut et chargé de l'instruction dans le domaine, chaque jour plus riche, des attaques de banques. Certaines de ces affaires étaient à moitié élucidées et quelques personnes plus ou moins coupables avaient été arrêtées ou bien inculpées, mais on en était maintenant arrivé au rythme de plusieurs hold-up par semaine et tout le monde savait que nombre d'entre eux étaient intimement liés, bien qu'il fût impossible de dire de quelle façon exactement.

Et puis il n'y avait pas que les banques qui se faisaient attaquer.

C'était même une minorité, par rapport à toutes les agressions commises contre des personnes privées. Celles-ci se faisaient assommer à toute heure du jour dans la rue, dans le métro, dans leur boutique ou même chez elles, dans tous les endroits possibles et de toutes les manières imaginables. Mais les attaques de banques étaient prises beaucoup plus au sérieux. Les banques constituaient tout de même bien les fondements de la société.

Le système social de la Suède n'était apparemment pas très satisfaisant et ce n'était même qu'au prix d'un excès de langage que l'on pouvait oser dire qu'il fonctionnait. Quant à la police... Au cours des deux dernières années, deux cent vingt mille affaires criminelles avaient dû être purement et simplement abandonnées du fait de l'impuissance de celle-ci et, parmi les plus graves portées à sa connaissance — qui ne constituaient bien sûr qu'un petit nombre d'entre elles — une sur quatre seulement finissait par être élucidée.

Dans ces conditions, les principaux responsables eux-mêmes étaient tout juste capables de hocher la tête et d'afficher la plus grande perplexité. Cela faisait longtemps que chacun avait appris à rejeter la faute sur les autres ; mais maintenant il n'y avait plus personne de disponible à cet effet et la seule chose qu'on avait réussi à inventer, récemment, était d'interdire la consommation de la bière. Etant donné que la Suède est un pays où l'on boit, comparativement, fort peu de bière, il n'est pas difficile de se rendre compte à quelle distance de la réalité bon nombre de représentants des plus hautes instances du pays pouvaient se trouver dans leurs cogitations.

Une chose était certaine, malgré tout. La police n'avait, dans une large mesure, qu'à s'en prendre à elle-même. Après sa transformation en police d'Etat, en 1965, toutes ses forces avaient été rassemblées sous une direction unique et, dès le début, il était apparu que la personne choisie pour assumer cette tâche n'était pas vraiment celle qui convenait.

De nombreux chercheurs et sociologues s'étaient longuement interrogés afin de savoir quelle philosophie dictait la conduite de la direction centrale de la police. Naturellement, personne n'avait jamais pu trouver la réponse à cette question. En vertu du principe selon lequel rien ne devait transpirer, le directeur de la police nationale ne répondait jamais à rien, c'était une doctrine bien arrêtée. Au lieu de cela, il se répandait volontiers en discours totalement dépourvus d'intérêt, même au point de vue rhétorique.

Quelques années auparavant, un membre de la police avait découvert un moyen très simple et indétectable immédiatement de manipuler les statistiques portant sur la criminalité, afin de leur faire dire tout autre chose que la vérité sans pour autant qu'on puisse les qualifier de mensongères. On avait commencé par réclamer une police plus militante et plus unie, disposant de moyens techniques accrus, de façon générale, et en particulier dans le domaine de l'armement. Afin d'avoir des chances de les obtenir, il avait bien fallu exagérer les risques encourus. Et, comme le blablabla habituel ne suffisait pas en tant que moyen de pression politique, on avait eu recours à un autre procédé : la manipulation des statistiques.

Les manifestations politiques de la fin des années 60 avaient constitué, de ce point de vue, un véritable cadeau de la Providence. Bien que réclamant la paix, ces manifestations furent réprimées par la violence ; bien que n'étant armés de rien d'autre que de leurs pancartes et de leur conviction, les manifestants furent accueillis à coups de gaz lacrimogènes, de canons à eau et de matraques. Chaque défilé non violent finissait par tourner à l'émeute. Les gens qui cherchaient à se défendre étaient arrêtés et passés à tabac. Puis ils se voyaient inculpés de « violences à agent de la force publique » ou bien de « résistance armée » et, qu'ils fussent ou non traînés en justice, allaient grossir les statistiques. Cette méthode fut extrêmement efficace. Chaque fois que l'on envoyait quelques centaines d'agents taper sur une manifestation, le nombre des outrages à agent grimpait vertigineusement.

On incita la police en uniforme à faire preuve de plus de « fermeté », comme on disait, et bon nombre d'entre les intéressés ne se firent pas prier. Si on cogne sur un ivrogne, les chances de le voir réagir violemment sont assez élevées. C'était à la portée du premier imbécile venu de comprendre cela.

Et le résultat ne se fit pas attendre. La police fut armée à la limite de l'imaginable. Des situations qui, jadis auraient pu être maîtrisées par un homme seul, équipé d'un crayon à papier et d'un rien de bon sens, se mirent soudain à exiger des cars entiers de policiers armés de pistolets-mitrailleurs et de gilets pare-balles.

A plus long terme, cependant, les résultats ne furent pas tout à fait ceux que l'on escomptait. La violence n'engendre pas seulement l'antipathie et la haine mais aussi un sentiment de danger et de crainte.

Et l'on en était arrivé au point que les gens avaient maintenant peur les uns des autres. Stockholm était devenue une ville peuplée de dizaines de milliers de gens apeurés, or ceux-là sont toujours dangereux.

Bon nombre des six cents agents de police soudain disparus avaient en fait démissionné parce qu'ils avaient peur. Bien qu'ils aient été armés jusqu'aux dents, comme on l'a vu, et que la plupart d'entre eux aient en outre pris l'habitude de rester soigneusement enfermés dans leur voiture.

Certains avaient naturellement fui Stockholm pour d'autres raisons, par exemple parce qu'ils ne s'y plaisaient pas, tout simplement, ou bien par dégoût de la besogne qu'on leur faisait accomplir.

La manœuvre avait donc échoué, en fin de compte. On ne pouvait que s'interroger sur les motifs qu'elle dissimulait. Mais beaucoup pensaient voir quelque chose de brun se profiler derrière elle.

Il ne manquait pas d'exemples de manipulation de ce genre et certaines d'entre elles poussaient fort loin le cynisme. Un an auparavant, on avait entrepris de lutter contre les chèques sans provisions. Les gens tiraient plus de chèques qu'ils n'avaient d'argent et certains papiers finissaient par aboutir entre des mains auxquels ils n'étaient pas destinés. Le nombre de ces petits délits économiques impunis faisant de plus en plus mauvais effet, on réclama des mesures énergiques. La direction de la police nationale prescrivit alors de ne plus accepter les chèques comme moyen de paiement. Tout le monde savait quelle serait la conséquence d'une pareille mesure : contraindre les gens à se promener avec de l'argent liquide dans leurs poches, c'était encourager les agressions sur la voie publique. Et ce fut bien ce qui se produisit. Mais les chèques sans provisions disparurent — faute de chèques — et la police put faire état d'un succès bien douteux. Le fait que des tas de gens se faisaient agresser en ville n'avait guère d'importance à côté.

Tout cela faisait partie de cette violence qu'il convenait de combattre au moyen d'agents sans cesse plus nombreux et mieux armés.

Il ne restait plus qu'à trouver les candidats.

Les statistiques officielles sur la criminalité des six premiers mois suivants constituèrent un triomphe de première envergure. Elles faisaient en effet apparaître une diminution de deux pour cent, en dépit d'une progression réelle évidente pour tout le monde. L'explication en était pourtant simple : pas vu pas pris, un agent de police qui n'existe pas ne peut pas arrêter de criminels. En outre, chaque chèque sans provision avait précédemment été comptabilisé comme constituant un délit.

Lorsque la police politique se vit interdire de procéder à des écoutes téléphoniques, les théoriciens de la direction nationale accoururent également à la rescousse. En grossissant exagérément les choses et grâce à une campagne d'intimidation, on réussit à convaincre le Parlement de voter une loi légitimant les écoutes téléphoniques dans le cadre de la lutte contre le trafic des stupéfiants. Les passionnés de l'anticommunisme purent donc continuer à écouter les conversations en toute tranquillité, tandis que le commerce de la drogue fleurissait chaque jour davantage.

Ce n'est pas drôle d'être dans la police, se dit Lennart Kollberg.

Que peut-on faire quand on voit sa propre organisation se décomposer sous ses yeux ? Quand on entend les rats du fascisme courir derrière la cloison ? Il avait servi loyalement cette organisation pendant toute sa vie adulte.

Oui, que peut-on faire ?

Si l'on dit ce qu'on pense, on se fait mettre à la porte.

Ce n'est pas une solution.

Il devait bien y avoir des modes d'action plus constructifs.

Et puis : il n'était certainement pas le seul, dans la police, à être de cet avis. Mais combien d'autres y en avait-il et qui étaient-ils ?

Ce genre de préoccupations étaient bien étrangères à l'esprit de Bulldozer Olsson.

Il trouvait que la vie était drôle comme tout et que tout était clair comme de l'eau de roche.

— Mais il y a quelque chose que je ne comprends pas, dit-il.

— Vraiment, dit Gunvald Larsson. Quoi donc ?

— Où est-ce que cette voiture a bien pu passer ? Les barrages ont quand même bien fonctionné, n'est-ce pas ?

— On peut le penser.

— Les ponts ont dû être bloqués en l'espace de cinq minutes.

Le quartier de Södermalm, dans lequel se trouve la banque qui avait été attaquée, est en effet une île à laquelle on accède par six ponts. Et la BRB avait depuis longtemps mis sur pied un plan de blocage rapide des différents secteurs du centre de la ville.

— Oui, dit Gunvald Larsson. J'ai vérifié auprès du service compétent. Pour une fois, tout semble avoir parfaitement fonctionné.

— Qu'est-ce que c'était comme bagnole ? demanda Kollberg.

Il n'avait pas encore eu le temps de s'informer de tous les détails.

— Une Renault 16, gris clair ou beige. Immatriculée à Stockholm et dont le numéro minéralogique comporte deux fois le chiffre trois.

— Une fausse plaque, bien sûr, ricana Gunvald Larsson.

— Oui, naturellement, mais on n'a encore jamais vu personne réussir à repeindre une voiture entre la place de Mariatorget et l'Écluse. Et s'ils ont changé de voiture...

— Eh bien ?

— Où est passée la première ?

Bulldozer Olsson faisait les cent pas dans la pièce tout en se frappant le front avec la paume des mains. C'était un homme dans la quarantaine, rondelet et aux joues roses, d'une taille nettement inférieure à la moyenne. Ses gestes étaient aussi vifs que son intellect. Il poursuivit en se parlant maintenant à lui-même :

— Ils parquent la voiture dans un garage ou près d'une station de métro ou d'un arrêt d'autobus. L'un d'entre eux file avec le fric. L'autre change les plaques de la voiture. Puis il file à son tour. Le samedi, le type à la voiture revient et s'occupe de la repeindre. Et hier matin elle était prête à fiche le camp d'ici. Mais...

— Mais quoi ? demanda Kollberg.

— Mais j'avais des gars chargés de vérifier toutes les Renault quittant le quartier jusqu'à une heure cette nuit.

— Alors de deux choses l'une : ou bien elle a réussi à passer entre les mailles du filet ou bien elle est toujours là, dit Kollberg.

Gunvald Larsson, pour sa part, ne dit rien. Il détaillait intérieurement l'habillement de Bulldozer Olsson et cela au prix d'un très intense déplaisir. Costume bleu clair tout frippé, chemise couleur cochon de lait, cravate large à motif floral, chaussettes noires et chaussures brunes, pointues et surpiquées, très mal cirées.

— Qu'est-ce que tu entends par « le type à la voiture » ?

— Ils ne s'occupent jamais de la voiture eux-mêmes. Ils paient un type qui est chargé d'amener les bagnoles à un endroit convenu et de les reprendre à un autre. C'est souvent quelqu'un qui vient d'ailleurs, de Göteborg ou de Malmö, par exemple. Ils font toujours très attention à ce détail.

Cette réponse eut l'air de plonger Kollberg encore plus profondément dans la perplexité. Il demanda donc :

— Qui ça, « ils » ?

— Malmström et Mohrén, naturellement.

— Et qui sont Malmström et Mohrén ?

Bulldozer lui lança un regard de désespoir qui se radoucit cependant très vite.

— Oui, c'est vrai, tu es nouveau. Malmström et Mohrén sont nos deux as du hold-up. Ça fait quatre mois qu'ils se sont évadés de la prison de Kumla. Et c'est leur quatrième coup depuis.

— Je croyais qu'il était impossible de s'évader de Kumla, dit Kollberg.

— C'est vrai. Malmström et Mohrén ne se sont pas évadés, en fait. Ils ont obtenu une permission de week-end. Et ils ont simplement oublié de revenir. Nous avons des raisons de croire qu'ils se sont tenus tranquilles jusqu'à la fin du mois d'avril. Avant ça, ils sont certainement partis en vacances aux Canaries ou en Gambie. Probablement un séjour de deux semaines.

— Et ensuite ?

— Ensuite, ils se sont équipés. En armes et autres choses. En général, ils s'approvisionnent en Espagne ou en Italie.

— Mais c'est une femme qui a commis le hold-up de vendredi, objecta Kollberg.

— Déguisée, répliqua doctement Bulldozer Olsson. Avec perruque blonde et faux seins. Pour ma part, je suis certain que c'est Malmström et Mohrén qui ont fait le coup. Personne d'autre ne peut avoir un pareil culot. Ni agir avec autant d'adresse et créer un pareil effet de surprise. Tu sais, c'est passionnant, ce boulot. Follement passionnant. En fait, c'est comme de...

— ... jouer une partie d'échecs par correspondance avec un grand maître, acheva Gunvald Larsson d'un air las. Mais ils ont beau être très forts, Malmström et Mohrén, ils ne peuvent tout de même pas en prendre à ce point à leur aise avec la nature. Ils pèsent quatre-vingt-quinze kilos, ils chaussent du quarante-six et ils ont des pattes grandes comme des couvercles de W.C. Mohrén fait un mètre dix-huit de tour de poitrine. Ça fait quinze centimètres de plus qu'Anita Ekberg à ses plus beaux jours. Je le vois mal en robe avec des faux seins.

— D'ailleurs cette femme n'était-elle pas en pantalon ? demanda Kollberg. Et elle était assez petite, il me semble.

— Bien sûr, ils ont envoyé quelqu'un d'autre dans la banque, dit Bulldozer Olsson sans se démonter. C'est une de leurs astuces habituelles.

Il se précipita vers l'un des bureaux et prit une feuille de papier.

— Combien ont-ils d'argent en ce moment ? se demanda-t-il à lui-même. Cinquante mille à Borås, quarante à Gubbängen, vingt-six à Märsta et quatre-vingt-dix maintenant, ça fait plus de deux cent mille en tout. Ils vont bientôt être prêts.

— Pour quoi ? ne put s'empêcher de demander Kollberg.

— Le grand coup. Le Coup avec un grand C. Ce qu'ils ont fait jusqu'à présent, c'est uniquement pour le financer. Mais maintenant, ça ne va plus tarder.

Il était presque hors de lui, tellement il était excité, et arpentait la pièce dans tous les sens.

— Mais où ça, messieurs ? Où ça ? Eh bien, voyons, réfléchissons un peu. Si j'étais Werner Roos, qu'est-ce que je ferais ? Comment porterais-je mon attaque, ma mise en échec ? Et vous, comment la porteriez-vous ? Et quand ?

— Qui diable est Werner Roos ? demanda Kollberg.

— Un steward de compagnie aérienne, dit Gunvald Larsson.

— Mais avant tout, c'est un criminel, coupa Bulldozer Olsson. A sa manière, c'est un génie. C'est lui qui organise tout dans les moindres détails. Sans lui,

Malmström et Mohrén ne seraient que quantité négligeable. C'est lui qui effectue tout le travail intellectuel. Sans lui, la plupart de ces bandits seraient réduits au chômage. Et c'est lui le plus grand bandit de tous ! Une sorte de sommité de...

— Ne crie pas comme ça, bon sang, dit Gunvald Larsson. Tu n'es pas au tribunal.

— On va le pincer, dit soudain Bulldozer Olsson, comme s'il venait d'avoir une idée de génie. On lui met le grappin dessus tout de suite.

— Pour le relâcher demain, dit Gunvald Larsson.

— Ça ne fait rien. Il ne s'y attend pas. Ça va peut-être le déboussoler.

— Tu crois ? C'est déjà la cinquième fois cette année.

— Ça n'a pas d'importance, dit Bulldozer Olsson en se précipitant vers la porte.

Bulldozer Olsson se prénommait en réalité Sten. Mais tout le monde l'avait oublié, à part peut-être sa femme. D'un autre côté, elle avait probablement oublié à quoi il ressemblait.

— On dirait qu'il y a tout un tas de trucs que je ne saisis pas, dit Kollberg d'une voix plaintive.

— En ce qui concerne Roos, Bulldozer a probablement raison. C'est un sacré malin et il a toujours un alibi. Et même un alibi en béton. A chaque fois qu'il se passe quelque chose il est à Singapour, à San Francisco ou à Tokyo.

— Mais comment peut-il savoir que ce sont ces deux types, Malmström et Mohrén, qui sont derrière ce coup-là ?

— Je suppose que c'est grâce à son sixième sens.

Gunvald Larsson haussa les épaules et ajouta :

— Mais ce que je n'arrive pas à comprendre, moi,

c'est ceci : Malmström et Mohrén sont deux gangsters connus comme le loup blanc. Ils ont fait de la taule je ne sais plus combien de fois, bien qu'ils aient toujours nié, et ils finissent par aboutir à Kumla. Et là, on leur donne une permission de sortie.

— Bah, on ne peut pas enfermer les gens dans une pièce avec un poste de télé pendant toute leur vie. C'est trop cruel.

— Non, dit Gunvald Larsson. C'est vrai.

Ils gardèrent le silence pendant quelques instants.

Tous deux pensaient la même chose. La construction de la prison de Kumla avait coûté des sommes astronomiques à l'État suédois et elle avait été pourvue de tous les perfectionnements de la technique afin de couper complètement du reste de la société les personnes indésirables. Les étrangers ayant l'expérience d'établissements pénitenciers un peu partout dans le monde disaient que le quartier de haute sécurité de cet établissement était probablement le plus inhumain et le plus destructeur pour la personnalité de tous ceux qu'ils connaissaient.

Le fait qu'il n'y ait pas de punaises dans les matelas ni de vers dans la nourriture ne peut pas compenser le manque de contact humain.

— A propos de ce meurtre de Hornsgatan, commença Kollberg.

— Ce n'était pas un meurtre, coupa Gunvald Larsson. C'était plutôt un accident. Elle a tiré par erreur. Elle ne savait peut-être même pas que le pistolet était chargé.

— Tu es sûr que c'était une fille ?

— Oui.

— Mais Malmström et Mohrén, alors ?

— Bah, ils ont bien pu envoyer une fille.

93

— Il n'y a pas d'empreintes ? Pourtant, elle ne portait pas de gants, il me semble.

— Il y en avait. Sur la poignée de la porte. Mais l'un des membres du personnel a eu le temps de tout barbouiller avant qu'on puisse les relever. Elles sont donc inutilisables.

— Et une expertise balistique, il y en a eu une ?

— Oh, oui ! Les experts ont eu à leur disposition non seulement la balle mais également la douille. Selon eux, elle a utilisé un quarante-cinq, sans doute un Llama auto.

— C'est gros, ça. Surtout pour une fille.

— Oui. Bulldozer dit que c'est bien ce qui désigne la bande de Malmström, Mohrén et Roos. Ils utilisent toujours des gros calibres, à cause du bruit : ça effraie beaucoup plus. Mais...

— Mais quoi ?

— Malmström et Mohrén ne tirent pas sur les gens. En tout cas, ils ne l'ont jamais fait. Si quelqu'un bronche, ils expédient une balle au plafond et ça suffit pour rétablir l'ordre.

— Est-ce que ça rime à quelque chose d'arrêter ce Roos ?

— Bah, si je comprends bien, Bulldozer fait le raisonnement suivant : si Roos a l'un de ses habituels alibis de première classe, par exemple s'il était à Yokohama vendredi dernier, on peut être sûrs que c'est lui qui était derrière le coup. Par contre, s'il était à Stockholm, c'est beaucoup plus douteux.

— Et Roos lui-même, qu'est-ce qu'il en dit ? Il ne se fiche pas en rogne ?

— Jamais. Il dit que c'est vrai qu'il est un vieux copain de Malmström et Mohrén et qu'il regrette bien que les choses aient si mal tourné pour eux dans la vie.

La dernière fois, il nous a demandé si on croyait qu'il pouvait venir en aide à ses vieux potes d'une façon ou d'une autre. Il se trouvait justement que Malm était là. Il a failli avoir une hémorragie cérébrale.

— Et Olsson ?

— Bulldozer ? Il s'est marré. Il a dit que c'était digne d'un grand joueur d'échecs.

— Qu'est-ce qu'il attend ?

— Le coup suivant. Tu l'as entendu toi-même. Il pense que Roos est en train de mettre sur pied une grande opération que Malmström et Mohrén vont exécuter. Tous deux désirent sans doute avoir assez d'argent pour émigrer discrètement et vivre de leurs rentes pendant le restant de leurs jours.

— Et cela doit nécessairement être une attaque de banque ?

— Bulldozer a le plus grand mépris pour tout ce qui n'est pas les banques. Et il paraît même qu'il a des ordres en ce sens.

— Et ce témoin ?

— Celui qu'Einar a interrogé ?

— Oui.

— Il est venu ce matin regarder tout un tas de photos. Mais il n'a reconnu personne.

— Et il est sûr de la voiture ?

— Il jure ses grands dieux

Gunvald Larsson garda le silence et se mit à tirer sur ses doigts, l'un après l'autre, jusqu'à ce que les articulations se mettent à craquer. Puis il finit par dire :

— Cette histoire de voiture, je trouve ça louche.

XI

La journée promettait d'être chaude et Martin Beck sortit de la penderie son costume le plus léger. Celui-ci était bleu clair. Il l'avait acheté un mois auparavant mais ne l'avait encore porté qu'une seule fois. Lorsqu'il enfila le pantalon, une grosse tache de chocolat sur le genou droit lui rappela que ce jour-là il avait rencontré les enfants de Kollberg et que cela avait donné lieu à des orgies de friandises.

Martin Beck enleva son pantalon, l'emporta dans la cuisine et fit couler de l'eau chaude sur un coin de torchon. Il frotta ensuite la tache au moyen de celui-ci, ce qui eut pour seul résultat que la tache devint deux fois plus grande. Pourtant il n'abandonna pas la partie pour autant et continua à s'escrimer sur le pantalon en se disant que ce n'était en fait que dans ce genre de situation qu'Inga lui manquait, mais très rarement en dehors de cela, ce qui en disait long sur sa vie conjugale passée. A la fin, la moitié de la jambe du pantalon fut trempée mais la tache semblait au moins avoir en partie disparu. Il passa le pli entre son pouce et son index et posa le pantalon sur le dossier d'une chaise, exposé au soleil qui pénétrait à flots par la fenêtre grande ouverte.

Il n'était encore que huit heures mais cela faisait

plusieurs heures qu'il était réveillé. Il s'était malgré tout endormi assez tôt, la veille, et son sommeil avait été beaucoup plus calme que d'habitude, en particulier côté rêves. Sa première journée de travail depuis longtemps n'avait certes pas été épuisante mais elle semblait quand même avoir laissé des traces.

Martin Beck ouvrit la porte du réfrigérateur, regarda le litre de lait en carton, le paquet de beurre et l'unique bouteille d'eau minérale et se dit qu'il lui faudrait faire des courses le soir, en rentrant. De la bière et du yaourt. A moins qu'il ne cesse de prendre du yaourt le matin car ce n'était vraiment pas excellent. Mais alors il devrait trouver autre chose pour le petit déjeuner. Le médecin lui avait dit qu'il fallait qu'il prenne du poids, au moins les kilos qu'il avait perdus depuis sa sortie de l'hôpital et si possible un peu plus.

Soudain, la sonnerie du téléphone retentit dans la chambre.

Martin Beck ferma la porte du réfrigérateur et alla décrocher.

C'était une infirmière de l'asile de vieillards où était sa mère.

— Mme Beck ne va pas très bien, lui dit-elle. Elle a de la température depuis ce matin, plus de trente-neuf. Je me suis dit que vous aimeriez sans doute être informé, monsieur le commissaire.

— Naturellement. Est-ce qu'elle est réveillée ?

— Elle l'était il y a cinq minutes. Mais elle est très fatiguée.

— Je viens tout de suite, dit Martin Beck.

— Nous avons été obligés de la mettre dans une chambre où elle sera mieux surveillée, dit l'infirmière. Passez par le bureau avant de monter.

La mère de Martin Beck avait quatre-vingt-deux ans et elle avait passé les deux dernières années à l'infirmerie de cet asile de vieillards. La maladie avait évolué lentement et ne s'était tout d'abord manifestée que par de légers vertiges qui étaient malgré tout devenus de plus en plus fréquents et de plus en plus graves. Elle avait fini par être en partie paralysée. Ces derniers mois elle avait dû rester dans une chaise roulante et, depuis la fin avril, elle ne s'était même plus levée de son lit.

Martin Beck lui avait souvent rendu visite au cours de sa propre convalescence mais cela lui faisait de la peine de la voir dépérir ainsi. Les dernières fois, elle l'avait pris pour son mari, le père de Martin Beck, mort depuis vingt-deux ans.

Il lui avait également été pénible de voir à quel point elle pouvait être seule et coupée du monde dans sa chambre de malade. Avant d'avoir ces vertiges, elle avait l'habitude de descendre en ville afin d'entrer dans les magasins, de voir les gens autour d'elle ou bien de rendre visite à l'un des rares amis qui lui restât encore. Elle était souvent allée voir Inga, sa bru, et Rolf, son petit-fils, à Bagarmossen, ou bien Ingrid, qui habitait seule à Stocksund. Naturellement elle avait été bien seule dans cet asile, même avant le début de sa maladie, mais, tant qu'elle avait pu se déplacer, elle avait encore eu la possibilité, malgré tout, de voir de temps en temps autre chose autour d'elle que des malades et des vieilles personnes. Elle lisait toujours le journal, regardait la télévision et écoutait la radio. Il lui arrivait même d'aller au concert ou au cinéma. Elle savait ce qui se passait dans le monde et s'y intéressait.

Mais, lorsque la maladie l'avait coupée du reste du

monde, elle avait changé rapidement du point de vue mental.

Martin Beck l'avait vue baisser, se désintéresser de ce qui se passait en dehors de sa chambre de malade et finir par perdre tout contact avec la réalité et le présent.

Il supposait que c'était là une réaction de défense de l'esprit, qui faisait que sa conscience ne semblait plus s'attacher qu'au passé, désormais ; elle ne trouvait plus rien d'attirant dans le présent et dans la réalité qui l'entourait.

Il avait été effrayé quand il avait compris comment se déroulaient ses journées lorsqu'elle pouvait encore se mettre dans son fauteuil roulant et semblait heureuse et présente, pendant ses visites.

A sept heures du matin, on la lavait et on l'habillait, on l'installait dans son fauteuil et on lui servait son petit déjeuner. Puis elle restait seule dans sa chambre, elle n'écoutait même plus la radio car elle entendait mal maintenant, elle n'avait plus la force de lire et ses pauvres mains ne parvenaient même plus à tenir un ouvrage. A midi on lui apportait son déjeuner et, à trois heures, l'infirmière terminait sa journée de travail en la déshabillant et en la mettant au lit. Plus tard, elle avait encore droit à un repas léger mais elle n'avait plus assez d'appétit pour manger quoi que ce soit. Une fois, elle lui avait dit que le personnel la disputait parce qu'elle ne mangeait pas assez mais que cela ne faisait rien parce que, comme cela, quelqu'un venait au moins lui parler.

Martin Beck savait que le manque de personnel dans ce genre d'établissement était un grave problème, surtout dans les infirmeries. Il savait aussi que les personnes qui acceptaient d'y travailler étaient en général prévenantes envers les vieillards et faisaient tout ce qu'elles pouvaient, malgré des salaires de misère et des horaires désagréables. Il s'était souvent demandé comment il pourrait adoucir son existence ; peut-être en la transférant dans une clinique privée, où on pourrait lui consacrer plus de temps et d'attention. Mais il n'avait pas tardé à comprendre qu'elle n'y serait pas mieux soignée que là où elle était et que tout ce qu'il pouvait faire, c'était d'aller la voir aussi souvent que possible. Tout en examinant les possibilités d'améliorer le sort de sa propre mère, il avait également compris qu'il y avait beaucoup de personnes âgées qui étaient encore bien plus à plaindre.

Vieillir seul, pauvre et dans l'incapacité de prendre soin de soi-même, cela revient à se voir soudain privé de son identité et de sa dignité, après une longue vie de travail, et à être condamné à attendre la fin dans un établissement quelconque, en compagnie d'autres vieillards tout aussi abandonnés et anéantis.

Bien sûr, on ne parlait plus d'asiles ni d'hospices, maintenant. On appelait cela maisons de retraite ou même hôtels pour retraités, afin de masquer le fait que la plupart de ces vieillards n'étaient pas là de leur propre volonté, en fait, mais qu'ils étaient condamnés à vivre dans ce genre d'établissement par une prétendue société de bien-être qui ne voulait plus d'eux.

Le crime consistait à être trop vieux et la peine était sévère. On n'était plus qu'un rouage usé de la machine sociale, bon à être jeté à la ferraille.

Martin Beck comprit que, malgré tout, sa mère était moins à plaindre que la plupart des autres vieillards malades. Elle avait mis de l'argent de côté pour ses vieux jours afin de ne pas être à la charge de qui que ce soit. Et, bien que l'inflation ait considérablement réduit la valeur de l'argent, elle pouvait au moins s'offrir des soins médicaux, une nourriture relativement riche et, dans cette grande chambre claire qu'elle n'était pas obligée de partager avec quelqu'un d'autre, elle était entourée de ses objets familiers. Elle pouvait au moins s'offrir cela avec ses économies.

Le pantalon avait séché rapidement, au grand soleil, et la tache avait presque disparu. Martin Beck s'habilla et appela un taxi.

Le parc qui entourait l'asile était grand et bien entretenu, avec de grands arbres et des allées qui serpentaient dans la fraîcheur de leur ombre, entre des tonnelles, des plates-bandes et des terrasses. Avant sa maladie, la mère de Martin Beck aimait s'y promener, bras dessus bras dessous avec lui.

Martin Beck passa par le bureau de l'infirmière mais ne trouva pas l'infirmière qui l'avait appelée, ni qui que ce soit d'autre. Dans le couloir il rencontra une aide-soignante qui portait des bouteilles Thermos sur un plateau. Il lui demanda où était l'infirmière, et, lorsque celle-ci lui répondit, avec un accent finlandais très prononcé, qu'elle était occupée dans la chambre d'un malade, il lui demanda où se trouvait maintenant Mme Beck. D'un signe de tête elle lui indiqua une porte, un peu plus loin dans le couloir avant de continuer son chemin avec son plateau.

Martin Beck ouvrit doucement la porte. La chambre était plus petite que celle que sa mère occupait auparavant et ressemblait plus à une chambre d'hôpital. Tout y était blanc, sauf le bouquet de tulipes rouges qu'il lui avait offert deux jours auparavant et qui était placé sur une table, près de la fenêtre.

Sa mère était allongée sur son lit, fixant le plafond avec des yeux qui semblaient plus grands à chaque fois qu'il la voyait. Ses mains amaigries tiraillaient la literie. Il avança jusqu'au lit, prit sa main et elle tourna alors lentement le regard vers lui.

— Tu as fait tout ce chemin, murmura-t-elle d'une voix à peine audible.

— Ne te fatigue pas à parler, Maman, dit Martin Beck en s'asseyant sur une chaise, près du lit.

Il resta là, à regarder ce petit visage fatigué aux grands yeux brûlants de fièvre.

— Comment vas-tu ? demanda-t-il.

Elle ne répondit pas immédiatement, se contentant de le regarder et de cligner les yeux une ou deux fois, lentement et avec peine, comme si ses paupières étaient trop lourdes et l'obligeaient à des grands efforts pour les soulever.

— J'ai froid, finit-elle par dire.

Martin Beck chercha des yeux dans la chambre. Sur un tabouret, au pied du lit, il avisa une couverture qu'il prit et étendit sur sa mère.

— Merci, mon chéri, murmura-t-elle.

Il s'assit à nouveau et la regarda. Il ne savait pas quoi dire et se contenta donc de tenir sa main dans la sienne.

Un bruit rauque montait de sa gorge lorsqu'elle respirait. Peu à peu, sa respiration s'apaisa et elle ferma les yeux.

Il resta là, à lui tenir la main. Au-dehors, par la fenêtre, on entendait un merle chanter mais, à part cela, tout était calme.

Au bout d'un long moment, il lâcha délicatement sa main et se leva.

Il lui caressa la joue, qui était sèche et brûlante.

Lorsqu'il commença à se diriger vers la porte, le

regard encore fixé sur elle, elle ouvrit les yeux et le regarda.

— Mets ton bonnet bleu, il fait froid dehors, dit-elle avant de refermer les yeux.

Au bout d'un moment, Martin Beck se pencha sur elle, l'embrassa sur le front et partit.

XII

Kenneth Kvastmo, l'un des deux agents qui avaient pénétré dans l'appartement de Svärd, devait témoigner ce jour-là devant le tribunal. Martin Beck alla à sa rencontre, dans le couloir du palais de justice où il attendait patiemment son tour, et eut juste le temps de lui poser les deux questions qui le préoccupaient le plus avant qu'il ne soit appelé dans la salle d'audience.

Ensuite, Martin Beck quitta le bâtiment et fit à pied la distance qui le séparait de l'immeuble où avait habité Svärd, à savoir deux pâtés de maisons. Sur le trajet, il passa près des deux chantiers qui flanquaient l'hôtel de police. Devant l'aile sud on était en train de construire la nouvelle ligne de métro de Järvafält et, un peu plus haut, on creusait le roc afin d'y aménager les nouveaux locaux souterrains où, un jour, Martin Beck aurait son bureau. En ce moment précis, il était bien heureux que celui-ci fût encore situé dans l'hôtel de police sud, et non pas ici. Le bruit des voitures sur la route de Södertälje n'était qu'un léger bourdonnement à côté de cet infernal concert de perceuses pneumatiques, d'excavatrices et de camions.

La porte de l'appartement du premier avait été remise en état et on y avait ensuite apposé les scellés. Martin Beck brisa ceux-ci et entra.

La fenêtre donnant sur la rue était fermée et il put encore percevoir l'odeur, atténuée mais persistante, du cadavre, qui s'était incrustée dans les murs et dans le rare mobilier de cette chambre.

Il alla jusqu'à la fenêtre et examina celle-ci de plus près. Elle était d'un modèle ancien ouvrant vers l'extérieur et munie d'une sorte d'espagnolette dont le crochet, en forme d'anneau, est suspendu à un piton fixé dans le châssis de la fenêtre et vient se ficher dans un goujon du dormant quand on ferme la fenêtre. Il y avait deux crochets mais le goujon inférieur manquait. La peinture était défunte et le bois du châssis aussi bien que la partie inférieure du dormant était fendillé. Il était probable que le vent et la pluie réussissaient à passer entre les deux.

Martin Beck baissa le store. Il était bleu foncé mais vieux et passé.

Puis il retourna à la porte et embrassa la pièce du regard. Voilà donc ce que les deux agents avaient vu lorsqu'ils avaient pénétré dans cette chambre, du moins d'après les déclarations de Kvastmo. Il regagna la fenêtre, tira légèrement sur le fil et le store remonta de lui-même, bien que lentement et en grinçant légèrement. Puis il ouvrit la fenêtre et regarda à l'extérieur.

Sur la droite se trouvait ce chantier si bruyant et, derrière, il pouvait apercevoir, entre autres choses, les fenêtres de la brigade criminelle, dans l'immeuble de Kungsholmsgatan. Sur la gauche, Bergsgatan ne continuait pas beaucoup plus loin et s'arrêtait juste après la caserne des pompiers. Un petit bout de rue la reliait à Hantverkargatan. Martin Beck décida d'aller par là lorsqu'il aurait terminé son examen des lieux car il ne se souvenait plus du nom de cette petite rue, ni même d'y être jamais passé.

En face, se trouvait le parc de Kronoberg qui, comme la plupart des parcs de Stockholm, était situé sur une hauteur naturelle. Martin Beck l'avait souvent traversé à l'époque où il travaillait à Kristineberg. Il montait alors l'escalier de pierre qui se trouve au coin de Polhemsgatan et gagnait le vieux cimetière juif, dans l'angle opposé. Il lui était même arrivé de s'asseoir sur un banc, pour fumer une cigarette, sous les tilleuls tout en haut du parc.

Il éprouva alors l'intense besoin d'une cigarette et fouilla dans ses poches, tout en sachant pertinemment qu'il n'en avait pas sur lui. Il poussa un soupir de résignation et se dit qu'il ferait peut-être bien de prendre l'habitude de mâcher du chewing-gum ou bien de sucer des pastilles pour la gorge. Ou encore de mordiller des cure-dents, comme Månsson, son collègue de Malmö.

Il se rendit ensuite dans le coin-cuisine. La fenêtre était encore en plus mauvais état que celle de la chambre, mais les interstices avaient été bouchés avec des bandes de papier collant.

Tout dans l'appartement paraissait vieux et défraîchi, pas seulement les peintures et la tapisserie mais également son maigre mobilier.

Martin Beck éprouva un sentiment d'immense tristesse en regardant ainsi autour de lui dans ce petit logement. Il ouvrit les placards et les tiroirs. Mais il n'y trouva que l'essentiel en fait d'ustensiles ménagers.

Puis il se rendit dans la minuscule entrée et ouvrit la porte donnant sur le cabinet de toilette. Il n'y avait ni baignoire ni douche.

Ensuite il examina la porte et constata qu'elle était

bien pourvue des différents modes de fermeture énumérés dans le rapport et qu'il n'était nullement invraisemblable qu'ils aient tous été en place lorsque l'on avait fini par démolir la porte, ou la « forcer » comme on dit en termes d'enquête de police.

C'était vraiment extrêmement curieux. La porte et les deux fenêtres étaient alors fermées. Kvastmo avait dit qu'ils n'avaient vu aucune arme dans cet appartement lorsque Kristiansson et lui y avaient pénétré. Il avait en outre dit que l'appartement avait été gardé en permanence et qu'il était donc exclu que quiconque ait pu s'y introduire et y subtiliser quelque objet que ce soit.

Martin Beck se posta à nouveau dans l'embrasure de la porte et observa la chambre. Contre le mur de la largeur, du côté intérieur, était placé un lit et, à côté, une étagère. Sur celle-ci se trouvaient une lampe munie d'un abat-jour en étoffe jaune plissée, un cendrier fêlé en verre de couleur verte et une grande boîte d'allumettes. Au fond, étaient posés quelques revues déchirées et trois livres. Près du mur de droite se trouvait une chaise dont le siège était fait d'une étoffe rayée verte et blanche, couverte de taches, et près du mur d'en face, une table peinte en brun et une chaise de cuisine de la même couleur. Sur le sol était posé un radiateur électrique dont le fil noir serpentait en direction d'une prise murale. L'appareil n'était pas branché. Il y avait également eu un tapis mais Martin Beck savait qu'il avait été confié au laboratoire. On avait relevé dessus trois taches de sang du groupe sanguin de Svärd, au milieu d'une foule d'autres taches et de particules de saleté.

Dans cette chambre il y avait encore une penderie. Sur le sol de celle-ci il découvrit une chemise de flanelle sale d'une couleur impossible à déterminer, trois chaussettes également sales et un vieux sac de toile bien usé. A un cintre était suspendue une chemise de popeline relativement neuve et, à des crochets fixés sur le mur, un pantalon de flanelle gris aux poches vides, un pull-over tricoté de couleur verte et un maillot de corps gris à manches longues.

C'était tout.

D'après ce qu'avait dit le médecin il était exclu que Svärd ait été tué ailleurs, soit rentré chez lui, ait fermé toutes ses serrures et ses verrous, et se soit couché pour mourir. Martin Beck était certes assez ignare en la matière, mais son expérience l'incitait tout de même à lui donner raison sur ce point.

Comment les choses avaient-elles bien pu se passer, alors ?

Comment Svärd avait-il pu être abattu si personne n'avait pénétré dans cet appartement et s'il ne s'était pas tué lui-même ?

Lorsque Martin Beck avait découvert à quel point l'enquête préliminaire avait été bâclée, il avait été persuadé que ce mystère devait fort bien s'expliquer par toutes les erreurs commises. Mais il commençait à se convaincre qu'il n'y avait jamais eu d'arme dans cette chambre et que c'était Svärd lui-même qui avait fermé la porte et verrouillé derrière lui : sa mort devenait de ce fait totalement inexplicable.

Il passa encore une fois en revue tout l'appartement, avec une minutie scrupuleuse, mais ne trouva rien qui pût contribuer à expliquer les événements. Il finit donc par le quitter et alla s'enquérir auprès des autres habitants de l'immeuble de ce que ceux-ci pouvaient bien savoir d'intéressant.

Lorsqu'il partit, trois quarts d'heure plus tard, il

n'était guère plus avancé. Karl Edvin Svärd, cet ancien manutentionnaire de soixante-deux ans, avait apparemment été un individu très solitaire. Cela faisait trois mois qu'il habitait ce logement et seuls quelques rares locataires avaient connaissance de son existence. Ceux qui l'avaient vu aller et venir ne l'avaient jamais rencontré en compagnie de qui que ce soit. Personne n'avait échangé une seule parole avec lui. Il n'avait jamais été vu en état d'ébriété et on n'avait jamais entendu de vacarme ni même le moindre bruit, en fait, en provenance de son appartement.

Martin Beck resta debout sur le pas de la porte. Il leva les yeux vers le parc qui dressait sa masse verdoyante de l'autre côté de la rue. Il se préparait à monter s'asseoir sous les tilleuls, tout là-haut, lorsqu'il se souvint qu'il devait aller voir la petite rue qui se trouvait en haut de la côte.

Elle s'appelait Olof Gjödingsgatan.

En lisant ce nom inscrit sur la plaque il se rappela que bien des années auparavant, il avait appris qu'Olof Gjöding avait eu une école, sur Kungsholmen, au XVIIIe siècle. Il se demanda si celle-ci se trouvait au même endroit que le lycée de Hantverkargatan maintenant.

Dans la côte qui descendait vers Polhemsgatan se trouvait un bureau de tabac. Il entra y acheter un paquet de cigarettes à bout filtre.

En se dirigeant vers Kungsholmsgatan, il en alluma une et lui trouva mauvais goût. Il pensa à Karl Edvin Svärd et se sentit très malheureux et déconcerté.

XIII

Lorsque l'avion de la mi-journée en provenance d'Amsterdam atterrit sur l'aérodrome d'Arlanda, deux policiers en civil attendaient le steward de ce vol dans le hall d'arrivée. Ils avaient pour instruction de procéder avec discrétion et, lorsqu'ils le virent arriver en compagnie d'une hôtesse de l'air, ils s'écartèrent afin d'attendre qu'il soit seul.

Warner Roos, lui, les aperçut immédiatement. Qu'il les ait reconnus pour les avoir déjà vus ou qu'il ait tout simplement subodoré qu'ils étaient de la police, il comprit aussitôt qu'ils étaient venus pour lui. Il s'arrêta, dit quelques mots à l'hôtesse qui lui répondit par un petit signe accompagné d'un « salut » avant de disparaître par les portes de verre.

Werner Roos se dirigea alors d'un pas décidé vers les deux policiers.

Il était grand, carré et bronzé, et vêtu d'un uniforme bleu foncé. D'une main il tenait sa casquette et de l'autre un sac de cuir noir à larges sangles. Il était blond et portait de gros favoris, ainsi qu'une mèche lui tombant sur le front, et ses sourcils en broussailles étaient froncés d'une façon qui ne présageait rien de bon. Il avança le menton et les dévisagea de son regard bleu et glacial.

— Ah, voilà le comité d'accueil, dit-il.
— Le substitut Olsson aimerait vous parler, dit l'un des policiers. Si vous voulez bien nous accompagner à Kungsholmsgatan.
— Il est complètement cinglé, ce type, dit Roos. Ça ne fait pas plus de deux semaines que je suis allé le voir et je n'ai pas plus à dire que la dernière fois.
— Oui, oui, dit le plus âgé des deux policiers. Vous pourrez discuter de cela avec lui. Nous nous contentons d'exécuter les ordres.

Roos haussa les épaules de colère et se dirigea vers la sortie. Une fois arrivé à la voiture, il se retourna et dit :
— Il va quand même falloir qu'on passe par Märsta pour que je me change. Je crois que vous connaissez l'adresse.

Il s'installa sur le siège arrière, la mine renfrognée et les bras croisés sur la poitrine.

Le plus jeune des deux policiers, qui conduisait, protesta qu'il n'était pas à ses ordres comme un vulgaire chauffeur de taxi, mais son collègue le calma et lui indiqua l'adresse de Roos.

Une fois arrivés, ils montèrent avec lui jusqu'à son appartement et l'attendirent pendant qu'il allait passer un pantalon bleu clair, un polo et une veste de daim.

Puis ils prirent le chemin de Kungsholmsgatan et l'escortèrent jusqu'au bureau où l'attendait Bulldozer Olsson.

Lorsque la porte s'ouvrit, celui-ci se leva précipitamment de son fauteuil, congédia les deux policiers en civil d'un geste de la main et approcha un siège à l'intention de Werner Roos. Puis il retourna s'asseoir derrière son bureau et dit d'une voix enjouée :

112

— Monsieur Roos, qui aurait pu croire que nous nous reverrions si vite ?

— Vous, sans doute, dit Roos. En tout cas, ce n'est pas de ma faute. J'aimerais bien savoir ce qui me vaut d'être amené ici, cette fois.

— Oh, ne soyez pas si formaliste, monsieur Roos. Disons simplement que je voulais m'informer un peu auprès de vous. Du moins pour commencer.

— Je trouve également qu'il est inutile que vous envoyiez vos sbires me chercher sur mon lieu de travail. J'aurais d'ailleurs fort bien pu avoir à assurer un autre vol et je n'ai pas du tout envie de perdre ma place tout simplement parce que vous trouvez drôle que je sois ici à écouter vos conneries.

— Voyons, voyons, ce n'est pas si grave que ça. Si je suis bien informé, vous avez quarante-huit heures de repos, n'est-ce pas ? Alors nous avons tout notre temps et il n'y a pas grand mal, dit Bulldozer avec la plus grande amabilité.

— Vous n'avez pas le droit de me retenir ici plus de six heures, dit Roos en regardant sa montre-bracelet.

— Douze heures, monsieur Roos. Peut-être même plus longtemps que cela, au cas où les choses prendraient un certain tour.

— Dans ce cas, veuillez avoir l'obligeance, monsieur le substitut, de me dire de quoi je suis soupçonné, dit Werner Roos, d'un ton fort arrogant.

Bulldozer lui tendit un paquet de cigarettes ordinaires, mais il secoua la tête d'un air méprisant et sortit de sa poche une boîte de Benson & Hedges. Puis un briquet plaqué or, de marque Dunhill, avec lequel il alluma sa cigarette en attendant que Bulldozer Olsson ait gratté son allumette et allumé sa propre cigarette.

— Je n'ai pas encore dit que je vous soupçonnais de

113

quoi que ce soit, monsieur Roos, dit celui-ci en poussant un cendrier vers son interlocuteur. Je désirais simplement m'entretenir avec vous de ce hold-up de vendredi dernier.

— Quel hold-up ? demanda Werner Roos, en arborant l'air le plus étonné du monde.

— Celui de la banque de Hornsgatan. Très réussi, si l'on pense à la coquette somme de quatre-vingt-dix mille couronnes qu'il a eu pour butin, mais moins réussi à d'autres points de vue, en particulier pour le client qui a été abattu, dit sèchement Bulldozer Olsson.

Werner Roos le dévisagea, toujours aussi étonné, en secouant lentement la tête.

— En ce cas, vous faites drôlement fausse route, dit-il. Vous avez bien dit vendredi dernier ?

— Exactement, dit Bulldozer. Et ce jour-là, vous étiez « en route », naturellement, vous aussi. Même si c'est par la voie des airs. Alors, où nous trouvions-nous, ce vendredi-là ?

Bulldozer se renversa dans son fauteuil et regarda Roos, l'air amusé.

— Où vous vous trouviez, vous, je n'en sais rien mais moi, le fait est que j'étais à Lisbonne, ce jour-là. Vous pouvez vérifier auprès de la compagnie qui m'emploie. Nous sommes arrivés à Lisbonne à quatorze heures quarante-cinq, avec dix minutes de retard. Nous avons décollé à neuf heures dix le samedi matin et sommes arrivés à Arlanda à quinze heures trente. Entre temps, j'ai mangé et couché à l'hôtel *Tivoli*, ce qu'il est également très facile de vérifier.

Werner Roos se renversa sur son siège, lui aussi, et observa avec un air de triomphe Bulldozer Olsson, rayonnant de plaisir.

— Parfait, dit-il. Très bel alibi, monsieur Roos.

Puis il se pencha en avant, écrasa sa cigarette dans le cendrier et ajouta malicieusement :

— Mais MM. Malmström et Mohrén n'étaient pas à Lisbonne, eux, n'est-ce pas ?

— Qu'est-ce qu'ils iraient foutre là-bas ? Et puis d'abord, ça ne me regarde pas, ce qu'ils font, Malmström et Mohrén.

— Vraiment, monsieur Roos ?

— Non, et je vous l'ai déjà dit plusieurs fois. Quant à ce truc de vendredi dernier je n'ai même pas eu le temps de lire les journaux suédois ces derniers jours et je n'ai pas entendu parler de ce hold-up.

— Dans ce cas, je puis vous informer, monsieur Roos, qu'il a été commis à l'heure de la fermeture par quelqu'un qui, déguisé en femme, s'est tout d'abord emparé de quatre-vingt-dix mille couronnes en billets avant d'abattre un client de la banque et de prendre la fuite à bord d'une Renault. Comme vous le comprenez certainement, monsieur Roos, cet incident final change malheureusement la nature du crime du point de vue pénal.

— Ce que je ne comprends pas, par contre, c'est ce que j'ai à voir dans toute cette histoire, moi, dit Roos d'un ton de mécontentement.

— Voyons, monsieur Roos, quand avez-vous rencontré vos amis Malmström et Mohrén pour la dernière fois ? demanda Bulldozer.

— Je vous l'ai déjà dit la dernière fois que nous nous sommes vus nous-mêmes. Je ne les ai pas rencontrés depuis.

— Et vous n'avez aucune idée de l'endroit où ils se trouvent ?

— Non. La seule chose que je sache sur leur

compte, c'est ce que vous m'en avez dit vous-même. Je ne les ai pas vus depuis leur entrée à Kumla.

Bulldozer regarda fixement Werner Roos. Puis il nota quelque chose sur le bloc qui se trouvait devant lui, referma celui-ci et se leva.

— Eh bien, dit-il comme pour lui-même. Tout cela ne sera pas bien difficile à savoir.

Il alla jusqu'à la fenêtre et baissa le store pour les abriter du soleil de l'après-midi, qui commençait à pénétrer dans la pièce.

Werner Roos attendit qu'il fût assis à nouveau avant de reprendre :

— Je peux au moins vous dire ceci : c'est que si vraiment il y a eu mort d'homme, Malmström et Mohrén n'étaient pas dans le coup. Ils ne sont pas si bêtes.

— Il est en effet probable que Malmström et Mohrén n'auraient pas tiré mais cela ne veut pas dire qu'ils ne soient pas impliqués. Ils pouvaient très bien attendre dans la voiture, par exemple, n'est-ce pas ?

Roos haussa les épaules et fixa le plancher d'un air maussade, le menton enfoncé dans son col roulé.

— En outre, il n'est nullement impossible qu'ils aient eu recours à un comparse ; peut-être même à une comparse, ajouta Bulldozer, très fier de lui. C'est une éventualité qui n'est pas à exclure. Est-ce que ce n'est pas la petite amie de Malmström qui a participé au coup lors duquel ils se sont fait prendre, la dernière fois ?

Il claqua des doigts en l'air.

— Gunilla Bergström, c'est ça. Elle a écopé d'un an et demi. Elle, au moins, nous savons où elle est, dit-il.

Roos lui jeta un regard sans pour autant lever la tête.

— Oui, elle ne s'est pas encore évadée, précisa Bulldozer, comme entre parenthèses. Mais il ne manque pas de candidates pour la remplacer et ces messieurs n'ont apparemment rien contre la main-d'œuvre féminine. Qu'en dites-vous, monsieur Roos ?

Werner Roos haussa les épaules et se redressa.

— Qu'est-ce que vous voulez que je vous dise ? demanda-t-il avec indifférence. Tout cela ne me regarde pas.

— Non, c'est vrai, dit Bulldozer, en hochant la tête et en observant Roos, l'air pensif.

Puis il se pencha en avant et posa la paume de ses mains sur le plateau de son bureau.

— Vous affirmez donc ne pas avoir rencontré Malmström et Mohrén, ni même avoir entendu parler d'eux, au cours des six derniers mois ?

— Oui, je l'affirme, dit Werner Roos. Comme je vous l'ai dit la dernière fois, je ne suis pas responsable de leurs faits et gestes. Nous nous connaissons depuis l'école primaire, je ne l'ai jamais nié. Depuis, nous nous sommes fréquentés de temps en temps, je n'ai jamais cherché à le cacher non plus. Mais cela ne veut pas dire que nous nous voyions à tout bout de champ ou qu'ils me disent où ils comptent aller et ce qu'ils ont l'intention de faire. Je suis le premier à regretter qu'ils aient mal tourné mais je n'ai rien à voir avec leurs éventuels agissements criminels et, comme je vous l'ai déjà dit, je suis prêt à vous aider à les faire rentrer dans le droit chemin. Mais il se trouve que cela fait longtemps que je ne les ai pas vus.

— Vous comprenez bien, monsieur Roos, que de telles déclarations peuvent être très lourdes de conséquences et, en particulier, vous placer au premier rang des suspects si jamais le contraire s'avérait.

— Je ne vois pas en quoi.

Bulldozer arbora son plus beau sourire.

— Mais si, monsieur Roos.

Il frappa de la paume sur son bureau et se leva.

— Si vous voulez bien m'excuser, je vais devoir interrompre ce petit entretien, car j'ai d'autres occupations. Mais, soyez sans crainte, nous le reprendrons.

Bulldozer sortit à pas vifs de la pièce. Avant de refermer la porte derrière lui, il jeta un dernier regard à Werner Roos.

Celui-ci avait l'air vraiment pensif et soucieux, Bulldozer se frotta les mains de plaisir et s'éloigna rapidement dans le couloir.

Une fois la porte refermée derrière Bulldozer Olsson, Werner Roos se leva, se dirigea lentement vers la fenêtre et regarda entre les lames du store. Puis il se mit à siffloter une mélodie pour lui-même. Il regarda ensuite sa montre Rolex, fronça les sourcils et revint rapidement vers le centre de la pièce pour s'asseoir dans le fauteuil de Bulldozer. Il tira alors le téléphone vers lui, décrocha le combiné et attendit la tonalité. Il composa ensuite un numéro et, tout en attendant que la communication s'établisse, ouvrit les tiroirs du bureau et regarda à l'intérieur de chacun d'entre eux. Lorsqu'il entendit une voix à l'autre bout du fil, il dit à son tour :

— Salut, Poucette, c'est moi. Dis, je suis embêté mais il faut absolument que je voie un type et j'en ai peut-être pour une ou deux heures. Est-ce qu'on pourrait se voir un peu plus tard, à la place ?

Il prit dans l'un des tiroirs un stylo marqué PRO-

PRIÉTE DE L'ÉTAT avec lequel il se gratta l'oreille libre, tout en écoutant la réponse.

— C'est ça, ensuite on ira bouffer quelque part. J'ai une faim de loup.

Il regarda le stylo, le jeta dans le tiroir et referma celui-ci.

— Non, non, je ne suis pas au bistrot. C'est plutôt une sorte d'hôtel mais la bouffe est tellement dégueulasse que je préfère attendre ce soir. A sept heures, ça te va ? Bon alors je passe te chercher à sept heures. Salut.

Il reposa le combiné, se leva, enfonça les mains dans les poches de son pantalon et se mit à déambuler dans la pièce en sifflotant.

Pendant ce temps, Bulldozer était allé trouver Gunvald Larsson.

— Ça y est, j'ai mis le grappin sur Roos, dit-il.

— Ah bon. Et où est-ce qu'il se trouvait vendredi dernier ? A Kuala-Lumpur ou à Singapour ?

— A Lisbonne, dit Bulldozer, aux anges. Il a vraiment trouvé le boulot offrant la plus belle couverture possible pour un gangster. Je n'en connais pas d'autre qui ait des alibis aussi fantastiques : la moitié du globe, parfois.

— Quant au reste ?

— Rien. Il ne sait absolument rien. En tout cas, rien qui ait à voir avec ce hold-up. Quant à Malmström et Mohrén, ça fait une éternité qu'il ne les a pas vus. Il possède la ruse du Sioux, il ment comme un arracheur de dents et il vous glisse entre les doigts comme une anguille, ce type.

— Tu parles d'un monstre ! dit Gunvald Larsson. Alors, qu'est-ce que tu vas faire de lui ?

Bulldozer s'assit en face de lui.

— J'ai l'intention de le relâcher. Et de le prendre en filature. As-tu quelqu'un de disponible ? Quelqu'un qu'il ne connaisse pas ?

— Pour aller où ? Honolulu ? Dans ce cas je suis volontaire.

— Je parle sérieusement, dit Bulldozer.

Gunvald Larsson poussa un soupir.

— Il va bien falloir que je trouve quelqu'un, dit-il. A partir de quand ?

— De tout de suite, dit Bulldozer. Je vais le relâcher tout de suite. Il est en congé jusqu'à jeudi après-midi, et, d'ici là, il va nous conduire à Malmström et Mohrén, si nous ne le quittons pas des yeux.

— Jeudi après-midi, dit Gunvald Larsson. Alors, il nous faut au moins deux hommes qui se relaient.

— Et il faut qu'ils soient drôlement forts, dit Bulldozer. Pour qu'il ne s'aperçoive de rien. Sans ça, tout est fichu.

— Laisse-moi un quart d'heure, dit Gunvald Larsson. Je t'appelle dès que j'ai ce qu'il te faut.

Vingt minutes plus tard, lorsque Werner Roos monta dans un taxi devant l'hôtel de police, l'assistant Rune Ek était là, au volant d'une Volvo grise.

Rune Ek était un homme assez corpulent d'une cinquantaine d'années. Il avait les cheveux blancs, des lunettes et un ulcère à l'estomac, contre lequel son médecin lui avait prescrit un régime très strict. Il ne profita donc guère des quatre heures qu'il passa, tout seul, à une table du *Caveau de l'Opéra* tandis que Werner Roos et sa petite amie aux cheveux roux, assis à une table de la terrasse vitrée, avaient l'air de ne rien se refuser, ni question solide ni question liquide.

Quant à cette belle nuit claire de l'été suédois, Ek la passa dans un bouquet d'aulnes, à Hässelby, à observer en cachette la poitrine de la rousse, qu'il entrevoyait de temps en temps sur les vagues du lac Mälar tandis que Werner Roos, lui, jouait les Tarzan en train de nager le crawl.

Puis, lorsque le soleil du matin commença à teinter de rouge la cime des arbres, il poursuivit ses activités de voyeur dans les buissons situés devant un bungalow du quartier résidentiel de Hässelby. Après avoir constaté que le couple, en ayant terminé avec son bain de minuit, était seul dans la maison et, de plus, s'était endormi, il regagna sa voiture et put consacrer la demi-heure suivante à ôter de ses vêtements et de ses cheveux tous les brins d'herbe qui s'y étaient accrochés.

Lorsque, une heure plus tard, il fut relevé, Werner Roos n'avait toujours pas montré le bout du nez. Apparemment, il lui faudrait encore quelques heures pour s'arracher des bras de la rouquine et, peut-être, aller retrouver ses amis Malmström et Mohrén.

XIV

Si quelqu'un avait été en position de compter les points entre la BRB et le gang qui s'attaquait aux banques, il aurait sans doute été tenté de conclure, dans l'ensemble, au match nul. La BRB disposait de ressources techniques considérables mais ses adversaires disposaient, eux, d'un fonds de roulement fort respectable et, en outre, c'étaient eux qui avaient l'initiative.

Malmström et Mohrén auraient sans doute fait de bons policiers, si quelqu'un avait pu les inciter à embrasser une carrière aussi peu respectable. Ils possédaient toutes les aptitudes physiques qu'il fallait et leur intelligence ne laissait pas non plus à désirer de façon générale.

Ni l'un ni l'autre ne s'était jamais livré à d'autres activités que criminelles et, parvenus respectivement à l'âge de trente-trois ans et de trente-cinq ans, ils pouvaient revendiquer pleinement le titre de grands professionnels. Mais, du fait que ce genre de métier ne passe pour respectable qu'aux yeux d'un petit nombre de gens, ils en avaient adopté certains autres à l'intention du public. Sur tous leurs papiers d'identité ils se paraient de la qualité d'ingénieur et de directeur de société, métiers soigneusement choisis dans un pays qui grouille littéralement d'ingénieurs et de directeurs de société. Tous ces papiers étaient naturellement établis sous des noms d'emprunt tout à fait différents mais, à première comme à seconde vue, paraissaient très convaincants. Leurs passeports, par exemple, avaient déjà subi victorieusement, à plusieurs reprises, l'épreuve des contrôles de police aussi bien suédois qu'étrangers.

En personne, MM. Malmström et Mohrén inspiraient encore plus confiance, si possible. Ils avaient une allure très sympathique et faisaient preuve d'une grande cordialité. En outre, ils étaient en excellente forme physique. Leurs quatre mois de liberté avaient quelque peu modifié leur apparence extérieure : tous deux étaient maintenant bien bronzés, Malmström portait une barbe et Morhén une moustache et des favoris.

Bien sûr, ils n'étaient pas allés bronzer de la sorte dans des endroits aussi vulgairement fréquentés par les touristes que Majorque ou bien les Canaries. Non, ils s'étaient offert un safari-photo de trois semaines en Afrique orientale. Cela pour les loisirs. Ils avaient ensuite fait deux voyages d'affaires, cette fois, l'un en Italie afin de compléter leur équipement, et l'autre à Francfort, pour y recruter du personnel qualifié.

En Suède même, ils s'étaient livrés à deux petits hold-up bien modestes et avaient en outre dévalisé deux hommes d'affaires jouant les banquiers clandestins, qui, pour des raisons fiscales bien compréhensibles, avaient préféré ne pas porter plainte.

Le revenu brut de ces opérations n'était pas négligeable mais il fallait naturellement compter avec les frais déjà supportés et ceux qu'il ne manquerait pas de se révéler indispensable d'engager dans un proche avenir.

Le régime d'économie mixte dans lequel vivait le pays leur avait cependant enseigné les rapports existant nécessairement entre le montant des dividendes et celui des investissements et le moins que l'on pût dire de leurs ambitions était qu'elles ne manquaient pas d'envergure.

Malmström et Mohrén travaillaient à la concrétisation d'une idée qui n'était certes pas nouvelle mais qui n'était, malgré tout, pas dépourvue d'attraits.

Ils allaient encore faire un coup, un seul, avant de se retirer des affaires.

Ils allaient enfin réaliser le coup du siècle.

Les préparatifs étaient bien avancés, les problèmes de financement résolus et le projet arrêté dans ses grandes lignes et même dans certaines des petites.

Ils ne savaient pas encore où et quand mais ils savaient par contre l'essentiel : comment.

En fait, le but était proche.

Malmström et Mohrén étaient, comme on le sait, de grands professionnels, mais cela ne faisait pas d'eux, pour autant, de grands criminels.

En effet, les grands criminels ne se font jamais prendre.

Les grands criminels n'attaquent pas les banques. Ils restent assis confortablement dans leurs bureaux, se contentent d'appuyer sur des boutons. Ils ne courent pas de risques. Ils ne s'en prennent pas aux vaches sacrées de la société, préférant se consacrer aux formes légales de l'exploitation, qui ne touchent que les individus.

Ils profitent de toutes les façons possibles et imaginables : ils empoisonnent la nature et la population et font ensuite semblant de réparer les dégâts au moyen de remèdes qui ne font qu'aggraver le mal, mais ils transforment également en taudis des quartiers entiers qu'ils abattent ensuite pour y construire d'autres logements qui, dès le jour de l'inauguration, sont encore bien pires et plus malsains que les anciens.

Mais surtout : ils ne se font jamais prendre.

Par contre, Malmström et Mohrén avaient une propension presque pathétique à se faire prendre. Mais ils pensaient en avoir trouvé la raison : ils travaillaient sur une trop petite échelle.

— Tu sais à quoi je pensais en prenant ma douche ? demanda Malmström.

Il sortait juste de la salle de bains et était en train d'étendre un grand peignoir par terre, juste devant lui. Il en portait deux autres sur lui : l'un autour des hanches et l'autre jeté sur ses épaules.

Malmström était un maniaque de la propreté. C'était déjà la quatrième douche qu'il prenait ce jour-là.

— Oh, oui, dit Mohrén. Aux filles.
— Comment as-tu deviné ?

Mohrén était à la fenêtre et avait tout Stockholm devant lui. Il portait un short et une mince chemise blanche, et tenait une lunette de marine devant les yeux.

L'appartement où ils se trouvaient était situé dans l'un des grands immeubles en haut de la falaise de Danviksklippan et la vue n'était certainement pas l'une des pires de la ville.

— Il ne faut pas mêler les affaires et le plaisir, dit Morhén. Tu sais bien ce que ça donne.
— Je ne mêle rien du tout, répondit Malmström,

froissé. Si on ne peut même plus réfléchir, maintenant...

— Oh, mais, je t'en prie, dit Mohrén. Puisque tu penses en être capable...

Il suivait dans sa lunette un vapeur blanc se dirigeant vers le centre de la ville.

— Mais c'est le *Norrskär*, dit-il. Il existe encore ?
— Qui ça ?
— Personne susceptible de t'intéresser. A qui pensais-tu, comme ça ?
— A ces filles de Nairobi. Tu parles de nanas. J'ai toujours dit que les négriers étaient mieux que les autres pour ça.
— Les nègres, pas les négriers. Dans le cas présent il s'agissait même de négresses. Fais attention à ce que tu dis.

Malmström était en train de s'asperger de déodorant sous les aisselles et en certains autres endroits.

— Ah dis donc, fit-il.
— En outre, les négresses n'ont rien de plus que les autres. Ce qui te fait dire ça, c'est que tu étais vraiment en état de manque de ce côté-là.
— Ah ça, tu peux le dire ! La tienne, elle avait beaucoup de poils où je pense ?
— Oui, dit Mohrén. Maintenant que tu attires mon attention sur ce détail, elle en avait beaucoup. Une véritable toison. Et plutôt raides. Ça grattait comme une vraie brosse.
— Et les miches ?
— Noires, dit Mohrén. Légèrement affaissées.
— La mienne m'a dit ce qu'elle faisait, mais j'ai pas très bien compris. Ça m'a eu l'air drôlement chouette. Maîtresse ou quelque chose comme ça.
— *Waitress*, ça veut dire serveuse. On dirait que

ton anglais est plutôt rouillé. Quant à elle, elle croyait que tu étais mécanicien sur locomotive.

— En tout cas, elle baisait drôlement bien. Et la tienne, qu'est-ce qu'elle faisait ?

— Opératrice sur cartes perforées.

— Hum.

Malmström sortit des sacs en plastique encore non ouverts contenant des chaussettes et des sous-vêtements, les ouvrit et commença à s'habiller.

— Toi, tu te ruineras en slips, un jour, dit Mohrén. Plutôt curieux comme passion, si tu veux mon avis.

— C'est vrai que tout devient vachement cher.

— L'inflation, mon vieux. Il est vrai que nous avons notre part de responsabilité.

— Comment est-ce que c'est possible, bon dieu ? demanda Malmström. On a été en taule pendant des années.

— Nous dépensons beaucoup d'argent inutilement. Les voleurs sont toujours très dépensiers.

— Pas toi, en tout cas.

— Non, mais moi je suis l'heureuse exception. Je dépense pas mal en nourriture malgré tout.

— Tu ne voulais même pas casquer pour les filles, là-bas en Afrique. Alors tu as vu le résultat. Il a fallu draguer pendant trois jours avant d'en trouver qui veuillent bien faire ça gratuitement.

— Ce n'était pas uniquement pour des raisons financières, dit Mohrén. Et encore moins pour lutter contre l'inflation au Kenya. Mais, selon moi, le vol est en fait très préjudiciable à la valeur de la monnaie. Si quelqu'un devrait être en taule à Kumla, c'est bien le gouvernement.

— Hum !

— Et puis les gros capitalistes. J'ai d'ailleurs lu

récemment un exemple très intéressant d'inflation galopante.

— Ah bon !

— Quand les Anglais ont pris Damas au mois d'octobre 1918, leurs soldats ont pénétré dans la Banque nationale et ont fait main basse sur tout le fric qu'ils ont pu trouver. Mais ils n'avaient aucun sens de la valeur de cet argent. Il y a eu par exemple un Australien de la cavalerie qui a donné un demi-million à un gamin pour lui avoir tenu son cheval pendant qu'il pissait.

— Je ne savais pas qu'il faut tenir les chevaux pendant qu'ils pissent.

— Résultat : les prix ont monté en flèche et quelques heures plus tard un rouleau de papier hygiénique valait mille balles.

— Ils avaient vraiment du papier-cul en Australie ? A cette époque-là ?

Mohrén poussa un profond soupir. Il avait parfois le sentiment que son intellect était mis à rude épreuve du fait qu'il n'avait personne d'autre à qui parler que Malmström.

— Damas est en Arabie, dit-il en articulant avec netteté. Plus exactement en Syrie.

— Oh merde !

Malmström avait maintenant fini de s'habiller et inspectait le résultat dans la glace. Il arrangea un peu sa barbe en marmonnant et ôta d'une pichenette irritée quelques particules de poussière — invisibles pour tout autre que lui — qui avaient eu l'audace de se poser sur son blazer.

Puis il étendit les peignoirs par terre, l'un à côté de l'autre, alla jusqu'à la penderie et sortit leur arsenal. Il l'aligna bien soigneusement et alla chercher un chiffon et un bidon de produit d'entretien.

Mohrén jeta un regard distrait sur tout cet étalage et dit :

— Ça fait combien de fois que tu fais ça ? En plus, tout cela sort de l'usine, si je ne m'abuse.

— Il faut être soigneux dans la vie, dit Malmström. Les armes, ça doit toujours être entretenu.

Il y avait là de quoi alimenter une petite guerre ou tout au moins une révolution : deux pistolets, un revolver, deux pistolets-mitrailleurs et trois fusils à canon scié.

Les pistolets-mitrailleurs étaient du modèle courant en usage dans l'armée suédoise mais le reste était de fabrication étrangère.

Les deux pistolets étaient de gros calibres : un parabellum espagnol de neuf millimètres, de marque Firebird, et un Llama IX A automatique, calibre quarante-cinq ; le revolver était également espagnol, un Astra Cadix quarante-cinq, de même que l'un des fusils, un Maritza. Les deux autres provenaient aussi du continent : un Continental Supra de luxe, de fabrication belge et un Ferlach autrichien, répondant au nom très romantique de *Forever Yours*.

Malmström en avait maintenant terminé avec les pistolets et prenait le fusil belge.

— On devrait lui expédier une volée de plomb dans le cul, à celui qui a scié le canon de ce fusil, dit-il.

— Il ne se l'est sans doute pas procuré de la même façon que nous.

— Quoi ? Je ne pige pas ce que tu dis.

— Je veux dire qu'il ne l'a pas acquis aussi honnêtement que nous, dit gravement Mohrén. Il l'a probablement volé.

Puis il alla à nouveau contempler la vue. Au bout d'un moment il dit :

— Stockholm est vraiment une ville-spectacle. Oh oui !

— Comment ça ?

— On n'en jouit bien qu'à distance. En fait, c'est très bien de ne pas avoir à sortir tellement.

— Tu as la trouille de prendre un mauvais coup dans le métro ?

— Entre autres choses. Un coup de couteau entre les omoplates. Ou bien un coup de hache sur le crâne. Ou encore de me faire piétiner par un cheval de police pris d'une crise d'hystérie. Les êtres humains sont bien à plaindre, comme disait le poète[1].

— Quels êtres humains ?

Mohrén fit un large geste :

— Eux tous, là, en bas. Tu te rends compte : bosser toute sa vie pour payer les traites de la voiture et de la résidence secondaire pendant que ses enfants se cament à mort. Voir sa femme se faire violer si elle sort après six heures et ne même pas oser aller aux vêpres soi-même.

— Aux vêpres ?

— Simple exemple. Il suffit d'avoir plus de dix balles sur soi pour se faire attaquer. Et si on ne les a pas, les voyous vous fichent un coup de couteau dans le ventre pour se venger. Je lisais dans le journal, l'autre jour, que les flics n'osent même plus sortir tout seuls. On en voit de plus en plus rarement dans la rue et le maintien de l'ordre devient de plus en plus précaire. C'est à peu près ce que disait un grand ponte du ministère de la Justice. Je serai bien content de partir d'ici et de ne plus jamais y revenir.

1. Il s'agit de Strindberg. Voir *Le Songe* (*N.d.T.*)

131

— Et de ne plus jamais aller voir Hammarby jouer au foot.
— Toi et tes plaisirs vulgaires, dit Mohrén.
Puis il ajouta, d'un air entendu :
— A Kumla, on ne peut pas y aller non plus.
— Mais on en voit quand même un peu à la télé.
— Ne me parle pas de cette sinistre compagne du taulard, dit Mohrén, d'une voix lugubre.

Il se leva et alla ouvrir la fenêtre. Il étendit les bras et rejeta la tête en arrière, comme s'il allait s'adresser aux masses.

— Eh là, vous tous, s'écria-t-il.
Et il ajouta :
— Comme Lyndon Johnson, quand il faisait ses discours électoraux du haut d'un hélicoptère.
— Qui ça ? demanda Malmström.

A ce moment, on sonna à la porte. Une sonnerie assez compliquée qu'ils écoutèrent attentivement.

— Ce doit être Mauritzon, dit Mohrén en regardant sa montre. Il est même à l'heure.
— Je n'ai pas confiance en ce salaud, dit Malmström. Je ne veux pas courir de risque.

Il enfonça un chargeur dans l'un des pistolets-mitrailleurs.

— Tiens, dit-il en le tendant à Mohrén.
Celui-ci prit l'arme.

Malmström, pour sa part, prit l'Astra et alla ouvrir la porte. Il défit de sa main droite les différentes chaînes de sécurité tout en tenant le revolver dans la gauche. Malmström était gaucher. Mohrén se tenait à deux mètres derrière lui, légèrement de biais.

Puis Malmström ouvrit la porte aussi vite qu'il le put. Mais l'homme qui se trouvait devant s'y attendait.

— Salut, dit-il en regardant le revolver, pas très rassuré tout de même.
— Salut, dit Malmström.
— Entre, dit Mohrén. Bienvenu, beau masque.

L'homme qui entra était lourdement chargé de paquets et de sacs contenant de la nourriture. Tout en se débarrassant, il observa du coin de l'œil l'arsenal étalé sur le sol.

— Vous préparez la révolution ? demanda-t-il.
— On ne fait que ça, dit Mohrén. Mais, pour l'instant, la situation ne s'y prête pas. Tu as des écrevisses ?
— Comment veux-tu que j'en trouve début juillet[1] ?
— Pourquoi est-ce qu'on te paie, alors ? demanda Malmström l'air menaçant.
— Question particulièrement justifiée, dit Mohrén. Je ne vois pas pourquoi tu ne nous fournirais pas ce qu'on te demande.
— Il y a quand même des limites, dit Mauritzon. Bon sang, je vous ai toujours tout dégoté : des flingues, des bagnoles, des passeports, des billets d'avion. Mais des écrevisses, faut pas exagérer. Même le roi, on ne lui en vendrait pas au mois de juillet.
— C'est bien vrai, dit Mohrén. Mais qu'est-ce que tu crois qu'ils sont en train de faire à Harpsund[2] ? Palme, Geijer et toute la bande sont certainement en train de s'empiffrer d'écrevisses. Nous ne pouvons pas accepter ce genre d'excuses.
— Quant à ton après-rasage, impossible d'en trouver où que ce soit. J'ai fait le tour de la ville mais

1. En Suède, la vente des écrevisses n'est légale, chaque année, qu'à partir du début août. (*N.d.T.*)
2. Résidence estivale du Premier ministre suédois (*N.d.T.*)

impossible de mettre la main dessus, ça fait des années qu'il n'y en a plus.

Malmström se renfrogna notablement.

— Mais j'ai tout le reste, dit Mauritzon. Et puis voici le courrier d'aujourd'hui.

Il sortit une enveloppe brune sans adresse qu'il remit à Mohrén, qui la glissa nonchalamment dans sa poche-revolver.

Mauritzon ne ressemblait guère aux deux autres. C'était un homme dans la quarantaine, plus petit que la moyenne, svelte et bien bâti. Il était rasé de près et avait des cheveux blonds coupés court. La plupart des gens, et particulièrement les femmes, le trouvaient agréable. Il se conduisait et s'habillait sans ostentation et était même dépourvu de traits particuliers. On pouvait donc dire qu'il avait l'air assez commun et, par la même occasion, il était assez difficile à repérer. Tout cela lui était bien utile : cela faisait maintenant plusieurs années qu'il n'avait pas tâté de la prison, et, pour l'instant, il n'était pas recherché ni même surveillé.

Il avait trois cordes à son arc, toutes aussi rentables les unes que les autres : la drogue, la pornographie et les fournitures en tous genres. Dans sa partie, il était extrêmement efficace, énergique et procédait toujours de façon systématique.

Grâce à une législation étonnamment compréhensive, la pornographie sous toutes les formes imaginables pouvait maintenant être réalisée et commercialisée en toute liberté en Suède. Et en grandes quantités. Or, Mauritzon en avait justement besoin en grandes quantités afin de répondre à la demande de l'étranger. Il fournissait particulièrement des pays comme l'Espagne et l'Italie, où elle s'écoulait fort bien et laissait de gros profits ; dans l'autre sens, il importait clandestinement des amphétamines et de la morphine-base, mais prenait également des commandes d'autres marchandises, par exemple des armes.

Parmi les initiés on disait que Mauritzon était capable de vous procurer n'importe quoi et le bruit courait même qu'il avait réussi à faire pénétrer clandestinement deux éléphants qu'il avait reçu en acompte d'un cheik, en échange de deux pucelles finlandaises de quatorze ans et d'une caisse de préservatifs fantaisie. Les pucelles en question étaient naturellement fausses, avec pucelage en plastique, et les éléphants étaient blancs. Malheureusement l'histoire était fausse, elle aussi.

— Et les holsters neufs ? demanda Malmström.

— Absolument dégueulasses, dit Mohrén. Où est-ce que tu les as dénichés ?

— Au dépôt central de la police. Les nouveaux viennent d'Italie.

— J'aime mieux ça, dit Malmström.

— Vous faut-il autre chose ?

— Oui, voilà la liste.

Mauritzon y jeta un coup d'œil et débita à toute allure :

— Une douzaine de slips, quinze paires de chaussettes en nylon, six maillots de corps en filet, une livre d'œufs d'ablette, quatre masques en caoutchouc représentant Donald, deux boîtes de cartouches de pistolet neuf millimètres, six paires de gants en caoutchouc, un morceau d'Appenzell, une boîte d'oignons confits d'Öland, un chiffon, un astrolabe... qu'est-ce que c'est que ça, bon sang ?

— Un instrument pour mesurer la hauteur des étoiles, dit Mohrén. Tu trouveras ça dans un magasin d'antiquités.

— Très bien. Je vais faire de mon mieux.

— C'est ça, dit Malmström.

— Vous ne désirez rien d'autre ?

Mohrén secoua la tête, mais Malmström plissa le front et dit, après avoir bien réfléchi :

— Si, du spray pour les pieds.

— Quelle marque ?

— La plus chère.

— Bon. Pas de pépées ?

Ni l'un ni l'autre ne répondit et Mauritzon saisit l'occasion de cette hésitation :

— Je peux vous fournir absolument tout ce que vous pouvez désirer dans le genre. C'est pas bon pour des gars comme vous de rester seuls tous les soirs. Une ou deux petites pépées bien comme il faut, ça vous accélère le métabolisme.

— Mon métabolisme se porte très bien, merci, dit Mohrén. Et les seules femmes que je pourrais envisager sont interdites pour des raisons de sécurité. Je ne suis pas un cheik, moi, on ne me la fait pas.

— Bah, il y a des tas de pépées complètement greluches qui seraient prêtes...

— Je considère cela comme une offense, dit Mohrén. C'est non, trois fois non.

Malmström, pour sa part, semblait plus hésitant.

— Encore que...

— Oui ?

— Celle que tu appelles ton assistante, elle doit être OK ?

Mauritzon fit un grand geste de dénégation et dit :

— Monita ? Oh, non, elle n'est pas faite pour vous. Pas très chouette et pas très douée. La grosse artillerie, quoi. Moi, j'ai des goûts très simples en matière de femmes. Elle est normale, quoi.

— Ah bon, dit Malmström, très déçu.

— En plus, elle est partie en voyage. Elle a une frangine chez qui elle va de temps en temps.

— Assez sur ce chapitre, dit Mohrén. Chaque chose en son temps et le jour viendra où...

— Où quoi ? demanda Malmström.

— Où nous pourrons assouvir nos appétits comme il convient et en choisissant nous-mêmes notre compagnie. Je lève donc la séance pour aujourd'hui. La prochaine demain à la même heure.

— Okay, dit Mauritzon. Laissez-moi sortir.

— Encore une chose.

— Quoi donc ?

— Comment est-ce que tu te fais appeler maintenant ?

— Comme d'habitude : Lennart Holm.

— Si jamais il arrive quelque chose et qu'on ait besoin de toi ?

— Vous savez où me trouver.

— Et moi j'attends toujours mes écrevisses.

Mauritzon haussa les épaules d'impuissance et partit.

— Sale type, dit Malmström.

— Comment ça ? C'est comme ça que tu parles de tes amis ?

— Il pue la transpiration, dit Malmström, impitoyable.

— Mauritzon est une canaille, dit Mohrén. Je désapprouve totalement ses activités. Mis à part, bien sûr, quand il nous rend service. Mais fourguer de la drogue aux enfants des écoles et des revues porno à des analphabètes catholiques. C'est... odieux.

— Je n'ai pas confiance en lui, dit Malmström.

Mohrén avait sorti de sa poche l'enveloppe brune et il la regardait attentivement.

— Et tu as bien raison, mon ami, dit-il. Il est utile mais on ne peut se fier totalement à lui. Regarde, il a encore ouvert l'enveloppe aujourd'hui. Je me demande comment il fait. A la vapeur sans doute, mais c'est du beau travail. Si Roos n'avait pas eu l'idée de mettre un cheveu, on ne s'en apercevrait même pas. Il serait mal payé, je comprendrais encore — mais ce n'est vraiment pas le cas. Pourquoi est-il si curieux ?

— C'est un sale rat, dit Malmström. C'est aussi simple que ça.

— Oui, c'est possible.

— Combien de sacs a-t-il touché, au juste, depuis qu'il travaille pour nous ?

— Environ cent cinquante. C'est vrai qu'il a des frais : les armes, les voitures, les déplacements et le reste. Et puis il court certains risques.

— Mon œil, dit Malmström. Personne d'autre que Roos ne sait qu'on le connaît.

— Et puis la femme qui porte un nom de bateau.

— Dire qu'il a essayé de me refiler ce vieux tableau, dit Malmström outré. Elle ne sait même pas baiser et elle n'a pas dû se laver depuis hier.

— Pour être objectif, tu n'es pas tout à fait juste, objecta Mohrén. *Factum est* qu'il ne t'a pas trompé sur la marchandise.

— Qu'est-ce que tu racontes ? Qu'est-ce que ça veut dire « *factum est* » ?

— Et, question hygiène, tu pouvais la désinfecter d'abord.

— Je t'en fous.

Mohrén sortit trois feuilles de papier de l'enveloppe brune et les posa devant lui sur la table.

— Eurêka ! dit-il.

— Quoi encore ?

— Voilà ce qu'on attendait, mon vieux. Viens voir un peu.

— Il faut que j'aille me décrasser avant, dit Malmström en disparaissant dans la salle de bains.

Il revint au bout de dix minutes. Mohrén se frottait toujours les mains de joie.

— Alors ? dit Malmström.

— Tout est en ordre. Voilà le plan. C'est parfait. C'est même minuté. Tout est prévu jusqu'au moindre détail.

— Et Hauser et Hoff ?

— Ils arrivent demain. Lis ça.

Malmström lut.

Mohrén éclata alors de rire.

— Qu'est-ce que t'as à rigoler ?

— Les codes. Jean a de longues moustaches, par exemple. Sais-tu où il a pris ça et ce que ça signifiait originellement ?

— Non, aucune idée.

— Bah, ça n'a aucune importance.

— Y a bien marqué deux millions et demi ?

— Sans aucun doute.

— Net ?

— Oui, les frais sont déjà déduits.

— Moins vingt-cinq pour cent pour Roos ?

— Exactement. Ça nous fait un million chacun.

— Qu'est-ce que tu crois que ce minable de Mauritzon a pu comprendre ?

— Pas grand-chose. L'heure, naturellement.

— A quelle heure est-ce ?

— Vendredi à quatorze heures quarante-cinq. Mais il n'est pas dit quel vendredi.
— Le nom des rues est marqué quand même, dit Malmström.
— T'en fais pas pour Mauritzon, dit Mohrén calmement. Tu vois ce qui est écrit en bas ?
— Oui.
— Et tu te souviens peut-être de ce que ça signifie ?
— Bien sûr, dit Malmström. Tu parles que je m'en souviens ! Ça change tout.
— Un peu que ça change tout ! dit Mohrén. Bon sang, ce que je peux avoir envie d'écrevisses.

XV

Hoff et Hauser étaient deux gangsters allemands que Malmström et Mohrén avaient recrutés au cours de leur voyage d'affaires à Francfort. Tous deux possédaient d'excellentes recommandations et les négociations auraient fort bien pu être menées par correspondance. Mais Malmström et Mohrén étaient aussi pointilleux que leur planificateur était prudent et ils avaient en partie motivé leur voyage en Allemagne par le fait qu'ils voulaient voir à quoi ressemblaient leurs éventuels collaborateurs.

La rencontre avait eu lieu au début du mois de juin et le contact devait être établi au *Magnolia Bar* avec Hauser, qui devait ensuite les conduire jusqu'à Hoff.

Le *Magnolia Bar* était petit et sombre et se trouvait dans le centre de la ville. Un éclairage orange était parcimonieusement distillé par des sources de lumière cachées. Les murs étaient violets, de même que la moquette. Les fauteuils bas, groupés autour de petites tables rondes en plexiglas, étaient roses, pour leur part. Le zinc de forme semi-circulaire était en métal rutilant, la musique douce, les filles blondes, très décolletées et bien en chair, les consommations à des prix défiant toute concurrence vers le haut.

Malmström et Mohrén s'installèrent chacun dans

un fauteuil à la seule table libre du local, qui donnait l'impression d'être bondé bien qu'il n'y eût pas plus d'une vingtaine de consommateurs. La gent féminine était représentée par les deux blondes qui tenaient le bar ; tous les autres étaient des hommes.

L'une des serveuses vint se pencher sur eux, leur offrant généreusement une belle vue plongeante sur ses gros tétons roses mais les gratifiant également de désagréables exhalaisons de parfum et d'odeurs corporelles. Une fois que Malmström eut son *gimlet* et Mohrén son Chivaz sans glace, ils cherchèrent du regard Hauser. Ils n'avaient aucune idée de l'air qu'il pouvait avoir mais savaient qu'il faisait partie des vrais durs.

C'est Malmström qui le vit le premier.

Il se tenait à l'extrémité la plus éloignée du zinc, un petit cigarillo à la bouche et un verre à la main. Il était grand, mince mais large d'épaules, et portait un costume de daim couleur sable. Il arborait de gros favoris et ses cheveux bruns, légèrement clairsemés sur le sommet du crâne, étaient bouclés sur la nuque. Il se pencha négligemment par-dessus le comptoir et dit quelque chose à la serveuse, qui profita d'une pause pour venir jusqu'à lui. Il ressemblait étonnamment à Sean Connery. La blonde le regarda d'un œil admiratif, en poussant de petits rires affectés. Elle tendit la main sous son cigarillo, toujours collé à ses lèvres, et frappa très légèrement dessus de sorte que toute la colonne de cendre tomba dans sa main. Il ne fit même pas mine de remarquer ce geste. Au bout d'un moment il avala son whisky d'un seul trait et s'en fit apporter un autre. Son visage était immobile et son regard bleu acier était braqué vers un point situé derrière les boucles blondes de la serveuse. Mais il ne consentait même pas à effleurer celle-ci. Il avait vraiment l'air du dur qu'on leur avait décrit. Même Mohrén ne put s'empêcher de se sentir légèrement impressionné.

Ils attendaient qu'il regarde de leur côté.

Un petit homme carré, mal fagoté dans un costume gris, une chemise de nylon blanche et une cravate lie-de-vin, vint s'asseoir à leur table dans le dernier fauteuil disponible. Il avait le visage rond et lisse, le teint rosé, de grands yeux d'un bleu de porcelaine derrière de fortes lunettes non cerclées, et les cheveux ondulés, coupés court, avec la raie sur le côté.

Malmström et Mohrén lui jetèrent un regard indifférent et continuèrent à observer le James Bond du bar.

Le nouveau venu dit alors quelque chose d'une voix basse et très douce et il leur fallut un certain temps pour comprendre qu'il leur avait adressé la parole. Il leur en fallut encore un peu plus pour s'apercevoir qu'en fait c'était lui Gustav Hauser, et non pas le dur qui se tenait au bar.

Quelques instants plus tard ils quittaient les lieux.

Malmström et Mohrén, légèrement interloqués, marchèrent sur les talons de Hauser qui, vêtu d'un manteau de cuir vert foncé lui tombant jusqu'aux pieds et d'un chapeau tyrolien, les conduisit chez Hoff.

Celui-ci était un homme très jovial d'une trentaine d'années. Il les reçut dans son cercle familial, constitué de sa femme, de deux enfants et d'un basset. Un peu plus tard dans la journée les quatre hommes allèrent dîner en ville afin de parler affaires. Il apparut que Hauser et Hoff jouissaient déjà d'une grande expérience dans la partie et qu'ils possédaient même certains talents particuliers qui pouvaient se révéler fort utiles. En outre, ils avaient hâte de se mettre au travail car ils venaient tout juste d'être libérés après avoir purgé une longue peine de prison.

Au bout de trois jours passés en compagnie de leurs nouveaux associés. Malmström et Mohrén rentrèrent au pays afin de poursuivre les préparatifs de leur gros coup. Les Allemands avaient promis de se tenir prêts et d'être à l'heure au rendez-vous.

Celui-ci était fixé au jeudi 6 juillet. Ils arrivèrent en Suède le mercredi.

Hauser arriva à Limhamn dans sa voiture, par le ferry du matin en provenance de Dragør. Ils étaient tombés d'accord sur le fait qu'il irait chercher Hoff à Malmö, sur le quai de Skeppsbron, à midi, à l'arrivée de l'un des bateaux de la Compagnie de l'Öresund.

Hoff n'était encore jamais venu en Suède. Il ne savait même pas à quoi ressemblait un agent de police suédois et cela explique peut-être qu'il ait fait une entrée aussi remarquée dans le pays.

Lorsque Hoff descendit la passerelle de l'*Absalon*, il vit un douanier en uniforme venir à sa rencontre. Il crut comprendre que l'homme en question était un policier, que quelque chose avait mal tourné et qu'on s'apprêtait à l'arrêter.

En même temps, il repéra Hauser assis dans sa voiture, de l'autre côté de la rue, le moteur en marche. Affolé, Hoff sortit son pistolet, le pointa sur ce douanier ébahi qui venait tout simplement dire bonjour à sa fiancée, laquelle travaillait à la cafétéria de l'*Absalon*. Avant que quiconque eût le temps de comprendre quoi que ce soit, Hoff avait bondi par-dessus la petite clôture séparant le quai du trottoir, s'était faufilé entre plusieurs taxis, avait enjambé une autre barrière, passé entre deux camions et était allé se jeter dans la voiture de Hauser, tenant toujours à la main son pistolet prêt à tirer.

Hauser, qui l'avait vu arriver, tenait la porte ouverte et avait commencé à avancer avant même que Hoff fût à l'intérieur. Il appuya à fond sur l'accélérateur et disparut au coin de la rue avant que quiconque ait eu l'idée de relever le numéro de la voiture.

Il poursuivit sa route jusqu'à ce qu'il soit sûr qu'il n'était pas suivi et ne risquait pas d'être arrêté par un barrage de police.

XVI

Comme on le sait, la chance et la malchance ont une certaine tendance à s'équilibrer, en ce sens que le malheur des uns fait parfois le bonheur des autres et vice versa.

Mauritzon, lui, estimait ne pas devoir courir de pareils risques et ne laissait donc jamais rien au hasard. Dans toutes ses opérations il assurait ses arrières selon un système qu'il avait lui-même imaginé et qui lui garantissait que seul un concours hautement improbable de circonstances particulièrement malheureuses pouvait entraîner sa chute.

Naturellement, il subissait bien de temps en temps certains revers professionnels, mais ceux-ci ne lui causaient jamais que des désagréments d'ordre économique. Ainsi, un lieutenant de carabiniers insensible aux arguments financiers — phénomène rarissime — venait, quelques semaines auparavant, de mettre la main sur un camion entier chargé de pornographie. Mais remonter la filière jusqu'à Mauritzon était impossible même pour le plus fin des limiers.

Par contre, deux mois plus tôt, il lui était arrivé un malheur totalement incompréhensible. Mais celui-ci n'avait pas eu de conséquences pour lui et il était convaincu que pareil événement n'était pas près de se reproduire. Il estimait, non sans raisons, ses chances de tomber comme plus faibles que celles de faire un sans-faute au loto sportif.

Mauritzon avait des journées très chargées et son programme, en ce mercredi, l'était particulièrement. Il devait tout d'abord prendre livraison d'une certaine quantité de drogue à la gare centrale, aller la déposer dans une consigne automatique de la station de métro d'Östermalmstorg et ensuite remettre la clé de celle-ci à une certaine personne en échange d'une enveloppe contenant de l'argent. Puis il devait aller trouver l'intermédiaire chez qui arrivaient ces mystérieuses lettres destinées à Malmström et Mohrén. Il était d'ailleurs assez dépité de ne pas avoir, malgré toute son astuce, réussi à découvrir l'identité de leur expéditeur. Après cela il devait faire les courses de ses amis, les slips, etc. et, à la fin de la journée, se rendre à l'appartement de Danviksklippan.

La drogue consistait en amphétamines et en haschisch, ingénieusement dissimulés dans un pain d'épice et un morceau de fromage, à leur tour placés dans un sac à provisions tout à fait ordinaire en compagnie de divers autres produits parfaitement innocents.

Il avait déjà pris livraison et se tenait maintenant au bord du passage clouté qui se trouve devant la gare centrale, petit homme parmi tant d'autres tenant à la main un sac en plastique.

Il était entouré d'un côté par une vieille dame et de l'autre par une contractuelle en uniforme vert, ainsi que par bien d'autres personnes. Sur le trottoir, à cinq mètres de là, se trouvaient deux agents de police, l'air stupide et les mains derrière le dos.

La circulation était normale, c'est-à-dire extrêmement dense, et l'air tellement chargé de gaz d'échappement que l'on étouffait presque.

Lorsque le feu passa au vert, chacun se précipita pour essayer d'arriver de l'autre côté de la rue quelques centièmes de seconde avant ses semblables.

Quelqu'un bouscula la vieille dame, qui regarda autour d'elle, l'air effrayé, en disant :

— Est-ce que c'est vert ? J'y vois très mal sans mes lunettes ?

— Oui, dit Mauritzon, très aimablement. Je vais vous aider à traverser, madame.

L'expérience lui avait enseigné qu'il pouvait parfois être utile de faire preuve de prévenance.

— Ah, vous êtes bien gentil, dit la femme. Ce n'est pas souvent qu'on pense à nous, les vieilles personnes.

Ce qui était loin d'être faux.

— Je ne suis pas pressé, dit Mauritzon.

Il prit doucement le bras de la dame et entreprit de traverser la rue avec elle.

Trois mètres plus loin elle fut à nouveau bousculée par un piéton très pressé et faillit tomber. Mauritzon la retint à temps mais entendit simultanément quelqu'un qui criait :

— Dites donc, vous !

Il leva les yeux et vit la contractuelle le désigner d'un doigt accusateur tout en se mettant à hurler :

— Au voleur ! Au voleur !

La vieille dame regarda autour d'elle, très étonnée, pendant que la contractuelle continuait ainsi à appeler la police. Pour sa part, Mauritzon fronça les sourcils mais ne bougea pas.

— Qu'est-ce qu'il y a ? demanda la vieille dame.

Puis elle se mit à crier, elle aussi :

— Au voleur !

Les deux agents approchèrent à grands pas.

— Qu'est-ce qui se passe, ici ? demanda l'un d'eux, se donnant l'air très important.

— Qu'est-ce qui se passe, ici ? demanda l'autre, essayant d'imiter son collègue, mais sans grand succès.

Il avait en effet un accent provincial assez prononcé et avait donc du mal à trouver le ton qu'il fallait.

— Un voleur à la tire, répondit la contractuelle en désignant toujours Mauritzon du doigt. Il a essayé d'arracher le sac de cette vieille dame.

Mauritzon regarda son accusatrice et ne put s'empêcher de penser en lui-même : « Tu ne vas pas te taire, espèce de crétine. »

A voix haute, il dit par contre :

— Mais c'est une erreur.

La contractuelle était une blonde d'environ vingt-cinq ans, qui avait réussi à gâcher définitivement, à l'aide de cosmétiques divers, un physique déjà peu avantageux.

— Je l'ai vu, dit-elle.

— Hein ? dit la vieille dame. Où est-il, ce voleur ?

— Qu'est-ce qui se passe ici ? répétèrent les deux agents, cette fois-ci parfaitement en chœur.

Mauritzon était toujours parfaitement calme.

— Mais je vous dis que c'est une erreur complète.

— Ce monsieur-là m'aidait à traverser la rue, dit la dame.

— Il a fait semblant, oui, dit la blonde. C'est comme ça qu'ils s'y prennent. Mais je l'ai vu tirer sur le sac au point de déséquilibrer la bonne... je veux dire : madame.

— Mais vous avez tout compris de travers, dit Mauritzon. C'est quelqu'un d'autre qui a bousculé madame. Moi, je l'ai au contraire rattrapée pour l'empêcher de tomber et de se faire mal.

— Pas de ça, dit la contractuelle.

Les agents, eux, se regardaient, l'air perplexe. Le plus bourru des deux paraissait assez au fait de ce genre de situation. Il réfléchit un instant et trouva les paroles qui s'imposaient.

— Alors, il vaut mieux que vous veniez avec nous.

Silence.

— Tous les trois : le suspect, le témoin et la plaignante.

Tout cela semblait assez absurde et la contractuelle elle-même était fort peu séduite à cette idée.

Mauritzon se faisait encore plus petit que jusque-là.

— Vous savez, c'est vraiment une erreur, dit-il. Bien compréhensible d'ailleurs, quand on pense à tous ces bandits qui courent les rues, de nos jours. Alors, si vous y tenez absolument...

— Qu'est-ce qu'il y a ? dit la dame. Où est-ce qu'on va ?

— Au poste, dit le plus assuré des deux agents.

— A la poste ? dit la dame.

— Non, au poste de police.

Et ils partirent tous, sous les regards ébahis de concitoyens passant près d'eux à toute allure.

— Je me suis peut-être trompée, dit la blonde, un peu gênée.

Elle avait l'habitude de relever des numéros et des noms, et non pas de se faire épingler elle-même.

— Ça n'a aucune importance, dit Mauritzon, magnanime. Vous avez raison, on ne fait jamais assez attention par les temps qui courent.

Dans le bâtiment de la gare centrale la police de Stockholm dispose d'un petit local où sont gardées les personnes en instance d'interrogatoire et où les agents eux-mêmes peuvent prendre une tasse de café de temps en temps.

La procédure fut des plus compliquées.

Il fallut d'abord noter l'identité du témoin et de la plaignante éventuelle.

— Vous savez, il se peut que j'aie mal vu, dit la première, un peu nerveuse. Et puis j'ai du travail à faire.

— Il faut tirer cette affaire au clair, dit le plus expérimenté des deux agents, Kennet, fouille-le, veux-tu ?

L'agent originaire de la province commença à fouiller Mauritzon et sortit de ses poches divers objets parfaitement innocents.

En même temps se déroulait l'inévitable interrogatoire d'identité.

— Puis-je vous demander votre nom ?

— Arne Lennart Holm, dit Mauritzon. Lennart est mon prénom usuel.

— Votre adresse ?

— N° 6 Vickergatan.

— Oui, c'est exact, dit l'autre agent. C'est bien ce qu'il y a de marqué sur son permis de conduire. Je l'ai dans la main. Monsieur s'appelle bien Arne Lennart Holm. Pas d'erreur.

L'agent qui menait l'interrogatoire se tourna alors vers la vieille dame.

— Vous manque-t-il quelque chose, madame ?

— Non.

— Mais moi je vais bientôt manquer de patience, dit la blonde assez sèchement. Comment vous appelez-vous, d'ailleurs ?

— Ça ne vous regarde pas, dit l'agent.

152

— Allons, calmons-nous, dit Mauritzon, très détendu pour sa part.

— Vous manque-t-il quelque chose, madame ?

— Mais non, je viens de vous le dire.

— Vous aviez de l'argent sur vous ?

— J'avais six couronnes trente-cinq dans mon porte-monnaie et puis ma carte Vermeille et mon titre de retraite.

— Et vous les avez toujours ?

— Mais oui.

L'agent referma son carnet, regarda la petite troupe et dit :

— Eh bien alors, vous pouvez partir. Sauf vous, monsieur Holm.

Mauritzon était en train de remettre ses affaires personnelles dans ses poches.

Sur le pas de la porte se trouvait son sac à provisions. Un concombre et six branches de rhubarbe en dépassaient.

— Qu'est-ce qu'il y a dans ce sac ? demanda l'agent.

— Des provisions.

— Ah bon ! Mais tu ferais mieux de vérifier, Kennet.

Le provincial se mit alors à sortir les provisions du sac et à aligner son contenu sur le banc près de la porte, où les agents qui entraient pour se reposer se débarrassaient en général de leur casquette et de leur ceinturon.

Mauritzon observait tout cela sans rien dire.

— Oui, dit Kennet. C'est vrai, c'est bien des provisions, comme il le dit. Il y a du pain, du beurre, du fromage, de la rhubarbe et du café. Conforme à ses déclarations.

— Eh bien alors, dit son collègue, l'affaire est réglée. Tu peux tout remettre dans le sac, Kennet.

Puis il réfléchit un instant, se tourna vers Mauritzon et dit :

— Eh bien, monsieur Holm, nous vous prions de nous excuser. Mais nous sommes dans l'obligation de faire notre travail, vous comprenez. J'espère que vous ne nous en voudrez pas de ce petit incident.

— Nullement, dit Mauritzon. Je comprends parfaitement votre position.

— Eh bien alors au revoir, monsieur Holm.

— Au revoir.

A ce moment la porte s'ouvrit et un autre agent pénétra dans la pièce. Il était vêtu d'une combinaison grise et tenait en laisse un berger allemand. Dans l'autre main il avait une bouteille de Fanta.

— Qu'est-ce qu'il fait chaud, bon sang ! dit-il en jetant sa casquette sur le banc. Couché, Jack.

Il décapsula la bouteille et porta celle-ci à sa bouche. Mais il s'arrêta dans son geste et répéta l'air mécontent :

— Couché, Jack !

Le chien s'assit mais se releva aussitôt et alla renifler le sac de Mauritzon.

Celui-ci se dirigea alors vers la porte en renouvelant ses adieux.

Mais le chien avait déjà plongé la tête entière dans le sac.

Mauritzon ouvrit la porte de la main gauche et tendit la main droite afin de le prendre.

Aussitôt le chien se mit à grogner en montrant les dents.

— Un instant, dit l'agent en combinaison.

Ses collègues le dévisagèrent, l'air de ne rien comprendre. Mauritzon, lui, écarta la tête du chien et souleva son sac.

— Arrêtez, dit l'agent, en posant la bouteille sur le banc.

— Pardon ? dit Mauritzon, tout étonné.

— Ce chien est dressé pour flairer la drogue, dit l'agent en portant la main à la crosse de son pistolet.

XVII

Le chef de la brigade des stupéfiants s'appelait Henrik Jacobsson. Cela faisait bientôt dix ans qu'il occupait ce poste, dans lequel il ne manquait pas de travail. Tout le monde se disait qu'il devait certainement avoir un ulcère à l'estomac, des difficultés motrices ou bien encore se mettre parfois à grimper aux rideaux avec une tâche pareille. Mais il était doté d'une robuste constitution et, après tout ce temps, il était bien difficile de lui faire hausser les sourcils devant quoi que ce soit.

Il regarda le fromage et le pain d'épice éventrés, les sachets de haschisch et les capsules d'amphétamines, ainsi que l'un de ses subordonnés, qui s'évertuait à mettre en morceaux les branches de rhubarbe.

Mauritzon était assis devant lui, apparemment calme mais intérieurement aux abois. Toutes ses savantes précautions n'avaient servi à rien, et tout cela à cause d'une idiote qui avait la berlue. Comment cela avait-il bien pu se produire ? Une fois, passe encore. Mais c'était la deuxième en l'espace de quelques mois. Aucun doute, il allait faire un sans-faute au loto sportif, cette semaine.

Il avait déjà dit tout ce qu'il pouvait dire. A savoir que ce sac ne lui appartenait pas, qu'un inconnu le lui avait remis à la gare en lui disant de le remettre à un autre inconnu sur la place de Mariatorget. Bien sûr, cela lui avait paru bizarre mais il n'avait pas pu résister à l'appât de la somme de cent couronnes qu'on lui avait offerte pour se charger de cette commission.

Jacobsson avait écouté tout cela sans faire le moindre commentaire ni interrompre Mauritzon mais sans avoir non plus le moins du monde l'air convaincu. Lorsqu'il prit la parole, ce fut pour dire :

— Très bien, nous allons te garder. Tu seras sans doute placé sous mandat d'arrêt demain matin. Tu as le droit d'appeler la personne de ton choix au téléphone mais à condition que cela n'entrave en rien l'enquête.

— C'est aussi grave que ça ? demanda Mauritzon.

— Ça dépend de ce qu'on appelle grave. Et ça dépend aussi de ce qu'on va trouver chez toi.

Sur ce point, Mauritzon n'avait aucune inquiétude. Il savait que dans son petit studio de Vickergatan on ne trouverait que quelques meubles et vêtements usagés. La question qui pouvait se révéler la plus embarrassante avait trait à la destination des autres clés qu'il portait sur lui. Mais celle-là, il était bien décidé à ne pas y répondre. Son autre domicile, situé dans Armfeltsgatan, dans le quartier chic, cette fois, avait donc toutes les chances de rester à l'abri des flics et quadrupèdes indiscrets.

— Je vais avoir une amende ? demanda-t-il, aussi humblement que possible.

— Non, mon vieux, dit Jacobsson. C'est la taule, tu peux me faire confiance. Tu es dans le pétrin, tu vois. Mais je peux quand même t'offrir une tasse de café.

— Non merci, répondit Mauritzon, je préfère le thé si ça ne vous dérange pas trop.

Pendant ce temps, son cerveau ne cessait de fonctionner.

Il était encore plus profondément dans le pétrin que ne pouvait le penser. Jacobsson. Ses empreintes avaient en effet été relevées et l'ordinateur n'allait pas tarder à cracher une fiche sur laquelle il n'y aurait pas marqué le nom d'Arne Lennart Holm et cela ne manquerait pas, à son tour, de susciter un certain nombre de questions embarrassantes.

Ils burent leur thé et leur café, accompagnés d'un bon morceau de pain, tandis que l'assistant découpait le concombre avec une extrême application, au moyen d'un scalpel. On aurait dit un grand chirurgien en train d'opérer.

— Non, il n'y a plus rien, dit-il.

Jacobsson fit un petit signe de tête et dit entre deux bouchées :

— Bon.

Puis il se tourna vers Mauritzon et ajouta :

— Mais, pour toi, cela ne change rien.

Mauritzon, quant à lui, sentait mûrir en lui une décision. Il était certes au tapis mais il était loin d'être K.O. Il s'agissait donc de se relever avant le compte et cela n'interviendrait que lorsque la fiche arriverait sur le bureau de Jacobsson. Passé ce moment, plus personne n'ajouterait foi au moindre de ses propos.

Il posa donc le gobelet en carton, se redressa et dit, d'une voix bien décidée :

— C'est bon, je vais me mettre à table.
— Je t'écoute, dit Jacobsson, impassible.
— Je ne m'appelle pas Holm.
— Ah bon !
— Non. C'est comme ça que je me fais appeler mais ce n'est pas mon vrai nom.

— Et comment est-ce, ton vrai nom ?
— Filip Trofast Mauritzon.
— Alors, pourquoi ne l'as-tu pas dit tout de suite ?
— Eh bien, c'est parce que j'ai déjà eu des ennuis, il y a quelque temps. Le nom sous lequel on se fait connaître en taule, on le garde. Vous savez ce que c'est.
— Oui.
— Les gens apprennent qu'on est allé à l'ombre et puis les flics s'amènent... euh, pardon, la police.
— Aucune importance, dit Jacobsson. J'ai l'habitude.

Puis il garda le silence pendant un moment et Mauritzon regarda la pendule murale du coin de l'œil.
— Oh, j'ai rien fait de bien grave, poursuivit-il. Recel et détention d'armes. Et puis un cambriolage, mais il y a dix ans de ça.
— Depuis, tu t'es tenu à carreau, dit Jacobsson, c'est ça ? Tu t'es repenti ? Ou bien tu as perfectionné tes activités ?

Mauritzon répondit à cela par un petit sourire amer.
Jacobsson, pour sa part, ne souriait pas. Il reprit :
— Où est-ce que tu veux en venir ?
— Je ne veux pas aller en taule.
— Tu y es déjà allé. Et puis ce n'est pas le bout du monde. La ville est pleine de gens qui sont allés en taule. J'en rencontre tous les jours. Quelques mois de repos, ça ne fait de mal à personne.

Mais Mauritzon avait le sentiment qu'il ne s'agirait pas pour lui de quelques semaines de vacances. Il regardait ses provisions abîmées et se disait que, s'il était incarcéré, les flics en profiteraient pour mettre leur nez un peu partout et finiraient bien par découvrir une ou deux choses qui n'étaient pas tellement à son avantage. D'un autre côté, il avait de coquettes économies à l'abri dans des banques étrangères. S'il parvenait seulement à sortir de l'endroit où il se trouvait en ce moment, ce ne serait plus pour lui qu'un jeu d'enfant de quitter la ville et même le pays. Ensuite, il n'aurait plus de soucis à se faire. Il avait déjà caressé l'idée de se ranger des voitures ; tout du moins en ce qui concernait la pornographie et la drogue. Il n'avait pas non plus envie de continuer encore bien longtemps ses activités, certes bien rémunérées, de garçon de courses de Malmström et Mohrén. Il comptait au contraire s'établir dans l'alimentation : importer du beurre danois en contrebande en Italie était extrêmement rentable. C'était même presque légal et le seul risque, en fait, résidait du côté de la mafia : se faire descendre ou peut-être même pire que cela.

De toute façon, le moment était venu de prendre le taureau par les cornes. Il demanda donc à Jacobsson :

— Qui est-ce qui s'occupe des hold-up ?

— Bulldo... commença Jacobsson, avant de s'interrompre brusquement.

— Bulldozer Olsson, compléta Mauritzon.

— Le substitut Olsson, corrigea Jacobsson. Tu as des révélations à lui faire ?

— Je pourrais peut-être lui fournir quelques renseignements intéressants.

— Eh bien alors, tu n'as qu'à me les donner.

— Oui mais il s'agit de choses confidentielles, dit Mauritzon. Je suis sûr que ça peut s'arranger sur un simple coup de téléphone.

Jacobsson se mit à réfléchir. Il savait que le directeur de la police nationale et ses subordonnés avaient dit que les hold-up passaient avant tout le reste. La seule chose qui pouvait avoir le pas sur eux, c'était des œufs jetés sur l'ambassadeur des États-Unis.

Il prit le téléphone et composa le numéro de la ligne directe de la BRB. Il eut tout de suite Bulldozer au bout du fil.

— Olsson à l'appareil.

— Ici Henrik Jacobsson, des stupéfiants. Il se trouve que nous avons arrêté un type qui dit qu'il a des révélations à faire.

— Sur les hold-up ?

— Apparemment.

— Je viens immédiatement, dit Bulldozer.

Et il ne mentait pas. Peu de temps après il faisait son entrée dans la pièce, l'air très excité à l'avance. Après avoir échangé quelques mots à l'oreille avec Jacobsson, il s'avança vers le détenu.

— Vous aviez des choses à me dire, monsieur Mauritzon ? demanda-t-il.

— Vous aimeriez peut-être avoir des nouvelles de deux gars qui s'appellent Malmström et Mohrén ?

— Vous posez la question ?

Il se léchait les babines.

— Oh oui, ça m'intéresserait follement, reprit-il. Qu'est-ce que vous savez au juste, monsieur Mauritzon ?

— Eh bien, par exemple où ils se trouvent.

— En ce moment ?

— Oui.

Bulldozer ne put s'empêcher de se frotter les mains.

Puis, comme frappé subitement par une évidence, il ajouta :

— Mais je suppose que vous y mettrez certaines conditions.

— Disons que j'aimerais discuter de cela dans un endroit plus agréable.

— Hum ! dit Bulldozer. Est-ce que mon bureau vous conviendrait ?

— Tout à fait, répondit Mauritzon. Mais il faut sans doute que vous en discutiez avec votre collègue.

Jacobsson avait suivi la conversation sans rien laisser paraître.

— En effet, dit Bulldozer, enthousiaste. J'espère que vous ne me refuserez pas un petit entretien en particulier, Jacobsson ?

Celui-ci se contenta d'un hochement de tête résigné.

XVIII

Jacobsson était un homme pratique. Il prit la chose avec calme.

Il ne connaissait pas très bien Bulldozer Olsson mais il avait beaucoup entendu parler de lui. Il savait donc que toute résistance ne pouvait être que symbolique.

Le décor était fort simple. Un bureau aux murs nus, avec une table, deux chaises et une armoire de classement. Même pas de tapis sur le sol.

Jacobsson était assis à la table, sans bouger.

Bulldozer, pour sa part, faisait les cent pas, tête baissée et les mains dans le dos.

— Une seule chose importe vraiment, dit-il. Est-ce que ce Mauritzon est arrêté ?

— Non. Pas encore.

— Parfait, dit Bulldozer. Formidable. Alors, il n'y a même pas à discuter.

— Peut-être pas.

— Si tu y tiens, je peux appeler le directeur de la police nationale, le chef de division et...

Jacobsson secoua la tête. Il savait d'avance que c'était peine perdue.

— Comme ça tout serait réglé, dit Bulldozer.

Jacobsson ne répondit pas.

— Tu as quand même fait un beau coup, n'est-ce

pas. Tu sais qui c'est et, à l'avenir, tu peux l'avoir à l'œil.

— Oui. Je vais lui parler.

— Formidable.

Jacobsson alla retrouver Mauritzon, l'observa un instant et lui dit :

— J'ai réfléchi, Mauritzon. C'est un inconnu qui t'a donné ce sac pour le remettre à un autre inconnu. Ce n'est pas la première fois que ça arrive. Il sera bien difficile de prouver le contraire et je n'ai pas l'intention de procéder à ton arrestation.

— Ah bon, dit Mauritzon.

— Par contre, nous gardons la marchandise. Mais il se peut que tu aies été de bonne foi.

— Je suis libéré ?

— Oui. Enfin, à condition que tu te mettes à la disposition de Bull... du substitut Olsson.

Celui-ci devait écouter à la porte car il fit immédiatement une entrée précipitée.

— Viens, on file, dit-il.

— Tout de suite ?

— On va parler de ça chez moi, dit Bulldozer.

— Bien sûr, dit Mauritzon. Ce sera un plaisir.

— Compte sur moi, dit Bulldozer. Salut, Jacobsson.

Jacobsson ne répondit pas. Il les observa partir, le regard vague.

Il avait l'habitude.

Dix minutes plus tard, Mauritzon tenait la vedette parmi les membres de la BRB. Il était assis dans le fauteuil le plus confortable qu'on ait pu dénicher, entouré d'un groupe de personnes illustres dans la profession. Au nombre desquelles Kollberg, qui, après avoir regardé la liste des commissions que Mauritzon devait effectuer, demanda :

— Une douzaine de slips et quinze paires de chaussettes. C'est pour qui, tout ça ?

— Je suppose qu'il y en a deux pour Mohrén et le reste pour l'autre.

— Qu'est-ce qu'il en fait de ses sous-vêtements, Malmström ? Il les mange ?

— Je ne crois pas. Mais il ne met jamais deux fois les mêmes. Et puis il ne veut pas n'importe lesquels. Il lui faut une marque française qu'on ne trouve que chez Morris.

— Pas étonnant qu'il soit obligé d'attaquer des banques dans ces conditions.

Rönn, lui, demanda :

— Euh, un astrolabe, qu'est-ce que c'est ?

— C'est une sorte de sextant, un vieux modèle en quelque sorte, expliqua Gunvald Larsson.

Pour mieux poser une question, à son tour, quelques instants après :

— Pourquoi quatre masques de Donald alors qu'ils ne sont que deux ?

— Ce n'est pas à moi qu'il faut demander ça, répondit Mauritzon. Ils en ont d'ailleurs déjà deux que je leur ai achetés la semaine dernière.

Rönn reprit :

— Et ça : six boîtes de neuf ?

— C'est des capotes d'un genre spécial. Quand on les met, on dirait qu'on a un flic en uniforme, là, en bas.

— Bon, ça suffit, coupa Bulldozer, bonhomme. Nous n'avons pas besoin de vous pour nous amuser, monsieur Mauritzon.

— Ah bon ? dit Kollberg, sinistre.

— Parlons plutôt de choses sérieuses, reprit Bulldozer en joignant vigoureusement les mains pour bien montrer ses dispositions d'esprit.

Pour leur donner le moral il regarda ses troupes, qui étaient composées, outre Kollberg, Rönn et Gunvald Larsson, de deux assistants, d'un expert en gaz lacrymogènes, d'un informaticien et d'un bon à rien d'agent de police du nom de Bo Zachrisson, que tout le monde était prêt à refiler aux autres, pour toutes sortes de missions, même par ces temps de cruelle pénurie d'effectifs.

Heureusement, le directeur de la police nationale et les autres grands chefs n'avaient plus donné de leurs nouvelles depuis cette séance de cinéma si réussie.

— Alors on est bien d'accord, dit Bulldozer. A six heures très précises, Mauritzon sonne à la porte. On répète encore une fois ce détail.

Kollberg frappa plusieurs coups sur la table.

— C'est ça, dit Mauritzon.

Avant d'ajouter :

— Enfin, à peu près.

Tout d'abord un coup très bref, suivi immédiatement d'un long, un silence puis quatre coups brefs, un silence, un long suivi d'un très bref.

— J'arriverai jamais à retenir ça, soupira Zachrisson.

— On essayera de te confier autre chose, dit Bulldozer.

— Je me demande bien quoi, crut bon d'ajouter Gunvald Larsson.

Il était le seul à avoir déjà eu l'expérience de la collaboration avec Zachrisson. Et il n'en avait pas gardé un excellent souvenir.

— Et moi, qu'est-ce que je fais là-dedans ? demanda l'informaticien.

— Oui, c'est vrai. Ça fait plusieurs jours que je me pose la même question, dit Bulldozer. Qui est-ce qui t'a envoyé ici ?

— Je ne sais pas. L'ordre est venu d'en haut.

— Tu pourrais peut-être essayer de trouver la bonne combinaison au loto, par exemple, dit Gunvald Larsson.

— Impossible, soupira l'informaticien. Ça fait des années que j'essaie toutes les semaines.

— Imaginons un peu la situation, dit Bulldozer. Qui est-ce qui va sonner ?

— Kollberg, fit Gunvald Larsson.

— C'est ça. Parfait. Malmström vient ouvrir. Il s'attend à voir Mauritzon avec son astrolabe, ses slips et tout le bazar. Et à la place il voit...

— Nous, dit Rönn, lugubre.

— Exactement, dit Bulldozer. Mohrén et lui sont interloqués. Ils sont tombés sur plus fort qu'eux. Ils vont en faire une tête !

Il trottinait dans la pièce en souriant à l'avance à cette idée.

— Et Roos, alors ; lui, il ne va pas s'en remettre : échec et mat en un seul coup !

Bulldozer eut un instant l'air abasourdi lui-même à cette perspective. Mais il se reprit bientôt et ajouta :

— L'ennui, c'est qu'ils sont armés.

Gunvald Larsson haussa les épaules.

— Ça n'a pas grande importance, dit Kollberg.

Gunvald Larsson et lui n'étaient pas mauvais à la lutte, quand il le fallait, et, de plus, Malmström et Mohrén n'opposeraient probablement pas de résistance une fois qu'ils auraient compris qu'ils n'avaient pas la moindre chance.

Bulldozer interpréta correctement ses pensées et dit :

— Mais il faut quand même envisager l'hypothèse qu'ils tentent de se frayer un chemin en faisant usage de leurs armes, voyant qu'ils n'ont plus rien à perdre. C'est là que tu interviens, toi, dit-il en montrant du doigt l'expert en gaz lacrimogènes.

Celui-ci acquiesça.

— Nous aurons aussi un maître chien, devant la porte, dit Bulldozer. Le chien attaque...

— Muni d'un masque à gaz ? demanda Gunvald Larsson. Il faudrait peut-être penser à ce genre de détail.

— Excellente idée, dit Mauritzon.

Tout le monde le regarda, l'air stupéfait.

— Reprenons, dit Bulldozer. Première hypothèse : Malmström et Mohrén opposent une résistance mais sont maîtrisés, attaqués par le chien et paralysés par les gaz lacrymogènes.

— Tout ça à la fois, marmonna Kollberg, sarcastique.

Mais Bulldozer était lancé et ne se soucia pas de cette objection.

— Hypothèse numéro deux : Malmström et Mohrén n'opposent pas de résistance. Les policiers pénètrent dans l'appartement, arme au poing et les encerclent.

— Pas moi, dit Kollberg.

Par principe, il refusait de porter des armes.

Bulldozer devint presque lyrique.

— Les criminels sont désarmés et on leur passe les menottes. J'entre personnellement dans l'appartement et je les déclare en état d'arrestation. On les emmène.

Il réfléchit pendant quelques instants à ces réjouissantes perspectives avant d'ajouter, sur son élan :

— Reste l'intéressante hypothèse numéro trois : Malmström et Mohrén n'ouvrent pas. Ils sont malins et font très attention aux coups de sonnette. S'ils ont l'impression qu'ils ne ressemblent pas au signal convenu, Mauritzon doit s'éloigner, aller attendre à proximité et revenir douze minutes après, très précisément, pour sonner à nouveau. Eh bien, nous ferons pareil. Nous attendrons douze minutes avant de sonner à nouveau. Et, à partir de ce moment-là, nous nous retrouvons dans l'une des situations déjà analysées.

Kollberg et Gunvald Larsson échangèrent un regard qui en disait long sur leur état d'esprit commun.

— Alternative numéro quatre, reprit soudain Bulldozer.

— En général, il n'y en a pas plus de deux ; ou plutôt une seule comportant deux termes, objecta Kollberg.

— Ça ne fait rien. L'alternative numéro quatre, c'est que Malmström et Mohrén refusent d'ouvrir. Dans ce cas on enfonce la porte et...

— ...on entre, arme au poing, et on encercle les criminels, acheva Gunvald Larsson avec un profond soupir.

— Exactement, dit Bulldozer. C'est comme ça qu'il faut que ça se passe. Ensuite, je pénètre moi-même dans la pièce et je les arrête. Parfait. Nous avons examiné toutes les éventualités, n'est-ce pas ? Pas de question ?

Le silence se fit puis on entendit s'élever la voix de Zachrisson.

— L'alternative numéro cinq, c'est que les gangsters ouvrent la porte et nous descendent tous avec leurs pistolets-mitrailleurs, avant de prendre la fuite.

— Espèce d'idiot, dit Gunvald Larsson. D'abord, Malmström et Mohrén ont déjà été coffrés des tas de fois sans qu'il y ait jamais eu le moindre blessé. Ensuite ils ne sont que deux alors qu'il y aura six policiers devant la porte, plus un chien, dix autres hommes dans l'escalier, vingt dans la rue et un substitut dans le grenier ou je ne sais où.

Zachrisson eut l'air fort dépité mais ajouta malgré tout, l'air blasé :

— On ne peut jamais être sûr de rien, si vous voulez mon avis.

— Est-ce qu'il faut aussi que je vienne, moi ? demanda l'informaticien.

— Non, dit Bulldozer, je ne vois pas ce que tu pourrais faire.

— Sans ta machine, tu n'es bon à rien, dit Kollberg.

— On pourrait peut-être la lui monter avec une grue, suggéra Gunvald Larsson.

— Vous savez tout sur la disposition des lieux, tant à l'intérieur qu'à l'extérieur, récapitula Bulldozer. Cela fait trois heures que l'immeuble est discrètement surveillé et, comme on pouvait s'y attendre, il ne s'est rien passé. Malmström et Mohrén sont incapables de savoir ce qui les attend. Messieurs, nous sommes prêts.

Il sortit une vieille montre en argent de son gousset, ouvrit le boîtier et dit :

— Dans trente-deux minutes, nous frappons.

— Ils ne risquent pas d'essayer de filer par la fenêtre ? demanda encore Zachrisson.

— Je ne demande pas mieux, répondit Gunvald Larsson. L'appartement est situé au quatrième et il n'y a pas d'échelle d'incendie.

— Parce que ça ferait une sixième alternative, tint à préciser Zachrisson.

Bulldozer se tourna alors vers Mauritzon qui avait suivi le débat, l'air indifférent.

— Je suppose que vous ne désirez pas nous accompagner, monsieur Mauritzon ? A moins que vous ne teniez à rencontrer vos petits camarades ?

Mauritzon répondit par un semblant de haussement d'épaules et de frisson.

— Alors je suggère que vous restiez quelque part, bien au calme, jusqu'à ce que cette affaire soit réglée. Vous êtes un homme d'affaires, monsieur Mauritzon, alors vous comprendrez certainement un raisonnement de type commercial. Et si d'aventure, il s'avérait que vous nous avez trompés, les données de votre problème ne seraient plus les mêmes.

Mauritzon acquiesça.

— *All right*, dit-il. Mais je sais qu'ils sont là.

— Je trouve que monsieur Mauritzon est un beau salaud, dit Gunvald Larsson sans s'adresser à qui que ce soit en particulier.

Kollberg et Rönn examinèrent une dernière fois le plan de l'appartement, dressé d'après les indications de Mauritzon et assez fidèle à la réalité. Puis Kollberg plia le papier et le mit dans sa poche.

— O.K., dit-il, on y va.

Mauritzon éleva alors la voix pour dire :

— Je voudrais quand même vous dire, en toute amitié, que Malmström et Mohrén sont plus dangereux que vous ne le pensez. Ils vont certainement tenter de se sauver. Ne prenez pas de risques.

— Non, dit Kollberg. Tu peux compter sur nous.

Gunvald Larsson observa Mauritzon, l'air sombre, et dit :

— Si je comprends bien, monsieur Mauritzon préférerait qu'on descende ses deux copains tout de suite : comme cela il n'aurait pas à se faire trop de bile pendant le restant de ses jours.

— Je voulais simplement vous mettre en garde, dit Mauritzon. Tu n'as pas besoin de prendre ça aussi mal.

— Ta gueule, espèce de fumier, conclut Gunvald Larsson.

Il avait horreur de se voir traiter familièrement par des gens qu'il méprisait. Qu'ils soient indicateurs ou bien membres de la direction de la police nationale.

— Tout est prêt, dit Bulldozer, qui avait beaucoup de mal à cacher sa joie. Début de l'opération. On y va.

Dans l'immeuble de Danviksklippan tout était en ordre. Les informations données par Mauritzon semblaient exactes, par exemple le fait que sur la porte de l'appartement en question était indiqué le nom de S. Andersson.

Gunvald Larsson et Rönn étaient tapis chacun d'un côté de cette porte. Tous deux avaient leur pistolet à la main, Gunvald Larsson son Smith & Wesson 38 Master personnel et Rönn le Walther 7,65 habituel de la police suédoise. Entre eux se tenait Kollberg. L'escalier pour sa part regorgeait de policiers. Il y avait entre autres Zachrisson, le spécialiste des gaz lacrymogènes, le maître chien et les deux jeunes assistants, ainsi qu'un certain nombre d'agents en uniforme armés de pistolets-mitrailleurs et vêtus de gilets pare-balles.

A ce qu'on disait Bulldozer se trouvait dans l'ascenseur.

Un monde en armes, pensa Kollberg, en suivant des yeux la trotteuse de la montre-chronomètre de Gunvald Larsson.

Pour sa part, il en était naturellement dépourvu.

Plus que trente-quatre secondes.

La montre de Gunvald Larsson était un objet de précision qui ne variait pas d'une seconde.

Kollberg n'avait pas peur le moins du monde. Il était dans la police depuis trop longtemps pour avoir peur de types comme Malmström et Mohrén.

Par contre, il se demandait bien ce qu'ils étaient en train de penser et ce qu'ils pouvaient se dire, derrière cette porte, retranchés comme ils l'étaient avec leurs armes, leur stock de slips et leur montagne de pâté de foie gras et de caviar russe.

Seize secondes.

L'un d'entre eux, sans doute Mohrén, semblait être un gourmet, d'après ce qu'avait dit Mauritzon. Kollberg comprenait fort bien cela ; il aimait les bons petits plats, lui aussi.

Huit secondes.

Qu'allaient devenir toutes ces bonnes choses, une fois Malmström et Mohrén emmenés, menottes aux poignets ?

Peut-être pourrait-il les acheter d'occasion ?

Mais ce serait sans doute considéré comme du recel.

Deux secondes.

Du caviar russe en boîte jaune, hum, pensa Lennart Kollberg.

Une seconde.

Zéro.

Il posa l'index droit sur le bouton de la sonnette.

Un coup très bref, un long, silence, quatre coups brefs, silence, un coup long puis un très bref.

Tout le monde retenait son souffle.

Pourtant, on entendit quelqu'un respirer.

Et une chaussure crisser.

Zachrisson, pour sa part, s'y prit de telle façon qu'il fit un léger bruit avec son pistolet.

Comment diable peut-on réussir à faire cliqueter son pistolet ?

Un pistolet qui cliquette.

Curieuse expression, pensa Kollberg.

Son ventre, lui, était en train de gargouiller. Sans doute à l'idée de ce caviar russe.

Le coup du chien de Pavlov, quoi.

Mais il ne se passa rien d'autre.

Au bout de deux minutes, personne n'avait encore réagi à ses coups de sonnette.

D'après le plan, il fallait maintenant attendre dix minutes avant de renouveler l'opération.

Kollberg leva la main droite afin de faire signe aux autres de se retirer pour l'instant.

Seuls Zachrisson, le chien, son maître et le spécialiste des gaz lacrymogènes étaient encore visibles. Les trois premiers disparurent vers le haut de l'escalier, le dernier vers le bas.

Rönn et Gunvald Larsson restèrent à leur poste.

Kollberg connaissait le plan d'attaque sur le bout du doigt mais il savait aussi que Gunvald Larsson n'avait pas du tout l'intention de s'y conformer.

C'est pourquoi il s'écarta mais pas de beaucoup.

Il vit alors Gunvald Larsson changer de place, lui aussi, aller se planter devant la porte et l'examiner de l'œil du spécialiste. Elle n'avait pas l'air bien redoutable.

C'est une véritable manie chez lui, d'enfoncer les portes, pensa Kollberg. Il est vrai qu'il réussissait presque toujours mais Kollberg avait des objections de principe envers cette façon de procéder et c'est pourquoi il secoua la tête en faisant une grimace de désapprobation.

Comme on pouvait s'y attendre, Gunvald Larsson ne s'en soucia pas le moins du monde. Au lieu de cela, il recula en direction du mur opposé et y prit appui de l'épaule droite.

Rönn avait l'air d'être dans le coup.

Gunvald Larsson, véritable bélier de cent-huit kilos de chair et d'un mètre quatre-vingt-douze de haut, se ramassa sur lui-même, épaule gauche en avant, prêt à se jeter sur la porte.

Kollberg était maintenant dans le coup lui aussi, contraint et forcé, du fait de la tournure que prenaient les événements.

Pourtant, personne ne pouvait prévoir ce qui allait se passer au cours de la minute suivante.

Gunvald Larsson se précipita en avant et la porte s'ouvrit à une vitesse incroyable ; comme si elle n'avait pas existé, en fait.

Cette absence inattendue de résistance fit que Gunvald Larsson, emporté par son élan et incapable de s'arrêter, traversa l'appartement tout entier, en rupture d'équilibre — comme une grue en train de chavirer sous une charge excessive — et alla donner de la tête dans le châssis de la fenêtre située juste en face. Mais le reste de son corps fut emporté par la force de gravité. Malheureusement, il pivota du mauvais côté et il brisa le carreau avec le fessier, tombant à la renverse par la fenêtre dans un nuage d'éclats de verre. A la toute dernière seconde il eut malgré tout le réflexe de lâcher son pistolet et de se retenir au montant du châssis, avec sa grosse patte, et il resta là, suspendu cinq étages au-dessus du sol, avec la plus grande partie de son individu en dehors de la fenêtre, s'accrochant désespérément avec la main droite et la pliure du genou droit. Le sang lui giclait déjà de profondes coupures à la main et la jambe de son pantalon commençait elle aussi, à se teinter de rouge.

Rönn ne fut pas tout à fait aussi rapide, mais assez prompt tout de même pour ne pas se retrouver sur le pas de la porte au moment où celle-ci se refermait violemment, dans un grand bruit de gonds. Elle vint le heurter au front et il tomba à la renverse sur le palier, lâchant son pistolet.

Lorsque la porte s'ouvrit pour la seconde fois, Kollberg réussit à pénétrer dans l'appartement à son tour. Un rapide coup d'œil lui permit de se rendre compte que la seule présence humaine dans cette pièce était constituée par l'une des mains et par le bas de la jambe de Gunvald Larsson. Il se précipita vers la fenêtre et alla agripper cette jambe à deux mains.

Mais tout risque de chute n'était pas encore écarté pour Gunvald Larsson, avec les conséquences qu'elle ne pouvait manquer d'entraîner. Kollberg pesa donc de tout son poids, non négligeable, sur cette jambe, et réussit, avec sa main droite, à attraper le bras gauche de son collègue, qui faisait des moulinets dans le vide. Pendant quelques secondes, l'équilibre des masses parut défavorable et on put croire qu'ils allaient s'écraser tous les deux sur le sol. Mais Gunvald Larsson ne lâcha pas prise de sa main droite blessée et, en mobilisant toute son énergie, Kollberg réussit finalement à redresser suffisamment son pauvre collègue pour que celui-ci eût au moins la moitié du corps à l'intérieur de l'appartement, certes dégoulinant de sang mais tout de même presque en sécurité.

Rönn n'avait pas perdu conscience et il était en train de pénétrer dans l'appartement à quatre pattes, cherchant à tâtons son pistolet qu'il avait perdu dans sa chute.

Le suivant à faire son apparition fut Zachrisson, immédiatement suivi par le chien, accouru en quelques bonds. Zachrisson vit Rönn à quatre pattes avec du sang qui lui coulait de la tête et tombait sur un pistolet posé sur le sol. Il vit également Gunvald Larsson et Kollberg en train de se livrer à une étreinte passionnée et sanglante au milieu des débris de la fenêtre, et apparemment hors de combat tous les deux.

Zachrisson s'écria :

— Arrêtez ! Police !

Puis il leva son pistolet et tira une balle qui atteignit le plafonnier, un simple globe de verre blanc. Celui-ci explosa avec un bruit assourdissant.

Puis il pivota sur les talons et tira sur le chien. Celui-ci s'affaissa de l'arrière-train en poussant un hurlement de douleur à fendre l'âme.

La troisième balle de Zachrisson passa par la porte de la salle de bains, restée ouverte, et alla perforer la conduite d'eau chaude. Il s'ensuivit un grand jet brûlant allant jusque dans la pièce principale.

Il tira bien encore une fois mais, heureusement, son pistolet s'enraya.

Le maître chien entra dans la pièce à toute allure, fou de douleur.

— Les salauds, ils ont tué Boy, s'écria-t-il d'une voix de fausset, en sortant son arme.

Il faisait de grands gestes avec celle-ci, cherchant partout dans l'appartement quelqu'un sur qui exercer sa vengeance.

Le chien, lui, hurlait de plus belle.

Un agent de police revêtu d'un gilet pare-balles bleu-vert et brandissant un pistolet-mitrailleur prêt à tirer franchit à son tour le seuil de l'appartement mais trébucha sur Rönn et alla s'étaler de tout son long. Son arme, elle, glissa sur le plancher jusqu'à l'autre bout de la pièce. Le chien, qui semblait n'être pas mortellement blessé, le mordit au mollet, ce qui ajouta encore de nouveaux cris de douleur à toute cette confusion.

Kollberg et Gunvald Larsson avaient maintenant retrouvé le plancher de l'appartement, en bien piteux état mais au moins sûrs de deux choses : premièrement qu'il n'y avait personne dans l'appartement, ni Malmström, ni Mohrén, ni qui que ce soit. Deuxièmement : que la porte n'était pas fermée à clé et même probablement pas fermée du tout.

De la salle de bains s'échappait maintenant un flot de vapeur et le jet brûlant vint même toucher Zachrisson au visage.

Le policier en gilet pare-balles cherchait desespérément à atteindre son pistolet-mitrailleur mais le chien refusait de lâcher prise et le suivait obstinément, les crocs solidement plantés dans la jambe de sa victime.

Gunvald Larsson leva sa grosse patte sanglante et s'écria :

— Arrêtez, bon dieu !

Juste au moment où le spécialiste des gaz lacrymogènes lançait deux de ses grenades, l'une après l'autre, par la porte.

Elles tombèrent sur le sol entre Rönn et le maître chien et lâchèrent immédiatement leur contenu.

Quelqu'un tira encore un coup de feu ; personne ne saura jamais qui avec certitude mais tout laisse penser qu'il s'agissait du maître chien. La balle passa à un centimètre du genou de Kollberg, frappa le radiateur puis ricocha en direction du palier, où elle alla toucher le spécialiste des gaz lacrymogènes à l'épaule.

Kollberg essaya de crier :

— Halte au feu ! Nous nous rendons !

Mais tout ce qu'il produisit ce fut une sorte de croassement rauque.

Les gaz lacrymogènes se répandaient maintenant rapidement dans l'appartement, se mêlant à la vapeur d'eau et à la fumée de cordite. Personne n'y voyait plus rien.

Cinq hommes et un chien étaient à l'intérieur de cet appartement, qui toussant, qui pleurant ou gémissant.

Sur le palier se tenait en outre le spécialiste des gaz lacrymogènes, la paume droite convulsivement plaquée sur l'épaule gauche.

Bulldozer finit par arriver, venant de l'étage du dessus, et demanda, bouleversé :

— Qu'est-ce qu'il y a ? Qu'est-ce qui s'est passé ?

Mais seuls lui parvinrent de l'appartement, en guise de réponse, des gémissements étouffés, des appels à l'aide et des jurons rauques et impossibles à identifier.

— L'opération est interrompue, s'écria-t-il d'une voix incertaine, avant d'être pris à son tour d'une quinte de toux.

Il se redressa, se mit sur la pointe des pieds pour échapper au nuage de gaz qui montait vers lui, puis se tourna vers l'ouverture de la porte, qui était maintenant à peine visible, et cria d'une voix forte et autoritaire, les larmes lui coulant sur les joues :

— Malmström et Mohrén, jetez vos armes et sortez, les mains sur la tête ! Je vous déclare en état d'arrestation !

XIX

Le lendemain matin, jeudi 6 juillet 1972, les membres de la brigade de répression du banditisme étaient un peu pâles mais très concentrés. Leur quartier général était plongé dans un silence de mauvais augure.

Personne n'était très fier à l'idée des événements de la veille.

Surtout pas Gunvald Larsson.

Dans un film, c'est parfois drôle de voir quelqu'un passer par une fenêtre et rester suspendu plusieurs étages au-dessus du sol, mais jamais dans la réalité. Les vêtements en haillons et les mains entaillées de profondes coupures n'y déclenchent jamais, non plus, l'hilarité.

En vérité, Gunvald Larsson était surtout marri pour son costume. Il choisissait sa garde-robe avec un soin minutieux et elle engloutissait une bonne partie de son salaire. Et voilà qu'une fois de plus il avait abîmé, en service commandé, certains de ses plus précieux effets. Cela faisait maintenant tellement de fois qu'il en avait perdu le compte.

Rönn n'était pas bien gai, lui non plus, et Kollberg lui-même avait du mal à apprécier le comique, pourtant évident, de la situation de la veille. Il ne se souvenait que trop bien de cette sensation qu'il avait ressentie au creux du ventre lorsqu'il avait cru que Gunvald Larsson et lui n'étaient plus qu'à quelques secondes de la mort. Car il ne croyait pas au miracle, pas plus qu'aux anges gardiens héliportés de la police.

On avait soigneusement analysé toutes les phases de la bataille de Danviksklippan mais, curieusement, le rapport écrit restait dans le vague, se contentant de formules assez évasives. Kollberg était bien placé pour le savoir, puisque c'était lui qui l'avait rédigé.

Mais les pertes, elles, ne pouvaient pas être passées sous silence.

Trois hommes avaient dû être transportés à l'hôpital, heureusement sans risques pour leurs jours ni perspective d'invalidité ultérieure. Le spécialiste des gaz lacrymogènes avait une blessure à l'épaule et Zachrisson des brûlures au visage. En outre, les médecins disaient qu'il était choqué, qu'il se comportait de façon « bizarre » et avait du mal à donner des réponses correctes à des questions fort simples. Mais cela pouvait très bien provenir du fait qu'ils ne le connaissaient pas et surestimaient peut-être ses facultés intellectuelles originelles. Quant à les sous-estimer, c'était pratiquement impossible. L'agent mordu au mollet pouvait, pour sa part, compter sur quelques semaines de congé, avec ses tendons déchirés et ses muscles en compote.

Mais le plus à plaindre était le chien. La clinique vétérinaire avait bien fait savoir qu'on avait réussi à extraire la balle mais ajoutait que, si l'infection s'installait, il faudrait piquer la bête. Heureusement, Boy était un animal robuste et son état général était satisfaisant.

Pour qui est un peu au fait de la terminologie en pareil cas, cela ne laissait guère subsister d'espoir.

Les présents n'étaient pas non plus dans une forme resplendissante.

Rönn portait un gros pansement au front et deux yeux au beurre noir qui faisaient encore un peu plus ressortir son nez rouge.

Gunvald Larsson n'aurait pas dû être là, à vrai dire. Car avec la main droite et le genou du même côté très fermement bandés on peut difficilement être qualifié d'apte au service. En outre il arborait une magnifique bosse à la tête.

Kollberg était en meilleure forme physique mais il était affligé d'une forte migraine. Pour sa part, il pensait que celle-ci était due à l'atmosphère assez lourde qui avait finalement régné sur le champ de bataille, la veille. Un traitement particulier, à base de cognac, d'aspirine et de caresses conjugales à la fois tendres et poussées, avait certes eu sur lui un effet bénéfique mais celui-ci n'avait été que passager.

Les pertes de l'ennemi, elles, étaient faciles à évaluer. On avait bien mis la main sur un certain nombre de choses, dans cet appartement, mais Bulldozer Olsson lui-même ne pouvait aller jusqu'à prétendre que la perte d'un rouleau de papier hygiénique, d'un carton de chiffons, d'un tas incroyable de sous-vêtements usagés et de deux pots de confiture d'airelles puisse véritablement avoir de quoi inquiéter Malmström et Mohrén ou les gêner en quoi que ce soit dans leurs futures opérations.

A neuf heures moins deux, Bulldozer Olsson fit d'ailleurs en personne son entrée dans la pièce. Il avait déjà eu le temps de participer à deux réunions, l'une à la direction de la police nationale et l'autre avec les inspecteurs de la brigade financière, et il était en pleine forme.

— Bonjour, tout le monde ! lança-t-il. Comment allez-vous, les gars ?

Les gars en question se sentaient plus vieux que jamais et ne répondirent pas.

— Bon, c'est vrai, Roos nous a bien eus, hier, mais il ne l'emportera pas au paradis. Disons que nous y avons laissé deux cavaliers et perdu un coup.

— Je trouve plutôt que ça ressemble à un mat par asphyxie, objecta Kollberg, fervent joueur d'échecs lui aussi.

— Mais maintenant c'est à nous de jouer, reprit Bulldozer. Faites venir ce Mauritzon pour qu'on voie un peu où il en est. Il ne nous a certainement pas tout dit. Et il a peur, messieurs ! Il sait que Malmström et Mohrén lui en veulent, maintenant. Le plus mauvais service à lui rendre, en ce moment même, c'est de le libérer. Et il le sait.

Rönn, Kollberg et Gunvald Larsson regardèrent leur chef avec de grands yeux. L'idée d'entreprendre quoi que ce soit d'autre en se basant sur les dires de Mauritzon n'avait vraiment rien pour les séduire.

Bulldozer les observa d'un peu plus près. Ses yeux à lui aussi portaient les traces des événements de la veille.

— J'ai pensé à une chose, cette nuit, les gars, dit-il. Est-ce que vous ne trouvez pas que nous devrions, à l'avenir, faire appel à des éléments un peu plus jeunes et plus dispos, pour ce genre d'opérations ? Je veux dire : comme celle d'hier.

Au bout d'un instant de silence, il ajouta :

— Il ne me paraît pas très bon que des gens d'un certain âge et d'un rang relativement élevé se livrent à ce genre de fantaisies et tirent comme ça dans tous les coins.

Gunvald Larsson poussa un grand soupir et se recroquevilla légèrement. On aurait dit que quelqu'un venait de lui planter un couteau entre les omoplates.

Eh oui, pensa Kollberg, il a raison, bien sûr.

Mais il se reprit aussitôt.

Quoi ? D'un certain âge ? Ça alors !

Rönn, de son côté, marmonna quelque chose entre ses dents.

— Quoi ? Qu'est-ce que tu dis ? lui demanda gentiment Bulldozer.

— Euh, que ce n'est pas nous qui avons tiré.

— Peut-être bien, après tout, dit Bulldozer. Peut-être bien. Mais il ne faut pas nous laisser abattre. Faites venir Mauritzon.

Celui-ci avait passé la nuit au dépôt mais dans des conditions relativement plus confortables qu'à l'accoutumée. Il avait par exemple eu droit à un pot de chambre et à une couverture et l'officier de garde lui avait même demandé s'il désirait un verre d'eau.

Pour sa part, il n'avait rien trouvé à redire et avait passé une bonne nuit, d'après ses propres déclarations. La veille au soir, par contre, il avait paru étonné et inquiet lorsqu'il avait appris que Malmström et Mohrén n'étaient pas présents lors de leur arrestation.

Les constatations sur place avaient cependant révélé qu'ils s'y trouvaient fort peu de temps auparavant. On avait trouvé leurs empreintes digitales en quantités plus qu'industrielles et, sur l'un des pots de confitures, on avait même relevé celles du pouce et de l'index droit de Mauritzon.

— Vous comprenez ce que cela implique, dit Bulldozer, en se donnant des airs de grand inquisiteur.

— Cela prouve qu'il a tenu entre ses mains ce pot de confitures, dit Gunvald Larsson.

— Oui, effectivement, dit Bulldozer, heureusement surpris. Il est fait comme un rat. Devant n'importe quel tribunal. Mais ce n'était pas à ça que je pensais.

— A quoi pensais-tu, alors ?

— Eh bien, que cela prouve que Mauritzon disait la vérité et qu'il va sans doute continuer à nous raconter ce qu'il sait.

— Oui, sur Malmström et Mohrén.

— Et c'est la seule chose qui nous intéresse vraiment en ce moment. N'est-ce pas ?

Quelques minutes plus tard Mauritzon était à nouveau assis au milieu d'eux, arborant son air habituel de citoyen modeste et parfaitement honnête.

— Eh bien, mon cher monsieur Mauritzon, commença amicalement Bulldozer. Les choses ne se sont pas tout à fait passées comme nous l'avions prévu.

Mauritzon hocha la tête.

— C'est bizarre, dit-il. Je n'y comprends rien. Ils doivent posséder une sorte de sixième sens.

— Un sixième sens, répéta Bulldozer, rêveur. On le dirait bien, en effet, à certains moments. A moins que Roos...

— Qui ça, Roos ?

— Rien, rien, monsieur Mauritzon. Je me parlais à moi-même. Mais une autre chose m'inquiète. C'est que nos petites affaires, à nous, ne se présentent plus tout à fait de la même façon. Je vous ai rendu un service de taille, monsieur Mauritzon, et j'attends toujours la monnaie de ma pièce.

Mauritzon réfléchit longuement avant de dire :

— Vous voulez dire que je ne vais pas être remis en liberté, en définitive ?

— Bah, dit Bulldozer. Oui et non. Le trafic des

stupéfiants, ce n'est tout de même pas rien. Vous pourriez en prendre pour...

Il se mit à compter sur ses doigts.

— Je crois pouvoir vous en promettre pour huit mois. Minimum six, en tout cas.

Mauritzon le regarda sans trahir d'émotion.

— Mais, reprit Bulldozer, je vous ai promis que nous pourrions passer l'éponge, pour cette fois. A condition cependant que j'obtienne quelque chose en échange.

Bulldozer se redressa, frappa la paume de ses mains l'une contre l'autre devant son visage et dit brutalement :

— En d'autres termes : si tu ne craches pas immédiatement tout ce que tu sais sur Malmström et Mohrén, on te coffre pour complicité. On a relevé tes empreintes dans l'appartement. Et puis on te renvoie à Jacobsson. Mais peut-être pas en parfait état.

Gunvald Larsson leva un regard admiratif sur le chef de la BRB et dit :

— Cela me ferait personnellement un plaisir immense...

Il ne termina pas sa phrase mais Mauritzon ne se démonta pas.

— Okay, dit-il. J'ai quelque chose qui vous permettra de pincer non seulement Malmström et Mohrén mais également quelques autres.

— C'est très intéressant, tout cela, monsieur Mauritzon. Mais où est-ce, ce « quelque chose » ?

Mauritzon regarda Gunvald Larsson et dit :

— C'est tellement simple qu'un enfant de cinq ans en serait capable.

— De cinq ans ?

— Oui. Et ne venez pas vous en prendre à moi si vous loupez votre coup encore une fois.

— Ne vous fâchez pas, mon cher monsieur Mauritzon. Nous avons tous autant envie de mettre la main sur ces gars-là. Mais qu'est-ce que c'est, ce « quelque chose », bon sang ?

— Le plan de leur prochain coup, dit Mauritzon, d'une voix neutre. Avec les heures et tout.

Les yeux du substitut Olsson faillirent lui sortir de la tête. Il fit trois fois le tour de la chaise de Mauritzon en criant comme un possédé :

— Mais allez-y, monsieur Mauritzon ! Racontez-nous tout ça ! Vous êtes déjà pratiquement en liberté. Vous aurez même droit à une escorte policière, si vous le voulez. Mais racontez, racontez-nous ça, monsieur Mauritzon.

Sa curiosité se propagea en un clin d'œil à tous ses subordonnés, qui vinrent faire cercle autour du mouchard.

— Okay, dit Mauritzon, sans plus faire de manières. J'avais promis à Malmström et Mohrén de les aider pour certaines choses. Certains achats, en particulier. Parce qu'ils ne désiraient pas trop se montrer. Je devais donc me rendre tous les jours à un bureau de tabac du quartier de Birkastan et demander le courrier de Mohrén.

— Quel bureau de tabac ? demanda aussitôt Kollberg.

— Je vous le dirai si vous le voulez mais ça ne vous servira à rien. J'ai déjà vérifié moi-même. C'est une vieille dame qui tient la boutique et ce sont des retraités qui lui amènent les lettres, mais jamais les mêmes.

— Bon, dit Bulldozer. Des lettres ? Quelles lettres ? Combien ?

— Pendant tout ce temps il n'y en a eu que trois.
— Et vous les avez remises à leur destinataire ?
— Oui. Mais pas sans en avoir pris connaissance auparavant.
— Mohrén ne s'en est pas aperçu ?
— Non. Les gens ne s'aperçoivent jamais quand j'ouvre leur courrier. J'ai une méthode chimique particulièrement au point.
— Eh bien ? Qu'y avait-il dans ces lettres ?

Bulldozer ne tenait pas en place. Il dansait littéralement autour de Mauritzon, à petits pas vifs, comme un coq un peu trop gras sur une plaque brûlante.

— Les deux premières ne contenaient rien d'intéressant. Elles parlaient de deux types, appelés H et H, qui devaient arriver à un endroit désigné par la lettre Q, et des trucs comme ça. De simples petits messages codés. J'ai refermé l'enveloppe et je l'ai remise à Mohrén.
— Et la troisième ?
— Elle est arrivée avant-hier. Elle, par contre, elle était très intéressante. Comme je vous l'ai dit, elle contenait le plan détaillé de leur prochain coup.
— Et vous avez remis la feuille à Mohrén ?
— Les feuilles. Il y en avait trois. Oui, je les ai remises à Mohrén. Mais j'en ai d'abord fait des photocopies que j'ai mises en lieu sûr.
— Mon cher monsieur Mauritzon, dit Bulldozer, enthousiaste. Où sont-elles, ces photocopies ? Quand pouvez-vous aller les chercher ?
— Allez les chercher vous-mêmes ; moi, je n'en ai pas envie.
— Quand ?
— Dès que je vous aurai dit où elles sont.
— C'est-à-dire ?

— Du calme, dit Mauritzon. Elles ne s'envoleront pas, ne vous faites pas de bile. Mais moi, je veux deux choses, d'abord.

— Lesquelles ?

— Pour commencer, le papier signé de Jacobsson que vous avez dans votre poche. Sur lequel il est marqué que je ne suis pas suspect de trafic de stupéfiants, que l'enquête est close, faute de preuves, etc.

— Le voilà, dit Bulldozer, le sortant aussitôt de sa poche intérieure.

— Et puis je veux un autre papier, signé de vous cette fois, à propos de cette histoire de complicité avec Malmström et Mohrén. Disant qu'après enquête il apparaît que j'étais de bonne foi, etc.

Bulldozer se précipita vers la machine à écrire.

En moins de deux minutes tout fut réglé. Mauritzon lut attentivement les deux documents, avant de dire :

— Bien. La lettre contenant ces photocopies se trouve au *Sheraton*.

— A l'hôtel *Sheraton* ?

— Oui. C'est moi qui l'ai envoyée. Elle est à la réception, marquée « poste restante ».

— A quel nom ?

— Comte Philippe de Brandebourg. Philippe écrit « ph », c'est plus chic.

Tout le monde le regarda, bouche bée.

Ce fut Bulldozer qui retrouva le premier l'usage de la parole.

— Parfait, mon cher monsieur Mauritzon, parfait. Si vous voulez bien rester encore un petit moment, oh pas très longtemps ! dans la pièce d'à côté pour prendre un peu de café et quelques petits gâteaux ?

— Du thé, de préférence, dit Mauritzon.

— Eh bien du thé, dit Bulldozer, déjà absent.

Einar, si tu veux faire le nécessaire pour que monsieur Mauritzon ait ce qu'il désire. Et de la compagnie.

Rönn sortit avec Mauritzon et revint au bout d'une petite minute.

— Qu'est-ce qu'on fait, maintenant ? demanda Kollberg.

— On va chercher la lettre, dit Bulldozer. Illico. Le plus simple est que l'un d'entre vous se présente là-bas sous le nom du comte de Brandebourg et demande son courrier. Toi, par exemple, Gunvald.

Gunvald Larsson le dévisagea de ses grands yeux bleus.

— Moi ? Jamais de la vie. Je préférerais démissionner immédiatement.

— Eh bien toi, alors, Einar. Dire la vérité ne servirait qu'à compliquer les choses. Ils risquent de refuser de nous remettre la lettre et ça nous ferait perdre un temps précieux.

— Euh, dit Rönn. Le comte Philippe de Brandebourg. Mauritzon m'a remis une carte de visite à ce nom-là. Il en avait plusieurs dans une poche secrète de son portefeuille. Elles font très distingué.

La carte de visite en question était calligraphiée en caractères très fins et comportait dans l'un des coins un monogramme argenté.

— Allez, file, dit Bulldozer, brûlant d'impatience.

Rönn disparut.

— Je pense à une chose, dit Kollberg. Si je vais dans une épicerie où je fais mes courses depuis dix ans et que je demande à acheter un litre de lait à crédit, on me le refuse aussi sec. Mais si un type comme Mauritzon se présente dans la bijouterie la plus chic de la ville sous le nom du duc de Malexander on lui confie aussitôt deux boîtes de diamants et dix colliers de perles pour qu'il puisse choisir chez lui en toute tranquillité.

— C'est toujours comme ça, dit Gunvald Larsson. La société de classes...

Bulldozer fit un petit signe de tête, l'esprit ailleurs. La société de classes, il s'en souciait comme d'une figue.

A l'hôtel *Sheraton*, le portier regarda la lettre qu'il tenait à la main, la carte de visite puis Rönn lui-même.

— Vous êtes vraiment le comte de Brandebourg ? demanda-t-il, méfiant.

— Euh, dit Rönn, avec une certaine hésitation. Enfin, c'est-à-dire que c'est lui qui m'envoie.

— Ah bon, dit le portier. Dans ce cas : voici. Veuillez dire à monsieur le comte que c'est toujours pour nous un très grand honneur que de le compter parmi nos clients.

Celui qui n'aurait pas connu Bulldozer aurait cru qu'il était gravement malade ou, à tout le moins, sous le coup d'une crise de démence.

Depuis plus d'une heure il était dans un état d'euphorie totale. Celui-ci se trahissait moins par des mots que par des actes ou, peut-on dire, de façon plastique. Il était incapable de rester immobile plus de trois secondes d'affilée et donnait même l'impression de se déplacer dans la pièce sans toucher terre, comme si son costume bleu tout frippé avait renfermé non pas le corps rebondi d'un substitut mais bien un zeppelin gonflé à l'hélium.

Toutes ces manifestations quasi pathologiques de joie finissaient par devenir un peu pénibles mais, d'un autre côté, ces trois feuilles de papier extraites de l'enveloppe de monsieur le comte avaient de quoi exciter la curiosité et Kollberg, Rönn et Gunvald Larsson les examinaient toujours avec autant d'attention que lorsqu'ils les avaient vues pour la première fois, une bonne heure auparavant.

Aucun doute : ce qu'ils avaient devant les yeux était bien le plan presque complet du prochain hold-up projeté par Malmström et Mohrén.

Et ce n'était pas non plus n'importe quel hold-up.

C'était le grand coup attendu depuis des semaines mais dont on ne savait encore rien jusqu'alors. Et maintenant, on savait soudain tout.

Il devait avoir lieu un vendredi à trois heures moins le quart. Selon toute vraisemblance le 7 juillet, c'est-à-dire le lendemain même, ou bien alors une semaine plus tard, le 14.

Bien des éléments militaient en faveur de cette seconde hypothèse. Dans ce cas, on avait une semaine devant soi, c'est-à-dire tout le temps qu'il fallait pour prendre les mesures nécessaires. Mais même si Malmström et Mohrén frappaient dès le lendemain on en savait assez, sur la base de ces documents, pour que ce ne soit qu'un jeu d'enfant de les prendre en flagrant délit et réduire tout ce beau projet à néant.

L'une des feuilles de papier comportait un plan détaillé des locaux de la banque, accompagné de toutes les précisions nécessaires quant au déroulement du hold-up lui-même, l'endroit où devaient se tenir les différentes personnes y participant et les véhicules destinés à assurer leur fuite, ainsi que l'itinéraire prévu pour sortir de la ville.

Bulldozer, qui connaissait comme sa poche toutes les banques de la capitale, n'eut besoin que d'un coup d'œil pour savoir laquelle était visée. C'était l'une des plus grandes et des plus modernes du centre de la capitale.

L'idée était tellement géniale, dans sa simplicité, qu'elle ne pouvait être sortie que du cerveau d'un seul homme : Werner Roos. Telle était du moins l'intime conviction de Bulldozer Olsson.

L'opération elle-même se subdivisait en trois phases bien distinctes.

La première était une manœuvre de diversion.

La seconde était une action préventive directement dirigée contre le principal adversaire, à savoir la police.

La troisième était le hold-up lui-même.

Pour mettre tout cela à exécution, Malmström et Mohrén avaient besoin de quatre collaborateurs, au moins, sur place.

Deux d'entre eux étaient même désignés par leur nom : Hauser et Hoff. Apparemment, ceux-ci étaient chargés de couvrir l'opération, à l'entrée de la banque.

Les deux autres — mais, en fait il pouvait s'agir de plus de deux individus — étaient pour leur part chargés de la manœuvre de diversion et de l'action préventive. Ils étaient désignés sous le curieux vocable d'« adjudicataires ».

La manœuvre de diversion devait commencer à quatorze heures quarante, à Rosenlundsgatan, dans le quartier sud. Elle nécessitait au moins deux voitures et une charge explosive très puissante.

Elle promettait d'être extrêmement spectaculaire et de faire converger vers cet endroit presque toutes les voitures de police circulant dans le centre de la ville et dans les faubourgs sud. Le détail exact de l'opération n'était pas mentionné mais il y avait tout lieu de croire qu'elle comporterait une très violente explosion, soit dans une station-service soit dans un immeuble.

C'était « l'adjudicataire A » qui en était chargé.

Une minute plus tard — selon une prévision tactique très minutieuse — la phase préventive serait déclenchée. Celle-ci était aussi ingénieuse qu'audacieuse : elle consistait à bloquer les issues des véhicules d'intervention toujours tenus en réserve à l'hôtel de police lui-même. Il n'était pas non plus précisé la façon dont ce but serait atteint mais il ne faisait aucun doute qu'un certain nombre de surprises désagréables attendrait alors les forces de police centrales, prises au dépourvu.

C'était « l'adjudicataire B » qui se voyait confier cette tâche.

Si ces deux opérations préalables se déroulaient bien comme prévu, à quatorze heures quarante-cinq la quasi-totalité des forces de police mobiles serait retenue dans l'île de Södermalm par l'incident de Rosenlundsgatan et la réserve tactique d'intervention bloquée à l'intérieur de l'hôtel de police, dans celle de Kungsholmen.

A ce moment, Malmström et Mohrén, assistés des mystérieux Hoff et Hauser, se livreraient donc à l'attaque de la banque elle-même, avec de bonnes chances de ne pas être dérangés.

Et ils pourraient ainsi commettre le hold-up avec un grand H prévu depuis si longtemps.

Pour quitter le lieu du crime ils disposeraient de deux voitures qu'ils échangeraient ensuite contre deux autres. Ce qui voulait dire qu'il n'y aurait qu'un seul occupant dans chacune d'elles. Ils partiraient naturellement vers le nord, puisque presque toutes les forces de police mobilisables convergeraient alors vers le sud et que le reste serait bloqué à l'ouest, sur Kungsholmen.

Le montant du butin était même indiqué et estimé à deux millions et demi de couronnes suédoises. Ces gens-là ne laissaient vraiment rien au hasard.

C'était surtout ce dernier détail qui incitait la BRB à pencher pour l'hypothèse du vendredi 14 juillet. Un rapide coup de téléphone à la banque avait en effet permis de savoir que l'on comptait disposer à peu près de cette somme, en espèces de diverses sortes, à cette date. Le vendredi précédent, le butin serait nettement moins gros.

La plupart des indications codées étaient, sinon transparentes, du moins très faciles à interpréter.

— Jean a de grandes moustaches, dit Kollberg. Ça n'est plus très secret. C'est le message diffusé à la radio à l'intention des partisans français, juste avant le débarquement de Normandie.

Kollberg s'aperçut que Rönn le regardait, l'air intrigué, et ajouta donc :

— Ça signifiait tout simplement : On y va, les gars.

— Le dernier truc n'est pas bien compliqué non plus, dit Gunvald Larsson. *Abandon ship*. Quittez immédiatement le navire. C'est ce que Mauritzon n'a pas pigé. Tout simplement le signal de quitter les lieux vite fait. C'est pourquoi le nid était vide quand on est arrivés. Comme qui dirait que Roos n'avait pas confiance en Mauritzon et leur a fait changer de planque.

— Juste après, il y a marqué : Milano, dit Kollberg. Qu'est-ce que ça peut vouloir dire ?

— On se retrouve à Milan pour partager le butin, expliqua doctement Bulldozer. Mais ils ne pourront même pas sortir de la banque, à supposer qu'on les y laisse entrer. C'est à nous de jouer, maintenant.

— Sans aucun doute, dit Kollberg. On le dirait bien, en tout cas.

Les mesures à prendre n'étaient pas compliquées, elles non plus, puisqu'on savait tout, maintenant, sur le plan d'attaque. Quoi qu'il puisse arriver à Rosenlundsgatan, on s'en désintéresserait dans toute la mesure du possible. En ce qui concerne le parc automobile de Kungsholmen, il suffisait de faire en sorte qu'il ne se trouve pas sur place au moment de l'action préventive mais au contraire disposé en des endroits soigneusement choisis au préalable, à proximité de la banque.

— Ça, c'est un plan signé Werner Roos ou je ne m'y connais pas, dit Bulldozer, plus à l'intention de lui-même que de quiconque. Mais comment le prouver ?

— La machine à écrire, peut-être, dit Rönn.

— Avec les machines à écrire électriques de maintenant c'est presque impossible. Et puis il ne fait presque jamais de bourdes. Comment faire pour le pincer ?

— Ça, c'est ton boulot. Tu es substitut du procureur, non ? Dans ce pays, il suffit d'inculper quelqu'un, même s'il est innocent, pour qu'il soit condamné.

— Mais Werner Roos n'est pas innocent, lui, dit Bulldozer.

— Et que fait-on de Mauritzon ? demanda Gunvald Larsson.

— On le relâche, naturellement, dit Bulldozer, l'air distrait. Il a fait sa part. Il est hors du coup, maintenant.

— Tu crois ça ? demanda Gunvald Larsson, dubitatif.

— Vendredi prochain, dit Bulldozer, perdu dans ses rêves. On va voir ce qu'on va voir.

— Ouais, lâcha Gunvald Larsson.

Le téléphone sonna.

Hold-up à Vällingby.

Rien d'intéressant. Un pistolet à bouchon et quinze mille de butin. L'auteur fut d'ailleurs épinglé une heure après, alors qu'il déambulait dans le parc de Humlegården, distribuant ses billets aux passants. Il avait au moins eu le temps d'aller prendre une bonne cuite et d'acheter un cigare avant d'être, comble de malheur, blessé à la jambe par un agent de police pris d'un excès de zèle.

La BRB régla l'affaire sans même avoir besoin de sortir de ses bureaux.

— Tu crois que c'est Roos qui est derrière ça ? demanda Gunvald Larsson avec un rien de malice.

— Oui, dit Bulldozer, soudain requinqué. Tu es plus dans le vrai que tu ne le penses. Roos est coupable indirectement. Les coups qu'il fait donnent des idées à des criminels beaucoup moins doués que lui. Alors, oui, on peut dire qu'indirectement...

— Arrête ton char, dit simplement Gunvald Larsson.

Rönn regagna son bureau.

Il y retrouva quelqu'un qu'il n'avait pas vu depuis longtemps.

Martin Beck.

— Salut, dit celui-ci. Tu t'es battu ?

— Euh, dit Rönn. Indirectement.

— Qu'est-ce que tu veux dire par là ?

— Je ne sais pas au juste, répondit Rönn, évasivement. Tout est tellement bizarre, de nos jours. Qu'est-ce qui t'amène ?

XX

Le bureau de Rönn était situé à l'arrière de l'hôtel de police de Kungsholmsgatan. De sa fenêtre on voyait surtout un immense trou dans le sol. De ce trou devait bientôt sortir l'immense bâtiment de prestige de la direction de la police nationale, qui boucherait complètement la vue. Et, depuis ce colosse hypermoderne situé en plein cœur de Stockholm, la police étendrait ses tentacules dans toutes les directions afin de tenir les citoyens découragés de ce pays dans sa poigne de fer. Certains d'entre eux, tout du moins ; tout le monde ne pouvait pas émigrer ou se suicider.

L'emplacement choisi pour cette construction ainsi que son gigantisme avaient fait l'objet de violentes critiques de bien des côtés mais la police avait finalement fini par l'emporter. Quant au bâtiment.

Ce qu'elle voulait, ou plutôt un certain nombre de personnes en son sein, c'était le pouvoir. C'était là le mobile secret de la philosophie qui, ces dernières années, dictait ses actes. Du fait qu'auparavant elle n'avait jamais, en Suède, constitué un État dans l'État il n'y avait pas encore grand-monde qui comprenait le danger. Et c'est pourquoi bon nombre de ses manœuvres, ces derniers temps, paraissaient à la fois contradictoires et incompréhensibles.

Le nouvel immeuble était un symbole fort important de ce pouvoir tout neuf. Il devait faciliter une direction centralisée et planifiée de type totalitaire et constituer en outre une citadelle facile à mettre à l'abri des regards indiscrets. Et par regards indiscrets il fallait entendre ceux de la nation dans son ensemble.

Au cœur de tout cela, une considération l'emportait sur tout le reste :

On avait trop ri de la police, dans ce pays ; bientôt on aurait fini de rire.

Tout du moins on le croyait.

Mais pour l'instant ce n'était encore, dans l'ensemble, qu'un espoir inconnu de tous sauf d'un petit nombre et ce qui, avec un petit peu de chance et de vents politiques favorables, finirait par devenir un ministère de la peur n'était guère plus qu'un grand trou dans le sol rocheux de Kungsholmen.

Et des fenêtres de Rönn on avait toujours vue sur le haut de Bergsgatan et sur la verdure des arbres du parc de Kronoberg.

Martin Beck s'était levé du fauteuil de Rönn et se tenait maintenant près de la fenêtre. De là, on pouvait en fait voir la fenêtre de l'appartement dans lequel Karl Edvin Svärd était resté pendant deux mois, peut-être, une balle dans le cœur et regretté de personne.

— Avant de te spécialiser dans les hold-up tu as enquêté sur un décès. Quelqu'un du nom de Svärd.

Rönn pouffa de rire, gêné.

— Spécialiser, tu parles !

Rönn n'était pas mauvais, dans sa partie, mais il était bien différent de Martin Beck et ils avaient toujours eu du mal à collaborer, tous les deux.

— Mais c'est vrai. J'étais en effet sur cette affaire avant d'être détaché.

— Détaché ?
— Oui, c'est-à-dire mis à la disposition de l'antigang.

Martin Beck conçut une légère irritation. Peut-être parce que Rönn employait maintenant ce genre de jargon administratif. Il n'aurait pas fait cela deux ans plus tôt.

— Es-tu parvenu à une conclusion quelconque ?

Rönn se gratta le nez, toujours aussi rouge, avant de dire :

— Je n'ai pas eu le temps de faire grand-chose. Pourquoi me demandes-tu ça ?

— Parce que, comme tu sais, on m'a confié cette affaire en guise de cure.

— Euh, dit Rönn. C'est un truc idiot. On dirait le début d'un roman policier. Un type qui est tué dans une chambre fermée de l'intérieur. De plus...

Il se tut, comme s'il avait honte de quelque chose. C'était l'une de ses habitudes les plus déplaisantes. Il fallait tout le temps le forcer à continuer. Par exemple en lui posant des questions :

— Qu'est-ce que tu allais dire ?

— Euh, Gunvald a dit que je devrais m'arrêter moi-même sans plus tarder.

— Pourquoi ça ?

— En tant que suspect. Tu vois pourquoi. Je pourrais très bien l'avoir abattu d'ici. Par la fenêtre.

Martin Beck ne répondit rien et cela mit Rönn encore plus mal à l'aise.

— Euh, il a dit ça pour plaisanter, bien sûr. D'ailleurs, la fenêtre de Svärd était fermée de l'intérieur, la vitre intacte et le store baissé. Et en plus...

— Qu'est-ce que tu allais dire ?

— En plus, je tire comme un pied. Un jour, j'ai

manqué un élan à huit mètres de distance. Après ce jour-là, mon père m'a interdit de toucher à un fusil. Tout ce que j'ai eu le droit de faire, c'était de porter la musette avec la Thermos, la bouteille de gnole et le casse-croûte. Et puis...

— Quoi ?

— Euh, il y a au moins deux cent cinquante mètres. Quand on n'est pas capable de toucher un élan à huit mètres avec un fusil, on ne risque pas d'atteindre quelqu'un dans la maison d'en face avec un pistolet. Oh, excuse-moi, je ne voulais pas...

— Qu'est-ce que tu ne voulais pas ?

— Euh, je ne devrais pas parler de pistolet et de ce genre de choses devant toi. Ça doit te rappeler de mauvais souvenirs.

— Pas du tout. Mais, dis-moi, tu as beaucoup potassé cette affaire ?

— Non, pas vraiment, comme je te l'ai dit. J'ai fait procéder à l'enquête technique, mais ils avaient eu le temps d'effacer toutes les traces au sol, avec leurs gros sabots. J'ai également demandé si on avait effectué le test à la paraffine sur les mains de Svärd. Mais personne n'en avait eu l'idée et malheureusement...

— Quoi ?

— Euh, le cadavre n'était plus disponible. Il avait déjà été incinéré. Du beau travail. Tu parles d'une enquête.

— Tu as fouillé un peu dans le passé de Svärd ?

— Je n'ai pas eu le temps. Mais j'ai essayé de trouver autre chose.

— Quoi donc ?

— Euh, s'il a été descendu il devait bien y avoir une balle. Par contre, il n'y a pas eu d'enquête balistique. J'ai donc téléphoné au médecin légiste, une fille entre parenthèses, qui m'a dit qu'elle avait mis la balle dans une enveloppe et qu'elle avait placé celle-ci quelque part. Rien que des négligences, quoi.

— Bon, et alors ?

— Elle a été incapable de la retrouver. Je parle de cette enveloppe. Je lui ai dit qu'il fallait qu'elle la cherche et qu'elle nous envoie la balle pour qu'on l'examine. Et c'est à ce moment-là que j'ai été dessaisi de l'affaire.

Martin Beck détourna le regard en direction de la rangée de maisons de Bergsgatan, tout au fond, et se frotta la racine du nez entre le pouce et l'index de la main droite, l'air pensif.

— Dis-donc, Einar, reprit-il. Quelle est ton idée personnelle sur cette affaire ? De toi à moi.

Dans la police, on n'échange des opinions personnelles sur les enquêtes officielles qu'entre amis vraiment intimes.

Martin Beck et Rönn n'avaient jamais été particulièrement amis. Pas plus qu'ennemis, d'ailleurs.

Rönn garda le silence un bon moment, apparemment très gêné. Puis il dit :

— Euh, je crois qu'il y avait un revolver dans l'appartement lorsque les agents ont ouvert la porte.

Pourquoi un revolver, précisément ? La réponse était simple : parce qu'on n'avait pas trouvé de douille. Rönn n'était pas bête, malgré tout. Il y avait eu un revolver sur le sol, quelque part ; par exemple sous le cadavre. Ensuite, quelqu'un l'avait pris.

— Ce qui implique que l'un des agents ment, c'est bien ça ?

Rönn hocha la tête comme à regret.

— Euh, dit-il. Enfin, il n'est peut-être pas nécessaire de dire cela comme ça. Il a pu se faire qu'ils aient commis une négligence et qu'ils aient voulu se couvrir mutuellement par la suite. A supposer que Svärd se soit suicidé et que le revolver se soit trouvé sous le cadavre. Dans ce cas-là, ni les agents ni Gustavsson, qui s'est rendu sur les lieux, n'ont pu le voir tant que le corps était là. Il n'est pas absolument certain qu'ils aient examiné le plancher, une fois le cadavre emporté.

— Tu connais Aldor Gustavsson ?
— Euh...

Rönn se mit à se tortiller sur sa chaise. Mais Martin Beck s'abstint de poser la question qu'il redoutait. Au lieu de cela il dit :

— Encore une chose importante, Einar.
— Quoi donc ?
— As-tu eu l'occasion de parler à Kristiansson et Kvastmo ? Quand je suis revenu, lundi, un seul d'entre eux était en service et maintenant l'un est en vacances et l'autre est déchargé de service.
— Euh, dit Rönn. Je les ai fait venir ici tous les deux.
— Qu'est-ce qu'ils avaient à dire ?
— Bien sûr, ils n'ont pas démordu de ce qu'ils avaient fait figurer dans leur rapport. Entre le moment où ils ont ouvert la porte et celui où ils ont quitté les lieux, il n'est entré que cinq personnes dans l'appartement.
— C'est-à-dire eux-mêmes, Gustavsson et les deux hommes venus chercher le cadavre ?
— Euh, c'est ça.
— Et leur as-tu demandé s'ils avaient regardé sous le cadavre ?
— Euh, oui. Et Kvastmo m'a dit qu'il l'avait fait.

Kristiansson, lui, avait vomi plusieurs fois et il était resté à l'extérieur la plupart du temps.

Martin Beck n'hésita pas à aller au fond des choses.

— Et tu crois que Kvastmo mentait.

La réponse de Rönn se fit attendre beaucoup plus longtemps qu'il ne l'aurait cru.

Puisqu'il avait commencé, se dit Martin Beck, pourquoi ne pas aller tout de suite au bout de sa pensée ?

Rönn tâta le pansement qu'il avait sur le front et dit :

— On m'a toujours bien dit que ce n'est pas drôle de se faire interroger par toi.

— Qu'est-ce que tu veux dire par là ?

— Euh, eh bien que ceux qui disent ça n'ont pas tort.

— Si tu n'y vois pas d'objection, j'aimerais que tu répondes à ma question.

— Je ne m'y connais pas particulièrement dans le domaine de la psychologie des témoins, dit Rönn. Mais Kvastmo m'a fait l'effet de dire la vérité.

— Ça ne colle pas, dit froidement Martin Beck. Comment peux-tu croire que ce revolver hypothétique se trouvait dans la chambre tout en affirmant que tu penses que les deux agents ont dit la vérité ?

— Parce qu'il n'y a pas d'autre explication possible, dit Rönn. C'est aussi simple que ça.

— Okay, Einar. Il se trouve seulement que, moi aussi, je crois Kvastmo.

— Mais tu viens de me dire que tu ne lui avais pas parlé, s'étonna Rönn.

— Non, je n'ai jamais dit ça. J'ai bien parlé à Kvastmo mardi. Mais je n'ai pas eu la possibilité de lui poser toutes les questions que je voulais, bien au calme, comme à toi.

Rönn eut l'air offensé.

— Pas de doute, tu es vraiment désagréable, dit-il.

Il ouvrit le tiroir du milieu de son bureau et en tira un bloc-notes rayé. Il le feuilleta un instant puis arracha une page qu'il tendit à Martin Beck.

— Je ne sais qu'une seule chose de plus qui puisse t'intéresser, dit-il. Ça ne faisait pas longtemps que Svärd habitait dans le quartier. J'ai retrouvé son adresse précédente. Mais je n'ai pas eu l'occasion de m'en occuper par la suite. Cette adresse, la voilà.

Martin Beck regarda la feuille de papier. Il vit un nom suivi d'une adresse dans Tulegatan. Dans ce quartier jadis connu sous le nom fort éloquent de Sibérie. Il plia la feuille et la glissa dans sa poche.

— Merci, Einar.

Rönn ne répondit rien.

— Salut, dit Martin Beck.

Rönn répondit par un petit signe de tête très sec.

Leurs rapports n'avaient jamais été très bons, comme on le sait. Mais ils étaient certainement en train de se détériorer encore un peu plus.

Martin Beck quitta le bureau de Rönn, puis le bâtiment lui-même et entreprit de traverser la ville. Il suivit Kungsholmsgatan, puis franchit le pont de Kungsbron, avant de longer Kungsgatan jusqu'à Sveavägen, où il bifurqua vers le nord.

Il lui aurait été facile d'améliorer ses relations avec Rönn en lui disant une parole amicale ou quelque chose de positif.

Il ne manquait pas de raisons pour cela. L'enquête sur la mort de Svärd avait été bâclée dès le début. Mais, à partir du moment où Rönn en avait été chargé, elle avait été menée tout à fait correctement et promptement.

Rönn avait tout de suite compris qu'il y avait eu un revolver sous le cadavre et que cela était d'une importance capitale. Kvastmo avait-il vraiment examiné le plancher une fois les restes de Svärd emportés ? S'il ne l'avait pas fait, personne ne pouvait le lui reprocher. Gustavsson était venu sur les lieux à la fois en qualité de supérieur et de spécialiste. En traitant cette affaire avec autant d'assurance qu'il l'avait fait, il avait très largement déchargé les agents de toute responsabilité.

Si Kvastmo n'avait pas bien regardé, la chose apparaissait tout de suite sous un jour différent. Une fois le corps emporté, la patrouille avait apposé les scellés et s'en était allée. Mais, dans un cas pareil, que peut bien signifier l'expression « apposer les scellés » ?

Étant donné que les agents n'avaient pu pénétrer dans l'appartement qu'en arrachant littéralement la porte, après l'avoir d'abord mise en pièces, « apposer les scellés » revenait à dire qu'ils avaient tendu une corde en travers de l'ouverture et qu'ils y avaient accroché le morceau de papier habituel disant qu'il était interdit d'entrer en vertu de l'article tant paragraphe tant du code de procédure criminelle. Autant dire qu'ils n'avaient rien fait et que, pendant plusieurs jours, n'importe qui avait pu pénétrer dans l'appartement sans la moindre difficulté. Et, bien sûr, en profiter pour faire disparaître diverses pièces à conviction, par exemple une arme à feu.

Mais cela supposait tout d'abord que Kvastmo ait menti sciemment et de plus qu'il mente assez bien pour tromper non seulement Rönn mais également Martin Beck lui-même. Or, ils n'étaient pas des bleus, ni l'un ni l'autre, et n'avaient pas la réputation d'être bien faciles à mener en bateau.

Mais surtout : si Svärd s'était bien suicidé, pourquoi

quelqu'un se serait-il donné le mal de venir subtiliser l'arme ?

C'était d'une absurdité manifeste.

Et celle-ci ne se limitait pas au fait que l'homme en question avait été retrouvé mort dans une chambre fermée de l'intérieur et dans laquelle, de plus, il n'y avait apparemment pas eu d'arme.

Il semblait bien que Svärd n'ait eu aucun parent. A ce qu'on savait, il n'avait pas non plus d'amis.

S'il ne connaissait personne, qui pouvait bien avoir intérêt à sa mort ?

Martin Beck avait l'intention d'en savoir plus sur un certain nombre de points.

Entre autres choses, il désirait contrôler un détail supplémentaire à propos des événements de ce dimanche 18 juin.

Mais il voulait surtout connaître un peu mieux ce Karl Edvin Svärd.

Sur le morceau de papier que lui avait remis Rönn n'était pas seulement marquée cette adresse. Il y avait également le nom de l'ancienne propriétaire de Svärd, une Danoise du nom de *Rhea Nielsen*.

Martin Beck était arrivé devant l'immeuble de Tulegatan. Un simple coup d'œil sur la plaque apposée à l'entrée lui apprit que la propriétaire habitait sur place. La chose était déjà remarquable en elle-même mais en plus c'était une chance pour Martin Beck.

Il monta au deuxième étage et sonna.

XXI

La camionnette était grise, sans aucune marque extérieure reconnaissable, mis à part sa plaque minéralogique. Les hommes auxquels elle était confiée dans l'exercice de leur profession portaient des combinaisons à peu près de la même couleur et rien dans leur apparence ne permettait de dire quelle était leur occupation. Ils auraient fort bien pu, par exemple, être des réparateurs spécialisés dans un domaine ou un autre ou bien encore des ouvriers municipaux, ce qui était en fait le cas.

Il était près de six heures de l'après-midi et si rien d'anormal ne se produisait au cours du quart d'heure suivant, ils allaient bientôt en avoir terminé de leur journée de travail et pouvoir rentrer chez eux afin de blaguer un moment avec leurs enfants, avant de s'installer devant le poste de télévision pour profiter des émissions de la soirée qui, malgré leur candeur, étaient toujours aussi empreintes de sérieux.

Martin Beck n'avait rencontré personne dans cet immeuble de Tulegatan mais il avait malgré tout mis la main sur ces deux-là. Ils étaient assis à côté de leur Volkswagen, en train de siffler une bière, et leur véhicule répandait une puissante odeur de désinfectant et surtout un arôme d'un tout autre genre, dont aucun produit chimique au monde ne peut venir à bout.

Les portes arrière étaient ouvertes ; ils aéraient le véhicule dès que l'occasion s'en présentait et personne n'aurait pu le leur reprocher.

Ces hommes occupaient en effet, dans cette belle ville, une fonction toute particulière et fort importante. Ils étaient chargés de transporter les suicidés et autres défunts pas très présentables jusqu'en des endroits plus convenables que ces lieux bourgeois où ils les avaient trouvés.

Certaines personnes, par exemple les pompiers, les policiers et quelques journalistes et autres initiés, connaissaient fort bien cette bagnole grise et savaient ce qu'elle transportait, lorsqu'ils la rencontraient dans la rue. Mais pour la plupart des gens ce n'était guère qu'une camionnette comme les autres et c'était bien le but recherché. Il n'y avait aucune raison de décourager et d'effrayer encore un peu plus les gens.

Comme beaucoup d'autres personnes exerçant des métiers un peu particuliers, celles-ci prenaient le leur avec philosophie et sang-froid, et elles n'exagéraient que rarement ou même jamais leur importance dans cette immense machinerie qu'on appelle le bien-être. Elles ne parlaient guère de leur travail qu'entre elles ; cela faisait longtemps qu'elles avaient compris que les autres réagissaient de façon tout à fait négative, surtout entre amis, autour d'une bonne bière, ou bien parmi les dames, autour d'une tasse de café.

Quant aux policiers, ils en rencontraient quotidiennement mais il s'agissait toujours de flics de l'espèce la plus commune.

Voir un commissaire s'intéresser à ce qu'ils faisaient, et même venir leur parler, leur parut donc tout à fait flatteur.

Le plus bavard d'entre eux s'essuya la bouche du revers de la main et dit :

— Ah oui, je crois bien que je me rappelle. Bergsgatan, hein ?

— Oui, c'est cela.

— Mais le nom ne me dit rien. Vous avez dit Stål ?

— Non, Svärd.

— Non, ça non plus. Mais, vous savez, les noms, on n'y attache pas beaucoup d'importance.

— Je comprends.

— Et puis c'était un dimanche. C'est toujours le dimanche qu'on a le plus de boulot, d'ailleurs.

— Est-ce que vous vous souvenez de l'agent de police dont je vous ai cité le nom ? Kenneth Kvastmo ?

— Non. Ce nom-là me dit rien. Mais je me souviens d'un flic qu'était là à nous regarder.

— Pendant que vous emportiez le corps ?

L'homme acquiesça.

— Oui, c'est ça, tout juste. On a trouvé qu'il était du genre dur.

— Comment ça ?

— Eh bien, y a deux genres de flics. Y a ceux qui vomissent et ceux qui le font pas. Celui-là, il ne se bouchait même pas le nez.

— Mais il est resté là pendant tout ce temps ?

— Oui, je viens de vous le dire. Je suppose qu'il vérifiait qu'on faisait bien notre boulot, pour ainsi dire.

L'autre ricana et avala une gorgée de bière.

— Encore une question.

— Oui, quoi ?

215

— Quand vous avez soulevé le corps, vous n'avez rien observé en dessous ? Un objet quelconque ?

— Et quel genre d'objet ?

— Un pistolet automatique, par exemple. Ou bien un revolver.

L'homme éclata de rire.

— Un pistolet ou bien un revolver, répéta-t-il. Je vois pas bien la différence, moi.

— Un revolver possède un barillet rotatif qui tourne au fur et à mesure qu'on tire.

— Ah oui, un flingue comme en ont les cow-boys ?

— Oui, c'est ça. Mais ça n'a aucune importance. J'aimerais surtout savoir si vous n'avez pas vu une arme quelconque sous le mort.

— Ecoutez, commissaire. Ce client-là, il était mûr.

— Mûr ?

— Oui, deux mois environ.

Martin Beck fit signe qu'il comprenait.

— On l'a mis dans le plastique et pendant que je refermais les bords, Arne, mon copain, a balayé les vers qui se trouvaient par terre. D'habitude on les met directement dans un sac qu'est prévu exprès et qui contient un produit qui les fait clamser illico.

— Ah ?

— Alors s'il avait ramassé un flingue avec son balai, Arne, pour sûr qu'il l'aurait remarqué. N'est-ce pas, Arne ?

Celui-ci acquiesça avec un petit rire qui lui fit avaler de travers sa dernière goutte de bière.

— Ah ça oui, dit-il.

— Il n'y avait donc rien ?

— Absolument rien. D'ailleurs, y avait cet agent qui n'a pas arrêté de nous regarder. Même qu'il était toujours là quand on a mis notre client dans la boîte en zinc et qu'on est partis. Pas vrai, Arne ?

— Aussi vrai que je suis là.

— Vous êtes sûrs de votre fait, on dirait.

— C'est peu dire. Sous ce client-là, y avait rien d'autre qu'une belle collection de *cynomyia mortuorum*.

— Qu'est-ce que c'est que ça ?

— Des asticots, si vous préférez.

— Vous êtes tout à fait sûrs ?

— Notre tête à couper.

— Eh bien merci, dit Martin Beck, avant de s'éloigner.

Les deux hommes en combinaison grise échangèrent encore quelques paroles.

— Tu lui en as bouché un coin, dit Arne.

— Comment ça ?

— Avec ton grec. Ces grands pontes-là, ils croient qu'on est bons qu'à emballer des macchabées.

Le téléphone sonna. Arne répondit, émit une sorte de grognement et raccrocha.

— Et allez donc, dit-il. Encore un pendu, bon dieu !

— Eh oui, répondit son collègue. C'est la vie.

— Moi, je supporte pas les pendus, d'abord. Et puis qu'est-ce que tu veux dire par là ?

— Te frappe pas. Viens, on y va.

Martin Beck avait maintenant le sentiment que, sur le plan technique, il savait à peu près tout ce qu'il y avait à savoir sur cet étrange mort de Bergsgatan. Le rôle de la police, tout au moins, semblait avoir été élucidé de façon satisfaisante. Il restait pourtant un point important : se procurer le résultat de l'enquête balistique, à supposer qu'il y en ait jamais eu une.

Mais sur Svärd personnellement, il ne savait toujours pas grand-chose, bien qu'il eût déployé beaucoup d'ardeur afin de se renseigner sur son compte.

Ce mercredi si fertile en événements pour certains avait, pour sa part, été extrêmement calme. Il ne connaissait rien aux hold-up ni aux difficultés de la BRB et il ne trouvait que des avantages à cela. Après sa visite à l'appartement de Svärd, le mardi après-midi, il s'était d'abord rendu à l'hôtel de police de Kungsholmsgatan, où chacun était tellement absorbé par ses propres problèmes qu'il n'avait pas une minute à lui consacrer, puis à la direction de la police nationale. Là, il lui était immédiatement parvenu aux oreilles un bruit qu'il avait d'abord jugé parfaitement grotesque mais qui l'avait ensuite gravement affecté.

La rumeur courait en effet qu'il allait être promu.

A quel grade ?

Contrôleur général ? Chef de division ? Sous-directeur ? Pourquoi pas ministre, aussi ?

Mais ce n'était pas cela le plus grave. Ce genre de bruit court toujours dans les couloirs des administrations et, la plupart du temps, c'est uniquement le fruit de l'imagination.

Il n'avait été nommé commissaire qu'en 1967 et il avait de bonnes raisons de penser qu'il ne monterait jamais plus haut à l'échelle de la hiérarchie. Aucune nouvelle promotion n'était pensable pour son compte, en tout cas, avant au moins quatre ou cinq ans. Tout le monde devait d'ailleurs le savoir car, si quelque chose est de notoriété publique dans l'administration, c'est bien le grade de chacun et ses chances de promotion, points sur lesquels la jalousie se donne libre cours.

Comment donc pareille rumeur avait-elle pu prendre corps ?

Cela cachait forcément quelque chose. Mais quoi ?

D'après lui, il ne pouvait y avoir que deux explications possibles.

La première était que l'on souhaitait se débarrasser de lui en tant que chef de la brigade criminelle du pays. Qu'on le souhaitait même tellement qu'on était prêt, pour cela, à lui faire grimper un ou deux barreaux de l'échelle de la bureaucratie, ce qui est la façon la plus courante de se débarrasser des gêneurs ou des incapables par trop notoires. Mais ce n'était guère vraisemblable. Certes, il avait des ennemis à la direction de la police nationale mais il ne représentait pas pour eux un danger véritable et, de plus, on ne pourrait guère faire autrement, dans ce cas, que de nommer Kollberg à sa place, ce qui, aux yeux de ces messieurs, aurait vraiment revenu à tomber de Charybde en Scylla.

L'autre terme de l'alternative était donc plus vraisemblable. Le malheur voulait seulement qu'il fût encore moins à l'honneur de toutes les parties concernées.

Quinze mois plus tôt, il avait bien failli être tué ; dans l'histoire moderne de la police suédoise, il était le seul gradé de haut rang à avoir été descendu par ce que l'on appelle communément un criminel. La chose avait fait un certain bruit et son rôle dans cette histoire avait été grossi au-delà de toute raison. Mais la police n'était pas très riche en héros et on avait donc saisi cette occasion pour gonfler indûment la part qu'il avait prise au dénouement relativement heureux de ce drame.

On possédait donc maintenant un héros dans la maison. Que fait-on en pareil cas ? Étant donné qu'il était déjà décoré, le moins que l'on pût faire était naturellement de le promouvoir.

Pour sa part, Martin Beck avait eu tout le temps d'analyser ce qui s'était passé en ce jour fatidique d'avril 1971 et il était depuis longtemps parvenu à la conclusion qu'il avait eu tort d'agir comme il l'avait fait, non seulement du point de vue moral mais également du point de vue purement professionnel. Il était également conscient que plus d'un de ses collègues s'était fait la même réflexion bien avant qu'il l'ait compris lui-même.

Il s'était fait descendre parce qu'il s'était conduit comme un imbécile.

Cela suffisait amplement pour qu'on lui confie un poste plus élevé et de plus grandes responsabilités.

Il avait réfléchi à tout cela le mardi soir mais cessé d'y penser une fois assis à nouveau à sa table de travail de Västberga. A la place, il avait consacré sa journée de mercredi à l'affaire Svärd, ruminé toute l'enquête seul dans son bureau, sans passion mais avec une méthode implacable de rigueur.

A un moment, il s'était dit que c'était là ce que, désormais, il pouvait espérer de mieux dans l'exercice de son métier : traiter une affaire tout seul dans son bureau, selon les méthodes en usage et à l'abri des gêneurs.

Mais tout au fond de lui se nichait un vague regret qu'il n'arrivait toujours pas à identifier : peut-être celui d'un véritable intérêt pour ce qu'il faisait. Il avait toujours eu un peu trop tendance à s'isoler et il semblait bien parti, maintenant, pour être définitivement un solitaire, nullement désireux de fréquenter ses semblables ni de partager quoi que ce soit avec eux et dépourvu de la volonté de sortir du vide qui l'entourait.

N'était-il pas en train de devenir un robot en état de marche enfermé sous une voûte de verre invisible ressemblant à une cloche à fromage ?

Quant au problème qui l'occupait actuellement, il ne se faisait aucune illusion. Ou bien il le résoudrait ou bien il ne le résoudrait pas. Le taux de succès de sa brigade dans les affaires de meurtre ou d'homicide était élevé mais cela provenait surtout du fait que la plupart de ces crimes étaient assez simples et que les coupables avaient une certaine tendance à craquer et à avouer d'eux-mêmes.

En outre, la police était assez bien équipée pour lutter contre les crimes de sang. La seule branche disposant de ressources supérieures était la Sûreté, qui ne remplissait en fait aucune fonction puisqu'elle continuait à s'occuper presque uniquement de mettre en fiche les communistes, en s'obstinant à ignorer diverses organisations fascistes plus ou moins exotiques, ce qui avait pour conséquence qu'elle devait dans une large mesure inventer des crimes politiques et des risques potentiels pour la sécurité du pays si elle voulait vraiment avoir quelque chose à faire. Le résultat de ses activités était donc tel qu'on pouvait s'y attendre, c'est-à-dire tout simplement ridicule. Pourtant, elle constituait une sorte de réserve tactique politique que l'on pouvait mobiliser contre les idéologies déplaisantes et l'on pouvait fort bien imaginer des situations dans lesquelles elle n'inciterait plus du tout à rire.

Mais, naturellement, il arrivait aussi à la brigade criminelle d'échouer, certaines enquêtes débouchaient sur des impasses et, après un certain temps, finissaient par être classées. Bien souvent, il s'agissait d'affaires dans lesquelles le coupable était connu mais aux dénégations duquel il était impossible d'opposer des preuves. Plus le crime est primitif, plus la quantité de preuves qu'il est possible de réunir est petite.

Le dernier fiasco personnel de Martin Beck pouvait servir d'exemple à cet égard. En Laponie, un homme assez vieux avait tué sa femme, du même âge que lui, à coups de hache. Le mobile était à trouver dans les relations qu'il entretenait depuis fort longtemps avec la bonne du couple, une femme nettement plus jeune. Il avait fini par se lasser des récriminations et de la jalousie de la vieille. Après le crime il était allé mettre le cadavre dans le bûcher et, comme c'était l'hiver et qu'il faisait très froid, il avait attendu environ deux mois avant de poser une porte sur un traîneau et de l'emmener au village voisin, distant de plus de vingt kilomètres de la ferme, sans route carrossable. Là il se contenta de dire que la vieille était tombée et s'était cogné la tête contre le fourneau mais qu'il n'avait pas pu la transporter plus tôt à cause du froid. Tout le monde savait que c'était faux mais le bonhomme ne démordit pas de sa version, pas plus que la bonne, et la police locale lui prêta obligeamment son concours en détruisant tous les indices lors de constatations sur place menées avec le plus grand amateurisme. Ensuite elle appela à l'aide et Martin Beck dut passer deux semaines dans un très curieux hôtel, avant de renoncer et de rentrer chez lui. Il avait passé ses journées à interroger l'assassin et ses soirées assis dans la salle à manger de l'hôtel, à entendre la population locale ricaner derrière son dos.

Mais de tels échecs étaient malgré tout l'exception.

L'affaire Svärd était un peu à part, à la vérité, elle

ne rappelait aucun des cas que Martin Beck avait eu à traiter jusque-là. Cela aurait dû le stimuler mais il ne s'intéressait guère aux énigmes et ne se sentait nullement aiguillonné.

Le résultat de sa journée de mercredi avait donc été bien maigre.

Les renseignements qu'il avait réussi à obtenir des sources habituelles sur le compte du défunt ne lui avaient pas fourni grand-chose sur quoi baser la suite de son enquête.

Le nom de Karl Edvin Svärd n'apparaissait nulle part dans les fichiers pénaux, ce qui voulait uniquement dire, en fait, qu'il n'avait jamais été condamné pour un crime quelconque. Mais combien de délinquants parvenaient à éviter d'être traduits en justice. Sans parler du fait que la loi était conçue afin de protéger certaines classes sociales et leurs intérêts plutôt douteux, et que cette même loi était surtout faite de trous.

Le nom de Svärd ne figurait pas non plus dans le fichier des alcooliques. Ce qui tendait à prouver qu'il n'en était pas un, car les habitudes d'un individu de son genre en matière de boisson avaient forcément fait l'objet d'une enquête de la part des autorités. En Suède, quand les classes supérieures boivent on parle de culture œnologique tandis que les membres des autres classes affligés des mêmes besoins sont immédiatement qualifiés d'alcooliques et de cas médicaux, ce sur quoi on s'empresse de les abandonner à leur triste sort.

Svärd avait été manutentionnaire pendant toute sa vie adulte et son dernier employeur avait été une entreprise de transport.

Il souffrait du dos, ce qui n'avait rien d'étrange dans

la profession, et avait été pensionné pour raisons médicales à l'âge de cinquante-six ans.

Après cela, il avait vécu tant bien que mal de sa petite retraite, ce qui voulait dire qu'il avait fait partie de cette catégorie humaine à l'intention de laquelle les grands magasins installent des rayons impressionnants de nourriture pour animaux.

Tout ce que l'on avait trouvé dans son garde-manger, c'était une demi-boîte de pâtée pour chat.

C'était à peu près tout ce que Martin Beck avait retiré de ses investigations de ce mercredi.

Quelques faits, certainement sans aucune importance.

Svärd était Stockholmois de naissance, ses parents étaient morts dans les années 40, il n'avait jamais été marié ni eu à subvenir aux besoins de qui que ce soit.

Il n'avait pas non plus eu recours à l'aide sociale.

Dans la firme où il avait été employé en dernier, personne ne se souvenait de lui.

Le médecin qui l'avait condamné physiquement avait seulement réussi à exhumer quelques notes disant que le patient était désormais inapte aux travaux de force et trop âgé pour être recyclé. D'ailleurs, Svärd avait lui-même déclaré à cette occasion qu'il n'avait plus aucune envie de travailler car cela lui paraissait absurde.

Peut-être était-il également absurde de chercher à savoir qui avait bien pu le tuer et, dans ce cas, pourquoi.

Étant donné le caractère énigmatique de l'affaire, le plus simple semblait de trouver d'abord le meurtrier et de l'interroger ensuite sur les moyens qu'il avait utilisés.

On était donc maintenant jeudi et il commençait

déjà à se faire tard. Une petite heure après sa conversation avec les hommes à la camionnette malodorante, Martin Beck effectua une nouvelle tentative dans l'immeuble de Tulegatan.

En fait, sa journée de travail était terminée mais il n'avait pas envie de retourner chez lui.

Il monta donc à nouveau les deux étages et, arrivé là, reprit son souffle pendant une demi-minute.

Pendant ce temps il observa la plaque en émail blanc à lettres vertes apposée sur la porte.

RHEA NIELSEN.

Il n'y avait pas de bouton électrique mais par contre un cordon de sonnette.

Il l'actionna et attendit.

Il entendit bien un petit tintement mais rien d'autre.

L'immeuble était ancien et, par les carreaux en verre cathédrale de la porte, il vit de la lumière dans l'entrée. Cela voulait dire qu'il y avait quelqu'un, car, lors de sa visite précédente, c'était éteint.

Après avoir laissé passer quelques instants, par politesse, il actionna à nouveau le cordon de la sonnette ; nouveau tintement, suivi d'un bruit de pas furtifs et de l'apparition d'une silhouette humaine derrière ces carreaux couleur opale.

Martin Beck avait l'habitude de noter mentalement le signalement des personnes qu'il rencontrait dans l'exercice de ses fonctions, dessinant ainsi une sorte d'esquisse rapide sur laquelle il n'aurait plus qu'à broder un peu, par la suite, dans son rapport écrit.

La femme qui vint lui ouvrir paraissait avoir au maximum trente-cinq ans, mais quelque chose lui disait qu'elle était en fait un peu plus âgée.

Elle était d'assez petite taille, environ un mètre cinquante-huit. Elle était solidement bâtie mais donnait pourtant plus l'impression d'être souple et en bonne forme que trapue et lourde.

Ses traits étaient marqués mais légèrement irréguliers ; ses yeux étaient bleus et leur regard bien assuré sans compromis. Elle le fixait comme si elle avait l'habitude de se mettre immédiatement à la tâche, quelle que fût celle-ci.

Elle avait les cheveux blonds et courts mais ceux-ci étaient pour l'instant mouillés et ébouriffés.

Elle sentait bon, probablement le shampooing aux herbes, et portait un tricot blanc à manches courtes et des jeans bleu pâle assez usagés qui semblaient avoir été lavés à la machine des centaines de fois. Mais elle avait enfilé son tricot à la toute dernière seconde : de grosses tache d'humidité s'étalaient sur ses épaules et sa poitrine.

Martin Beck nota encore qu'elle était assez large d'épaules mais étroite des hanches, qu'elle avait le cou assez petit et que ses bras bronzés étaient couverts d'un duvet blond et épais. Elle avait les pieds nus et assez courts, avec des orteils bien droits, comme si elle avait l'habitude de porter des sandales, des sabots, ou encore, chaque fois que possible, rien du tout.

Se surprenant à examiner ses pieds avec la même attention scrupuleuse que celle qu'il attachait habituellement aux taches de sang et aux marques sur les cadavres, il leva soudain les yeux vers son visage.

Ses yeux à elle traduisaient maintenant l'étonnement et elle plissait légèrement le front.

— J'étais en train de me laver la tête, dit-elle.

Sa voix était rauque, peut-être parce qu'elle était enrhumée ou bien parce qu'elle fumait trop, à moins que ce ne fût tout simplement son timbre naturel.

Il salua d'un signe de tête.

— J'ai crié : « Entrez ! » Et même à deux reprises. La porte n'est pas fermée à clé. Elle l'est rarement quand je suis chez moi. Sauf si je veux être tranquille. Vous n'avez pas entendu ?

— Non. C'est bien vous Rhea Nielsen ?

— Bien sûr. Et vous, vous êtes de la police, n'est-ce pas ?

Martin Beck n'était pas particulièrement lent à comprendre mais, cette fois-ci, il eut le sentiment d'avoir vraiment trouvé son maître en ce domaine. En l'espace de quelques secondes elle l'avait étiqueté comme il convenait et, de plus, son regard indiquait qu'elle s'était déjà fait une certaine opinion de lui. Quant à savoir laquelle, l'avenir le dirait.

Naturellement, cette promptitude de réaction pouvait s'expliquer par le fait qu'elle attendait la visite de la police mais il n'avait pas l'impression que ce fût le cas.

Il sortit son portefeuille afin de montrer sa carte d'identité. Mais elle interrompit son geste en disant :

— Tout ce dont j'ai besoin, c'est de savoir votre nom. Et puis ne restez pas planté là, bon sang. Je suppose que vous êtes venu pour quelque chose. Alors, on ne va pas bavarder sur le palier.

Martin Beck se sentit un peu décontenancé mais, d'un autre côté, c'était un sentiment qu'il n'avait que trop rarement l'occasion d'éprouver.

Elle pivota sur ses talons et pénétra devant lui dans l'appartement. Il lui fut impossible de déterminer immédiatement la dimension de celui-ci et la façon dont il était disposé. Mais il paraissait agréablement aménagé, bien qu'avec des meubles anciens et dépareillés.

Des dessins d'enfant, accrochés au mur avec des

punaises, indiquaient qu'elle n'était pas seule. Pour le reste, la décoration murale était assez hétéroclite. Il y avait des peintures à l'huile et des dessins, de vieilles photos dans des cadres ovales mais aussi des coupures de journaux et des affiches — entre autres des portraits de Lénine et de Mao mais la plupart sans contenu politique manifeste. Il y avait également une foule de livres, à la fois sur les étagères et entassés sur le sol, çà et là, une discothèque respectable, une chaîne hi-fi, deux vieilles machines à écrire ayant apparemment beaucoup servi, des piles de journaux et surtout beaucoup de feuilles de papier, la plupart stencilées et agrafées ensemble. On aurait presque pu croire qu'il s'agissait de rapports de police. Il conclut qu'il s'agissait de notes qu'elle avait prises pour des études d'un genre ou d'un autre.

Il la suivit dans l'appartement, passant devant une pièce qui ne pouvait être autre chose qu'une chambre d'enfants mais si bien rangée et avec des lits si bien faits que ses occupants ne pouvaient certainement pas se trouver à proximité immédiate pour l'instant.

Il est vrai que c'était l'été et que la plupart des enfants dont les parents en avaient les moyens étaient à la campagne, loin de l'air pestilentiel et des conditions de vie absurdes de cette ville.

Elle lui jeta par-dessus l'épaule un regard qui n'était pas particulièrement encourageant et dit :

— Ça ne vous fait rien si on se met dans la cuisine ? Si vous avez des objections, dites-le tout de suite.

Ceci sur un ton qui n'était ni à proprement parler amical ni vraiment hostile.

— Non, non, c'est parfait.
— Eh bien, asseyez-vous.

Ils se trouvaient maintenant dans la cuisine et il

s'assit donc à une grande table ronde. Il y avait six chaises de modèles différents, mais toutes peintes de couleurs claires, et de la place pour d'autres.

— Attendez une seconde, dit-elle.

Elle avait l'air nerveuse et agitée mais on aurait dit que c'était là son état normal. En dessous du fourneau se trouvait une paire de sabots rouges. Elle les enfila et disparut dans un grand bruit de semelles. Il l'entendit faire du bruit avec quelque chose et, au moment où un moteur électrique se mit en marche, elle demanda :

— Vous ne m'avez pas dit comment vous vous appelez.
— Beck. Martin Beck.
— Et vous êtes bien dans la police ?
— Oui.
— Quelle branche ?
— La brigade criminelle.
— Indice vingt-cinq ?
— Non, vingt-sept.
— Tiens. Pas mal.
— En effet.
— Quel titre a-t-on alors ?
— Commissaire.

Le moteur tournait toujours. Martin Beck reconnaissait ce bruit pour l'avoir entendu bien des fois dans le passé et n'eut donc aucun mal à comprendre ce qu'elle faisait : elle se séchait les cheveux.

— Moi, je m'appelle Rhea. Mais vous le savez déjà. C'est marqué sur la porte.

La cuisine était grande, comme souvent dans les immeubles anciens, et, malgré la table et les nombreuses chaises, il y avait encore de la place pour une cuisinière à gaz et un évier ainsi que pour un réfrigérateur, un congélateur et un lave-vaisselle et pourtant il restait encore des vides. Sur une étagère, au-dessus de l'évier, étaient posés divers pots et casseroles et, à des clous, étaient accrochés divers produits naturels tels que branches d'armoise et de thym, grappes de sorbes, rubans de morilles et de mousserons séchés ainsi que trois longues tresses de gousses d'ail. C'est-à-dire des objets qui créaient une certaine atmosphère et répandaient un certain arôme mais qui n'étaient pas vraiment indispensables dans une maison. L'armoise et les sorbes pouvaient servir à épicer l'eau-de-vie et le thym la soupe de pois cassés ; mais, pour sa part, à l'époque où son estomac supportait encore ce petit luxe gastronomique, il préférait la marjolaine. Les champignons peuvent toujours être utiles, à condition de s'y connaître un peu. Quant à l'ail, il ne devait guère être là qu'à titre décoratif car il y en avait une quantité suffisante pour la consommation d'un être humain au cours d'une vie entière.

Elle revint dans la cuisine tout en se peignant, surprit son regard et dit aussitôt :

— C'est pour éloigner les vampires.

— L'ail ?

— Bien sûr. Vous n'allez pas au cinéma ? Demandez plutôt à Peter Cushing.

Elle avait troqué son tricot humide contre un maillot sans manches couleur turquoise ressemblant plutôt à un sous-vêtement qu'à autre chose. Il put ainsi constater qu'elle avait des poils blonds aux aisselles, de petits seins, et qu'elle n'avait nullement besoin de soutien-gorge. Elle n'en portait d'ailleurs pas et on voyait nettement, sous cette mince étoffe, la forme de ses tétons.

— Un commissaire, dit-elle. Qui mène une enquête.

Elle l'observa avec ce regard franc qui était le sien et le front plissé.

— Je ne croyais pas qu'à cet indice-là on se rendait encore soi-même chez les gens pour leur poser des questions.

— Il est vrai que ce n'est pas souvent le cas, concéda-t-il.

Elle s'assit à la table mais se releva aussitôt, en se mordillant les phalanges.

Martin Beck jugea le moment venu de prendre une initiative quelconque et dit :

— Si je comprends bien, vous n'avez pas une opinion particulièrement favorable de la police.

Elle lui lança un coup d'œil rapide et répondit :

— Non. Je ne peux pas dire qu'elle m'ait jamais été utile en quoi que ce soit. Ni à personne de ma connaissance. Par contre, j'en connais à qui elle a causé bien des souffrances et des désagréments.

— Alors, je vais essayer de vous causer le moins de dérangement possible, madame Nielsen.

— Rhea, dit-elle. Tout le monde m'appelle Rhea, ici.

— Si j'ai bien compris, vous êtes propriétaire de cet immeuble.

— Oui, j'en ai hérité voici quelques années. Mais il n'y a rien qui puisse intéresser la police, ici. Pas de tripot clandestin, pas de repaire de drogués, même pas la moindre prostituée ni le moindre voleur.

Elle marqua une petite pause.

— Tout au plus quelques petites activités subversives. Des délits d'opinion. Mais vous ne faites pas partie de la police politique, n'est-ce pas ?

— Comment pouvez-vous en être sûre ?

Elle éclata soudain de rire. Un beau petit rire franc et contagieux.

— Je ne suis pas tout à fait demeurée, dit-elle.

« Non, assurément pas », pensa Martin Beck.

A voix haute il reprit :

— Vous avez raison. Je m'occupe presque exclusivement des actes de violence. Meurtres et homicides.

— Vous tombez mal, ici. Il n'y a eu ni l'un ni l'autre. Même pas une bagarre en l'espace de trois ans. Il y a simplement quelqu'un qui a volé tout un tas de vieilleries dans le grenier. Il a fallu que je porte plainte parce que l'assurance l'exigeait. Mais je n'ai jamais vu le moindre policier. Ils n'ont pas dû avoir le temps. Ce n'est pas bien grave puisque l'assurance a payé. La plainte devait être *pro forma*, comme on dit :

Elle se gratta la nuque et ajouta :

— Alors, que désires-tu ?

— Parler d'un locataire.

— Un des miens ?

Elle fronça les sourcils, accentuant fortement le mot « miens », comme si pareille éventualité lui paraissait étonnante et inquiétante.

— Enfin, un ancien.

— Je n'en connais qu'un qui soit parti d'ici ces derniers mois.

— Svärd.

— C'est exact. Un homme du nom de Svärd habitait bien ici. Il est parti au printemps. Qu'est-ce qui lui est arrivé ?

— Il est mort.

— Comment ? Dans une bagarre ?

— Non, il a été abattu.

— Par qui ?

— Il est possible qu'il se soit suicidé mais nous n'en sommes pas convaincus.

— Est-ce qu'on ne pourrait pas bavarder de façon un peu plus détendue ?

— Volontiers. Mais qu'entendez-vous par « détendue » ? Se tutoyer ?

Elle hocha la tête. Puis elle ajouta :

— Je déteste les formalités dans la conversation. Ça ne sert à rien. Oh, je peux être très correcte quand c'est nécessaire. De même que je suis capable de m'habiller avec recherche et d'utiliser un rouge à lèvres et du fard à paupières.

Martin Beck sentit que sa belle assurance le quittait. Soudain elle reprit :

— Veux-tu du thé ? C'est bon, le thé.

A la vérité il en aurait bien pris. Mais il dit :

— Ce n'est pas nécessaire en ce qui me concerne. Je n'ai besoin de rien.

— Allez, dit-elle. Pas de manières. Attends une seconde, je vais te faire quelque chose de bon, aussi. Ça fait du bien de manger du chaud.

Il sentit aussitôt que c'était en fait ce qu'il désirait. Avant qu'il ait eu le temps de dire non, elle reprit la parole.

— Il n'y en a pas pour plus de dix minutes. Je fais ça en un tournemain. Ce n'est pas difficile. Et ça fait du bien. Il faut toujours s'efforcer de tirer le meilleur parti de tout. Même quand tout va de travers, on peut toujours se faire quelque chose de bon à manger. Alors du thé et un petit casse-croûte chaud, et après on pourra bavarder.

Il paraissait impossible de dire non. Il lui semblait discerner en elle quelque chose dont il n'avait pas l'habitude. Une certaine force de caractère et même un entêtement auquel il était difficile de résister.

— Eh bien merci, dit-il, s'avouant vaincu.

Elle s'était d'ailleurs mise à l'œuvre avant même qu'il eût prononcé ces quelques mots. En faisant pas mal de bruit mais d'une façon qui lui parut à la fois prompte et efficace.

En fait, il n'avait jamais rien vu de semblable. Du moins pas en Suède.

Pendant les sept minutes que prit la préparation du plat elle ne dit pas un mot. Puis elle apporta six canapés à la tomate et au fromage gratiné ainsi qu'un grand pot de thé. Il l'observa attentivement, tandis qu'elle improvisait ainsi ce repas, se demandant encore une fois quel âge elle pouvait bien avoir.

En venant s'asseoir en face de lui elle dit :

— Trente-sept. Mais on me croit généralement plus jeune.

Il fut trop interloqué pour pouvoir réussir à le dissimuler.

— Comment peux-tu savoir... commença-t-il.

— C'est bien ce que tu te demandais, n'est-ce pas ? coupa-t-elle. Alors mange, maintenant.

C'était très bon.

— J'ai toujours faim, dit-elle. Je bouffe dix ou douze fois par jour.

En général, les personnes qui mangent dix ou douze fois par jour n'osent plus monter sur leur balance.

— Et pourtant je n'engraisse pas. D'ailleurs, ça n'a aucune importance. Un kilo de plus ou de moins ne change personne. Pas moi, en tout cas. Mais si je ne mange pas à ma faim, je perds la boule.

Elle avala ses trois canapés en un rien de temps.

Pour sa part, Martin Beck en mangea un, puis, après avoir un peu hésité, un second.

— Revenons à Svärd, dit-il. On dirait que tu as une opinion bien arrêtée sur lui.

— Oui. Je crois qu'on peut le dire.

Ils se comprenaient sans difficulté. Curieusement, ils n'en étaient même pas étonnés.

Tout cela leur paraissait évident.

— Il avait donc quelque chose de bizarre, reprit-il.

— Oui, dit Rhea. C'était un drôle de type. Il était extrêmement étrange. Je ne le comprenais absolument pas et, en fait, j'ai été contente de le voir partir. Mais comment est-il mort ?

— On l'a trouvé dans son appartement, le 18 du mois dernier. Il devait être mort depuis au moins six semaines. Peut-être même plus longtemps. Eventuellement deux mois.

Elle frémit et dit :

— Brrr, épargne-moi les détails. Tu sais, je suis un peu sensible à ce genre de Grand-Guignol. Ça me donne des cauchemars.

Il fut sur le point de lui dire qu'il allait éviter les descriptions inutiles mais il se rendit compte que c'était superflu.

Au contraire, ce fut elle qui dit :

— Une chose est certaine, en tout cas.

— Quoi donc ?

— Ça n'aurait jamais pu lui arriver s'il était resté ici.

— Pourquoi ?

— Parce que je ne l'aurais pas permis.

Elle appuya son menton sur sa main gauche, l'index et le médius de chaque côté du nez. Celui-ci était d'ailleurs assez gros et ses mains puissantes, avec des ongles très courts. Elle le regarda d'un air grave.

Puis elle se leva soudain et alla fouiller sur l'étagère jusqu'à ce quelle trouve un paquet de cigarettes et une boîte d'allumettes. Elle fuma en tirant de longues bouffées.

Puis elle écrasa sa cigarette, mangea le canapé qui restait et demeura assise, les coudes sur les genoux et la tête penchée. Puis elle lui jeta un coup d'œil et dit :

— Bien sûr, je n'aurais peut-être pas pu l'empêcher de mourir. Mais il ne serait pas resté deux mois dans sa chambre sans que je m'en aperçoive. Même pas deux jours.

Martin Beck ne dit rien. Elle avait certainement raison.

— Les propriétaires de ce pays, c'est une sale engeance, dit-elle. Mais le système encourage l'exploitation.

Elle se mordit la lèvre. Martin Beck n'avait jamais fait étalage de ses idées politiques et s'efforçait toujours d'éviter les sujets ayant des implications du même ordre. Elle reprit :

— Pas de politique, hein ? Alors, laissons tomber la politique. Mais il se trouve que je suis propriétaire moi-même, par le plus grand des hasards. J'ai hérité de cette taule, comme je te l'ai déjà dit. En fait, elle n'est pas mal mais, quand je suis arrivée ici, c'était un véritable nid de rats. Mon père n'avait certainement pas changé une ampoule électrique ni remplacé une vitre cassée en l'espace de dix ans. Il habitait loin d'ici et tout ce qui l'intéressait c'était d'encaisser les loyers et de mettre à la porte ceux qui ne payaient pas dans les délais. Ensuite il subdivisait les appartements pour en faire des sortes de dortoirs dont il louait les places à des prix incroyables à des étrangers ou à d'autres gens qui n'avaient pas le choix. Il faut quand même bien qu'ils logent quelque part, eux aussi. C'est pareil dans presque toutes les taules de ce genre.

Martin Beck entendit quelqu'un ouvrir la porte et pénétrer dans l'appartement. La femme ne réagit pas.

Une jeune fille se présenta dans la cuisine. Elle était vêtue d'une blouse et portait un paquet de linge.

— Salut, dit-elle. Est-ce que je peux utiliser la machine à laver ?

— Bien sûr.

Elle ignora totalement Martin Beck mais Rhea dit :

— Vous ne vous connaissez pas. Voici, euh... comment t'appelles-tu, déjà ?

— Martin, dit Martin Beck en se levant et en serrant la main de la jeune fille.

— Ingela, dit celle-ci.

— Elle vient d'emménager. En fait, elle occupe l'ancien appartement de Svärd.

Elle se tourna vers la jeune fille.

— Tu le trouves bien, cet appartement ?

— Drôlement bien. Mais la cuvette des W.C. est encore bouchée.

— Bon sang. Je vais téléphoner au plombier dès demain matin.

— Mais, sans ça, tout est épatant. Dis donc...

— Quoi ?

— Je n'ai pas de lessive.

— Il y en a derrière la baignoire.

— Mais j'ai pas d'argent.

— Ça ne fait rien. N'en prends pas pour plus de cinquante centimes. Et tu me rendras un service de cinquante centimes une autre fois. Par exemple, fermer la porte d'entrée un soir.

— Tu es chic.

La jeune fille disparut dans la salle de bains. Rhea alluma une nouvelle cigarette.

— Voilà quelque chose d'étrange. L'appartement de Svärd était très bien. Je l'ai remis en état il y a deux ans. Il ne lui coûtait que quatre-vingts balles par moi. Et pourtant il a déménagé.

— Pourquoi ?

— Je ne sais pas.

— Tu as eu des histoires avec lui ?

— Non. Je n'ai jamais d'histoires avec mes locataires. C'est inutile. Chacun a sa personnalité, naturellement. Mais c'est ça qui fait le charme de la vie.

Martin Beck ne répondit rien. Il sentait qu'il commençait à se détendre.

En outre, il se rendait bien compte qu'il n'avait pas besoin de poser de questions.

— Ce qui m'a le plus intrigué, à propos de Svärd, c'est qu'il avait quatre verrous à sa porte. Dans un immeuble où personne ne ferme jamais à clé sauf quand il veut absolument être en paix. Quand il est parti il a démonté ses chaînes et ses verrous et il a tout emmené. Question protection, il n'avait rien à envier aux petites filles de maintenant.

— Tu veux dire : au sens figuré ?

— Oui. La pilule, si tu veux. Tous les conservateurs poussent des hauts cris parce que les jeunes, et principalement les filles, ont maintenant des relations sexuelles à partir de treize ans. Les imbéciles. C'est à cet âge-là qu'on commence à en avoir envie. Et maintenant, ave la pilule et le stérilet, les filles sont aussi bien protégées que Fort Knox. Il n'y a donc plus à se faire de bile. Quand j'étais jeune, oui, on avait toutes drôlement peur d'être enceintes. Mais, bon sang, comment est-ce que j'en suis venue à parler de ça ?

Martin Beck éclata de rire.

Il en fut le premier surpris. Mais c'était bien vrai : il avait ri.

— C'était à propos de la porte de Svärd, dit-il.

— Oui. Et tu as ri. Je ne t'en croyais pas capable. Je me disais que tu avais peut-être oublié comment on fait.

— Je ne suis peut-être pas de très bonne humeur, aujourd'hui, c'est tout.

Cette réponse n'était pas particulièrement heureuse. Il perçut l'ombre d'une déception sur son visage.

C'était elle qui avait raison et elle le savait bien.

C'était stupide de sa part à lui d'essayer de brouiller les cartes et il dit donc :

— Pardon.

— En fait, je ne suis pas vraiment tombée amoureuse avant l'âge de seize ans. Mais, jadis, ce n'était pas comme aujourd'hui. On n'était pas riches mais on était en sécurité — maintenant on ne l'est pas plus mais l'insécurité règne partout. C'était bien la peine de changer.

Elle écrasa sa cigarette et reprit :

— Je parle beaucoup trop. Comme d'habitude. Et c'est là le moindre de mes défauts. Encore que ce ne soit pas vraiment une tare, n'est-ce pas ? Être bavard, ce n'est pas forcément une tare, hein ?

Il secoua la tête.

Elle se gratta la nuque et dit :

— Il avait toujours autant de verrous chez lui, Svärd ?

— Oui.

Elle hocha la tête et ôta ses sabots d'un simple mouvement des jambes. Puis elle planta les talons sur le sol et fit pivoter la pointe de ses pieds vers l'intérieur, de sorte que ses gros orteils viennent frotter l'un contre l'autre.

— Je n'ai jamais pu comprendre ça. Ce doit être une sorte de manie. Mais j'avoue que ça m'inquiétait, par moments. J'ai un double de toutes les clés de la maison. J'ai plusieurs locataires qui sont assez vieux et qui peuvent tomber malades ou avoir besoin d'aide. Et pour ça, il faut pouvoir entrer. Mais un double de clé, ça ne sert à rien si la porte est barricadée de l'intérieur. Il n'était pourtant plus tout jeune, lui non plus.

Les bruits en provenance de la salle de bains changèrent de nature et elle s'écria :

— Tu as besoin d'aide, Ingela ?
— Euh... oui, je veux bien.

Elle se leva et disparut un instant. Puis elle revint et dit :

— Ça y est, c'est arrangé. Mais, à propos d'âge, je crois qu'on est à peu près pareils, tous les deux.

Martin Beck sourit. Il savait que presque tout le monde lui donnait environ cinq ans de moins que les cinquante qu'il allait bientôt avoir.

— En fait, Svärd n'était pas si vieux que ça, dit-elle. Mais il était en mauvaise santé. Il avait vraiment l'air mal en point. Lui-même ne comptait pas faire de vieux os et, au moment de déménager, il a dû subir un examen médical. Je ne sais pas quel en a été le résultat. Mais c'était au service de radiothérapie et ça ne présage jamais rien de bon, il me semble.

Martin Beck dressa l'oreille. C'était une nouvelle.

Mais à ce moment la porte d'entrée s'ouvrit à nouveau et quelqu'un dit :

— Rhea ?

— Oui, je suis là, dans la cuisine.

Un homme entra. Il eut un instant d'hésitation en voyant Martin Beck mais elle poussa une chaise dans sa direction, avec le bout du pied, et dit :

— Assieds-toi.

Le nouveau venu était relativement jeune, vingt-cinq ans environ, de taille moyenne et de corpulence normale. Il avait le visage ovale, les cheveux légèrement blonds, les yeux gris et de belles dents. Il portait une chemise à carreaux, un pantalon de laine et coton et des sandales.

Il tenait à la main une bouteille de vin rouge.

— J'ai amené ça, dit-il.

— Et moi qui avais décidé de ne boire que du thé, aujourd'hui. Eh bien tant pis. Tu sais où sont les verres. Prends-en quatre. Ingela est en train de faire la lessive.

Elle se pencha en avant, se gratta la cheville gauche avec les ongles puis dit :

— Une bouteille, ça ne fait pas beaucoup pour quatre. J'en ai, moi aussi. Va en chercher une dans l'office. A gauche derrière la porte. Le tire-bouchon est dans le tiroir du haut, en dessous de l'évier, à gauche.

Le visiteur suivit ces indications. Il avait l'air d'avoir l'habitude d'obéir. Quand il fut assis elle dit :

— Vous ne vous connaissez pas encore : voici Martin et voici Kent.

— Salut, dit l'homme.

— Salut, dit Martin Beck.

Ils se serrèrent la main.

Elle servit le vin, en criant de sa voix rocailleuse :

— Ingela, viens boire un peu de vin quand tu auras fini.

Puis elle regarda d'un air compatissant l'homme à la chemise à carreaux et dit :

— Ça n'a pas l'air d'aller. Qu'est-ce qu'il y a ? Encore des ennuis ?

Kent avala une gorgée de vin et se cacha le visage dans les mains.

— Rhea, dit-il. Qu'est-ce que je vais faire ?

— Toujours pas de boulot ?

— Pas le moindre. J'ai tous les diplômes qu'il faut mais impossible d'obtenir une place. Et personne ne peut dire s'il y en aura jamais de libre.

Il se pencha vers elle et essaya de prendre sa main. Mais elle la retira, légèrement agacée.

— Il m'est venu une idée, aujourd'hui, dit-il. Une solution de désespoir mais enfin dis-moi ce que tu en penses.

— Qu'est-ce que c'est, cette idée ?

— M'inscrire à l'école de la police. Ils prennent tout le monde, même ceux qui ont eu des difficultés à l'école. Ils sont à court d'effectif et, avec mes diplômes, je crois que je pourrai facilement avoir de l'avancement. Il suffit de savoir taper un peu sur la gueule des voyous.

— Alors comme ça, tu as envie de te mettre à tabasser les gens ?

— Tu sais bien que non. Mais on peut peut-être se rendre utile, d'une façon ou d'une autre. Réformer de l'intérieur, une fois qu'on a surmonté le pire.

— Tu sais, ce n'est pas aux voyous que la police a le plus affaire, dit-elle. Mais comment feras-tu vivre Sonja et les petits, pendant ce temps-là ?

— J'emprunterai. Je me suis renseigné tout à l'heure en allant chercher les imprimés pour l'inscription. Je les ai amenés pour te demander de regarder ça. Toi, tu comprends tout.

Il sortit de sa poche revolver quelques feuilles de papier pliées en quatre ainsi qu'une brochure de propagande et les lui tendit par-dessus la table en disant :

— Dis-moi si tu trouves ça idiot.

— Passablement, je dois dire. D'ailleurs je ne crois pas que la police s'intéresse beaucoup aux personnes qui réfléchissent par elles-mêmes et qui veulent réformer de l'intérieur, comme tu dis. Et puis est-ce que tu es bien en règle ? Sur le plan politique, par exemple ?

— J'ai été membre de « Clarté », pendant un certain temps, mais c'est tout. Et maintenant ils prennent tout le monde, sauf les gens de gauche vraiment convaincus, les communistes qui ne se cachent pas de l'être, quoi.

Elle réfléchit un instant, avala une bonne gorgée de vin et haussa les épaules.

— Bah, après tout pourquoi pas ? Ça a l'air idiot mais ça peut se révéler intéressant.

— Il s'agit surtout de savoir...

Il but. Puis il trinqua avec Martin, qui but également, mais prudemment tout d'abord.

— De savoir quoi ? demanda-t-elle, toujours un peu agacée.

— Eh bien de savoir si c'est difficile de tenir le coup.

Elle regarda Martin, l'air malin. Son agacement s'était transformé en sourire.

— Demande donc à Martin. C'est un expert.

L'homme regarda Martin Beck, l'air à la fois surpris et dubitatif.

243

— Tu t'y connais ?

— Un peu. A vrai dire, la police a besoin de tous les types bien qu'elle peut recruter. Le métier est varié, comme il est dit dans cette brochure, et il y a pas mal de spécialités. Il y en a pour tous les goûts : pour ceux qui aiment les hélicoptères aussi bien que la mécanique, les problèmes d'organisation ou bien les chevaux.

Rhea frappa sur la table avec la paume de la main au point de faire sauter les verres.

— Arrête tes salades, fit-elle vivement. Réponds honnêtement, bon dieu.

A sa propre surprise, Martin Beck s'entendit alors ajouter :

— On a une chance de tenir le coup les premières années si l'on est prêt à avoir quotidiennement affaire à des têtes de bois et à se faire houspiller par des supérieurs qui sont soit des arrivistes soit des prétentieux à moins que ce soient de parfaits imbéciles. Il ne faut pas avoir d'idées personnelles. Ensuite, on a de grandes chances de devenir pareil soi-même.

— Tu n'as pas l'air d'aimer beaucoup la police, dit Kent, l'air méfiant. Mais ça ne doit quand même pas être aussi moche que ça. On lui reproche pas mal de choses à tort, à la police. Qu'est-ce que tu en penses, Rhea ?

Elle partit d'un franc éclat de rire. Puis elle dit :

— Essaye toujours. Tu feras peut-être un bon policier. Puisque toutes les autres solutions paraissent exclues. Et puis la concurrence n'a pas l'air d'être bien redoutable.

— Tu peux m'aider à remplir la demande ?

— Donne-moi de quoi écrire.

Martin Beck avait son stylo dans sa poche intérieure. Il le lui tendit.

Elle appuya sa tête blonde sur sa main et se mit à écrire, en se concentrant sur ce qu'elle faisait.

— Ce n'est qu'un brouillon, dit-elle. Tu n'auras qu'à taper l'autre exemplaire à la machine ensuite. Tu peux emprunter une des miennes, si tu veux.

La jeune fille répondant au prénom d'Ingela entra dans la pièce, la lessive terminée. Elle s'assit à la table et se mit à parler de choses et d'autres, telles que le prix des denrées alimentaires et le maquillage des dates de validité des produits frais. Apparemment, elle travaillait dans un supermarché.

Puis la sonnette tinta à nouveau, la porte s'ouvrit et quelqu'un entra en traînant les pieds. C'était une assez vieille dame qui dit :

— L'image est toute brouillée sur ma télévision.

— Si c'est l'antenne, je vais demander à Eriksson d'y regarder demain. Autrement, il faudra réparer l'appareil. Bien sûr, il n'est plus tout neuf. Mais j'ai des amis qui en ont un dont ils ne se servent pas. Eventuellement, on pourra le leur emprunter. Je verrai ça demain.

— J'ai fait un peu de pâtisserie, aujourd'hui. Alors je t'ai apporté un petit pain, Rhea.

— Merci. C'est très gentil. Pas besoin de s'inquiéter pour cette télé, ça va s'arranger.

Elle avait fini de remplir les imprimés et elle les rendit au jeune homme à la chemise à carreaux. Elle avait fait très vite.

Elle se tourna alors vers Martin Beck, le regard toujours aussi assuré.

— Comme tu vois, je suis une propriétaire doublée d'une assistante sociale. Ce n'est pas du luxe mais tous ne sont pas prêts à le faire. La plupart spéculent et cherchent à rogner sur tout. Ils ne voient pas plus loin que le bout de leur nez et c'est bien triste. Moi, j'essaie de faire de mon mieux, ici, pour que les gens se trouvent bien et qu'ils ne se sentent pas seuls. Les appartements sont corrects, maintenant, mais je n'ai pas les moyens de faire des réparations extérieures. Pourtant je ne vais pas augmenter les loyers plus qu'il ne sera nécessaire, cet automne. Mais il faudra quand même les relever un peu. Ça donne beaucoup de travail, une maison, quand on veut s'en occuper comme il faut. On est responsable de ses locataires.

Martin Beck était surpris de voir à quel point il se sentait bien. Il n'avait aucune envie de quitter cette cuisine. En outre, il se sentait légèrement étourdi, probablement à cause du vin. En effet, cela faisait quinze mois qu'il n'en avait pas bu la moindre goutte.

— Au fait, dit-elle. C'est tout ce que tu voulais savoir sur Svärd.

— Avait-il des objets de valeur chez lui ?

— Aucun. Deux chaises, une table et un lit. Un tapis dégueulasse et le minimum en fait d'ustensiles ménagers. C'est à peine s'il avait de quoi s'habiller. C'est pourquoi cette obsession des verrous était forcément pathologique. Il évitait tout le monde. Il lui arrivait parfois de me parler, à moi, mais uniquement quand c'était strictement nécessaire.

— A ce que je comprends, il était pauvre comme Job.

Elle eut l'air de réfléchir pendant un bon moment, tout en remplissant son verre et en buvant.

— Je n'en suis pas tout à fait sûre, dit-elle. Il avait surtout l'air d'être d'une avarice presque maladive. C'est vrai qu'il payait toujours son loyer mais il le faisait en râlant sur le montant. Qui n'était tout de même que de quatre-vingts couronnes par mois. Et, à ce que je sache, il n'achetait jamais autre chose que de la nourriture pour chiens. Ou plutôt pour chats. Il ne buvait pas. Il n'avait aucune dépense. Alors, même s'il n'avait que sa retraite pour vivre, il pouvait quand même s'offrir un morceau de saucisse de temps en temps. C'est vrai qu'il y a beaucoup de vieilles personnes qui ne mangent que de la pâtée mais, en général, elles ont tout de même des loyers plus élevés et ne se refusent pas un péché mignon, par-ci par-là, comme une demi-bouteille de vin. Svärd, lui, n'avait même pas la radio. Quand je suivais des cours de psychologie j'ai entendu parler de gens qui vivent d'épluchures de pommes de terre et portent des vêtements vieux de cinquante ans alors qu'ils ont des centaines de milliers de couronnes cachées dans leur matelas. C'est bien connu. C'est un cas psychologique bien répertorié, bien que j'en aie oublié le nom.

— Mais le matelas de Svärd ne contenait pas d'argent.

— Et il a déménagé. Ça ne lui ressemblait pas. Parce que le loyer de son nouveau logement était forcément plus élevé et puis le déménagement lui a également coûté, même s'il ne s'agissait que de quelques meubles. Il y a quelque chose de bizarre là-dessous.

Martin Beck vida son verre de vin. Il désirait rester parmi ces gens mais il allait devoir partir.

Il lui fallait réfléchir à un certain nombre de choses.

— Eh bien, je vais m'en aller. Au revoir. Et merci.

— J'avais l'intention de faire des spaghetti à l'italienne. Ce n'est pas mauvais, quand on fait la sauce soi-même. Si tu veux rester.

— Non. Il faut que je m'en aille.

Elle l'accompagna jusqu'à la porte, pieds nus. En passant devant la chambre d'enfants il jeta un regard à l'intérieur.

— Les enfants sont à la campagne, en ce moment, dit-elle. Je suis divorcée.

Au bout d'un moment, elle ajouta :

— Toi aussi, hein ?

— Oui.

Une fois sur le pas de la porte elle dit :

— Eh bien, au revoir. Reviens quand tu veux. J'ai des cours à l'université d'été pendant la journée. Mais je suis toujours chez moi après six heures.

Elle marqua un petit silence puis ajouta, l'air malin :

— On pourra toujours parler de Svärd.

Un gros homme en pantalon gris mal repassé et en pantoufles descendait l'escalier. Il portait un insigne aux couleurs du FNL vietnamien sur sa chemise.

— Rhea, dit-il. L'ampoule électrique du grenier est grillée.

— Va en chercher une neuve dans le placard à balais, dit-elle. Soixante-quinze watts, ça suffira.

— Pourquoi ne restes-tu pas ? demanda-t-elle ensuite à Martin Beck. Puisque tu en as envie.

— Non, non, je m'en vais. Merci pour le thé, les canapés et le vin.

Il vit que, l'espace d'un instant, elle fut tentée de faire pression sur lui. Probablement au moyen de ses spaghetti.

Mais elle se ravisa et se contenta de dire :

— Eh bien alors, salut.

— Salut.

Aucun d'entre eux n'ajouta : A bientôt.

Il rentra chez lui à pied, dans le soir qui tombait.
Il pensa à Svärd.
Il pensa à Rhea.
Il se sentait beaucoup plus léger que depuis bien, bien longtemps, mais il n'en était pas encore vraiment conscient.

XXII

Kollberg et Gunvald Larsson étaient assis l'un en face de l'autre au bureau de ce dernier, plongés dans leurs pensées.

On était toujours jeudi et ils venaient de laisser Bulldozer Olsson seul avec ses rêves sur le grand jour, maintenant proche, où il aurait la joie de mettre Werner Roos sous les verrous.

— Mais qu'est-ce qui lui prend, à Bulldozer. Il ne va tout de même pas relâcher Mauritzon comme ça ? dit Gunvald Larsson.

Kollberg haussa les épaules.

— On dirait bien que si, hélas.

— Mais je ne comprends pas qu'il ne le fasse pas au moins filer, poursuivit Gunvald Larsson. Il y a de fortes chances pour que ce soit payant. Ou bien alors il a une idée de génie derrière la tête. Qu'est-ce que tu en penses ?

Kollberg secoua pensivement la tête et dit :

— Non, je crois que la situation se présente tout simplement comme ceci : Bulldozer préfère sans doute sacrifier ce qu'il pourrait éventuellement gagner à filer Mauritzon plutôt que de perdre autre chose qu'il considère comme plus précieux.

Gunvald Larsson fronça les sourcils.

— Qu'est-ce que ça peut bien être ? fit-il. Personne n'a plus envie que lui de mettre le grappin sur cette bande-là.

— Non, c'est vrai, dit Kollberg. Mais as-tu pensé au fait qu'aucun d'entre nous n'a d'aussi bonnes sources d'information que Bulldozer ? Il connaît tout un tas d'anciens taulards et repris de justice et ceux-ci ont une grande confiance en lui parce qu'il tient toujours parole et n'essaie jamais de les rouler. Ils se fient à lui et ils savent qu'il ne promet jamais plus qu'il ne peut tenir. Ce que Bulldozer a de plus précieux, ce sont ses indics.

— Tu veux dire que s'il s'avère qu'il fait filer ses mouchards une fois qu'ils ont croqué le morceau, ils n'auront plus confiance en lui et alors finis les tuyaux de première ?

— Exactement, dit Kollberg.

— En tout cas, je trouve que c'est drôlement bête de laisser passer une chance pareille, dit Gunvald Larsson. Mais si, nous, on lui filait discrètement le train, à ce Mauritzon, pour savoir un peu où il va et ce qu'il mijote, Bulldozer n'aurait pas forcément à le regretter.

Il regarda Kollberg avec insistance en disant cela.

— Okay, dit celui-ci. Moi aussi, j'ai très envie de savoir ce que M. Trofast Mauritzon a derrière la tête. Trofast, c'est un prénom ou bien ça fait partie de son nom ?

— C'est un nom de chien, dit Gunvald Larsson[1]. Il lui arrive peut-être de se déguiser en chien, de temps en temps. Mais il faut faire vinaigre, parce que je crois qu'il ne va pas tarder à sortir. Qui est-ce qui commence ?

1. Littéralement : Fidèle. (*N.d.T.*)

Kollberg regarda sa montre-bracelet, qui était de la même marque et du même modèle que celle qui avait fait un séjour malencontreux dans la machine à laver. Cela faisait deux heures qu'il n'avait pas mangé et il commençait à avoir faim. Il avait lu quelque part que, pour maigrir, il faut manger peu mais souvent et la seconde moitié, au moins, de ce programme avait de quoi le séduire.

— Je propose que ce soit toi, dit-il. Je reste ici, à côté du téléphone. Appelle-moi si tu as besoin d'aide ou si tu veux que je prenne le relais. Et puis prends ma voiture, elle se remarque moins que la tienne.

Il sortit son trousseau de clés et le donna à Gunvald Larsson.

— Bon, dit celui-ci.

Il se leva et boutonna sa veste.

Sur le pas de la porte, il se retourna et dit :

— Si Bulldozer me demande, tu n'auras qu'à inventer quelque chose. Salut, je donnerai de mes nouvelles.

Kollberg attendit deux minutes puis se dirigea vers la cantine afin de procéder à sa cure d'amaigrissement.

Gunvald Larsson n'eut pas à attendre bien longtemps devant l'hôtel de police. Mauritzon descendit l'escalier, hésita un instant et se dirigea vers Agnegatan. Puis il tourna à droite, alla jusqu'à Hantverkargatan, tourna à gauche et continua jusqu'à l'arrêt d'autobus de Kungsholmstorg, où il resta à attendre.

Gunvald Larsson, lui, était dissimulé dans une entrée d'immeuble, à quelque distance de là.

Il était bien conscient des difficultés de l'entreprise. D'une part il était, pour une fois, désavantagé par ses caractéristiques physiques, même au sein d'une foule assez dense ; et, d'autre part, Mauritzon ne manquerait pas de le reconnaître au premier coup d'œil. S'il avait vraiment l'intention de prendre l'autobus, Gunvald Larsson ne pouvait pas prendre le même sans être repéré. Un taxi libre était garé à une station, de l'autre côté de la rue. Il espéra qu'il le resterait jusqu'à ce qu'il ait besoin de lui et renonça à la voiture de Kollberg.

L'autobus n° 62 s'arrêta et Mauritzon monta dedans.

Gunvald Larsson attendit qu'il fut assez loin pour que Mauritzon ne puisse pas le reconnaître par la fenêtre, avant d'avancer jusqu'au taxi.

Le chauffeur était une jeune femme blonde aux cheveux en bataille et aux grands yeux vifs. Elle fut tout heureuse quand Gunvald Larsson lui montra sa carte et lui demanda de suivre l'autobus.

— C'est passionnant, dit-elle. C'est un gangster dangereux que vous pistez ?

Gunvald Larsson ne répondit pas.

— Je vois, c'est confidentiel. Mais vous pouvez compter sur moi, je suis muette comme la tombe.

Malheureusement, la suite des événements vint plutôt la démentir.

— On ne va pas aller trop vite, afin de pouvoir rester derrière le bus aux arrêts, dit-elle.

— Oui, mais surtout gardez vos distances, répliqua brièvement Gunvald Larsson.

— Je comprends. Vous ne voulez pas qu'il vous remarque. Alors, baissez le pare-soleil, comme ça on ne vous verra pas d'en haut.

Gunvald Larsson obéit. Elle lui lança un regard de conspirateur, aperçut sa main bandée et s'écria :

— Oh, comment vous êtes-vous fait ça ? Vous vous êtes cravaté avec des bandits, ou quoi ?

Gunvald Larsson répondit par un grognement.

— C'est dangereux d'être dans la police, reprit-elle alors. Mais ça doit être passionnant. Avant de commencer à faire le taxi, j'avais envie d'y rentrer, moi aussi. J'aurais bien voulu devenir détective, mais mon mari était contre.

Gunvald Larsson ne broncha pas.

— Mais ça peut être passionnant aussi d'être chauffeur de taxi. En ce moment, par exemple.

Elle lui décrocha un grand sourire auquel il répondit par un autre, beaucoup plus forcé celui-là.

Heureusement, elle se tirait fort bien de sa mission, restant à bonne distance de l'autobus sans jamais le perdre de vue. On pouvait considérer que cela compensait largement son bavardage.

Gunvald Larsson ne prononça que quelques monosyllabes mais il eut le temps d'en entendre pas mal avant de voir Mauritzon descendre de l'autobus à Erik Dahlbergsgatan. Il était le seul à le faire et, pendant que Gunvald Larsson sortait son argent, le chauffeur de taxi examina attentivement Mauritzon.

— Il n'a pas du tout l'air d'un gangster, dit-elle légèrement déçue.

Il lui remit l'argent et obtint en échange un reçu.

— Bonne chance quand même, lui dit-elle, avant de partir au volant.

Mauritzon traversa la rue et pénétra dans Armfeltsgatan. Lorsqu'il eut disparu au coin de la rue, Gunvald Larsson s'y précipita à son tour et eut juste le temps de le voir entrer dans un immeuble.

Peu après il y pénétra lui-même et entendit une

255

porte se refermer quelque part. Il alla alors examiner la liste des occupants.

Il eut la surprise de trouver tout de suite le nom de Mauritzon. Ainsi Filip Trofast Mauritzon habitait là sous son propre nom. Or Gunvald Larsson se souvenait très bien l'avoir entendu, au cours de l'interrogatoire, donner une adresse située dans Vickergatan. Il est vrai que, là, il était connu sous le nom de Lennart Holm. Très pratique, se dit Gunvald Larsson. A ce moment il entendit la machinerie de l'ascenseur se mettre en marche et il regagna précipitamment la rue.

Il n'osa pas traverser, de peur que Mauritzon ne l'aperçoive par la fenêtre, et rasa donc les murs pour regagner le coin d'Erik Dahlbergsgatan. Il s'y dissimula, passant de temps en temps la tête afin de surveiller l'entrée de l'immeuble où habitait Mauritzon.

Au bout d'un moment sa plaie au genou commença à lui faire mal. Mais il était encore bien tôt pour appeler Kollberg et, de plus, il n'osait pas bouger de là où il était, de peur de manquer Mauritzon.

Au bout de trois quarts d'heure, celui-ci sortit soudain de chez lui. Gunvald Larsson eut tout juste le temps de constater qu'il se dirigeait vers lui avant de se rejeter en arrière. Il en fut réduit à espérer que Mauritzon ne l'ait pas vu et pénétra en boitillant dans le hall du premier immeuble.

Mauritzon passa très rapidement, regardant droit devant lui. Il avait changé de costume et portait une petite valise noire.

Il traversa Valhallavägen, suivi d'aussi loin que possible par Gunvald Larsson.

Mauritzon continua ensuite à vive allure en direction de Karlaplan. A deux reprises, il se retourna brusquement pour regarder derrière lui. La première fois, Gunvald Larsson eut le temps de se jeter derrière une camionnette, la seconde dans l'entrée d'un immeuble.

Comme il le pensait, Mauritzon se dirigeait vers la station de métro. Il n'y avait pas beaucoup de monde sur le quai et Gunvald Larsson eut bien du mal à rester dissimulé. Mais rien jusque-là ne semblait indiquer que Mauritzon l'ait aperçu. Il prit une rame se dirigeant vers le sud et Gunvald Larsson réussit à monter dans la voiture suivante.

Ils descendirent à Hötorget mais, là, Mauritzon disparut tout à coup dans la foule.

Gunvald Larsson scruta vainement le quai à sa recherche : on aurait dit qu'il avait disparu sous terre. Il vérifia les différents accès, sans plus de succès, et finit par prendre l'escalier mécanique menant au niveau supérieur.

Toujours pas de Mauritzon à l'horizon. De guerre lasse, il se posta devant la vitrine de chez Ström, pestant intérieurement et se demandant si Mauritzon ne l'avait pas repéré, malgré tout. Dans ce cas, il avait fort bien pu monter précipitamment dans une rame allant en sens inverse, de l'autre côté du quai.

Gunvald Larsson lorgna d'un œil sombre une paire de chaussures italiennes en daim exposées dans cette vitrine et dont il aurait bien voulu être le propriétaire si elles avaient existé dans sa pointure. Il était déjà allé poser la question quelques jours auparavant.

Il se retournait pour aller prendre le bus de Kungsholmen lorsqu'il aperçut tout à coup Mauritzon à l'autre bout du hall. Il se dirigeait vers l'escalier menant à Sveavägen et portait maintenant, outre sa petite valise noire, un paquet avec un grand nœud fantaisie. Une fois qu'il eut disparu dans l'escalier, Gunvald Larsson le suivit à distance respectueuse.

Mauritzon continua à descendre Sveavägen en direction du sud et entra dans une agence de voyages. Gunvald Larsson se posta derrière un camion à l'entrée de Lästmakargatan.

Il se demandait bien où Mauritzon avait l'intention de partir. Vers le sud, naturellement, peut-être quelque part sur la Méditerranée. Voire encore plus loin : l'Afrique était devenue un lieu de villégiature à la mode. Mauritzon avait bien sûr d'excellentes raisons pour ne pas rester à Stockholm ; il avait intérêt à se trouver le plus loin possible lorsque Malmström et Mohrén comprendraient qu'il les avait donnés.

Il vit Mauritzon ouvrir sa valise et y fourrer sa boîte de confiseries ou d'autre chose. Puis on lui donna ses billets, il les mit dans la poche de son veston et sortit sur le trottoir.

Gunvald Larsson le regarda s'éloigner à petits pas vers la place de Sergelstorg, avant de pénétrer à son tour dans l'agence de voyages.

La jeune personne qui avait servi Mauritzon était en train de compulser un fichier. Elle jeta un rapide coup d'œil à Gunvald Larsson, sans s'interrompre, et lui demanda :

— Vous désirez quelque chose ?

— J'aimerais savoir si le monsieur qui m'a précédé a acheté un billet et, dans ce cas, pour quelle destination.

— Je ne sais pas si j'ai le droit de répondre à cette question, répondit la jeune femme. Pourquoi me demandez-vous ça ?

Gunvald Larsson posa sa carte sur le comptoir. Elle le regarda puis dit :

— Vous voulez parler du comte de Brandebourg, je suppose ? Il a pris un billet pour Jönköping, sur les lignes intérieures, et réservé une place dans l'avion de quinze heures quarante. Je suppose qu'il a l'intention de se rendre à l'aéroport en autobus car il m'a demandé quand il y en avait un. Je lui ai dit qu'il en partait un de Sergelstorg à quatorze heures cinquante-cinq. Qu'est-ce que...

— C'est tout ce que je voulais savoir, merci, coupa Gunvald Larsson. Au revoir.

Il se dirigea vers la porte, se demandant ce que Mauritzon pouvait bien aller faire à Jönköping. Puis il se rappela avoir vu dans son dossier qu'il y était né et que sa mère y habitait encore.

Mauritzon avait donc l'intention d'aller se cacher chez sa maman.

Gunvald Larsson sortit à nouveau dans Sveavägen.

Au loin, il put apercevoir Trofast Mauritzon Holm de Brandebourg avancer d'un pas nonchalant dans la lumière du soleil.

Pour sa part, il prit la direction inverse afin de se mettre à la recherche d'une cabine téléphonique d'où il pourrait appeler Kollberg.

XXIII

Lorsqu'il arriva au lieu de rendez-vous convenu avec Gunvald Larsson, Kollberg était muni de tout l'équipement nécessaire pour ouvrir la porte de l'appartement d'Armfeltsgatan. Ce dont il avait omis de se munir, par contre, c'est d'un mandat de perquisition en bonne et due forme signé de monsieur le substitut Olsson. Mais ni lui ni son collègue ne se souciait beaucoup de l'abus de pouvoir dont ils allaient se rendre coupables. Ils se disaient que s'ils trouvaient dans cet appartement quelque chose qui intéressait Bulldozer, celui-ci serait tellement aux anges qu'il ne leur ferait pas le moindre reproche et, dans le cas contraire, ils n'avaient guère de raisons de l'informer de cette petite liberté.

Comment parler d'abus de pouvoir, d'ailleurs ? N'était-ce pas le pouvoir en lui-même qui était abusif ?

En ce moment Mauritzon devait déjà être loin en direction du sud ; certes pas en route pour l'Afrique, comme ils avaient pu le penser, mais assez loin tout de même pour qu'ils puissent travailler en paix.

Les portes des appartements de cet immeuble étaient munies de serrures de modèle courant. C'était même le cas de celle de Mauritzon et il ne leur fallut donc pas bien longtemps pour l'ouvrir. Au revers se trouvaient deux chaînes de sécurité et un *fox-lock* qui ne pouvaient être mis en place que de l'intérieur. De telles précautions indiquaient bien que Mauritzon redoutait des visites nettement plus importunes que celles de ces mendiants et autres démarcheurs à domicile qu'une petite plaque émaillée apposée près de la porte priait gentiment de passer leur chemin.

L'appartement était composé de trois pièces, d'une cuisine, d'une entrée et d'une salle de bains. En lui-même il était assez chic. L'ameublement, quant à lui, paraissait avoir coûté relativement cher mais laissait, dans l'ensemble, une impression de manque de goût assez banal. Ils pénétrèrent dans la salle de séjour. Devant eux se trouvait un grand meuble en teck composé par éléments et comprenant bibliothèque, placards et secrétaire. Une partie de la bibliothèque était pleine de livres de poche tandis que le reste était chargé d'un bric-à-brac hétéroclite fait de souvenirs, de pièces en porcelaine, de petits vases, de coupes et autres bibelots décoratifs. Au mur étaient accrochés des chromos et des reproductions du genre de celles que l'on voit généralement dans les vitrines des encadreurs de second ordre.

Meubles, rideaux et tapis ne faisaient pas particulièrement l'effet d'être bon marché mais semblaient avoir été choisis au hasard et leur dessin, leur couleur et leur matériau n'allaient pas l'un avec l'autre.

Dans un coin se trouvait un petit bar. La simple vue de celui-ci avait de quoi donner mal au cœur à n'importe qui, sans même qu'il ait reniflé le contenu des bouteilles disposées derrière ses portes vitrées. Le devant en était recouvert d'un tissu plastifié au motif très curieux : sur un fond noir se détachaient des silhouettes jaunes, vertes et roses rappelant assez des infusoires ou encore des spermatozoïdes représentés avec un très fort grossissement. Le même motif, mais en nettement plus petit, était répété sur la plaque en inox servant de comptoir.

Kollberg alla ouvrir le bar. Celui-ci contenait une bouteille à moitié vide de *Parfait d'amour*, une autre à peu près vide de vermouth, une demi-bouteille non entamée de punch et une absolument vide de *Beefeater gin*. Kollberg referma les portes avec un frisson et passa dans la pièce d'à côté.

La salle de séjour était séparée de ce qui devait être la salle à manger non pas par une porte mais par une sorte de voûte, supportée par deux colonnes. Cette pièce était assez petite et comportait un encorbellement avec fenêtre donnant sur la rue. Elle contenait un piano et, dans un coin, un combiné radio-phono.

— Eh bien, voilà le salon de musique, dit Kollberg, avec un grand geste du bras.

— J'ai du mal à m'imaginer cet individu assis là en train de jouer la *Sonate au clair de lune*, répliqua Gunvald Larsson.

Il alla jusqu'au piano, en souleva le couvercle et plongea le regard à l'intérieur.

— Pas de cadavre de ce côté-là en tout cas, constata-t-il.

Une fois terminée la première inspection, assez sommaire, de l'appartement, Kollgerg ôta son veston en vue d'une fouille plus systématique. Ils commencèrent par la chambre à coucher, dans laquelle Gunvald Larsson passa au peigne fin la penderie pendant que Kollberg se consacrait au contenu des tiroirs de la commode. Ils œuvraient depuis un bon moment dans un silence qui finit par être rompu par Kollberg.

— Dis donc, Gunvald, dit-il.

Une vague réponse lui parvint du fond de la penderie et il poursuivit :

— La filature de Roos n'a pas donné grand-chose. Il a décollé d'Arlanda il y a environ deux heures et Bulldozer a reçu le compte rendu final juste avant que je ne parte. Il a été plutôt déçu.

Gunvald Larsson poussa un nouveau grognement. Puis il passa la tête au-dehors et dit :

— C'est de sa faute aussi, il n'a qu'à pas être tellement optimiste et attendre monts et merveilles. Mais ça ne dure pas, comme tu as déjà dû t'en apercevoir. Eh bien, comment Roos a-t-il mis à profit ses moments de liberté ?

Il disparut à nouveau dans la penderie pendant que Kollberg refermait le tiroir inférieur de la commode et se redressait.

— Il n'a pas rencontré Malmström et Mohrén, contrairement à ce qu'espérait Bulldozer. Le premier soir, c'est-à-dire avant-hier, il est sorti avec une fille en compagnie de laquelle il a ensuite pris un bain de minuit dans la tenue que tu devines.

— Oui, j'ai entendu parler de ça, dit Gunvald Larsson. Et ensuite ?

— Il est resté chez cette fille jusqu'à l'après-midi du lendemain et ensuite il est allé se baguenauder en ville tout seul et apparemment sans but. Hier soir il est sorti avec une autre fille mais, cette fois, ils ne se sont pas baignés, du moins pas en public, et il l'a emmenée chez lui à Märsta. Cet après-midi il a raccompagné la fille en taxi jusqu'à Odenplan, où ils se sont quittés. Puis il s'est encore baladé seul, visitant quelques magasins avant de rentrer chez lui, de se changer et de partir pour l'aéroport d'Arlanda. Rien de bien passionnant ni surtout de particulièrement délictueux.

— Ah, je me demande. Ce bain de minuit, est-ce que ça ne tombe pas sous le coup de la loi pour outrages aux bonnes mœurs ? Il faudrait demander à Ek, qui a vu tout ça de derrière son buisson, précisa Gunvald Larsson avant de sortir de la penderie et de refermer la porte.

— Tout ce qu'il y a là-dedans, c'est une garde-robe bonne pour un épouvantail, conclut-il avant de passer dans la salle de bains.

Kollberg, pour sa part, inspectait maintenant un petit meuble peint en brun servant de table de nuit. Les deux tiroirs du haut contenaient un capharnaüm d'objets plus ou moins utiles : des boutons de manchettes, des mouchoirs en papier, des boîtes d'allumettes vides, un demi-gâteau au chocolat, des épingles de sûreté, un thermomètre médical, deux boîtes de pastilles pour la gorge, plusieurs notes de restaurant et tickets de caisse tamponnés, un sachet de préservatifs noirs intact, des stylos-bille, une carte postale de Stettin ainsi libellée : « Vodka, caviar et petites pépées, que demander de plus ? Stisse », un briquet hors d'usage et un couteau à la lame émoussée et dépourvu de sa gaine.

Sur le dessus de ce meuble était posé un livre de poche, dont la couverture représentait un cow-boy, jambes écartées, tenant dans ses mains deux revolvers au canon encore fumant.

Kollberg feuilleta ce livre, intitulé *Règlement de comptes dans le ravin noir*, et il s'en échappa une photo. C'était un cliché d'amateur, en couleurs, représentant une jeune femme assise sur un appontement, vêtue d'un short et d'un maillot blanc à manches courtes. Elle était brune et assez banale. Kollberg regarda au dos de la photo et vit marqué au crayon, dans le haut : *Möja 1969*. Puis, en dessous, à l'encre bleue et d'une écriture différente : *Monita*.

Kollberg replaça la photo entre les pages du livre et ouvrit le tiroir du dessous.

Il était plus profond que les deux autres et, après l'avoir tiré complètement, il appela Gunvald Larsson.

Ensemble, ils en regardèrent le contenu.

— Curieux endroit pour garder une machine à meuler, dit Kollberg. A moins que ce ne soit un gadget érotique d'un genre un peu spécial ?

— Je me demande à quoi il a bien pu l'utiliser, dit Gunvald Larsson, pensif. Il ne me fait pas l'effet d'un type qui s'adonne à la menuiserie à ses moments perdus. Mais il a bien pu la voler ou l'avoir en paiement d'un peu de drogue.

Puis il retourna dans la salle de bains.

Au bout d'une heure, ils eurent terminé leurs investigations sans avoir rien trouvé d'intéressant. Ni somme d'argent dissimulée, ni correspondance compromettante, ni armes et aucun médicament plus dangereux que l'aspirine ou l'Alka Seltzer.

Ils étaient maintenant dans la cuisine, où ils avaient passé en revue tous les placards et les tiroirs. Ils avaient pu constater que le réfrigérateur n'était pas arrêté, et qu'il était même rempli de provisions, ce qui laissait penser que Mauritzon n'avait pas l'intention de rester bien longtemps là où il était. Une anguille fumée, entre autres choses, observait d'un air provocateur Kollberg, toujours aussi affamé depuis qu'il avait décidé de maigrir. Il se maîtrisa cependant et se détourna, avec des grenouilles dans le ventre, de ces pénibles tentations. C'est alors qu'il vit un trousseau de clés accroché à un clou derrière la porte de la cuisine.

— Voilà les clés du grenier, dit-il.

Gunvald Larsson alla les décrocher, les regarda et dit :

— A moins que ce soit celles de la cave. On va bien voir.

Aucune des clés n'ouvrait la porte du grenier. Ils descendirent donc en ascenseur jusqu'au rez-de-chaussée et prirent l'escalier menant aux caves.

La plus grande des clés ouvrait la porte coupe-feu.

Ils pénétrèrent d'abord dans un petit corridor dans lequel ils virent une porte de chaque côté. Ils ouvrirent celle de droite, qui donnait accès au local à poubelles. L'immeuble était pourvu d'un vide-ordures et, en dessous de l'orifice du conduit, se trouvait un support métallique monté sur roues soutenant un grand sac en plastique jaune. Trois autres supports analogues étaient rangés près du mur, l'un plein à ras bord, les deux autres vides. Dans un coin se trouvaient un balai de bruyère et une pelle.

La porte d'en face était fermée à clé mais, d'après la plaque apposée dessus, elle donnait sur la laverie.

Au fond, le corridor débouchait sur un grand couloir qui s'étendait dans les deux directions et le long duquel se trouvaient un certain nombre de portes numérotées, fermées à l'aide de cadenas de différents modèles.

Kollberg et Gunvald Larsson essayèrent la plus petite des deux clés dans chacun d'eux avant de trouver la bonne.

La cave de Mauritzon ne contenait que deux choses : un vieil aspirateur qui avait perdu son tuyau et une grande malle fermée à clé. Tandis que Kollberg s'occupait de la serrure de la malle, Gunvald Larsson ouvrit l'aspirateur et regarda à l'intérieur.

— Rien, dit-il.

Kollberg lui répondit, en soulevant le couvercle de la malle :

— Mais pas ici. Regarde un peu.

La malle contenait en effet quatorze bouteilles de vodka polonaise, quatre magnétophones à cassettes, un sèche-cheveux électrique et six rasoirs, tous flambant neufs et dans leur emballage d'origine.

— Contrebande, dit Gunvald Larsson. A moins que ce ne soit simplement du recel.

— C'est certainement des trucs qu'il a obtenus en échange d'autre chose, dit Kollberg. Personnellement, je ne verrais pas d'inconvénient à saisir la vodka mais il vaut sans doute mieux tout laisser en place pour l'instant.

Il referma soigneusement la serrure de la malle et ils quittèrent les lieux.

— C'est toujours ça, dit Kollberg. Mais y a pas de quoi impressionner Bulldozer. Montons remettre les clés en place avant de filer. Nous n'avons plus rien à faire ici.

— Il est malin comme un singe, ce Mauritzon, dit Gunvald Larsson. Il a certainement d'autres planques.

Il s'interrompit et désigna une porte à l'extrémité du couloir, au-dessus de laquelle était inscrit, en grandes lettres rouges assez anciennes : ABRI.

— Si on jetait un coup d'œil par là, pendant qu'on y est ? Si c'est ouvert.

La porte n'était pas fermée à clé. L'abri servait en fait de garage à vélos et de débarras collectif. Outre quelques bicyclettes et un vélomoteur démonté, il y avait deux voitures d'enfant, un traîneau à volant à l'ancienne et un autre, du genre qu'on l'on pousse soi-même avec le pied. Contre l'un des murs se trouvait un établi en dessous duquel gisaient deux châssis de fenêtre dépourvus de vitres. Dans un coin de la pièce on pouvait encore voir une barre de fer, deux balais, une pelle servant à déneiger et deux bêches.

— J'ai toujours la claustrophobie dans ce genre d'endroit, dit Kollberg. Pendant la guerre, au cours des exercices d'évacuation, je me demandais toujours l'effet que ça doit faire de rester là, sans pouvoir sortir, sous un immeuble écroulé. Bon sang.

Il regarda autour de lui. Dans le coin, derrière l'établi, se trouvait une vieille caisse en bois sur le devant de laquelle était inscrit, en lettres à peine lisibles maintenant : SABLE. Sur le couvercle était posé un seau en zinc.

— Regarde, dit-il. Ils ont encore un de ces vieux coffres à sable qui servaient pendant la guerre.

Il alla soulever le seau, afin d'ouvrir le couvercle.

— Il y a même encore du sable, dit-il.

— On n'en a jamais eu besoin. En tout cas pas pour éteindre les bombes incendiaires. Qu'est-ce qu'il y a ?

Kollberg s'était penché sur le coffre et y avait plongé la main pour en sortir quelque chose. Il posa l'objet sur l'établi. C'était un de ces sacs de toile verts de l'armée américaine.

Kollberg l'ouvrit et en étala le contenu sur l'établi.

Une chemise bleu clair toute frippée.

Une perruque blonde.

Un chapeau de toile bleu à larges bords.

Une paire de lunettes de soleil.

Et un pistolet : un Llama Auto, calibre quarante-cinq.

XXIV

Lorsqu'elle avait été prise en photo cet été-là, trois ans auparavant, dans l'archipel de Stockholm, la jeune personne répondant au prénom de Monita n'avait pas encore rencontré Filip Trofast Mauritzon.

Cet été devait être le dernier de sa vie conjugale, vieille de six ans, avec Peter. A l'automne, il rencontra une autre femme et, peu après, quitta Monita et leur fille de cinq ans, Mona. Elle accéda à son désir et demanda le divorce pour infidélité. Il était en effet pressé de se remarier avec l'autre femme qui, lorsque le divorce fut prononcé, était déjà enceinte de quatre mois. Monita conserva l'appartement de Hökarängen ainsi que, bien sûr, la garde de Mona. Peter renonça même à son droit de visite. Par la suite, il s'abstint même de contribuer à l'entretien de l'enfant.

Ce divorce n'entraîna pas seulement pour Monita une détérioration de sa situation matérielle. Elle fut également dans l'obligation d'interrompre les études qu'elle venait de commencer, ce qui la chagrina plus que tout le reste dans cette triste histoire.

Elle avait fini par ressentir le handicap que constituait son manque d'instruction, qui ne pouvait cependant guère lui être reproché puisqu'elle n'avait jamais eu l'occasion d'étudier vraiment ni de s'assurer un métier. Après avoir accompli sa scolarité obligatoire de neuf années, elle avait préféré s'arrêter un an avant d'entrer au lycée et, avant que celui-ci fût écoulé, elle avait rencontré Peter. Ils s'étaient mariés et les projets d'études de Monita avaient été remis à plus tard. L'année suivante était née leur fille. Peter avait commencé à suivre des cours du soir et ce n'est qu'une fois cette formation terminée, un an avant leur divorce, que vint le tour de Monita d'en suivre également. Le départ de Peter vint interrompre tous ces beaux projets puisqu'il était impossible de trouver quelqu'un pour garder l'enfant et que, de toute façon, elle n'en aurait pas eu les moyens.

Les deux premières années après la naissance, Monita était restée chez elle mais, dès qu'elle le put, elle mit l'enfant en garde pendant la journée afin de recommencer à travailler. Entre la fin de sa scolarité et l'accouchement elle avait déjà occupé divers emplois. Elle avait été employée de bureau, caissière dans un supermarché, vendeuse, ouvrière d'usine et serveuse. Mais elle était instable et, dès qu'elle commençait à s'ennuyer quelque part ou bien à éprouver un besoin de changement, elle quittait son emploi et en cherchait un autre.

Lorsque, après cette interruption involontaire de deux ans, elle entreprit d'en trouver un nouveau, elle ne tarda pas à s'apercevoir que la situation sur le marché du travail s'était nettement détériorée et qu'elle n'avait plus tellement le choix. N'ayant ni formation professionnelle ni relations influentes, elle ne pouvait guère prétendre à autre chose qu'aux emplois les moins intéressants et les moins bien payés. Il n'était plus aussi facile de changer de travail, lorsque les conditions commençaient à vous peser, mais la reprise de ses études lui avait permis d'envisager l'avenir sous des couleurs plus roses et la monotonie du travail à la chaîne lui avait alors paru plus facile à supporter.

Elle resta donc trois ans dans une usine chimique de la banlieue sud de Stockholm, à travailler en équipes, mais, une fois son divorce entré dans les faits — ce qui l'obligea à réduire ses heures de travail et à occuper un poste moins bien rémunéré, du fait de l'enfant — elle eut l'impression d'être prise au piège et finit par donner son congé, sur un coup de tête, sans savoir ce qu'elle allait faire ensuite.

Mais le chômage ne faisait qu'empirer et les conditions étaient devenues telles que même les diplômés ou les personnes hautement qualifiées ne trouvaient plus d'emploi ou bien devaient lutter au couteau pour occuper des places bien en dessous de leurs mérites.

Monita resta donc au chômage pendant un certain temps, vivant de ses maigres indemnités et de plus en plus déprimée. Elle ne pensait plus qu'à une chose : comment joindre les deux bouts. Le loyer, la nourriture et les vêtements de Mona engloutissaient tous ses revenus. Elle n'avait même plus de quoi s'acheter des vêtements pour elle-même, ni bientôt de quoi s'offrir des cigarettes, et le nombre de ses factures impayées ne faisait qu'augmenter. Elle finit par mettre sa fierté de côté et demander de l'aide à Peter, qui lui devait en effet une certaine somme pour l'entretien de Mona. Il fit valoir qu'il avait assez de charges comme cela avec sa propre famille mais lui donna malgré tout cinq cents couronnes qu'elle utilisa pour régler ses dettes les plus criantes.

A l'exception d'un remplacement de trois semaines comme standardiste et de deux semaines dans une boulangerie industrielle, Monita n'avait pas eu d'emploi pendant tout l'automne 1970. Elle n'avait pas d'objection, en soit, au fait de ne pas travailler car elle aimait bien rester au lit le matin et jouer avec Mona. Et, si elle n'avait pas eu de difficultés financières, elle ne se serait pas souciée de cette oisiveté. Le temps passant, son désir de compléter son instruction avait fini par s'atténuer : à quoi cela servait-il, d'ailleurs, de consacrer son énergie à des études et de se couvrir de dettes lorsque le seul résultat consistait en quelques diplômes sans valeur et la satisfaction éventuelle de posséder un peu plus de connaissances ? En outre, elle avait commencé à comprendre qu'il fallait autre chose qu'un salaire plus élevé et des conditions de travail plus agréables pour retirer une satisfaction véritable de sa participation à la production.

Juste avant Noël elle partit pour Oslo, avec Mona, chez sa sœur aînée. Leurs parents étaient morts cinq ans plus tôt dans un accident d'automobile, et cette sœur était tout ce qu'il lui restait en fait de famille. Après cette disparition, c'était donc devenu pour elle une habitude d'aller passer les fêtes de Noël là-bas. Afin de réunir l'argent du billet elle dut mettre en gage les alliances de ses parents et quelques autres bijoux dont elle avait hérité. Elle resta deux semaines à Oslo et, à son retour à Stockholm après le nouvel An, elle avait prix trois kilos et se sentait en meilleure forme que depuis bien longtemps.

En février 1971, Monita eut vingt-cinq ans.

Cela faisait maintenant un an que Peter l'avait quittée et elle avait elle-même l'impression d'avoir plus changé au cours de cette année-là que pendant tout son mariage. Elle avait mûri et appris à connaître de nouveaux aspects de sa personnalité, ce qui était une bonne chose. Mais elle était également devenue plus dure, plus résignée et un rien amère, ce qui était beaucoup moins bien.

Mais surtout elle se sentait très seule.

Sans travail et sans argent, mère célibataire d'un enfant de six ans qui occupait tout son temps, logeant dans un grand immeuble de banlieue où tout le monde semblait veiller jalousement sur lui-même, elle n'avait guère de possibilités de briser cette solitude.

Ses amis et connaissances d'autrefois avaient fini par se lasser de lui donner de leurs nouvelles et elle ne pouvait que rarement aller les voir, à cause de sa fille. En outre, elle n'avait pas les moyens de s'offrir des distractions. Les premiers temps après son divorce, il arrivait encore que des amis viennent chez elle. Mais Hökärangen est très loin du centre et les visites s'espacèrent peu à peu. De plus, elle était parfois assez déprimée et n'était pas alors d'une humeur qui encourageait beaucoup à revenir la voir.

Elle faisait donc de longues promenades avec sa fille, empruntait à la bibliothèque des tas de livres qu'elle lisait lorsqu'elle se retrouvait seule, le soir, une fois Mona endormie. Le téléphone ne sonnait que bien rarement et, pour sa part, elle n'avait personne à appeler. Lorsqu'on finit par lui couper sa ligne, pour défaut de paiement, elle ne constata donc pas une bien grande différence. Elle se sentait prisonnière chez elle mais, peu à peu, cette captivité lui inspira un sentiment de sécurité et, hors des murs de ce lugubre appartement de banlieue, l'existence lui parut de plus en plus irréelle et effrayante.

La nuit, arpentant son logement entre la chambre et la cuisine, trop lasse pour lire mais trop énervée pour pouvoir dormir, il lui arrivait d'avoir l'impression qu'elle allait devenir folle. Il lui semblait qu'il suffirait qu'elle se relâche un tout petit peu pour que s'ouvrent les vannes de la démence.

Elle pensait souvent au suicide et le désespoir et l'angoisse étaient parfois tellement forts en elle que seule la pensée de sa fille l'empêchait de mettre ces idées à exécution.

Elle se souciait beaucoup pour l'enfant et il lui arrivait de pleurer de rage et d'impuissance lorsqu'elle réfléchissait à l'avenir de Mona. Elle aurait voulu qu'elle puisse grandir en sécurité dans un milieu humain et chaleureux où la chasse à l'argent, au pouvoir ou bien le souci du standing ne dressaient pas les gens les uns contre les autres et où les mots « acheter » et « posséder » n'étaient pas synonymes de bonheur. Elle aurait voulu pouvoir donner à son enfant la chance de développer son individualité et de ne pas être obligée de se laisser couler de force dans l'un des moules que la société tenait tout prêts à son intention. Elle aurait voulu qu'elle éprouve de la joie dans son travail, se sente en sécurité tout en étant consciente de ce qui l'unissait aux autres et qu'elle puisse être fière d'elle-même.

Il ne lui semblait pas qu'il fût exagéré de réclamer pour sa fille les conditions élémentaires d'une existence humaine mais elle était consciente, également, que de tels espoirs n'avaient aucune chance d'être exaucés tant qu'elles vivraient en Suède.

Mais elle ne voyait pas comment elle pourrait se procurer les moyens d'en sortir et son désespoir menaçait à certains moments de se muer en apathie et en résignation.

Au retour d'Oslo, elle décida donc de se secouer et de faire quelque chose pour remédier à cette situation.

Afin d'être plus libre et d'éviter que Mona ne devienne trop solitaire, elle tenta pour la dixième fois de l'inscrire dans une crèche non loin de chez elle. A sa grande surprise, cette démarche fut couronnée de succès et Mona fut acceptée immédiatement.

Monita se mit donc, sans grand courage, à répondre à des offres d'emploi.

Mais elle ne cessait de penser à ce qui la préoccupait : comment s'y prendre pour avoir de l'argent ? Car elle comprenait fort bien qu'il lui en faudrait beaucoup si elle désirait changer radicalement de conditions de vie. Elle voulait à tout prix quitter le pays ; elle s'y déplaisait de plus en plus et commençait même à détester cette société qui se vantait d'un bien-être qui n'était réservé qu'à un petit nombre de privilégiés alors que la grande masse, elle, était contrainte de s'épuiser à faire tourner cette grande roue qui actionnait toute la machine.

Elle passa en revue différentes façons de se procurer le capital nécessaire mais sans jamais pouvoir trouver la solution.

Il était exclu de réussir à le réunir par des moyens honnêtes ; jusque-là elle avait été incapable de consacrer le peu qu'il restait dans son enveloppe à la fin du mois, une fois déduits les impôts, à autre chose que le loyer et la nourriture.

Il paraissait bien peu probable, également, qu'elle puisse gagner au loto bien qu'elle y jouât scrupuleusement chaque semaine, afin de garder l'espoir.

Elle ne connaissait personne, non plus, qui pût lui léguer une fortune.

Il y avait fort peu de chances pour qu'un millionnaire égrotant vienne lui demander sa main, avant de passer l'arme à gauche au cours de la nuit de noces.

Il y avait bien des filles qui gagnaient beaucoup d'argent en se prostituant. Elle en connaissait même certaines personnellement. Maintenant, il n'était plus nécessaire de faire le trottoir ; on pouvait se baptiser « modèle » et ouvrir un « atelier » ou bien se faire engager dans un institut de massages ou dans un club pour messieurs. Mais cette idée la faisait frissonner.

Il ne restait plus guère que le vol — mais où et comment ? Elle était certainement bien trop honnête pour jamais passer aux actes.

Il lui fallait donc, pour l'instant, se contenter d'espérer trouver un bon boulot.

Ce fut plus facile qu'elle ne l'aurait cru.

Elle trouva une place de serveuse dans un restaurant bien connu et assez fréquenté du centre de la ville. L'horaire n'était ni trop lourd ni trop malcommode et les chances de recevoir de bons pourboires assez grandes.

L'un des clients les plus assidus de cet endroit s'appelait Filip Trofast Mauritzon.

Elle vit donc un jour ce petit homme sans prétention, mais bien mis, venir s'asseoir à l'une de ses tables et commander un jambonneau avec de la purée de légumes. Il lui fit une petite remarque amicale et plaisante lorsqu'elle vint percevoir le prix du repas mais elle ne porta pas outrement attention à lui.

D'un autre côté, il n'y avait rien en elle qui puisse vraiment retenir celle de Mauritzon, du moins cette fois-là.

Monita était d'allure banale et elle avait fini par en être consciente elle-même, du fait que les gens qu'il lui arrivait de rencontrer ne la reconnaissaient jamais la fois suivante. Elle avait les cheveux bruns, les yeux d'un gris bleuté, de belles dents et des traits réguliers. Elle n'était pas bien grande, un mètre soixante-cinq, et ne pesait pas plus de soixante kilos.

Certains hommes la trouvaient jolie, mais seulement après avoir vraiment fait sa connaissance.

Lorsque Mauritzon, pour la troisième fois de la semaine, vint s'asseoir à l'une de ses tables, elle le reconnut et se prit à parier intérieurement qu'il allait commander le plat du jour. La fois précédente il avait pris des crêpes fourrées à la viande de porc.

Il commanda en effet ce qu'elle avait prévu, ainsi qu'un verre de lait, et, lorsqu'elle lui apporta son plat, il la regarda et dit :

— Vous êtes nouvelle, on dirait.

Elle acquiesça. Ce n'était pas la première fois qu'il lui parlait mais elle avait l'habitude qu'on ne la remarque pas, surtout avec l'uniforme qu'elle devait porter.

Lorsqu'elle lui amena la note il se montra très large question pourboire et dit :

— Eh bien, j'espère que vous vous plairez ici autant que moi. Mais attention à la ligne, parce que la cuisine est bonne.

Puis il lui fit un petit signal amical avant de quitter la salle.

Les semaines suivantes, Monita remarqua que ce petit homme, qui prenait toujours le plat du jour et un verre de lait, choisissait soigneusement chaque fois l'une des tables qu'elle servait. Il se postait à l'entrée et observait ses allées et venues avant de prendre place. Elle en fut étonnée mais aussi légèrement flattée.

Elle ne se faisait pas une bien grande idée de ses capacités en tant que serveuse. Elle avait du mal à supporter les clients difficiles et répliquait aussitôt si on lui faisait la moindre remarque. En outre, elle était souvent un peu distraite car trop absorbée par ses pensées. Mais elle était robuste et vive et, envers les clients qu'elle pensait le mériter, elle savait se montrer prévenante sans être obséquieuse comme certaines des autres filles.

Chaque fois qu'il venait, Mauritzon échangeait quelques paroles avec elle et elle eut bientôt l'impression d'avoir affaire à une vieille connaissance. Il l'intriguait, avec ses manières un peu précieuses et vieillottes qui ne semblaient pas très bien cadrer avec les opinions qu'il avait sur toutes sortes de choses et dont il lui faisait part, de temps en temps, au moyen de formules assez lapidaires.

Monita n'était certes pas enchantée de sa nouvelle place mais elle ne se plaignait tout de même pas, en particulier du fait qu'elle sortait à une heure qui lui permettait d'aller chercher Mona à la crèche. Elle ne se sentait plus aussi affreusement seule mais elle espérait toujours bien pouvoir un jour aller passer le restant de sa vie sous des cieux plus cléments à tous égards.

Mona s'était maintenant fait des camarades et attendait avec impatience, le matin, le moment d'aller les retrouver. La meilleure habitait d'ailleurs dans le même immeuble et Monita était entrée en relations avec ses parents, un couple jeune et sympathique. Elle avait ainsi pu s'arranger avec eux pour garder les enfants à tour de rôle, le soir, afin de pouvoir sortir un peu. Elle en avait déjà profité à plusieurs reprises, bien qu'elle n'ait rien trouvé de mieux que d'aller au cinéma en ville. Mais cela lui inspirait tout de même un certain sentiment de liberté et devait par la suite se révéler pratique également en ce qui la concernait.

Un jour d'avril, au bout d'environ deux mois dans ce restaurant, elle était en train de rêvasser, les mains jointes sous son tablier, lorsque Mauritzon lui fit signe. Elle alla le trouver et, désignant d'un mouvement de la tête l'assiette de soupe de pois cassés qu'il avait devant lui et à laquelle il n'avait pas encore touché, elle lui demanda :

— Elle n'est pas bonne ?

— Mais si, c'est très bon, comme d'habitude, dit Mauritzon. Mais je pensais à une chose. Moi je suis assis là à me taper la cloche, tous les jours, alors que vous, vous n'arrêtez pas de travailler. Je me demandais donc si je ne pourrais pas vous inviter à dîner, un jour, pour changer. Un soir où vous serez libre, par exemple ? Pourquoi pas demain ?

Monita n'hésita pas longtemps. Elle s'était déjà fait une opinion sur lui : elle le jugeait honnête, sobre et bien élevé, un peu étrange peut-être mais inoffensif et assez agréable. En outre, elle avait bien senti venir cette demande et avait déjà arrêté sa réponse. Elle lui dit donc :

— Eh bien, pourquoi pas, en effet ?

Après être sortie avec Mauritzon ce vendredi soir elle n'eut à réviser son jugement que sur un point : il n'était pas aussi sobre que cela et sans doute moins bien élevé qu'elle ne l'avait cru. Mais cela ne le rendait pas moins sympathique, au contraire. Maintenant, elle le trouvait même franchement intéressant.

Ils sortirent ensemble encore deux fois, ce printemps-là, et Monita su décliner, courtoisement mais fermement, ses invitations à venir terminer la soirée chez lui, obtenant à la place qu'il la raccompagne en banlieue.

Au début de l'été, elle ne le revit plus et elle s'absenta elle-même pendant ses deux semaines de vacances, qu'elle alla comme d'habitude passer chez sa sœur, en Norvège.

Mais le jour où elle reprit son travail elle le trouva installé à sa table habituelle et, le soir, ils sortirent à nouveau ensemble. Ensuite ils se rendirent chez lui, dans l'appartement d'Armfeltsgatan, et couchèrent ensemble pour la première fois. Monita trouva qu'il était de très bonne compagnie même au lit.

Leurs relations évoluèrent alors à la satisfaction des deux partenaires. Mauritzon sut ne pas se montrer trop empressé et n'insista pas pour la rencontrer plus souvent qu'elle ne le désirait elle-même, c'est-à-dire une ou deux fois par semaine. Il se montra plein d'attentions envers elle et ils se trouvaient très bien ensemble.

De son côté elle fit preuve d'autant de tact. Quant à l'origine de ses revenus, par exemple, sur laquelle il se montrait fort discret. Elle s'en étonna intérieurement mais ne lui posa jamais de question indiscrète. Elle désirait d'ailleurs éviter qu'il pénètre par trop dans sa propre vie, en particulier par rapport à Mona, et fit donc bien attention à ne pas trop se mêler de ses affaires. Il ne paraissait d'ailleurs pas plus jaloux qu'elle. Qu'il ait compris qu'il était son seul amant ou bien qu'il se moquât qu'elle couche également avec d'autres hommes, toujours est-il qu'il ne lui posa pas la moindre question sur ses expériences sexuelles préalables.

Pendant l'automne ils sortirent de moins en moins ensemble, préférant se retrouver chez lui pour manger quelque chose de bon ainsi que boire un peu, et passant le plus clair de leurs soirées au lit.

De temps en temps, Mauritzon s'éclipsait pour un voyage d'affaires mais il ne disait jamais où ni pour quoi faire exactement. Monita ne tarda pas, malgré tout, à se douter qu'il y avait quelque chose de louche là-dessous mais, toujours persuadée au fond d'elle-même qu'il était en fait honnête et sympathique, elle se dit qu'il ne faisait certainement de mal à personne. Elle n'arrivait pas à l'imaginer en train de voler ou bien alors uniquement à la manière de Robin des Bois, c'est-à-dire prenant aux riches pour donner aux pauvres. Quant à penser qu'il pût tremper dans la traite des blanches ou vendre des stupéfiants à des enfants, c'était tout simplement exclu. Elle profita d'une ou deux occasions pour lui faire comprendre que, personnellement, elle ne condamnait aucunement les crimes visant les usuriers et profiteurs de tout poil ainsi que la société dans son ensemble, puisqu'elle était basée sur l'exploitation de l'homme par l'homme. Cela dans l'espoir — qui demeura vain — d'en savoir un peu plus long sur la nature de ses activités.

Vers Noël, Mauritzon fut cependant contraint de lever légèrement le voile. Noël, c'était le temps des affaires, même pour les gens comme lui, et, soucieux de ne pas laisser passer la moindre occasion, il avait accepté un peu plus de transactions qu'il n'était capable d'en assumer à lui tout seul. Car il n'était pas facile de se trouver à Hambourg le lendemain de Noël pour une délicate affaire nécessitant sa présence personnelle et d'assurer le même jour une livraison à Fornebu, l'aéroport d'Oslo. Comme Monita, fidèle à son habitude, devait s'y rendre pour les fêtes, il ne put résister à la tentation d'avoir recours à ses services. Les risques encourus n'étaient pas bien grands mais les circonstances dans lesquelles la livraison devait avoir lieu étaient si particulières qu'il ne pouvait guère faire semblant qu'il s'agît d'un cadeau de Noël familial. Il lui donna donc des directives très précises et, connaissant ses réticences quant au trafic de la drogue, il lui fit croire que le paquet en question contenait des imprimés falsifiés qui devaient servir lors de l'attaque d'un bureau de poste.

Monita n'avait pas d'objection à lui servir d'assistante et elle s'acquitta fort bien de sa mission. Son voyage lui fut payé et elle eut même droit à quelques centaines de couronnes d'honoraires.

Ce revenu exceptionnel, aussi facilement gagné que bienvenu, aurait dû la mettre en appétit mais, après avoir eu le temps de réfléchir un peu à la chose, elle conserva une attitude assez ambivalente envers l'éventualité d'autres opérations de ce genre à l'avenir.

Elle n'avait certes rien contre l'argent mais, si elle devait risquer des ennuis et peut-être même la prison, elle désirait savoir au moins pourquoi. Elle se mit alors à regretter de ne pas avoir examiné de plus près le contenu du fameux paquet d'Oslo et à se dire que Mauritzon l'avait peut-être bernée. Elle décida donc de refuser la prochaine fois qu'il lui demanderait de l'aider pour de pareilles tâches. En effet, elle n'avait pas la moindre envie de se promener un peu partout avec de mystérieux colis pouvant contenir n'importe quoi, depuis de l'opium jusqu'à une bombe à retardement.

Mais Mauritzon s'en était bien douté et s'abstint de lui demander d'autres services de ce genre. Il ne changea pas d'attitude mais, peu à peu, elle découvrit en lui des côtés insoupçonnés. Elle s'aperçut qu'il lui mentait et même de façon totalement inutile puisqu'elle ne lui demandait jamais ce qu'il faisait en dehors de sa présence et n'essayait pas de lui mettre le dos au mur. Elle commença également à penser qu'il n'était peut-être pas tant un bandit au grand cœur qu'un petit commerçant du crime, prêt à faire n'importe quoi pour de l'argent.

Ils ne se rencontrèrent pas très souvent au cours des premiers mois de l'année, non pas tant du fait de réticences croissantes de la part de Monita que de l'emploi du temps très chargé et des nombreux déplacements de Mauritzon au cours de cette période.

Pourtant, Monita ne pensait pas qu'il se fût lassé d'elle. Dès qu'il avait un soir de liberté, il exprimait le désir de le passer en sa compagnie. Une seule fois il lui arriva de recevoir de la visite alors qu'elle se trouvait chez lui. Ce fut un soir du début de mars et les deux visiteurs, du nom de Malmström et Mohrén et un peu plus jeunes que lui, lui firent l'effet d'être des relations d'affaires. Elle avait bien aimé l'un d'eux en particulier, mais ne les avait jamais revus.

L'hiver 1972 fut pour elle une période assez sombre. Le restaurant où elle travaillait changea de propriétaire, fut transformé en bistrot chic et perdit ses anciens clients sans réussir à en attirer beaucoup de nouveaux. On finit donc par licencier le personnel et le local fut converti en salle de bingo. Elle se retrouva à nouveau au chômage et se sentit plus seule que jamais, puisque Mona était maintenant à la crèche pendant la semaine et sortait jouer avec ses petits camarades pendant le week-end.

Elle s'en voulait de ne pas réussir à rompre avec Mauritzon mais, en fait, elle était surtout fâchée après lui lorsqu'il n'était pas là. En sa compagnie elle se trouvait très bien et il la flattait en faisant étalage de ses sentiments à son égard. De plus, c'était le seul être, à part Mona, qui parût avoir besoin d'elle.

Maintenant qu'elle n'avait plus rien à faire dans la journée, il lui arrivait de se rendre dans l'appartement d'Armfeltsgatan lorsqu'elle savait que Mauritzon était absent. Elle aimait bien y rester assise seule, à lire où à écouter des disques, ou bien encore tout simplement à errer parmi des objets qui lui faisaient toujours l'impression d'être étrangers bien qu'elle les connût si bien maintenant. Il n'y avait d'ailleurs rien dans cet appartement, mis à part quelques livres et quelques disques, qu'elle eût rêvé d'avoir chez elle. Et pourtant elle aimait bien s'y trouver, pour une raison ou pour une autre.

Il ne lui en avait jamais donné la clé. C'est elle-même qui en avait fait faire un double un jour où il lui avait prêté la sienne. C'était la seule fois où elle eût enfreint leurs conventions tacites et, au début, elle avait même eu mauvaise conscience à ce sujet.

Elle faisait toujours bien attention à ce que rien ne pût trahir ses visites et elle ne s'y rendait que lorsqu'elle était certaine qu'il fût en voyage. Elle se demandait comment il réagirait s'il s'en apercevait. Il lui arrivait naturellement de fouiller dans ses affaires mais elle n'avait rien trouvé de compromettant. Ce n'était pas pour cela qu'elle s'était procurée cette clé, c'était pour pouvoir venir là sans que personne le sache. Pourtant, nul ne l'importunait ou se souciait de savoir où elle était, mais cela lui donnait malgré tout le sentiment de pouvoir échapper aux autres et une assurance qui lui rappelait l'époque de son enfance et les fois où, au cours d'une partie de cache-cache, elle avait trouvé une si bonne cachette que personne au monde n'aurait été capable de la trouver. Si elle le lui avait demandé il lui aurait sans doute donné la clé, mais alors tout aurait été gâché.

Un jour du milieu d'avril où elle se sentait encore plus inquiète et agitée que d'habitude, Monita se rendit ainsi dans l'appartement d'Armfeltsgatan. Elle avait l'intention de s'asseoir dans le plus beau fauteuil de Mauritzon — c'est-à-dire le plus laid — et de mettre un disque de Vivaldi, espérant ainsi réussir à éprouver cet étrange sentiment de paix et de totale impassibilité.

Mauritzon était en Espagne et ne devait rentrer que le lendemain.

Elle accrocha son manteau et son sac au portemanteau de l'entrée, sortit ses cigarettes et ses allumettes, et gagna la salle de séjour. Elle était semblable à l'habitude et toujours aussi propre. Au début, elle lui avait demandé pourquoi il n'engageait pas quelqu'un pour faire le ménage mais il lui avait répondu qu'il aimait cela et ne désirait nullement laisser ce plaisir à qui que ce soit d'autre.

Elle posa ses cigarettes et ses allumettes sur le large bras du fauteuil puis se dirigea vers l'autre pièce et mit l'électrophone en marche. Elle posa *Les Quatre saisons* sur la platine et, tout en écoutant les premières mesures du *Printemps*, alla chercher une soucoupe dans le placard de la cuisine en guise de cendrier, et revint avec dans la salle de séjour.

Elle pensa à Mauritzon et à leurs maigres relations. Cela faisait un an qu'ils se connaissaient et ils n'étaient toujours pas plus proches l'un de l'autre, peut-être même encore plus éloignés. Elle n'arrivait pas à se souvenir de quoi ils parlaient quand ils étaient ensemble, sans doute parce que leur conversation ne portait jamais sur quoi que ce soit d'important. Assise là, dans son fauteuil favori, à regarder sa bibliothèque et tous ces bibelots stupides, elle se trouva soudain bien ridicule et se demanda pour la centième fois pourquoi elle ne le laissait pas tomber et ne cherchait pas un homme digne de ce nom.

Elle alluma une cigarette, en rejeta la fumée vers le plafond en une mince colonne, et se dit qu'il fallait qu'elle cesse de penser à ce freluquet si elle ne voulait pas gâcher ce moment dont elle s'était fait une telle joie.

Elle s'installa donc confortablement dans le fauteuil, ferma les yeux et s'efforça de ne plus penser à rien, tout en battant lentement la mesure avec la main qui tenait la cigarette. Au beau milieu du largo elle heurta la soucoupe, celle-ci tomba sur le plancher et se brisa en mille morceaux.

— Bon sang de bon soir, marmonna-t-elle.

Puis elle se leva et se dirigea vers la cuisine.

Elle ouvrit le placard situé sous l'évier et chercha à tâtons la balayette qui, d'habitude, était accrochée à droite du sac à ordures. Mais elle ne s'y trouvait pas et elle dut donc se mettre à quatre pattes pour chercher où elle pouvait bien être. Elle finit par la trouver, posée sur le sol, mais lorsqu'elle tendit la main pour la prendre, elle remarqua, derrière le sac à ordures, la présence d'une serviette. Celle-ci était vieille et usée et elle ne l'avait encore jamais vue. Il l'avait sans doute mise là afin de la descendre un jour dans le local aux poubelles car elle était trop grande pour passer dans le vide-ordures.

Elle s'aperçut alors que la serviette était solidement entourée d'une ficelle attachée avec beaucoup de précautions.

Elle souleva la serviette, la sortit du placard et la posa sur le sol de la cuisine. Elle était très lourde.

Sa curiosité piquée, elle se mit à défaire prudemment les nœuds de la ficelle, tout en observant bien la façon dont ils étaient disposés. Puis elle ouvrit la serviette.

Celle-ci était pleine de pierres : de gros morceaux d'ardoise, noirs et plats, qu'elle reconnaissait pour en avoir déjà vu peu de temps auparavant.

Elle fronça les sourcils, se redressa, jeta son mégot dans l'évier tout en regardant attentivement la serviette.

Pourquoi avait-il bien pu entasser toutes ces pierres dans la vieille serviette, la ficeler de la sorte et la placer dans le placard de sa cuisine ?

Elle regarda la serviette d'un peu plus près encore. Elle était en cuir véritable et, neuve, elle avait certainement dû coûter cher. Elle regarda à l'intérieur mais ne vit aucun nom. Pourtant, elle remarqua un autre détail fort curieux : les quatre coins du fond avaient été coupés, avec un couteau très affûté ou bien une lame de rasoir, et cela très récemment car les traces de l'opération sur le cuir étaient toutes fraîches.

Soudain elle comprit ce qu'il avait l'intention de faire de cette serviette : la jeter à la mer ! Ou tout du moins dans un coin du port. Mais pourquoi diable ?

Elle se pencha afin d'extraire les morceaux d'ardoise de la serviette et, tandis qu'elle les mettait en tas sur le plancher elle se souvint où elle en avait déjà vu. C'était juste en bas de l'immeuble, derrière la porte de la cour. Ils étaient empilés là, probablement en vue de servir de dallage. C'était certainement là qu'il les avait pris.

Lorsqu'elle eut presque fini de vider la serviette elle sentit sous ses doigts quelques chose de dur et de lisse. Elle prit l'objet dans sa main et le regarda, tandis que prenait lentement forme dans son cerveau une pensée qui avait longtemps germé.

Peut-être tenait-elle entre ses mains la solution de ses difficultés : cet objet métallique pouvait être la clé de la liberté dont elle rêvait.

Le pistolet mesurait environ vingt centimètres, son canon était gros et sa crosse puissante et un nom était gravé sur l'acier mat aux reflets bleus, au-dessus du pontet : Llama.

Elle le soupesa : il était lourd.

Sans hésiter, elle alla le mettre dans son sac, accroché dans le hall. Puis elle revint dans la cuisine, remit les pierres en place et ficela la serviette en s'efforçant de refaire les nœuds exactement comme ils étaient à l'origine. Enfin, elle remit le tout à l'endroit où elle l'avait trouvé.

Elle prit ensuite la balayette, nettoya soigneusement les saletés qu'elle avait faites dans la salle de séjour et les jeta dans le vide-ordures. Puis elle revint arrêter le disque et le remettre à sa place, alla dans la cuisine reprendre son mégot et le jeta dans la cuvette des W.C. avant d'actionner la chasse d'eau. Ensuite elle mit son manteau, ferma son sac et le passa sur son épaule. Avant de quitter l'appartement elle en fit une nouvelle fois le tour afin de s'assurer que tout était en ordre. Elle vérifia que la clé se trouvait bien dans sa poche avant de refermer la porte derrière elle et de descendre rapidement l'escalier.

Elle avait l'intention de réfléchir une fois rentrée à la maison.

XXV

Gunvald Larsson se leva très tôt en ce matin du vendredi 7 juillet. Pas tout à fait avec le soleil mais cela aurait été beaucoup demander, à cette époque, sous ces latitudes. C'était la Saint-Claude et le disque du soleil franchissait en effet l'horizon stockholmois à trois heures moins onze.

A six heures et demie Gunvald Larsson était lavé, habillé et avait pris son petit déjeuner. Une demi-heure plus tard il se trouvait devant cette maison mitoyenne de Sångarvägen, à Sollentuna, à laquelle Einar Rönn avait déjà rendu visite quatre jours plus tôt.

Tout devait arriver ce vendredi-là. Mauritzon devait à nouveau être confronté avec Bulldozer Olsson et on pouvait espérer que cette rencontre serait moins cordiale que la précédente. En outre, le moment était peut-être venu de mettre la main sur Malmström et Mohrén afin d'empêcher leur grand coup.

Mais, avant que la BRB ne passe véritablement à l'action, Gunvald Larsson voulait tirer au clair une chose qui l'avait intrigué toute la semaine. Ce n'était certes qu'une bagatelle, à côté de tout le reste, mais elle n'en était pas moins énervante. Il désirait donc régler cette affaire et, par la même occasion, se prouver à lui-même qu'il avait bien raisonné et tiré la bonne conclusion.

Sten Sjögren, lui, ne s'était pas levé avec le soleil. Il fallut donc un bon moment avant qu'il ne vienne ouvrir, bâillant comme un forcené et sa robe de chambre encore à peine fermée.

Gunvald Larsson n'y alla pas par quatre chemins, tout en restant poli.

— Vous avez menti à la police, dit-il.

— Moi ?

— Il y a deux semaines, vous avez décrit par deux fois l'auteur d'un hold-up qui, à première vue, paraissait être une femme. En outre, vous avez longuement décrit une voiture dans laquelle la personne en question aurait pris la fuite, ainsi que ses deux autres occupants. Vous avez alors dit que cette voiture était une Renault 16.

— C'est exact.

— Et lundi vous avez répété mot pour mot cette histoire à l'inspecteur qui est venu ici vous interroger à ce sujet.

— C'est également exact.

— Ce qui est encore exact, c'est que tout cela n'est qu'un tissu de mensonges.

— Mais j'ai décrit cette personne blonde de mon mieux.

— Oui, parce que vous saviez que nous possédions son signalement par d'autres sources. Et vous avez également été assez malin pour penser qu'elle avait pû être filmée par la caméra de surveillance à l'intérieur de la banque.

— Mais je crois vraiment que c'était une femme.

— Pourquoi cela ?

— Je ne sais pas. Il me semble qu'avec les filles, c'est plutôt une sorte d'instinct, non ?

— Eh bien votre instinct vous a trompé, en l'occurrence. Mais ce n'est pas pour ça que je suis venu ici. Je veux vous faire avouer que toute cette histoire de voiture et d'hommes qui attendaient dehors était pure invention.

— Pourquoi le voulez-vous ?

— Mes raisons ne vous regardent pas. D'ailleurs, elles sont d'ordre privé.

Sjögren était maintenant bien éveillé. Il observa longuement Gunvald Larsson et dit lentement :

— Autant que je sache, ce n'est pas un crime de fournir des renseignements incomplets ou erronés, tant qu'on ne dépose pas sous serment.

— Vous avez parfaitement raison.

— Dans ce cas, cette conversation n'a aucun sens.

— Pas en ce qui me concerne. Je désire vérifier ce détail. Disons que je suis parvenu à une certaine conclusion et que je veux savoir si elle est exacte.

— Et quelle est-elle, cette conclusion ?

— Que vous n'avez pas menti à la police pour des motifs d'intérêt personnel.

— Il y en a assez comme ça, dans notre société, qui n'agissent que par intérêt personnel.

— Mais pas toi ?

— J'essaie de ne pas le faire, en tout cas. Et il n'y a pas beaucoup de gens qui comprennent ça. Ma femme, par exemple, ne le comprenait pas. C'est pourquoi je n'ai plus de femme.

— Tu penses donc qu'il est normal d'attaquer les banques et que la police est l'ennemi naturel du peuple ?

— Quelque chose comme ça, en effet. Mais en plus nuancé.

— Attaquer une banque et tuer un prof de gym n'est pas un acte politique.

— Non, pas ici et en ce moment. Mais on peut voir les choses d'un point de vue idéologique. En outre, il y a des perspectives historiques. Dans certains cas, attaquer une banque peut-être justifié pour des raisons d'ordre politique. Pendant la révolution irlandaise, par exemple. Mais la protestation peut également être inconsciente.

— Tu veux dire que certains criminels ordinaires peuvent être considérés comme des révolutionnaires.

— Il y a de ça, en effet, dit Sjögren. Mais je connais bien des socialistes proclamés et très en vue qui rejettent cette idée. Je ne sais pas si tu as lu Artur Lundkvist [1], par exemple ?

— Non.

Gunvald Larsson lisait surtout Jules Regis et autres écrivains du même genre. Pour l'instant, il se consacrait à l'œuvre de S.A. Duse. Mais cela n'avait rien à voir. Ses goûts en matière de lecture n'étaient dictés que par son désir de se distraire et il n'aspirait à aucune culture livresque.

— Eh bien, Lundkvist a obtenu le prix Lénine, comme tu le sais peut-être, reprit Sjögren. Or, dans une anthologie intitulée *L'Homme socialiste*, il a écrit à peu près ceci, je cite de mémoire : On va parfois jusqu'à nous présenter de vulgaires malfaiteurs comme s'ils voulaient, par de tels actes, protester consciemment contre les injustices sociales, c'est-

1. Écrivain suédois célèbre, né en 1906 et membre de l'Académie suédoise. (*N.d.T.*)

à-dire presque comme des révolutionnaires... alors que nulle part une telle conduite ne serait plus réprimée que dans un pays socialiste.

— Continue, dit Gunvald Larsson.

— Non, j'ai terminé ma citation, dit Sjögren. Pour moi, c'est purement et simplement idiot. Tout d'abord, les gens peuvent être amenés à protester contre les injustices sociales sans être politiquement conscients. Et ensuite, en ce qui concerne les pays socialistes, c'est absolument illogique. Pourquoi les gens attaqueraient-ils ce qui leur appartient, là-bas ?

Gunvald Larsson resta silencieux un bon moment. Puis il dit :

— Il n'y avait donc pas de Renault beige, n'est-ce pas ?

— Non.

Gunvald Larsson hocha la tête d'un air entendu. Puis il poursuivit :

— Il se trouve, vois-tu, qu'on a à peu près mis la main sur l'auteur de ce hold-up. Et ce n'est pas du tout un révolutionnaire qui s'ignore. C'est un infâme salaud qui profite au maximum du capitalisme, qui ne pense qu'à rien d'autre qu'au profit et qui vit en écoulant de la came et de la pornographie. L'intérêt personnel, il ne connaît que ça, lui. En plus, il n'a pas hésité à moucharder ses copains afin d'essayer de s'en tirer lui-même.

Sjögren haussa les épaules.

— Il y en a des comme ça aussi, dit-il. N'empêche que celui qui a attaqué cette banque était une sorte d'*underdog*, si tu sais ce que ça veut dire.

— Je vois très bien, merci.

— Comment est-ce que tu as pu deviner tout ça ?

— Essaye de te mettre à ma place, dit Gunvald Larsson. Tu comprendras peut-être.
— Et comment as-tu bien pu échouer dans la police ?
— Ça c'est le fruit du hasard. En fait, je suis marin. Il est vrai qu'il y a longtemps de ça et que les choses étaient différentes, alors. Mais ça n'a rien à voir. Maintenant je sais ce que je voulais savoir.
— C'est tout ?
— Oui, c'est tout. Au revoir.
— Au revoir, dit Sjögren. Salut.
Il avait l'air passablement interloqué. Mais, étant déjà sorti de la maison, Gunvald Larsson ne put s'en apercevoir, pas plus qu'il n'entendit la réplique finale de Sjögren :
— En tout cas, je suis sûr que c'était une fille.

Le même jour, à la même heure matinale, Mme Svea Mauritzon était en train de faire de la pâtisserie dans sa cuisine de Pilgatan, à Jönköping, car le fils prodigue était de retour et il fallait fêter cela avec des petits pains à la cannelle au petit déjeuner. Heureusement, elle ne savait pas en quels termes on parlait de son fils, au même moment, dans une maison mitoyenne située à trois cents kilomètres de là. Car si elle avait entendu quelqu'un traiter d'infâme salaud la prunelle de ses yeux elle lui aurait immédiatement asséné son rouleau à pâtisserie sur la tête.

Un coup de sonnette assez impératif vint alors troubler la paix de ce beau matin. Elle posa sur l'évier la plaque sur laquelle se trouvaient les petits pains, s'essuya les mains à son tablier et se dirigea vers la porte à petits pas traînants dans ses pantoufles éculées. En levant les yeux vers la pendule, elle vit qu'il n'était que sept heures et demie et jeta un regard inquiet vers la porte de la chambre à coucher.

Son garçon y dormait. Elle lui avait d'abord préparé le divan de la salle de séjour mais le tic-tac de la pendule le gênait et, au milieu de la nuit, il l'avait réveillée pour qu'ils changent de lits. Il était surmené, le pauvre, et il avait bien besoin de repos. Pour sa part, elle était sourde comme un pot : la pendule ne la dérangeait donc pas.

En ouvrant la porte, elle vit deux hommes de grande taille.

Elle n'entendit pas vraiment tout ce qu'ils lui dirent mais ils se montrèrent très décidés et insistèrent pour parler à son fils.

Elle essaya de leur objecter qu'il était encore trop tôt et de leur demander de revenir un peu plus tard quand il aurait dormi tout son soûl.

Mais ils furent intraitables, affirmant que c'était de la plus haute importance. Elle finit donc par entrer dans la chambre, à contrecœur, pour réveiller son fils. Elle ne fut pas très bien accueillie. Dressé sur le coude, il regarda le réveil posé sur la table de nuit et lui dit :

— Tu es folle ? Me réveiller comme ça au milieu de la nuit ! Je t'avais pourtant bien dit que j'avais besoin de faire la grasse matinée.

Elle le regarda, l'air très malheureuse.

— Je sais bien, dit-elle. Mais il y a là deux messieurs qui veulent absolument te voir tout de suite.

— Quoi ! s'écria-t-il, en sortant du lit d'un bond. J'espère que tu ne les as pas fait entrer.

Mauritzon se disait que c'était sûrement Malmström et Mohrén, qui avaient été informés de sa trahison, avaient deviné où il se cachait et venaient pour se venger.

Sa mère hocha la tête en le voyant bondir dans ses vêtements sans même prendre le temps d'ôter son pyjama, tout en faisant à toute allure le tour de la pièce afin de rassembler ses affaires éparses et de les jeter dans sa valise.

— Mais qu'est-ce qu'il y a ? demanda-t-elle, inquiète.

Il referma la valise, prit sa mère par le bras et lui siffla à l'oreille :

— Il faut que tu t'en débarrasses ! Dis-leur que je ne suis pas là, que je suis parti en Australie ou n'importe où !

Elle n'entendit pas ce qu'il lui dit mais avisa son appareil acoustique, posé sur la table de nuit, et alla le chercher, tandis que Mauritzon collait l'oreille à la porte et écoutait. Pas un bruit. Mais ils étaient certainement là, juste derrière, peut-être même avec tout leur arsenal prêt à tirer.

Sa mère revint vers lui et lui demanda à voix basse :

— Qu'est-ce qu'il y a Filip ? Qui est-ce, ces messieurs ?

— Fais-les partir, se contenta-t-il de lui répondre. Dis-leur que je suis à l'étranger.

— Mais je viens de leur dire que tu es là. Je ne savais pas que tu ne voulais pas les rencontrer.

Mauritzon boutonna sa veste et prit sa valise.

— Tu t'en vas déjà, gémit-elle, déçue. Moi qui ai fait de la pâtisserie. Des petits pains à la cannelle comme tu aimes tant.

Il se retourna vers elle et lui dit violemment :

— Tu n'as pas fini avec tes petits pains, alors que...

Il s'interrompit et prêta à nouveau l'oreille en direction de l'entrée. Il réussit à percevoir un vague bruit de voix. Ils venaient le chercher. Peut-être même allaient-ils le liquider sur-le-champ. Une sueur froide lui coulait sur le visage et il regarda autour de lui, dans la pièce, l'air désespéré. Sa mère habitait en effet au septième étage. La fenêtre était donc exclue et la seule porte de la chambre donnait sur l'entrée, où l'attendaient Malmström et Mohrén.

Il se retourna vers sa mère qui se tenait près du lit, toute bouleversée.

— Va les trouver, dit-il. Dis-leur que j'arrive dans un instant et fais-les rentrer dans la cuisine. Offre-leur des petits pains. Mais vite, vite. Allez, file !

Il la poussa vers la porte et se tapit derrière, contre le mur. Une fois qu'elle fut sortie et qu'elle l'eut refermée derrière elle, il alla de nouveau y coller l'oreille. Il entendit des voix et, peu après, des pas qui s'approchaient. Lorsqu'il s'aperçut qu'ils s'arrêtaient devant sa chambre au lieu de continuer vers la cuisine et les petits pains comme il l'avait espéré, il comprit soudain que l'on n'exagère pas toujours quand on dit de quelqu'un que « ses cheveux se dressèrent sur sa tête ».

Silence. Puis un bruit métallique : certainement le chargeur que l'on enfonçait dans le pistolet. Puis un coup à la porte, une voix qui s'éclaircissait et qui disait :

— Sortez, Mauritzon. Police !

Mauritzon ouvrit la porte et poussa un tel soupir de soulagement qu'il s'effondra presque dans les bras de l'inspecteur Högflygt, de la police de Jönköping, qui se tenait devant lui, les menottes prêtes à se refermer sur ses poignets.

Une demi-heure plus tard il se trouvait dans l'avion

de Stockholm avec un sac de petits pains à la cannelle sur les genoux. Il avait été débarrassé de ses menottes après avoir réussi à convaincre l'inspecteur Högflygt qu'il était tout prêt à collaborer. Il regardait par le hublot la plaine d'Östergötland inondée de soleil et, tout en mâchant un de ses petits pains, il se disait que l'existence a quand même du bon.

De temps en temps, il tendait son sac vers son compagnon de voyage, qui secouait à chaque fois la tête, la mine un peu plus renfrognée, car l'inspecteur Högflygt avait le mal de l'air et ne se sentait pas bien du tout.

L'appareil atterrit comme prévu à Bromma à neuf heures vingt-cinq, et, vingt minutes plus tard, Mauritzon se trouvait à nouveau dans l'hôtel de police de Kungsholmen. Pendant le trajet en voiture il s'était demandé avec inquiétude ce que Bulldozer pouvait bien avoir derrière la tête, cette fois-ci, et le merveilleux sentiment de soulagement qui avait suivi cette matinée mouvementée avait totalement disparu au profit de sombres pressentiments.

Bulldozer Olsson attendait impatiemment l'arrivée de Mauritzon, en compagnie de membres soigneusement choisis de la BRB, à savoir Einar Rönn et Gunvald Larsson. Sous la direction de Kollberg, les autres étaient en train de préparer l'action de l'après-midi contre la bande de Mohrén, opération délicate qui nécessitait une organisation minutieuse.

Bulldozer avait été fou de joie en apprenant ce que l'on avait trouvé dans l'« abri » d'Armfeltsgatan et il avait à peine dormi de la nuit, tellement il était fiévreux et impatient à l'idée de ce grand jour. Le compte de Mauritzon était déjà pratiquement réglé et, quant à Mohrén et consorts, il en irait de même pour eux dès qu'ils mettraient leur plan à exécution. Si ce n'était pas ce vendredi-ci ce serait en toute certitude le prochain et les opérations de la journée seraient en ce cas à considérer comme une répétition générale certainement pas inutile. Une fois la bande de Mohrén sous les verrous, Roos ne tarderait pas à tomber lui aussi.

Bulldozer fut tiré de rêves aussi suaves par la sonnerie du téléphone. Il empoigna le combiné, prêta l'oreille pendant trois secondes et s'écria :

— Amenez-le immédiatement !

Puis il reposa violemment l'appareil, claqua les paumes l'une contre l'autre et dit, plein d'enthousiasme :

— Messieurs, il arrive ! Sommes-nous prêts ?

Pour toute réponse Gunvald Larsson émit un grognement et Rönn, pour sa part, se laissa aller jusqu'à dire :

— Euh, oui.

Il était bien conscient que Gunvald Larsson et lui étaient surtout là à titre de spectateurs. Bulldozer adorait avoir du public et la vedette de la journée lui revenait incontestablement. Non seulement il tenait le premier rôle mais il était également le metteur en scène et il avait bien déplacé les chaises de ses comparses une quinzaine de fois avant d'être satisfait de leur disposition.

Il occupait maintenant la place d'honneur, derrière le bureau, tandis que Gunvald Larsson était assis dans un coin, près de la fenêtre, et Rönn au bout de la table, à sa droite. La chaise de Mauritzon était placée juste en face de Bulldozer mais si loin du bureau qu'elle était en fait au milieu de l'espace libre.

Gunvald Larsson se curait les dents avec une allumette cassée, tout en jetant à la dérobée des regards sur la tenue estivale de Bulldozer : costume jaune moutarde, chemise rayée bleu et blanc et cravate avec motif de paquerettes vertes sur fond orange.

On frappa à la porte et Mauritzon entra. Il avait eu tout le temps de se poser des questions et le spectacle de tous ces visages bien connus dans le bureau de Mauritzon n'avait pas de quoi le rassurer. Ils arboraient tous une mine sinistre.

Il savait bien que ce grand blond qui devait s'appeler Larsson, s'il se souvenait bien, ne débordait pas de sympathie envers lui et que le Norrlandais au nez de poivrot avait toujours une tête d'enterrement ; mais il était surtout inquiet de voir Bulldozer, qui avait été jovial comme tout la dernière fois qu'ils s'étaient vus, le considérer d'un œil noir.

Mauritzon s'assit sur la chaise qui lui était destinée, promena son regard autour de la pièce et dit :

— Bonjour.

Voyant que personne ne répondait à son salut il poursuivit :

— Il n'était nullement précisé dans les papiers que vous m'avez remis, monsieur le substitut, que je ne devais pas quitter la ville et, autant que je sache, cela n'a jamais été convenu entre nous.

Bulldozer haussa les sourcils et Mauritzon s'empressa alors d'ajouter :

— Mais je suis naturellement à votre service si je puis vous être utile.

Bulldozer se pencha en avant, joignit les mains devant lui sur son bureau, le regarda un instant et dit d'une voix douce :

— A notre service, vraiment. C'est extrêmement aimable à vous, monsieur Mauritzon mais, voyez-vous, je ne crois pas que vous soyez en mesure de nous en rendre beaucoup d'autres maintenant. Au contraire, je crois bien que c'est à notre tour. En effet, vous n'avez pas été très honnête envers nous, monsieur Mauritzon, n'est-ce pas ? Nous comprenons que cela doit peser lourdement sur votre conscience et c'est pourquoi nous avons organisé cette petite réunion afin que vous puissiez nous ouvrir votre cœur.

Mauritzon regarda Bulldozer sans trop savoir quoi penser et dit :

— Je ne comprends pas...

— Ah non ? Ainsi vous n'avez pas besoin de vous confier, monsieur Mauritzon, absolument pas ?

— Je... je ne vois pas à quel sujet.

— Tiens. Si je vous disais qu'il s'agit de vendredi dernier, la mémoire vous reviendrait peut-être.

— Vendredi dernier ?

Les yeux de Mauritzon étaient de plus en plus troublés et il ne tenait pas en place sur sa chaise. Il observa Bulldozer, puis Rönn, revint à Bulldozer puis rencontra le regard froid, d'un bleu de porcelaine, de Gunvald Larsson et finit par baisser le sien vers le plancher. Un silence de plomb régna dans la pièce jusqu'à ce que Bulldozer reprenne :

— Oui, vendredi de la semaine dernière. Il n'est tout de même pas possible que vous ne vous souveniez pas de ce que vous avez fait ce jour-là, monsieur Mauritzon ? A défaut d'autre chose, vous vous rappelez certainement ce qu'il vous a rapporté. Quatre-vingt-dix mille, ce n'est tout de même pas rien, n'est-ce pas ?

— Comment ça : quatre-vingt-dix mille ? De quoi voulez-vous parler ?

Mauritzon paraissait tout à coup plus sûr de lui et la voix de Bulldozer n'était plus aussi douce lorsqu'il reprit :

— Vous ne voyez vraiment pas de quoi je veux parler ?

Mauritzon secoua la tête.

— Non, je n'en ai aucune idée, dit-il.

— Vous désirez peut-être que je m'explique plus clairement, monsieur Mauritzon ?

— Oui, si vous le voulez bien, dit Mauritzon, doux comme un mouton.

A ce moment Gunvald Larsson se redressa et prit la parole :

— Bon, trêve d'hypocrisie ! Tu sais parfaitement de quoi il est question.

— Bien sûr qu'il le sait, dit Bulldozer d'un ton bonhomme. Monsieur Mauritzon veut simplement nous faire languir un peu. C'est tout naturel et ce ne sera pas long. Il a peut-être également quelques difficultés à trouver les mots qu'il faut.

— Quand il s'agissait de dénoncer ses copains, il a su les trouver tout de suite, rétorqua Gunvald Larsson.

— Eh bien, nous allons voir, dit Bulldozer.

Il se pencha vers Mauritzon et le regarda droit dans les yeux. Puis il dit :

— Tu veux que je m'exprime plus clairement, hein ? Bon, très bien. Nous savons parfaitement que c'est toi qui as attaqué la banque de Hornsgatan vendredi dernier et il est inutile que tu cherches à le nier parce que nous avons des preuves. Malheureusement ça ne s'est pas limité à un hold-up, ce qui est déjà assez grave en soi, et je n'ai sans doute pas besoin de te préciser que tu es dans de beaux draps. Tu vas certainement soutenir que tu as été surpris et que tu n'as pas tiré dans le but de tuer, mais tu ne pourras tout de même pas ressusciter le mort.

Mauritzon était tout à coup devenu blême et de petites gouttes de sueur commençaient à perler à la racine de ses cheveux. Il ouvrit la bouche pour dire quelque chose mais Bulldozer ne lui en laissa pas le temps :

— J'espère que tu comprends que tu en es au point où il ne sert plus à rien de faire le malin et que tu as au contraire tout intérêt à te montrer très coopératif. Nous sommes d'accord ?

Mauritzon secoua la tête, bouche bée. Il finit par réussir à bredouiller :

— Je... je ne sais pas... de quoi vous parlez.

Bulldozer se leva et se mit à marcher de long en large devant lui.

— Mon cher Mauritzon, j'ai une patience d'ange quand il le faut vraiment mais s'il y a une chose que je ne peux pas supporter c'est la bêtise pure et simple, dit-il sur un ton qui laissait entendre que même les patiences d'ange ont des limites.

Mauritzon secouait toujours la tête tandis que Bulldozer continuait à arpenter majestueusement l'espace situé entre Mauritzon et son bureau et poursuivait :

— Je crois m'être exprimé avec beaucoup de clarté mais je me répète : Nous savons que tu as pénétré, seul, dans l'agence bancaire de Hornsgatan, que tu as abattu un client et que tu as réussi à prendre la fuite avec quatre-vingt-dix mille couronnes en billets de banque. Nous le savons et tu ne gagneras rien à tenter de le nier. Au contraire. Par contre, tu peux dans une certaine mesure — assez limitée, il est vrai — améliorer ta situation en avouant sans ambages et en faisant preuve, en outre, d'un minimum d'esprit de coopération. Et je ne connais pas meilleur moyen de le faire que de nous raconter la chose en détail. Et puis de nous dire ce que tu as fait de l'argent, comment tu as quitté le lieu du crime et qui t'a aidé. Alors, suis-je suffisamment clair ?

Bulldozer s'arrêta de marcher et alla à nouveau s'installer derrière son bureau. Il se rejeta en arrière dans son fauteuil, jeta un coup d'œil à Rönn, tout d'abord, puis à Gunvald Larsson, comme pour s'assurer de leur appui. Mais Rönn avait simplement l'air dubitatif et Gunvald Larsson se nettoyait le nez, comme d'habitude, l'air absent. Bulldozer, qui s'était attendu à voir des mines béates d'admiration à propos de ce petit discours, modèle de concision et de psychologie, pensa vaguement à l'expression « donner de la confiture à des cochons » avant de se retourner vers Mauritzon.

Celui-ci le dévisageait toujours avec le même mélange de peur et d'incrédulité.

— Mais je n'ai rien à voir avec tout ça, dit-il avec fièvre. Je n'ai pas la moindre idée de ce que ça peut être que ce hold-up.

— Arrête tes salades. Tu as entendu ce que j'ai dit. Nous avons des preuves.

— Mais quelles preuves, enfin ? Je n'ai pas attaqué de banque et je n'ai tué personne. C'est absurde.

Gunvald Larsson se leva en poussant un soupir et alla se poster à la fenêtre, le dos tourné à la pièce.

— Ça ne sert à rien d'être gentil avec un type comme ça, dit-il par-dessus l'épaule. Tout ce qu'il comprend c'est les coups sur la gueule.

Bulldozer le calma d'un geste de la main et dit :

— Attends un peu, Gunvald.

Il planta les coudes sur son bureau, s'enfonça le menton dans les mains et regarda Mauritzon, l'air soucieux.

— Alors, Mauritzon, qu'est-ce que tu en dis ?

Mauritzon tendit les mains en avant d'un geste d'impuissance.

— Mais ce n'est pas moi qui ai fait ça. Je vous le promets ! Je vous le jure !

Bulldozer continua à le regarder du même air préoccupé. Puis il se pencha, tira le tiroir inférieur de son bureau et dit :

— C'est toi qui le dis. Mais permets-moi tout de même d'en douter.

Il se redressa alors et jeta, d'un air de triomphe, le sac de toile sur le bureau en dévisageant Mauritzon, qui regarda cela, la mine ébahie.

— Comme tu le vois, Mauritzon, nous avons tout ça là.

Il sortit alors, un par un, tout le contenu du sac et l'étala sur le bureau :

— La perruque, la chemise, les lunettes, le chapeau et surtout, surtout, le pistolet. Eh bien, qu'est-ce que tu dis de ça ?

Mauritzon observa tout d'abord ces différents objets, l'air de ne rien comprendre, puis l'expression de son visage changea et il regarda alors la table en pâlissant lentement.

— Qu'est-ce que... qu'est-ce que c'est que ça ? demanda-t-il.

Mais sa voix était à peine audible, tellement elle était mal assurée ; aussi se racla-t-il la gorge avant de répéter sa question.

Bulldozer lui lança un regard las et se tourna vers Rönn.

— Einar, dit-il. Veux-tu aller voir si les témoins sont arrivés ?

— Bien, dit Rönn, qui se leva et sortit.

Il revint au bout de quelques minutes, s'arrêta sur le pas de la porte et dit :
— Euh, oui.
Bulldozer bondit de sa chaise.
— Parfait, dit-il. Nous arrivons tout de suite.
Rönn disparut à nouveau et Bulldozer ramassa ses papiers dans sa serviette avant de dire :
— Viens, Mauritzon, nous allons nous rendre dans un autre bureau pour un défilé de mannequins. Tu viens avec nous, Gunvald ?
Et il se précipita vers la porte, serrant sa serviette contre son cœur. Gunvald Larsson le suivit, poussant Mauritzon devant lui sans ménagements. Un peu plus loin dans le couloir, ils s'arrêtèrent devant une porte.
Ce nouveau bureau ne se distinguait guère des autres : table, chaises, armoires de classement et machine à écrire. Pourtant une glace était apposée sur le mur. De l'autre côté de celui-ci cette glace sans tain faisait office de fenêtre, de sorte que l'on voyait tout ce qui se passait dans la pièce où se trouvaient Bulldozer, Gunvald Larsson et Mauritzon.
Einar Rönn se tenait près de la vitre et vit Bulldozer aider Mauritzon à passer la chemise, lui poser sur le crâne la perruque aux cheveux blonds et lui donner le chapeau et les lunettes de soleil. Mauritzon avança alors de quelques pas et se regarda dans la glace. Rönn éprouva une sensation désagréable à l'idée de pouvoir ainsi, invisible lui-même, plonger son regard droit dans les yeux de Mauritzon, de l'autre côté de la glace. Puis celui-ci mit le chapeau et les lunettes. Tout semblait lui aller à merveille.
Rönn alla alors chercher le premier témoin. C'était la caissière de la banque de Hornsgatan. Mauritzon se tenait au milieu du bureau, le sac passé sur l'épaule et,

sur ordre de Bulldozer, il se mit à marcher de long en large.

La caissière l'observa à travers la glace, puis regarda Rönn avant de hocher la tête affirmativement.

— Regardez bien, dit Rönn.

— Bien sûr que c'est elle. Il n'y a pas de doute. Il me semble seulement qu'elle portait un pantalon plus étroit. Mais c'est la seule différence.

— Vous êtes donc tout à fait sûre ?

— Oh oui, il n'y a pas le moindre doute.

Le témoin suivant était le directeur de l'agence.

Il jeta à son tour un coup d'œil sur Mauritzon avant de dire, très sûr de lui :

— C'est elle.

— Regardez bien, tout de même. Nous voulons être sûrs qu'il n'y a pas d'erreur, dit Rönn.

L'homme observa alors, pendant quelques instants, Mauritzon qui marchait toujours de long en large dans l'autre pièce.

— Oh si, je la reconnais. Les cheveux, la démarche, la façon de se tenir... oui, oui, je suis tout à fait sûr.

— Dommage, une si jolie fille, crut-il bon d'ajouter.

Bulldozer consacra tout le reste de sa matinée à Mauritzon mais, vers une heure, il mit fin à l'interrogatoire sans avoir réussi à lui arracher le moindre aveu. Mais il se disait que son système de défense finirait bien par craquer et, d'ailleurs, les preuves réunies contre lui suffisaient très largement. On donna à Mauritzon la permission de téléphoner à son avocat puis on le transféra au dépôt, avant son arrestation en bonne et due forme.

Malgré tout, Bulldozer n'était pas mécontent de sa

matinée. Il prit donc à la cantine un lunch rapide consistant en filets de poisson accompagnés de purée de pommes de terre, avant de s'attaquer avec des forces neuves à la tâche suivante : la capture de la bande de Mohrén.

Kollberg s'était donné beaucoup de mal et d'importants effectifs de police avaient été disposés près des deux endroits stratégiques : Rosenlundsgatan et les environs de la banque elle-même.

Les forces mobiles avaient ordre de se tenir prêtes à proximité, avec le plus de discrétion possible. Le long des itinéraires de dégagement on avait même, pour plus de sûreté, placé des véhicules qui pourraient rapidement couper la retraite aux bandits si, contre toute attente, ils réussissaient à parvenir jusque-là.

Dans l'hôtel de police il n'y avait plus l'ombre d'une motocyclette. La cour et le garage étaient absolument déserts et tous les véhicules avaient été postés aux endroits stratégiques de la ville.

Au moment critique Bulldozer devait se trouver à l'hôtel de police, où il pourrait suivre l'évolution des événements par radio et accueillir les gangsters quand on les amènerait.

Les autres membres de la BRB devaient se trouver à proximité de la banque, mis à part Rönn, chargé de surveiller Rosenlundsgatan.

A deux heures, Bulldozer partit dans une Volvo Amazon immatriculée en province afin de procéder à une dernière inspection. On pouvait peut-être remarquer un nombre de voitures de police un peu plus élevé que la normale dans les environs de Rosenlundsgatan mais, autour de la banque elle-même, la surveillance était tellement discrète qu'elle était invisible et la quantité de véhicules policiers pas plus importante que d'habitude. Très satisfait, Bulldozer regagna son quartier général afin d'y attendre le moment décisif.

A quatorze heures quarante-cinq, tout était toujours paisible à Rosenlundsgatan. Une minute plus tard il ne se passait toujours rien au quartier général de la police. Quatorze heures cinquante survint et la banque n'avait toujours pas été attaquée. Il était donc évident que le grand jour n'était pas encore arrivé.

Pour plus de sûreté, Bulldozer attendit jusqu'à trois heures et demie avant de mettre fin à l'opération, que l'on pouvait considérer comme une répétition très réussie.

Il convoqua alors les membres de la BRB dans son bureau pour passer en revue toute l'opération afin de pouvoir, éventuellement, revoir certains détails au cours de la semaine à venir. Mais chacun fut d'accord pour penser que tout avait parfaitement fonctionné et qu'il n'y avait rien à changer.

Tout le monde avait joué son rôle à la satisfaction générale.

Le minutage s'était révélé excellent.

Tout était en place au moment voulu.

Il n'y avait que le jour qui n'était pas le bon mais, la semaine suivante, tout cela se répéterait avec une précision et une efficacité encore plus grandes si possible.

On pouvait même espérer que Malmström et Mohrén seraient exacts au rendez-vous.

Mais ce vendredi-là se produisit ce que chacun redoutait le plus. Le directeur de la police nationale s'était mis dans la tête que quelqu'un allait jeter des œufs sur l'ambassadeur des Etats-Unis. Ou bien des tomates sur le bâtiment de l'ambassade. Ou encore mettre le feu à la bannière étoilée.

La Sûreté était aux cent coups. Il faut dire qu'elle vivait dans un monde totalement imaginaire, grouillant de dangereux communistes, d'anarchistes prêts à jeter des bombes et de voyous menaçant de saper la société en protestant contre les verres non récupérables et le sabotage de la ville par les promoteurs. Elle tirait ses informations de l'Oustacha et autres organisations fascistes, avec lesquelles elle collaborait allégrement afin d'obtenir des renseignements sur les fameux « activistes de gauche ».

Le directeur de la police lui-même était encore plus inquiet que ses hommes. Il savait en effet quelque chose qu'ils ignoraient, eux. A savoir que Ronald Reagan n'était pas loin. Le très peu populaire gouverneur de la Californie avait déjà fait son apparition au Danemark, où il avait déjeuné avec la reine. Il n'était donc nullement exclu qu'il puisse avoir l'intention de venir faire un petit tour en Suède, également, et il était loin d'être certain que l'on soit capable de tenir sa visite secrète.

C'est pourquoi la manifestation contre la guerre au Vietnam prévue pour le soir-même était particulièrement malencontreuse. Des milliers de personnes avaient été scandalisées par les tapis de bombes déversées sur les barrages et sur les villages sans défense du Nord-Vietnam, que l'on s'apprêtait à raser pour des raisons de prestige, et un certain nombre d'entre elles se réunirent à Hakberget afin d'adopter une résolution. Elles avaient ensuite l'intention de remettre leur pétition au concierge de l'ambassade.

Il ne fallait pas laisser faire cela. Mais la situation était délicate. Le préfet de police était en congé et le responsable de la sécurité publique en vacances. Des milliers de fauteurs de troubles se trouvaient à proximité dangereuse du bâtiment le plus sacro-saint de toute la ville : le palais de verre de la légation américaine. Dans ces conditions, le directeur de la police nationale prit une décision historique : il allait veiller personnellement à ce que la manifestation se déroule pacifiquement et dirigerait lui-même le cortège vers un endroit sûr, loin de ces parages dangereux. L'endroit choisi était le parc de Humlegården, dans le centre de la ville. La résolution y serait lue publiquement et la manifestation se disperserait ensuite. Les organisateurs avaient tout accepté, ne cherchant nullement l'affrontement. Le défilé se mit donc en marche vers le nord, le long de Karlavägen. Tous les policiers en état de marche se trouvant à proximité avaient été mobilisés pour surveiller l'opération.

Même Gunvald Larsson qui se trouvait en ce moment dans un hélicoptère en train de regarder d'en haut cette longue enfilade de gens, portant des banderoles et des drapeaux du FNL, en marche vers le nord. Il fut donc très bien placé pour voir ce qui se passa mais, d'un autre côté, hors d'état d'y faire quoi que ce soit. Il n'en avait d'ailleurs nullement envie.

Au coin de Karlavägen et de Sturegatan, le défilé, sous la conduite du directeur de la police nationale en personne, entra en collision avec une foule de supporters, légèrement éméchés et surtout très déçus du comportement de leur équipe, qui venaient d'assister à un match de football au Stade olympique. La mêlée qui s'ensuivit rappelait tout autant la retraite de Waterloo que la visite du pape à Jérusalem. Au bout de trois minutes des agents de tout poil tapaient sur tout ce qui leur tombait sous la main, pacifistes aussi bien que supporters de Djurgården, et des détachements montés — à cheval ou à moto — se ruaient de tous côtés sur la foule affolée. Les deux groupes se mirent à se taper dessus sans savoir pourquoi et, pour finir, un policier en uniforme tabassa même quelques-uns de ses collègues en civil. Il fallut évacuer le directeur de la police en hélicoptère.

Mais ce ne fut pas celui dans lequel se trouvait Gunvald Larsson. Car, au bout d'une ou deux minutes, il avait dit au pilote :

— Foutons le camp d'ici, bon sang. N'importe où, pourvu que ce soit loin.

Une centaine de personnes furent arrêtées et plus encore blessées. Aucune d'entre elles ne sut jamais pourquoi.

C'était le chaos à Stockholm.

Mais fidèle à sa bonne habitude, le directeur de la police nationale donna pour consigne :

— Rien de tout ceci ne doit transpirer.

XXVI

Martin Beck chevauchait à nouveau. Ramassé sur lui-même, il fonçait à bride abattue à travers la plaine, entouré de gens vêtus de manteaux raglan. Devant lui, il voyait l'artillerie russe, la bouche d'un canon dépassait de sacs de sable et le fixait, comme d'habitude, avec l'œil noir de la mort. Il vit le boulet arriver droit vers lui, grandir, grandir, jusqu'à meubler tout son champ de vision et l'obscurcir complètement. Ce devait être Balaklava. Puis il se retrouva brusquement sur la passerelle du *Lion*. L'*Indefatigable* et le *Queen Mary* venaient de sauter et d'être engloutis par la mer. Un messager vint tout à coup annoncer : le *Princess Royal* a explosé. Beatty se pencha vers lui et lui dit, d'une voix calme et forte qui dominait le vacarme du combat : « Beck, on dirait que nos saloperies de bateaux ont quelque chose, aujourd'hui. Rapprochez-vous de l'ennemi de deux quarts. »

Puis ce fut la scène habituelle avec Garfield et Guiteau, il sauta à bas de son cheval, traversa toute la gare en courant et arriva juste à temps pour recevoir la balle en plein corps. Au moment où il exhalait son dernier soupir le directeur de la police nationale s'approcha de lui, épingla une médaille sur sa poitrine ensanglantée, déroula quelque chose qui ressemblait à un parchemin et dit d'une voix rauque : « Tu es nommé chef de division, catégorie B 3 ». Le président gisait sur le quai, recroquevillé sur lui-même, et son haut-de-forme roulait en cercle. Puis survint cette violente brûlure, semblable à une vague, et il ouvrit les yeux.

Il était dans son lit, trempé de sueur. Les images étaient de moins en moins nettes. Ce matin, Guiteau avait ressemblé à l'agent de police Eriksson[1], James Garfield à un monsieur d'un certain âge fort bien mis, et Beatty avait l'air qu'il avait sur les tasses commémorant la victoire de 1918, entouré d'une couronne de lauriers et la mine légèrement arrogante. Par ailleurs, ce rêve était plein d'absurdités et de fausses citations.

David Beatty n'avait jamais dit : « Rapprochez-vous de l'ennemi de deux quarts ».

Selon toutes les sources disponibles, il avait dit :

« *Chatfield, there seems to be something wrong with our bloody ships today. Turn two points to port.* »

Il est vrai que cela ne changeait pas grand-chose puisque, deux quarts de plus vers babord, c'était également deux de plus vers l'ennemi.

Quand Guiteau ressemblait à Carradine, son pistolet était un Hammerli International. Mais aujourd'hui où il ressemblait à Eriksson, son arme était un Derringer.

Par ailleurs, seul Fitzroy James Henry Somerset en personne avait porté un manteau raglan à la bataille de Balaklava.

Ils ne rimaient vraiment à rien, ces rêves.

Il se leva, ôta son pyjama et se mit sous la douche.

1. Cf. *L'Abominable Homme de Säffle* (10/18, n° 1827). (N.d.T.)

Tandis que l'eau froide lui faisait venir la chair de poule, il se mit à penser à Rhea.

En gagnant le métro il se souvint de son étrange conduite de la veille au soir.

Une fois installé à son bureau de Västberga il se sentit tout à coup très seul.

Kollberg entra lui demander comment il allait. C'était une question bien délicate et il réussit seulement à répondre machinalement :

— Ça va.

Kollberg ressortit presque immédiatement. Il était très pressé et en sueur. Sur le pas de la porte, il dit :

— Le coup de Hornsgatan est à peu près élucidé. En outre, nous avons une bonne chance de prendre Malmström et Mohrén en flagrant délit. Mais, pour ça, il faut attendre vendredi prochain. Et ta chambre close, au fait, comment ça marche ?

— Pas mal. Beaucoup mieux que je ne le pensais, en tout cas.

— Vraiment, dit Kollberg.

Il s'attarda encore quelques secondes pour ajouter :

— Tu as meilleure mine, aujourd'hui. Salut.

— Salut.

Martin Beck se retrouva seul et se mit à penser à Svärd.

Tout en pensant à Rhea.

Elle lui avait apporté beaucoup plus qu'il n'aurait cru. C'est-à-dire : en ce qui concernait l'enquête. Trois pistes, peut-être quatre.

Svärd était d'une avarice maladive.

Svärd s'était toujours bouclé dans son appartement — tout du moins ces dernières années — bien qu'il n'y eût absolument aucun objet de valeur chez lui.

Svärd était gravement malade et avait été hospitalisé peu avant sa mort.

Pouvait-il avoir de l'argent caché ? Et, dans ce cas, où ?

Avait-il peur de quelque chose ? Et, dans ce cas, de quoi ? La seule chose de valeur dans son cagibi barricadé, c'était sa vie.

De quoi souffrait Svärd ? Qui parlait de radiothérapie sous-entendait immédiatement : cancer. Mais, si vraiment, il se sentait condamné médicalement, pourquoi se protégeait-il pareillement contre quelqu'un ou quelque chose ?

Peut-être avait-il peur d'une personne en particulier ? Dans ce cas, laquelle ?

Et pourquoi avoir déménagé pour aller vivre dans un appartement à la fois moins bien et plus cher ? Surtout quelqu'un d'aussi avare que lui.

Cela faisait beaucoup de questions.

Des questions bien difficiles mais auxquelles il n'était pas tout à fait impossible de trouver des réponses.

Bien sûr, pas en l'espace de quelques heures. Plutôt de quelques jours. Voire de quelques semaines ou de quelques mois. Peut-être même de quelques années ou bien jamais.

Et où en était exactement l'enquête balistique ?

C'était par là qu'il fallait commencer.

Martin Beck empoigna le téléphone.

Il n'était pas particulièrement coopératif, cet engin, ce matin. Martin Beck dut appeler six fois, dont quatre lui valurent la réponse « un instant » de la part de quelqu'un qui ne revint jamais, avant de pouvoir mettre la main sur la jeune femme qui avait ouvert la poitrine de Svärd dix-sept jours auparavant.

— Ah oui, dit-elle. Je me souviens maintenant. Quelqu'un de la police m'a téléphoné pour me faire des reproches à propos de cette balle.

— Ce quelqu'un s'appelait Einar Rönn et il est membre de la police judiciaire.

— C'est bien possible. Je ne me souviens pas de son nom. En tout cas, ce n'était pas celui qui s'occupait de cette affaire au début, je veux dire : Aldor Gustavsson. Il avait l'air de ne pas avoir autant d'expérience. Il commençait toutes ses phrases par « Euh ».

— Qu'est-ce qui s'est passé, ensuite ?

— Comme je vous l'ai déjà dit, la police n'avait pas l'air particulièrement intéressée par cette affaire, au début. Personne ne m'a parlé d'enquête balistique avant que ce type du Norrland ne me téléphone. Je ne savais pas au juste quoi faire de la balle. Mais...

— Oui ?

— Il m'a semblé que ce serait une faute de la jeter, alors je l'ai mise dans une enveloppe et j'y ai joint mes observations. Comme s'il s'était agi d'un meurtre, quoi. Mais je ne l'ai pas transmise au laboratoire parce que je sais qu'ils sont débordés, là-bas.

— Qu'en avez-vous fait, alors ?

— Je l'ai mise de côté. Mais ensuite j'ai tout d'abord été incapable de la retrouver. Je ne suis ici qu'en remplacement, alors je n'ai pas d'endroit où ranger mes affaires. Mais j'ai fini par la retrouver et alors je l'ai envoyée.

— Pour examen ?

— Ce n'est pas à moi de décider. Mais je suppose que quand le balisticien reçoit une balle il l'examine, même s'il s'agit d'un suicide.

— Un suicide ?

— Oui, j'ai joint une note à ce sujet. Puisque la

police m'avait dit immédiatement qu'il s'agissait d'un cas d'autolyse.

— Bon, je vais voir cela, dit Martin Beck. Mais je voulais vous poser une autre question.

— Laquelle ?

— Avez-vous observé quelque chose de particulier lors de l'autopsie ?

— Oui, qu'il s'était tiré une balle. Cela figure dans le rapport.

— Non, je pensais à autre chose. Avez-vous trouvé quoi que ce soit qui puisse laisser penser que Svärd souffrait d'une grave maladie ?

— Non. Ses organes m'ont paru sains. Mais...

— Mais quoi ?

— Mais je ne les ai pas examinés de près. J'ai simplement constaté la cause du décès. Je n'ai donc examiné que les organes situés dans le thorax.

— C'est-à-dire ?

— Eh bien, essentiellement le cœur et les poumons. Ils étaient en bon état. Mis à part le fait qu'il était mort, quoi.

— Mais, par ailleurs, il peut avoir souffert de n'importe quoi ou presque ?

— Bien sûr. Depuis la podagre jusqu'au cancer du foie. Mais pourquoi me posez-vous toutes ces questions ? C'était un cas de pure routine.

— Les questions font aussi partie de la routine, répondit Martin Beck.

Il mit fin à l'entretien et s'efforça alors de mettre la main sur le balisticien du laboratoire. Mais il ne put y parvenir et dut se rabattre sur le directeur, un certain Oskar Hjelm, qui était certainement un technicien remarquable dans son domaine mais qui n'était pas des plus agréables quant à la conversation.

— Ah bon, c'est toi, dit Hjelm sur un ton légèrement acide. Je croyais que tu allais passer chef de division. Mais je prenais sans doute mes espoirs pour des réalités.

— Pourquoi cela ?

— En général, les chefs de division passent leur temps à penser à leur carrière. Quand ils ne sont pas à jouer au golf ou à raconter des bêtises à la télé. Et surtout ils ne nous téléphonent pas pour nous poser tout un tas de questions évidentes. Alors, de quoi s'agit-il ?

— Simplement d'un contrôle balistique.

— Simplement ? Et lequel, si je puis me permettre ? On nous envoie tout un tas de trucs ici. On a une foule d'objets à examiner mais personne pour le faire. L'autre jour, Melander nous a fait cadeau d'une cuve de chiottes. Il voulait savoir combien de personnes avaient pu y faire leurs besoins. Elle était pleine à ras bords et n'avait certainement pas été vidée depuis deux ans.

— Pas très agréable.

Fredrik Melander était en fait spécialisé dans les meurtres et avait été, pendant bien des années, l'un des collaborateurs les plus précieux de Martin Beck. Mais, quelque temps auparavant, il avait été muté à la brigade des vols et larcins, sans doute dans l'espoir qu'il remédie à la pagaille qui y régnait.

— Non, dit Hjelm. Notre travail n'a rien d'agréable, en effet. Mais personne n'a l'air de comprendre ça. Le directeur de la police n'a pas mis le pied ici depuis des années et, quand je lui ai demandé de me recevoir, au printemps, il m'a fait répondre qu'il n'avait pas une minute de libre au cours des prochains mois. Tu as bien entendu : au cours des prochains mois.

— Je sais que vous êtes bien à plaindre, dit Martin Beck.

— C'est le moins qu'on puisse dire, soupira Hjelm, en se radoucissant un peu. Tu ne peux même pas t'en faire une idée, mais nous sommes reconnaissants du peu de compréhension et d'encouragement que nous pouvons recueillir. Parce que nous n'en avons pas tellement l'habitude.

Hjelm était un éternel mécontent mais c'était un homme capable dans sa partie et, en outre, sensible à la flatterie.

— C'est un prodige que vous arriviez à tout faire, dit Martin Beck.

— Je dirais même plus : un miracle ! Qu'est-ce que c'est que cette histoire dont tu voulais me parler ? ajouta-t-il, très amicalement.

Martin Beck lui expliqua en quelques mots qu'il s'agissait de la balle trouvée dans le corps d'un certain Svärd. Karl Edvin Svärd.

— Ah oui, dit Hjelm. J'ai vu ça. Un cas typique. Un suicide, d'après ce qu'on nous a dit. Le médecin légiste nous l'a transmise sans nous dire ce qu'il fallait en faire. Peut-être la dorer ou bien la faire suivre au musée de la police ? A moins que ce ne soit une discrète invitation à nous suicider nous-mêmes tout de suite, pourquoi pas ?

— De quelle sorte de projectile s'agissait-il ?

— D'une balle de pistolet. Ayant servi. Tu n'as pas l'arme ?

— Non.

— Je croyais que c'était un suicide ?

Excellente question.

Martin Beck nota quelque chose sur son bloc.
— A-t-elle des caractéristiques particulières ?
— Mais oui. On peut penser qu'elle a été tirée par un quarante-cinq automatique. Ce ne sont pas les marques qui manquent. Si tu veux bien nous envoyer la douille on pourra être plus précis.
— Je ne l'ai pas.
— Ah bon ? Qu'est-ce qu'il a fait alors, ce type, après s'être tiré une balle dans la poitrine ?
— Je ne sais pas.
— En général, les gens qui ont une balle de ce genre dans le corps ne sont plus très agiles, dit Hjelm. Ils n'ont pas grand-chose d'autre à faire que de tomber par terre et de mourir.
— Oui, dit Martin Beck. Eh bien, merci.
— De quoi ?
— Pour ton aide. Et bonne chance.
— Pas d'humour noir, si tu veux bien, dit Hjelm avant de raccrocher.

C'était donc une chose certaine. Que ce soit Svärd lui-même ou quelqu'un d'autre qui ait tiré le coup mortel, l'intéressé n'avait pas pris de grands risques. Avec ce genre de calibre il était à peu près sûr d'atteindre le but recherché même s'il ne touchait pas absolument le cœur.

Mais, à part cela, que lui avait appris cette conversation ?

Une balle ne constitue pas un indice bien probant tant que l'on ne dispose pas de l'arme elle-même, ou au moins de la douille.

Il y avait malgré tout un point positif. Hjelm avait parlé d'un quarante-cinq automatique. Or, il était bien connu pour ne rien avancer dont il ne soit vraiment sûr. On pouvait donc affirmer que Svärd avait été tué au moyen d'un pistolet automatique.

Mais tout le reste était toujours aussi mystérieux.

Svärd ne semblait pas s'être suicidé et personne d'autre n'avait pu le tuer.

Martin Beck poursuivit donc ses recherches.

Il commença par les banques, sachant bien par expérience personnelle que cela risquait de prendre pas mal de temps. Certes, le secret bancaire suédois ne vaut pas son homologue suisse mais les institutions de placement financier sont nombreuses dans le pays et, du fait du faible rapport, beaucoup préfèrent placer leur argent à l'étranger, en particulier au Danemark.

Il s'arma donc de patience au téléphone, disant à chaque fois que c'était la police, qu'il s'agissait d'une personne s'appelant Svärd, née le tant, domiciliée à l'une de ces deux adresses. Cette personne disposait-elle d'un compte ou bien d'un coffre ?

C'était une question apparemment fort simple mais qu'il lui fallut poser bien des fois. Sans grand espoir d'obtenir une réponse avant au plus tôt le début de la semaine suivante.

Il fallait aussi qu'il touche l'hôpital où Svärd avait subi ses examens. Mais cela devrait attendre jusqu'à lundi.

Car la journée du vendredi touchait à sa fin, du moins en ce qui concernait ses heures ouvrables.

Dans les rues de Stockholm, c'était pour l'instant le chaos le plus complet, la police était en état d'hystérie et une grande partie de la population prise de panique.

Mais Martin Beck n'était même pas au courant de cela. La partie de la Venise du Nord que l'on pouvait voir depuis la fenêtre de son bureau comportait en tout et pour tout une autoroute puante et une zone industrielle. Le spectacle n'en était pas plus confus et repoussant que d'habitude.

A sept heures du soir il n'était toujours pas rentré chez lui, bien que sa journée de travail fût terminée depuis deux heures déjà et qu'il ne pût rien faire de plus quant à son enquête.

Le résultat de ces dernières heures était bien maigre. Le plus sensible était une certaine douleur à l'index droit, à force de composer tous ces numéros de téléphone.

Le dernier acte de sa journée de travail fut de chercher le nom de Rhea Nielsen dans l'annuaire téléphonique. Il l'y trouva bien en effet, sans indication de profession, et il avait déjà le doigt sur le cadran lorsqu'il s'aperçut qu'il n'avait rien à lui demander, en tout cas quant à l'affaire Svärd.

Cela aurait été purement et simplement de la mauvaise foi que de prétendre qu'il y eût un quelconque « motif de service » derrière cet appel.

Il avait tout simplement envie de savoir si elle était chez elle et la seule question qu'il avait à lui poser était très simple et d'ordre strictement personnel.

Puis-je monter un moment ?

Martin Beck ôta son doigt du cadran et remit les volumes de l'annuaire en place.

Puis il fit un peu de rangement, jeta quelques morceaux de papier sur lesquels figuraient des notes maintenant superflues et mit stylos et crayons là où ils devaient normalement se trouver.

Il effectua tous ces gestes très lentement et avec beaucoup de soin et réussit de la sorte à les faire durer un temps étonnamment long. Ainsi il consacra près d'une demi-heure à un stylo à bille au ressort défectueux, avant de conclure qu'il était inutilisable et de le jeter dans la corbeille.

L'hôtel de police sud n'était cependant pas vide, et quelque part à proximité, des collègues étaient en train de discuter de quelque chose, à voix très vive et très perçante.

Il n'avait pas la moindre envie de savoir de quoi ils parlaient ainsi.

Il quitta le bâtiment et se dirigea vers la station de métro de Midsommarkransen. Là, il attendit un bon moment une rame verte, présentable extérieurement mais en bien triste état intérieurement après le passage d'une bande de vandales qui avaient crevé les sièges et dévissé ou arraché tout ce qu'ils avaient pu.

Il descendit à la station de la Vieille Ville et rentra chez lui.

Une fois en pyjama, il chercha une bière dans le frigidaire et du vin dans l'office tout en sachant fort bien qu'il n'y avait ni l'un ni l'autre.

Il ouvrit une boîte de crabe russe et se prépara deux canapés. Puis il prit une bouteille d'eau minérale et se mit à l'œuvre. Ce n'était pas mauvais, bien au contraire, mais c'était triste de manger là, tout seul dans son coin. Ce n'était pas plus gai deux jours avant, à vrai dire, mais cela n'avait pas eu d'importance, alors.

Pris du besoin de faire quelque chose, il se mit au lit avec l'un des nombreux livres qu'il n'avait pas encore eu le temps de lire. Il se trouvait que c'était celui de Ray Parkins racontant de façon semi-romancée la bataille de la mer de Java. Il le lut d'une seule traite et le trouva mauvais. Il ne comprit pas pourquoi on s'était donné la peine de le traduire en suédois et regarda quel était l'éditeur. C'était Norstedts. Etrange.

Dans *The Two-Ocean War*, Samuel Eliot Morison avait traité le même sujet bien plus à fond et de manière bien plus intéressante, en l'espace de neuf pages, que Ray Parkins n'avait réussi à le faire en deux cent cinquante-sept.

Avant de s'endormir il pensa à des spaghetti à l'italienne. En même temps il éprouva, à l'idée du lendemain, quelque chose qui ressemblait à de l'attente.

C'est sans doute ce sentiment totalement infondé qui lui fit paraître aussi interminables le samedi et le dimanche. Pour la première fois depuis des années il ne tenait pas en place et avait la douloureuse impression d'être prisonnier. Il sortit, le dimanche il alla même jusqu'à Mariefred en bateau, mais cela ne servit à rien. Il se sentait tout aussi prisonnier à l'extérieur. Il y avait quelque chose de radicalement faux dans son existence et il n'était plus prêt à accepter cela avec la même équanimité qu'auparavant. En observant les gens, autour de lui, il eut l'impression que beaucoup étaient exactement dans la même situation mais qu'ils ne s'en apercevaient pas ou bien n'osaient pas l'admettre.

Le lundi matin il chevaucha. Ce jour-là, à nouveau, Guiteau ressemblait à Carradine et tirait avec un automatique de calibre quarante-cinq et, lorsque Martin Beck eut effectué son geste de sacrifice maintenant rituel, Rhea Nielsen apparut tout à coup et lui dit : « Mais qu'est-ce que tu fais, bon sang ? »

Un peu plus tard il était à nouveau à son poste, à l'hôtel de police sud, aux prises avec le téléphone.

Il commença par l'Institut de radiothérapie. La

réponse fut longue à obtenir mais valait la peine d'attendre.

Svärd y avait été admis le lundi 6 mars. Mais il avait, dès le lendemain, été transféré au service des maladies infectieuses de l'hôpital sud.

Pour quelle raison ?

— Ce n'est pas facile à dire, après tout ce temps, répondit la secrétaire, qui finit cependant par retrouver le nom de Svärd dans ses papiers. Apparemment, son cas ne nous concernait pas. Mais je n'ai pas d'archives, ici, tout simplement une note disant qu'il avait été envoyé par un docteur.

— Quel docteur ?

— Un généraliste du nom de Berglund. Oui, voilà mais je n'arrive pas à déchiffrer ce qu'il y a de marqué. Vous savez comment écrivent les docteurs. En outre, la copie n'est pas bonne.

— Quelle est l'adresse ?

— De son cabinet ? Odengatan n° 30.

— Elle est donc lisible, dit Martin Beck.

— Bien sûr, elle est imprimée, dit la secrétaire quelque peu vexée.

Le répondeur automatique du docteur Berglund l'informa que le cabinet était fermé pour le moment et ne rouvrirait pas avant le 15 août.

Le docteur était en vacances, naturellement.

Pourtant, Martin Beck n'était pas décidé à attendre plus d'un mois avant de savoir de quelle maladie souffrait Svärd.

Il appela donc l'hôpital sud, qui est un immense bâtiment avec une foule de postes téléphoniques. Il lui fallut donc près de deux heures avant de s'entendre confirmer que Karl Edvin Svärd avait bien été admis dans le service des maladies infectieuses au mois de mars, plus précisément du mardi 7 au samedi 18, date à laquelle il était probablement rentré chez lui.

Mais était-il sorti guéri ou condamné à mort ?

Il paraissait impossible d'obtenir une réponse à cette question. Le professeur responsable de ce service était bien là mais il était occupé et ne pouvait pas venir au téléphone.

Le moment était venu pour Martin Beck de recommencer ses visites à domicile.

Il prit un taxi et, une fois sur place, trouva le bon couloir sans trop de mal.

Moins de dix minutes plus tard il était reçu par celui qui devait tout savoir sur l'état de santé de Svärd.

Ce médecin était un homme d'environ cinquante ans, de petite taille, aux cheveux bruns et aux yeux d'une couleur indéfinissable, c'est-à-dire d'un gris bleuté avec des reflets verts et bruns. Tandis que Martin Beck fouillait dans ses poches pour chercher des cigarettes qui ne s'y trouvaient pas, l'homme chaussa des lunettes d'écaille et se plongea dans ses archives. Au bout de dix minutes de silence absolu, il remonta ses lunettes sur son front, regarda son visiteur et dit :

— Voilà. Qu'est-ce que vous vouliez savoir ?
— De quoi souffrait Svärd ?
— De rien du tout.

Martin Beck médita quelques secondes cette réponse plutôt inattendue et dit :

— Alors, pourquoi est-il resté ici près de deux semaines ?

— Onze jours, très exactement. Nous l'avons examiné à fond. En effet, il présentait certains symptômes et, de plus il nous était envoyé par un praticien privé.

— Le docteur Berglund ?
— C'est cela. Le patient était lui-même d'avis qu'il était gravement malade. Il avait d'une part deux grosseurs de petite taille à la gorge et, par ailleurs, une boule à la taille, sur le côté gauche. Celle-ci était très perceptible au toucher. Comme beaucoup d'autres, il s'est imaginé qu'il avait un cancer. Il est allé voir ce médecin qui a trouvé ces symptômes inquiétants. Mais, vous comprenez, les généralistes ne sont pas suffisamment équipés pour pouvoir parvenir à un diagnostic sûr dans des cas analogues. Leur jugement n'est pas toujours excellent, non plus. Dans le cas présent, le diagnostic était erroné et le patient a été dirigé comme cela, sans réfléchir, sur l'Institut de radiothérapie. Là, on a simplement pu constater qu'il n'avait été procédé à aucun examen et c'est pourquoi on nous l'a envoyé. Nous lui avons fait subir toute une série de tests car l'enquête est très poussée, ici.
— Et il s'est avéré que Svärd était en bonne santé ?
— Dans l'ensemble, oui. En ce qui concerne ces grosseurs au cou, nous avons facilement discerné qu'il ne s'agissait que de boules de graisse sans aucun caractère de malignité. La boule à la taille a demandé un examen un peu plus approfondi. Nous avons en particulier fait une aortographie et une radio de tout le système digestif. Nous avons également pratiqué une biopsie du foie et...
— Qu'est-ce que c'est ?
— Une biopsie du foie ? Pour simplifier, disons que l'on enfonce un tube dans le flanc du patient afin de prélever un tout petit morceau de son foie. C'est d'ailleurs moi-même qui l'ait effectuée. Puis l'échantillon est envoyé au laboratoire afin de déceler la présence éventuelle de cellules cancéreuses. Mais,

dans le cas qui nous occupe, nous n'avons rien trouvé d'analogue. Et, en définitive, il est apparu que cette grosseur était un kyste isolé au côlon...
— Pardon ?
— A l'intestin, si vous préférez. Je disais donc un kyste. Rien de grave, en fait. Nous aurions pu l'opérer mais nous avons jugé l'intervention inutile. Le patient ne ressentait aucune gêne. Il avait bien dit, précédemment, ressentir de violentes douleurs mais, de toute évidence, elles étaient de caractère psychosomatique.
Le médecin observa un temps d'arrêt, lança à Martin Beck un coup d'œil du genre de ceux dont on gratifie les enfants et les adultes incurablement ignares, avant de s'expliquer :
— Disons : des douleurs imaginaires.
— Avez-vous été personnellement en contact avec Svärd, professeur ?
— Bien sûr. Je lui ai parlé tous les jours et nous avons eu une longue conversation, tous les deux, avant sa sortie.
— Comment a-t-il réagi ?
— Au début, son comportement était totalement conditionné par cette maladie imaginaire. Il était persuadé qu'il souffrait d'un cancer incurable et qu'il allait bientôt mourir. Il ne pensait pas avoir beaucoup plus d'un mois à vivre.
— Cela a bien été le cas, en effet, dit Martin Beck.
— Vraiment ? Il a été renversé par une voiture ?
— Non, tué par balle. Il n'est pas exclu qu'il s'agisse d'un suicide.
Le médecin ôta ses lunettes et les essuya pensivement à un pan de sa blouse blanche.
— Cette hypothèse me paraît hautement improbable, dit-il.

— Pourquoi ?

— Avant de laisser sortir Svärd, j'ai eu, comme je viens de vous le dire, un long entretien avec lui. Il a été extrêmement soulagé lorsqu'il a compris qu'il était en bonne santé. Auparavant il était très perturbé, mais cette nouvelle l'a changé du tout au tout. Il était même joyeux. Nous avions déjà pu constater la disparition de ses douleurs sur simple absorption de médicaments extrêmement anodins. Des comprimés qui, entre nous soit dit, ne peuvent en aucun cas soulager des douleurs physiques réelles.

— Vous ne pensez donc pas qu'il ait pu se suicider ?

— Ce n'était pas le genre.

— De quel genre était-il, alors ?

— Je ne suis pas psychiatre, mais j'ai plutôt l'impression que c'était un homme dur et renfermé. Je sais que le personnel a éprouvé certaines difficultés avec lui et le trouvait exigeant et toujours en train de se plaindre. Mais ces traits ne sont apparus que les derniers jours, lorsqu'il a fini par comprendre que ce qu'il avait ne mettait pas ses jours en danger.

Martin Beck réfléchit une seconde et dit :

— Vous ne savez pas s'il a reçu des visites, pendant son séjour ici ?

— Non, je n'en sais rien, à vrai dire. Mais je me souviens qu'il m'a dit qu'il n'avait pas d'amis.

Martin Beck se leva.

— Eh bien, ce sera tout. Il ne me reste plus qu'à vous remercier. Au revoir, professeur.

Il se trouvait déjà sur le pas de la porte lorsque le médecin ajouta :

— A propos de visites et d'amis je me souviens tout à coup d'une chose.

— Laquelle ?

— Eh bien, il y a en fait eu un parent de Svärd qui s'est manifesté. Un neveu. Il a téléphoné un jour que j'étais là et m'a demandé comment se portait le frère de son père.

— Et que lui avez-vous répondu ?

— Cette personne a téléphoné juste après la conclusion de l'enquête. J'ai donc pu lui annoncer la bonne nouvelle, lui dire que Svärd était en bonne santé et qu'il pouvait encore vivre bien des années.

— Comment a réagi la personne qui se trouvait au bout du fil ?

— Elle a eu l'air étonnée. Sans doute Svärd l'avait-il convaincue elle aussi qu'il était gravement malade et qu'il n'avait pas grande chance de sortir vivant de l'hôpital.

— Ce neveu vous a-t-il dit son nom ?

— Sans doute, mais je ne m'en souviens pas.

— Une autre chose, pendant que j'y pense, dit Martin Beck. Est-ce que les patients, lorsqu'ils sont hospitalisés ainsi, ne laissent pas en général l'adresse d'un parent ou d'une connaissance, pour le cas où...

Il n'acheva pas sa phrase.

— Si, c'est exact, dit le médecin en remettant ses lunettes. Voyons, cela doit bien être marqué là. Ah oui, voilà.

— Quel nom ?

— Rhea Nielsen.

Martin Beck traversa le parc de Tantolunden plongé dans ses pensées. Curieusement, il ne fut ni dévalisé ni assommé. Il vit simplement une belle quantité d'ivrognes, allongés au milieu des taillis, sans doute dans l'attente de secours.

Il avait de quoi méditer.

Karl Edvin Svärd n'avait ni frère ni sœur.

Comment pouvait-il donc avoir un neveu ?

Martin Beck tenait maintenant un bon prétexte pour se rendre à Tulegatan et c'est bien dans cette direction qu'il partit, en ce lundi soir.

Mais, une fois arrivé à la station de métro du centre qui sert de correspondance entre toutes les lignes, il changea d'avis, revint deux stations en arrière et descendit à l'Écluse. Puis il remonta le quai de Skeppsbron afin de voir s'il y avait des bateaux intéressants à regarder.

Mais il n'y avait rien de bien passionnant.

Il s'aperçut alors, tout d'un coup, qu'il avait faim. Comme il avait oublié de faire des provisions il alla à *La Paix dorée* manger du jambon de Bayonne, mais il dut y subir les regards insistants d'un groupe de touristes débiles qui n'arrêtaient pas de demander aux serveuses s'il y avait des célébrités présentes, ce soir-là. Pour sa part, il avait bien fait la une des journaux l'année précédente mais les gens oublient vite, et sa gloire avait certainement pâli passablement depuis lors.

En réglant sa note il eut l'occasion de s'apercevoir que cette visite au restaurant était la première depuis fort longtemps car, au cours de cette période d'abstinence, les prix, déjà fabuleux auparavant, avaient encore augmenté notablement.

Une fois rentré chez lui il se sentit encore plus agité que jamais et erra longtemps dans son petit appartement avant de se mettre au lit avec un livre. Celui-ci n'était pas assez ennuyeux pour l'endormir mais pas assez intéressant non plus pour le tenir éveillé. Vers trois heures il se leva et prit deux comprimés de somnifère, ce qu'il évitait généralement de faire. Ceux-ci firent rapidement de l'effet et, lorsqu'il se réveilla, il se sentait encore groggy. Pourtant, il avait dormi plus longtemps que d'habitude et n'avait pas rêvé, ce jour-là.

Une fois arrivé dans son bureau il commença ses recherches de la journée en relisant consciencieusement toutes ses notes. Ceci l'occupa jusqu'à l'heure du lunch qui, en ce qui le concernait, se limita à une tasse de thé accompagnée de deux biscottes.

Puis il alla aux toilettes se laver les mains.

Lorsqu'il revint il se passa quelque chose.

Le téléphone sonna.

— Commissaire Beck ?
— Oui.
— Ici la banque Handelsbanken.

L'homme ne précisa pas quelle agence et poursuivit directement :

— Vous nous avez bien adressé une demande d'information concernant un certain Karl Edvin Svärd ?
— C'est exact.
— Eh bien, il a un compte chez nous.
— Il est approvisionné ?
— Oh oui. Et pas qu'un peu.
— Combien ?
— Environ soixante mille. C'est...

L'homme s'interrompit.

— Qu'alliez-vous dire ? demanda Martin Beck.
— Eh bien, c'est un compte assez étrange, selon moi.
— Vous avez tous les papiers devant vous ?
— Bien sûr.
— Puis-je venir les consulter immédiatement ?
— Naturellement. Vous n'aurez qu'à me demander, je m'appelle Bengtsson.

Ce fut un grand soulagement pour Martin Beck que de remuer un peu. L'agence de la banque se trouvait au coin d'Odengatan et de Sveavägen et, malgré la circulation, il mit moins d'une demi-heure pour s'y rendre.

L'homme avait raison. C'était un compte bien étrange.

Assis à une table, derrière le comptoir, en train de regarder toutes ces pièces, Martin Beck était pour une fois plein de gratitude envers un système qui donnait à la police et aux autres représentants des autorités du pays le droit de fouiller dans la vie privée des gens.

L'employé de banque dit :

— Le plus frappant est naturellement que ce client a un compte courant. Il aurait été plus naturel qu'il ait un compte-dépôt, qui rapporte un plus gros intérêt.

C'était une observation pertinente. Mais ce qui était encore plus frappant, c'était la régularité des versements. Sept cent cinquante couronnes étaient déposées chaque mois à une date toujours située entre le 15 et le 20.

— A ce que je vois, ces sommes n'étaient jamais déposées directement ici, dit Martin Beck.

— Non, jamais. Les versements étaient toujours effectués ailleurs. A y regarder de près, on s'aperçoit qu'il s'agit chaque fois d'une agence différente, et même souvent d'une autre banque que la nôtre. Bien sûr, cela ne changeait rien, l'argent finissait toujours par être crédité à son compte, ici. Mais ce changement quasi permanent de lieu de versement ne peut guère être le fait du hasard. On dirait qu'il est systématique.

— Vous voulez dire que c'est bien Svärd qui versait cet argent mais qu'il avait peur d'être reconnu ?

— C'est l'explication la plus plausible. Quand on

dépose de l'argent à son propre compte-chèques, on n'a pas besoin d'indiquer le nom de la personne qui procède à cette opération.

— Mais il faut quand même bien remplir soi-même l'imprimé ?

— Pas nécessairement. Il arrive bien souvent qu'un client se présente à la caisse et remette une certaine somme en demandant simplement qu'elle soit versée à son compte. Il y a bien des gens qui ne sont pas très habitués et dans ce cas c'est le caissier lui-même qui remplit le nom, le numéro du compte et celui de l'agence. C'est un service comme un autre.

— Qu'advient-il du bordereau ?

— On en donne un exemplaire au client, comme reçu. S'il s'agit d'une somme déposée sur son propre compte, la banque ne lui envoie pas d'avis. Cela ne se produit que lorsque c'est expressément demandé.

— Et les originaux alors, où se trouvent-ils ?

— Dans nos archives centrales.

Martin Beck suivit du doigt cette longue colonne de chiffres. Puis il dit :

— On dirait qu'il ne faisait jamais de retrait ?

— Oui et c'est bien ce qui me paraît le plus étrange. Il n'a jamais tiré un seul chèque sur ce compte et, quand j'ai vérifié la chose, je me suis même aperçu qu'il ne s'était jamais fait remettre de carnet de chèques. Tout du moins pas depuis des années.

Martin Beck se frotta énergiquement la racine du nez. On n'avait pas trouvé de carnet de chèques chez Svärd, pas plus que de bordereaux de dépôt ni d'avis de versement.

— Connaissez-vous Svärd de vue ?

— Non, personne ici ne l'a jamais vu.

— De quand date ce compte ?

— Il semble avoir été ouvert en avril 1966.

— Et, depuis cette date, sept cent cinquante couronnes y ont régulièrement été déposées tous les mois ?

— Oui. A ceci près que le dernier versement date du 16 mars de cette année.

L'homme regarda son calendrier.

— C'était un jeudi. Mais le mois suivant rien n'a été versé.

— L'explication est simple, dit Martin Beck. A cette date, Svärd était mort.

— Oh ! Nous n'en avons pas été informés. En général, les héritiers ne manquent pas de se manifester.

— Je ne crois pas qu'il y ait d'héritiers.

L'employé eut l'air étonné.

— Jusqu'à présent, ajouta Martin Beck. Au revoir.

Mieux valait quitter les lieux avant le prochain hold-up. Si celui-ci intervenait alors qu'il se trouvait sur place, il ne manquerait pas de se trouver réquisitionné pour participer aux activités de la BRB.

Détaché. Militarisé.

Mais voilà qui éclairait cette affaire d'un jour nouveau. Sept cent cinquante couronnes par mois pendant six ans. C'était un revenu étrangement régulier et, du fait que Svärd ne retirait jamais rien, cela avait fini par constituer une belle petite somme sur ce mystérieux compte. Cinquante quatre mille couronnes, plus les intérêts.

Pour Martin Beck, cela faisait beaucoup d'argent.

Pour Svärd, cela avait dû en faire encore plus : une petite fortune.

Rhea n'avait donc pas été tellement loin de la vérité lorsqu'elle avait parlé d'argent dissimulé sous le matelas. La seule différence était que Svärd s'était montré un peu mieux au fait des possibilités de son époque.

Les récents développements de l'affaire encouragèrent Martin Beck à redoubler d'activité.

La démarche suivante consistait, d'une part à prendre contact avec le service des impôts et, d'autre part, à jeter un coup d'œil sur les bordereaux de dépôt, si ceux-ci étaient bien archivés.

Svärd était inconnu du percepteur. Celui-ci l'avait jugé trop pauvre et s'était donc contenté de cette forme raffinée d'exploitation qu'est la TVA sur les produits alimentaires, spécialement inventée afin de frapper particulièrement les gens qui sont le moins bien lotis dans notre société.

Mais, même au bout du fil, Martin Beck crut entendre l'employé se lécher d'avance les babines à l'idée de ce compte-chèques de cinquante-quatre mille couronnes. Il trouverait bien un prétexte pour mettre la main dessus, même s'il s'avérait que Svärd avait en fait réussi le tour de force de les épargner de façon que, jadis, on disait honnête, c'est-à-dire en travaillant.

Mais, les choses étant ce qu'elles sont, il était certain que Svärd n'avait pas pu gagner une telle somme de la sorte et encore moins l'épargner sur sa retraite.

Alors, les bordereaux de versement ? L'agence centrale de la banque eut tôt fait de retrouver les vingt-deux derniers — il devait y en avoir soixante-douze en tout, s'il avait bien compté — et, l'après-midi même, Martin Beck put aller les examiner. Ils émanaient tous d'agences différentes et paraissaient tous rédigés d'une main différente, très probablement celle du caissier de l'agence en question. Il serait toujours possible d'aller trouver ces personnes et de leur demander si elles se souvenaient du client. Mais cela représentait un travail énorme qui, de plus, avait toutes chances de se révéler vain.

Pouvait-on raisonnablement espérer que quiconque se souvienne d'une personne venue, plusieurs mois auparavant, déposer sept cent cinquante couronnes sur son compte ? La réponse était simple : non.

Un peu plus tard dans la journée, Martin Beck se retrouva chez lui en train de boire du thé dans la fameuse tasse commémorant la victoire alliée de la Première Guerre.

Il la regarda et se dit que, si la personne qui avait procédé à ces mystérieux versements ressemblait au maréchal Haig, n'importe qui se souviendrait d'elle, naturellement.

Mais qui pouvait bien ressembler au maréchal Haig ? Personne, même pas dans les mises en scène théâtrales ou cinématographiques les plus coûteuses.

Ce soir-là, les choses étaient à nouveau différentes, d'une certaine façon. Il se sentait toujours fiévreux et insatisfait mais, cette fois, cela venait en partie du fait qu'il n'arrivait pas à détacher ses pensées de son travail.

Svärd.

Cette chambre close complètement stupide.

L'auteur de ces mystérieux versements.

Qui pouvait-il bien être ? Pouvait-il s'agir de Svärd lui-même, malgré tout ?

Non.

Il paraissait hautement improbable que Svärd se donnât tout ce mal.

De toute façon, il était déjà difficile de croire qu'un manutentionnaire comme lui ait pu avoir l'idée de se faire ouvrir un compte-chèques.

Non, l'auteur de ces versements était quelqu'un

d'autre. Sans doute un homme, car il était peu plausible qu'une femme se présente dans une banque en disant qu'elle s'appelle Karl Edvin Svärd et désire déposer sept cent cinquante couronnes sur son compte.

Mais pourquoi quelqu'un donnerait-il ainsi de l'argent à Svärd ?

Il lui fallait pour l'instant laisser cette question sans réponse.

Et puis il avait une autre énigme à résoudre : l'identité du mystérieux neveu.

Mais le plus énigmatique de tout c'était encore le nom de la personne qui, un jour d'avril ou du début de mai avait réussi à abattre Svärd, bien que celui-ci se trouvât dans une chambre fermée de l'intérieur et ayant l'aspect d'une véritable forteresse.

Et si ces trois personnes, l'auteur des versements, le neveu et le meurtrier n'en faisaient qu'une seule ?

C'était une question qui méritait mûre réflexion.

Il posa sa tasse et regarda sa montre. Le temps avait passé vite. Déjà neuf heures et demie. Il était trop tard pour aller où que ce soit.

Où aurait-il bien pu aller, d'ailleurs ?

Martin Beck sortit un disque de Bach et mit l'électrophone en marche.

Puis il alla se coucher.

Sans cesser de réfléchir pour autant. Malgré tous les vides et tous les points d'interrogation, il était possible de bâtir une histoire avec ce qu'il savait. Le neveu, l'auteur des versements et le meurtrier étaient une seule et même personne. Svärd était un maître chanteur au petit pied qui, au cours de ces six années, l'avait contrainte à lui verser sept cent cinquante couronnes par mois. Mais, du fait de son avarice maladive, il n'avait jamais touché à cet argent et la victime avait continué à payer, année après année. Avant de finir par se lasser.

En soi, Martin Beck n'avait pas de mal à s'imaginer Svärd dans la peau d'un maître chanteur. Mais même le plus malin des maîtres chanteurs doit avoir un moyen de pression, constituer un danger latent pour ses victimes.

Or, on n'avait rien trouvé, chez Svärd, qui puisse compromettre qui que ce soit.

Naturellement, il avait pu louer un coffre. Dans ce cas, la police ne tarderait pas à le savoir.

De toute façon, un maître chanteur doit être en possession d'une information d'un genre ou d'un autre.

Où un manutentionnaire pouvait-il découvrir pareille information ?

Sur son lieu de travail.

A la rigueur dans l'immeuble où il habitait.

Ces deux endroits étaient, autant que l'on sache, les seuls qu'ait jamais fréquentés Svärd.

Son lieu de travail et l'immeuble où il habitait.

Mais il avait cessé de travailler en juin 1966 ; deux mois après le premier de ces mystérieux versements sur son compte en banque.

Ceci datait donc de six ans. Qu'avait bien pu faire Svärd entre-temps ?

La platine tournait toujours lorsqu'il se réveilla. S'il avait rêvé quelque chose, il l'avait oublié.

C'était mercredi et il savait parfaitement comment débuter sa journée de travail.

Par une petite promenade.

Mais pas en direction de la station de métro. Son bureau de Västberga ne l'attirait pas et, aujourd'hui, il lui semblait avoir de très bonnes raisons de ne pas s'y rendre.

Au lieu de cela, il avait l'intention de flâner un peu le long des quais et suivit donc Skeppsbron en direction du sud, franchit l'Écluse et continua ensuite vers l'est le long de Stadsgården.

C'était la partie de Stockholm qu'il préférait depuis toujours. En particulier quand il était enfant, époque à laquelle tous les bateaux venaient accoster là et décharger leur cargaison en provenance de tous les pays du monde. Maintenant ils se faisaient rares. Les vrais bateaux, ils n'avaient plus rien à faire là et ils avaient été remplacés par des ferry-boats pour ivrognes faisant le service des îles d'Åland. Piètre consolation. En voie d'extinction, par la même occasion, était toute la vieille garde des dockers et des marins qui rendait jadis cette partie du port tellement vivante et attrayante.

Pour sa part, il se sentait encore d'humeur différente, ce jour-là. Par exemple, cela lui faisait du bien d'être dehors, de marcher d'un pas vif et décidé et de laisser courir ses pensées.

Il repensa à ces rumeurs de promotion et en fut encore plus inquiet que précédemment. Jusqu'à cette déplorable erreur, quinze mois auparavant, Martin Beck avait particulièrement redouté de se voir affecté à un poste l'obligeant à rester rivé à son bureau. Il avait toujours aimé travailler sur le terrain ou, tout du moins, avoir la possibilité de s'y rendre s'il le désirait.

L'idée d'un bureau meublé d'une table de réunion, de deux peintures à l'huile véritables, d'un fauteuil pivotant, de sièges pour les visiteurs, d'un tapis fait à la machine et d'une secrétaire particulière l'effrayait bien plus encore qu'une semaine auparavant. Non pas parce qu'il comprenait maintenant que de telles rumeurs devaient bien avoir des fondements mais parce qu'il se souciait plus de leurs conséquences. Malgré tout, ce qui affectait sa vie n'était pas totalement dénué d'importance.

Une demi-heure de marche d'un bon pas le conduisit à son but.

L'entrepôt était vieux et allait bientôt être démoli. Il n'était plus adapté aux nécessités de l'époque et en particulier aux containers.

Il ne régnait pas une activité bien intense à l'intérieur. Le petit réduit où aurait dû se trouver le chef de dépôt était désert et les vitres par lesquelles Sa Majesté avait jadis surveillé le travail étaient couvertes de poussière. L'une d'entre elles était même brisée et l'almanach accroché au mur datait de deux ans.

Près d'une pile pas très impressionnante de marchandises, se trouvait un chariot-élévateur et, derrière celui-ci, se tenaient deux hommes, l'un en combinaison d'un jaune vif et l'autre en blouse grise.

Ils étaient assis chacun sur un casier à bières en plastique avec, entre eux, une caisse sens dessus dessous. L'un des deux était assez jeune, l'autre paraissait avoir dans les soixante-dix ans, bien que ce fût impossible. Le plus jeune lisait le journal du soir et fumait une cigarette, le plus âgé ne faisait rien du tout.

Tous deux regardèrent Martin Beck d'un œil indifférent et le plus jeune marqua en outre son arrivée en jetant sa cigarette sur le sol et en l'écrasant avec le talon.

— Fumer dans l'entrepôt, dit le plus âgé en hochant la tête. De mon temps...

— ...on n'aurait jamais fait ça, compléta le plus

jeune, avec une grimace de lassitude. Mais ton temps, il est terminé, mon vieux, t'as pas encore pigé ça ?

Il se tourna alors vers Martin Beck et lui dit sans aménité :

— Qu'est-ce que vous voulez ? C'est privé, ici. C'est même marqué sur la porte. Vous ne savez pas lire ?

Martin Beck sortit son portefeuille et montra sa carte.

— Les flics, dit le jeune, avec une grimace de dégoût, cette fois.

L'autre ne dit rien, se contentant de regarder le sol, de se racler la gorge et de cracher un bon coup à terre, en visant un endroit précis.

— Depuis combien de temps travaillez-vous ici ?

— Sept jours, dit le jeune, mais demain c'est terminé. Je retourne bosser chez les routiers. Pourquoi, ça vous regarde ?

Martin Beck ne répondit pas. Et, sans attendre, l'homme poursuivit :

— Ici, c'est bientôt terminé. Mais mon pote, là, il se rappelle encore quand il y avait vingt-cinq types qui bossaient dans cette sale taule et deux contremaîtres. Il me l'a raconté cent cinquante fois cette semaine. Pas vrai, grand-père ?

— Alors tu dois aussi te rappeler quelqu'un qui s'appelait Svärd. Karl Edvin Svärd ?

Le vieux lança à Martin Beck un regard éteint et dit :

— Pourquoi ça ? Je ne sais rien, moi.

Il n'était pas difficile de deviner la raison d'une pareille réponse. La direction avait certainement déjà fait savoir que la police désirait parler à des gens qui connaissaient Svärd. Martin Beck ajouta donc :

— Svärd est mort et enterré.

— Ah bon ! Il est mort ? Dans ce cas, je me souviens de lui.

— Te vante pas trop, grand-père, dit le jeune. Quand Johansson t'a posé la même question, l'autre jour, tu te souvenais de rien du tout. T'es complètement gaga.

Il n'était apparemment nullement impressionné par Martin Beck, car il alluma sans se gêner une nouvelle cigarette et ajouta :

— C'est vrai, il est gaga. D'ailleurs, ils vont le fiche à la porte la semaine prochaine, et au Nouvel An, il va partir en retraite. S'il est encore vivant, bien sûr.

— J'ai une très bonne mémoire, dit le vieux, vexé. Et tu peux être sûr que je me souviens de Kalle Svärd. Mais personne ne m'a dit qu'il était mort.

Martin Beck ne dit rien.

— Les morts, même les poulets ne peuvent pas leur chercher des crosses, dit l'homme d'un air savant.

Le jeune se leva, prit le casier sur lequel il était assis et se dirigea vers la porte.

— Il va bientôt arriver, ce foutu camion ? dit-il. J'en ai marre d'être dans cet asile de vieux.

Puis il alla s'asseoir au soleil.

— Parle-moi un peu de Kalle Svärd, dit Martin Beck au vieux.

L'homme hocha la tête et se racla à nouveau la gorge avant de cracher. Mais, cette fois-ci, il ne visa pas et son molard atterrit à quelques centimètres de la chaussure de Martin Beck.

— Qu'est-ce que tu veux savoir ? Comment il était ?

— Oui.

— T'es bien sûr qu'il est mort ?

— Oui.

— Eh bien dans ce cas, je peux vous dire, monsieur, que Kalle Svärd était le plus beau salaud de tout ce pays de cons. J'en ai jamais rencontré de plus beau, en tout cas.

— Qu'est-ce que tu veux dire ?

L'homme fit entendre un rire creux puis il poursuivit :

— De toutes les façons possibles, bon dieu. J'ai jamais bossé avec quelqu'un de pire que lui et c'est pas peu dire, parce que j'ai roulé ma bosse, moi monsieur, *yes sir*. Même parmi ces bon dieu de fainéants comme lui, là-bas, y en a pas un qui peut battre Kalle Svärd. Et pourtant, c'est eux qui ont gâché notre beau métier et qu'en ont fait un boulot de cons.

Il fit un signe entendu en direction de la porte.

— Qu'est-ce qu'il avait de particulier, Svärd ?

— De particulier ? Ah ça oui, il était plutôt particulier, le client. D'abord, c'est le pire fainéant que j'aie jamais vu. Pour se tourner les pouces, il était champion. Et puis radin comme pas deux et incapable de penser à quelqu'un d'autre qu'à lui-même. Il aurait même pas donné un verre d'eau à un mourant.

Il se tut, puis il ajouta, l'air finaud :

— Mais sur un point, il était drôlement fort.

— Lequel ?

Son regard flotta légèrement et il hésita un peu avant de répondre :

— Eh ben pour lécher le cul des chefs, ça il s'y connaissait. Et pour laisser les autres faire le boulot. Pour faire semblant d'être malade. Il a d'ailleurs réussi à se faire mettre en retraite anticipée avant que ne commencent les licenciements.

Martin Beck s'assit sur la caisse.

— Tu allais dire autre chose, reprit-il.
— Moi ?
— Oui, qu'est-ce que tu voulais dire ?
— C'est bien sûr que Kalle a cassé sa pipe ?
— Oui, il est mort. Je t'en donne ma parole d'honneur.
— Parole de flic, tu parles. Et puis faut pas dire du mal des morts à ce qu'il paraît. Encore que, moi, je trouve qu'il vaut mieux savoir tenir les coudes des vivants.
— C'est aussi mon opinion, dit Martin Beck. Mais qu'est-ce qu'il savait si bien faire d'autre, Kalle ?
— Eh ben, il était drôlement fort pour mettre en miettes les caisses qu'il fallait. Mais c'était en général pendant ses heures supplémentaires. Comme ça, les autres n'en voyaient pas la couleur.

Martin Beck se leva. C'était une indication, probablement la seule que cet homme pût lui fournir. Dans la profession de docker, c'était un truc fort pratiqué, et un secret bien gardé, que de mettre en miettes les caisses qu'il fallait. Celles contenant de l'alcool, du tabac ou de la nourriture sous diverses formes avaient une certaine propension à connaître ce genre d'accident. Ainsi, naturellement, que toute autre marchandise de format convenable et assez facile à écouler.

— Ouais, dit l'homme. Je crois bien que ça m'a échappé. Mais c'est sans doute ce que tu voulais savoir. Alors maintenant, tu files. Salut, camarade.

Karl Edvin Svärd n'avait pas tellement dû avoir la cote parmi ses compagnons de travail. Mais personne ne pouvait dire qu'on n'avait pas été solidaire avec lui, du moins de son vivant.

— Allez, au revoir, dit l'homme. Au revoir.

Martin Beck avait déjà fait un pas vers la porte et

ouvert la bouche pour dire « merci beaucoup », ou quelque chose d'analogue, lorsqu'il s'arrêta et revint s'asseoir sur la caisse.

— Je voudrais bien continuer à bavarder un peu avec toi, dit-il.

— Quoi ? dit l'homme.

— Dommage qu'on n'ait pas une bière. Mais je peux aller en chercher.

L'homme le regarda fixement. La surprise remplaça lentement la résignation dans ses yeux.

— Quoi ? répéta-t-il, méfiant. Tu veux bavarder ? Avec moi ?

— Oui.

— J'en ai, dit-il. De la bière, je veux dire. Dans la caisse sur laquelle tu es assis.

Martin Beck se leva et l'homme en sortit deux bouteilles.

— D'accord si c'est moi qui paie, dit Martin Beck.

— Aucune objection. Mais ça n'a pas d'importance.

Martin Beck sortit un billet, le lui tendit et se rassit avant de dire :

— Tu m'as dit que tu avais été marin, il me semble. Quand as-tu débarqué ?

— En 1922, à Sundsvall. J'étais à bord d'un bateau qui s'appelait le *Fram*. Le vieux, lui, il s'appelait Jansson. Encore un beau salaud, celui-là.

Lorsqu'ils eurent parlé un moment et ouvert une autre bouteille de bière, le jeune revint. Il les regarda avec de grands yeux et dit :

— Vous êtes vraiment dans la police ?

Martin Beck ne répondit pas.

— Vous mériteriez qu'on porte plainte contre

vous, bon sang, dit-il avant de regagner sa place au soleil.

Martin Beck ne partit pas avant l'arrivée du camion, une bonne heure plus tard.

Cette conversation avait été très fructueuse. Il est souvent intéressant d'écouter les vieux ouvriers et incompréhensible que presque personne ne prenne le temps de le faire. Cet homme-là avait connu bien des choses, tant en mer qu'à terre. Pourquoi ne donnait-on jamais la parole à ce genre de personnes, dans les mass-media ? Les politiciens et les technocrates les écoutaient-ils jamais ? Certainement pas car, dans ce cas, ils auraient évité bien des bêtises sur des questions telles que l'emploi ou le milieu de travail et de vie.

En ce qui concernait Svärd, Martin Beck disposait maintenant d'une piste de plus à suivre.

Mais il ne s'en sentait pas capable dans l'immédiat. Il n'avait pas l'habitude de boire trois bonnes bières avant le déjeuner et il en ressentait déjà les effets : un léger sentiment de vertige et une sourde migraine.

Mais ce n'étaient pas des maux inguérissables.

A l'Écluse, il prit un taxi et se fit conduire aux Bains du centre. Là, il resta une quinzaine de minutes dans le sauna, puis une dizaine d'autres, plongea à deux reprises dans le bain froid et termina le tout par une heure de sommeil dans sa cabine.

Le traitement eut l'effet recherché et, lorsqu'il arriva au bureau de la firme de transport, située sur le quai de Skeppsbron, peu après l'heure du déjeuner, il avait retrouvé tous ses esprits.

Il venait pour poser une question à laquelle il sentait par avance que l'on ne mettrait pas beaucoup d'empressement à répondre. Et il ne se trompait pas.

— Des accidents de transport ?

— C'est cela.

— Bien sûr que nous en avons. Savez-vous combien de tonnes nous transportons par an ?

C'était naturellement une question tout à fait rhétorique. On voulait se débarrasser de lui le plus vite possible. Mais il s'accrocha.

— Maintenant, avec le nouveau système, nous en avons naturellement moins. Par contre, ceux que nous avons sont plus coûteux. Les containers...

Martin Beck ne s'intéressait nullement aux containers. Ce qu'il voulait savoir, c'était ce qui se passait à l'époque de Svärd.

— Il y a six ans, dites-vous ?

— Oui, ou bien avant. Disons en 65 et 66.

— Vous ne pouvez tout de même pas croire que nous allons répondre à ce genre de question. Je vous l'ai déjà dit : les accidents de transport étaient bien plus fréquents dans les anciens entrepôts. Il arrivait que des caisses soient détériorées, mais nous étions toujours assurés contre ce genre d'accident. C'étaient rarement les ouvriers eux-mêmes qui avaient à en supporter les conséquences. Il pouvait se faire qu'on en licencie un de temps en temps mais, en général, il s'agissait de remplaçants. Et puis, il était impossible d'éviter totalement les accidents.

Martin Beck ne désirait pas savoir qui avait bien pu être licencié. Par contre, il demanda si l'on ne tenait pas un registre sur lequel on notait ce genre d'accidents et la personne qui l'avait occasionné.

Si, bien sûr, le chef d'équipe le notait dans son rapport de la journée.

Et ces rapports, ils existaient encore ?

Ce n'était pas impossible.

Où cela, dans ce cas ?

Dans une vieille caisse, quelque part au grenier sans doute. Impossible à retrouver. Surtout aussi rapidement.

La firme était en effet très ancienne et avait toujours eu ses bureaux à cet endroit de la Vieille Ville. Pas mal de papiers devaient donc y être entassés.

Mais Martin Beck ne lâcha pas prise, au risque de se faire très mal voir, ce dont il avait d'ailleurs l'habitude. Après avoir discuté un petit moment quant à la signification exacte du mot « impossible », on finit par se rendre compte que la meilleure façon de se débarrasser de lui était d'accéder à ses désirs.

On envoya donc au grenier un jeune homme qui ne tarda pas à revenir, les mains vides et l'air désolé. Mais Martin Beck remarqua qu'il n'avait même pas de poussière sur son veston et proposa donc ses services en vue d'une nouvelle tentative.

Il faisait très chaud dans ce grenier et l'on voyait la poussière voler dans les rayons du soleil passant par les lucarnes. Mais ce ne fut pourtant pas un travail bien difficile. Au bout d'une demi-heure, ils trouvèrent la caisse recherchée ; les archives étaient bien tenues : tout était consigné dans des registres portant le numéro de l'entrepôt, ainsi que l'année, indiqués sur une étiquette. Ils trouvèrent en tout cinq registres portant le numéro de l'entrepôt intéressant Martin Beck ainsi que des dates couvrant la deuxième moitié de l'année 65 et la première de l'année 66.

Le jeune employé n'était plus aussi présentable ; sa veste était bonne pour le nettoyage et son visage ruisselait de sueur mêlée de poussière.

Au bureau, on regarda ces registres avec beaucoup d'étonnement et de déplaisir.

On ne lui demanda pas de reçu et on lui fit même comprendre qu'on se souciait peu de jamais les revoir.

— J'espère que je ne vous ai pas trop dérangés, dit Martin Beck, de son air le plus aimable.

Et il s'éloigna, son butin sous le bras, sous les regards découragés des employés.

Il ne venait certainement pas d'améliorer l'image de marque du plus grand prestataire de service du pays. C'est en effet ainsi que le directeur de la police nationale venait de qualifier son département, ce qui avait causé une certaine sensation parmi les intéressés.

A Västberga, il commença par emmener ces registres dans les toilettes afin de les dépoussiérer. Puis il se dépoussiéra lui-même et regagna son bureau afin de commencer sa lecture.

Il était trois heures lorsqu'il s'attela à la tâche et cinq heures lorsqu'il considéra qu'il en avait terminé.

Ces registres étaient dans l'ensemble bien tenus mais de façon telle qu'ils étaient presque incompréhensibles pour les non-initiés. Les notes indiquaient, jour par jour, les quantités de marchandises traitées mais au moyen d'une terminologie extrêmement abrégée.

Ce que cherchait Martin Beck s'y trouvait pourtant aussi. A intervalles irréguliers il était fait mention de marchandises endommagées. Par exemple :

Accident de transport : I c. boîtes cons., dest. Svanberg, Huvudstadsg. 16, Solna.

Les notes indiquaient toujours la nature des marchandises et leur destinataire. Par contre, rien n'était jamais précisé quant à l'ampleur ou à la nature des dommages ni sur le responsable de ceux-ci.

Ils n'étaient pas particulièrement fréquents mais l'alcool, les produits alimentaires et autres denrées de consommation constituaient la très grande majorité des marchandises accidentées.

Martin Beck recopia toutes ces notes sur son bloc, accompagnées de la date. Il y en avait en tout une cinquantaine.

Une fois qu'il eut terminé, il emporta les registres au secrétariat en joignant un mot pour demander qu'ils soient retournés à leur légitime propriétaire.

Sur le dessus du paquet il déposa une carte de visite de la police sur laquelle il avait marqué :

Merci de votre aide. Commissaire Beck.

En gagnant le métro il se dit que c'était certainement la firme elle-même qui allait être chargée du transport et il en conçut une joie légèrement maligne.

Tout en attendant la rame verte, il réfléchit au transport moderne par containers. Impossible, maintenant, de laisser tomber accidentellement un container en acier de plusieurs tonnes comme on pouvait le faire jadis, par exemple avec une caisse de cognac dont on recueillait soigneusement le contenu, ensuite, dans des seaux ou des bidons. Par contre, c'était très pratique pour tous ceux qui voulaient faire passer quelque chose en fraude et c'était bien ce qui se passait quotidiennement, car la douane avait complètement perdu le contrôle des événements et ne se souciait plus que de tracasser le voyageur qui avait le malheur de transporter dans ses bagages une cartouche de cigarettes ou une bouteille de whisky non déclarés.

La rame arriva.

Il changea à la station centrale et descendit à Handelshögskolan.

Dans le magasin du monopole de l'alcool de Surbrunnsgatan, l'employée regarda d'un air méfiant son veston, qui portait encore les traces de sa visite dans ce grenier de la Vieille Ville.

— Je voudrais seulement deux bouteilles de vin, dit-il.

Elle passa aussitôt la main sous le comptoir et appuya sur le bouton qui allume la lampe rouge du contrôle d'identité.

— Puis-je voir vos papiers ? demanda-t-elle, la mine renfrognée.

Lorsqu'il les lui eut montrés, elle rougit légèrement comme si elle avait été victime d'une plaisanterie particulièrement stupide et inconvenante.

Puis il se rendit chez Rhea.

Il tira sur le cordon de la sonnette et appuya ensuite sur la porte. Elle était fermée. Mais il y avait de la lumière dans le hall et, au bout d'une demi-minute, il fit une nouvelle tentative.

Elle vint ouvrir. Ce jour-là elle portait un pantalon de velours côtelé et une veste lui tombant à mi-cuisses.

— Ah c'est toi, lui dit-elle assez sèchement.

— Oui. Est-ce que je peux entrer ?

Elle le regarda.

— D'accord.

Elle pivota rapidement sur ses talons et il la suivit dans l'entrée. Au bout de deux pas, elle s'arrêta et resta, un instant, la tête baissée. Puis elle revint vers la porte et releva le verrou. Mais ensuite elle se ravisa et le rabaissa. Elle le précéda dans la cuisine.

— J'ai acheté un peu de vin.

— Pose-le dans l'office, dit-elle en s'asseyant à la table.

Deux livres ouverts étaient posés sur celle-ci ainsi que quelques feuilles de papier, un crayon et une gomme de couleur rose.

Il sortit les bouteilles du sac et alla les ranger à l'endroit indiqué. Elle le regarda du coin de l'œil et dit d'un air de reproche :

— Pourquoi en as-tu acheté d'aussi cher ?

Il vint s'asseoir en face d'elle. Elle le regarda dans les yeux et lui dit :

— Svärd, hein ?

— Non, répondit-il aussitôt. Ce n'est qu'un prétexte.

— Tu as besoin d'un prétexte ?

— Oui. Pour moi-même.

— Parfait, dit-elle. Okay. Alors on fait du thé.

Elle poussa les livres, se leva et se mit à faire du bruit avec ses ustensiles de cuisine.

— En fait, j'avais pensé lire un peu, ce soir, dit-elle. Mais ça ne fait rien. C'est drôlement triste d'être seule. Tu as mangé ?

— Non.

— Bon, eh bien alors je vais te préparer quelque chose.

Elle se tenait debout, jambes écartées, une main sur la hanche et se grattant la nuque avec l'autre.

— Du riz, dit-elle. Ce sera parfait. Je fais cuire du riz et ensuite on pourra toujours mettre quelque chose dedans, pour corser un peu.

— Ça me convient parfaitement.

— Mais ça va demander un peu de temps, vingt minutes peut-être. Alors on prend le thé d'abord.

Elle sortit des tasses et versa le thé. Puis elle s'assit, posa ses grandes mains puissantes autour de la tasse et souffla sur le thé, tout en l'observant par-dessus le bord de la tasse, pas encore complètement déridée.

— Tu avais raison en ce qui concerne Svärd. Il avait de l'argent à la banque. Et pas qu'un peu.

— Hum !

— Quelqu'un lui versait sept cent cinquante couronnes tous les mois. Tu n'aurais pas une idée de qui ça peut être ?

— Non. Il ne connaissait personne.

— Pourquoi a-t-il bien pu déménager ?

Elle haussa les épaules.

— La seule explication que je puisse trouver, c'est qu'il ne se plaisait pas ici. Il était bizarre. Il lui est arrivé de venir se plaindre que je ne ferme pas plus tôt la porte d'entrée de l'immeuble. On aurait dit que tout le monde devait être à sa disposition.

— Oui, c'est bien ça.

Elle garda le silence pendant un bon moment, puis reprit :

— Pourquoi dis-tu : « C'est bien ça » ? Tu as trouvé quelque chose d'intéressant sur son compte ?

— Je ne sais pas si tu vas penser que c'est intéressant, dit Martin Beck. Il a certainement été tué.

— Curieux, dit-elle. Raconte.

Elle se remit à faire du bruit avec ses casseroles mais tout en l'écoutant attentivement et en fronçant de temps en temps les sourcils.

Une fois qu'il eut terminé, elle éclata de rire.

— Mais c'est merveilleux, dit-elle. Tu ne lis jamais de romans policiers ?

— Non.

— Moi, j'en lis des tas, n'importe lesquels, et j'oublie aussitôt ce que j'ai lu. Mais ça, c'est un classique : la chambre close ; il y a des tas d'enquêtes de ce type. J'en ai encore lu une récemment. Attends une seconde. Sors des bols pendant ce temps. Et puis le soja, sur l'étagère. Arrange un peu la table, pour que ce soit agréable.

Il fit de son mieux. Elle reparut au bout de quelques instants avec une sorte de journal à la main. Elle le posa, plié, à côté de son bol et commença à servir le riz.

— Mange, ordonna-t-elle. Pendant que c'est chaud.

— Très bon, dit-il.

— Hum, dit-elle. J'ai réussi, encore un coup.

Elle ingurgita une portion de riz puis jeta un coup d'œil sur sa revue et dit :

— Ecoute ça. La chambre close. Enquête. Il existe trois catégories principales de solutions : A, B, et C. A : le crime a été commis dans une pièce qui est réellement fermée à clé et d'où le meurtrier a disparu parce qu'il n'y avait pas de meurtrier à l'intérieur. B : le crime a été commis dans une pièce qui donne simplement l'impression d'être hermétiquement close mais d'où il existe un moyen plus ou moins astucieux de sortir. C : les cas où le meurtrier est encore caché dans la pièce.

Elle servit encore un peu de riz.

— Le C me semble exclu, dit-elle. Personne ne peut rester caché pendant deux mois avec une demi-boîte de pâtée à chat pour toutes provisions. Mais il y a ensuite tout un tas de sous-catégories. Par exemple A 5 : meurtres commis à l'aide d'animaux. Ou bien B 2 : on pénètre du côté de la porte où se trouvent les gonds, sans toucher à la serrure ou au verrou, et on remet ensuite les gonds en place.

— Qui a écrit ça ?

Elle regarda le nom de l'auteur.

— Quelqu'un qui s'appelle Göran Sundholm. Mais il cite tout un tas d'autres solutions. A 7 n'est pas mal non plus, par exemple : meurtres apparents, du fait d'une chronologie erronée. Ou encore A 9 : la victime reçoit le coup mortel quelque part, puis rentre dans la pièce et s'enferme avant de mourir. Tu peux lire toi-même, si tu veux.

Elle lui tendit la revue. Martin Beck y jeta un coup d'œil puis la posa à côté de lui.

— Qui est-ce qui fait la vaisselle ? demanda-t-elle.

Il se leva et se mit à desservir.

Elle leva les jambes et resta assise, les talons reposant sur le siège de sa chaise et les bras autour des genoux.

— Tu es détective, n'est-ce pas ? dit-elle. Alors cela devrait t'amuser qu'il se passe quelque chose d'un peu différent des autres fois. Tu crois que c'est le meurtrier qui a téléphoné à l'hôpital ?

— Je ne sais pas.

— C'est bien possible, à mon avis.

Elle haussa les épaules.

— Naturellement, c'est simple comme bonjour, cette histoire.

— Probablement.

Il entendit quelqu'un toucher la porte d'entrée mais la sonnette ne résonna pas et elle ne réagit pas.

Le système fonctionnait bien. Si l'on voulait être en paix, on mettait le verrou. Inversement, si l'on venait pour quelque chose de très urgent, on sonnait. Cela reposait donc sur la confiance mutuelle.

Martin Beck s'assit.

— On pourrait peut-être goûter ce vin si cher, dit-elle.

Il était en fait très bon. Ils gardèrent tous deux le silence pendant un bon moment.

— Comment peux-tu être dans la police ?

— Bah !

— On parlera de ça un autre jour.
— Je crois qu'ils ont l'intention de faire de moi un chef de division.
— Et ça ne te plaît pas, constata-t-elle.
Quelques instants plus tard elle lui demanda :
— Qu'est-ce que tu aimes comme musique ? J'ai à peu près toutes les sortes.
Ils allèrent s'asseoir dans la pièce où se trouvaient l'électrophone et des fauteuils dépareillés. Ils mirent un disque.
— Enlève ton veston, quoi, dit-elle. Et tes chaussures.
Elle avait ouvert la seconde bouteille mais ils buvaient lentement, maintenant.
— Tu n'avais pas l'air de très bonne humeur, quand je suis arrivé, dit-il.
— Oui et non.
Elle se tut. Elle avait simplement voulu que les choses soient claires. Bien souligner qu'elle n'était pas une marie-couche-toi-là. Elle comprit tout de suite qu'il avait compris et il savait qu'elle le savait.
Martin Beck avala une gorgée de vin. Il était dans une forme merveilleuse.
Il la regarda à travers ses paupières mi-closes, assise-là, la mine renfrognée et les coudes sur la table basse.
— Si on faisait un puzzle, dit-elle tout à coup.
— J'en ai un très bien chez moi, dit-il. La vieille reine Elizabeth.
C'était exact. Il l'avait acheté environ deux ans auparavant mais il n'y avait plus jamais repensé.
— Amène-le, la prochaine fois que tu viendras, dit-elle.
Soudain, elle changea rapidement de position et

s'assit, les jambes en croix et le menton entre les mains. Elle dit :

— Je préfère t'informer que, pour l'instant, je ne suis pas en état pour ce que tu penses.

Il lui lança un rapide coup d'œil et elle ajouta :

— Tu sais ce que c'est, les filles. Tout un tas de trucs pas propres.

Martin Beck hocha la tête.

— Ma vie sexuelle à moi ne présente aucun intérêt. Et la tienne ? dit-elle.

— Inexistante.

— C'est mauvais, ça, dit-elle.

Elle changea le disque et but encore un peu.

Il bâilla.

— Tu es fatigué, dit-elle.

Il ne répondit pas.

— Mais tu ne veux pas rentrer chez toi. Eh bien alors, n'y rentre pas.

Après un bref silence, elle ajouta :

— Je crois que je vais essayer de lire un peu, tout de même. Et je n'aime pas du tout ce pantalon. Il est beaucoup trop étroit.

Elle ôta ses vêtements et les jeta par terre, en tas. Puis elle enfila une chemise de nuit en flanelle, couleur rouge foncé, qui lui tombait jusqu'aux pieds et qui avait une forme étrange.

Il l'observa d'un œil intéressé pendant cette opération.

Nue, elle était exactement telle qu'il se l'était représentée. Un corps ferme, robuste et bien bâti. Des poils blonds. Le ventre bombé, les seins plats et ronds. De grands tétons brun clair.

Il pensa : aucun signe particulier, cicatrices ou marques de naissance.

— Pourquoi ne t'allonges-tu pas un moment ? dit-elle. Tu as l'air épuisé.

Martin Beck obéit. C'était vrai, il était épuisé et il s'endormit presque immédiatement. La dernière image qu'il emporta dans son sommeil, ce fut celle de Rhea, assise à la table, sa tête blonde penchée sur ses livres.

La première qu'il vit, en ouvrant les yeux, ce fut encore Rhea, mais cette fois penchée sur lui et lui disant :

— Réveille-toi. Il est minuit et j'ai une faim de loup. Si tu veux descendre fermer la porte d'entrée, pendant que je fais quelque chose à manger ? La clé est accrochée sur la gauche, à une ficelle verte.

XXVII

Le vendredi 14 juillet, comme prévu, Malmström et Mohrén attaquèrent la banque. A trois heures moins le quart, très précisément, ils poussèrent les portes, revêtus de combinaisons orange, de gants en caoutchouc et de masques de Donald.

Ils tenaient à la main leurs pistolets de gros calibre et Mohrén expédia immédiatement une balle au plafond. Pour plus de sûreté, il ajouta, en prenant un très fort accent étranger :

— C'est un hold-up !

Hauser et Hoff, eux, étaient en vêtements de ville mais portaient des cagoules. Hauser tenait en outre le pistolet-mitrailleur et Hoff le fusil à canon scié de marque Maritza. Ils restèrent postés à l'entrée afin de couvrir la retraite en direction des voitures.

Hoff promenait le canon de son fusil dans toutes les directions afin de tenir à distance les indésirables tandis que Hauser se plaçait, comme convenu, de façon à pouvoir tirer soit vers l'intérieur de la banque, soit vers le trottoir.

Pendant ce temps, Malmström et Mohrén vidaient systématiquement les caisses.

Jamais aucun plan n'avait fonctionné de façon aussi parfaite.

Cinq minutes plus tôt, une voiture bonne pour la casse avait explosé sur un terrain où se trouvaient des garages, à Rosenlundsgatan, dans le quartier sud. Aussitôt après éclata une fusillade et un violent incendie se déclara dans un immeuble voisin. L'adjudicataire A, responsable de cette spectaculaire mise en scène, traversa calmement le pâté de maisons, monta dans sa voiture et rentra chez lui.

Une minute plus tard, un camion de meubles volé fit marche arrière pour pénétrer dans la cour de l'hôtel de police. Et s'y prit de telle façon qu'il resta coincé dans l'entrée. Il s'en déversa alors une grande quantité de cartons contenant de la laine de verre imbibée de pétrole qui prit feu immédiatement.

Pendant ce temps, l'adjudicataire B s'éloignait lentement, à pied, apparemment indifférent à tout le remue-ménage qu'il avait causé.

Tout se déroula donc exactement comme prévu. Chaque détail du plan fut exécuté à la perfection et à la seconde près.

Du côté de la police également, les choses se déroulèrent exactement comme prévu et au moment prévu. Dans l'ensemble.

Il n'y avait qu'un petit détail qui clochait.

La banque attaquée par Malmström et Mohrén n'était pas située à Stockholm, mais à Malmö.

L'inspecteur Per Månsson, de la police de Malmö, était assis dans son bureau, en train de prendre le café. Il avait vue sur la cour et faillit donc avaler son petit pain de travers lorsqu'il vit le camion venir bloquer l'entrée et une grosse colonne de fumée commencer à s'élever. Au même moment, Benny Skacke, jeune policier ambitieux qui, malgré tous ses efforts pour gravir les échelons de la hiérarchie, n'était encore qu'assistant, ouvrit brutalement sa porte pour lui annoncer que l'on venait de recevoir un appel d'urgence en provenance de Rosenlundsgatan, où il semblait que venait de se produire une explosion suivie d'une fusillade et d'un début d'incendie.

Bien que Skacke ait habité Malmö depuis trois ans et demi, il n'avait encore jamais entendu parler de cette rue et ne savait pas où elle se trouvait. Per Månsson, qui connaissait sa ville comme sa poche, le savait, lui, et il lui parut extrêmement bizarre qu'un attentat ait été commis dans cette rue bien modeste du paisible quartier de Sofielund.

Mais ni lui ni les autres n'eurent vraiment le temps de se poser beaucoup de questions. Car, lorsque l'on voulut expédier là-bas tout le personnel tactique tenu en réserve, on s'aperçut que l'hôtel de police était lui-même dans une bien triste situation, tous les véhicules étant tout simplement bloqués dans la cour. On gagna donc Rosenlundsgatan soit en taxi soit dans des voitures particulières, naturellement dépourvues de radios émettrices.

Pour sa part, Per Månsson arriva sur les lieux à trois heures sept. Les pompiers de la ville avaient déjà maîtrisé l'incendie, qui avait toutes les apparences d'être volontaire mais n'avait causé que des dégâts sans importance dans un garage vide. A ce moment, des forces de police en quantité fort appréciable se trouvaient concentrées dans ce périmètre mais, à part une vieille voiture en bien mauvais état, rien ne leur parut particulièrement louche. Huit minutes plus tard, un policier à motocyclette capta un message annonçant qu'on était en train d'attaquer une banque en plein centre de la ville.

Mais, à ce moment, Malmström et Mohrén avaient

déjà quitté Malmö. On les avait vus partir dans une Fiat bleue mais ils n'avaient pas été pris en chasse. Moins de cinq minutes plus tard ils s'étaient séparés et avaient changé de voiture.

Lorsque la police eut enfin fini de faire le ménage devant chez elle et réussi à déplacer ce camion et ces cartons encombrants, on bloqua les issues de la ville. L'alerte fut donnée au niveau national et l'on diffusa le signalement de la voiture dans laquelle les gangsters avaient pris la fuite.

On la retrouva trois jours plus tard dans un hangar du port, avec les combinaisons, les masques, les gants, les pistolets et autres petites gâteries.

Hauser et Hoff méritèrent amplement les honoraires qui furent déposés sur le compte-chèques de leur femme. Ils restèrent à leur poste dix minutes après le départ de Malmström et Mohrén. En fait, ils ne partirent que lorsque les premiers policiers arrivèrent. Ceux-ci se trouvèrent être deux agents en patrouille à pied qui n'avaient pas l'expérience de grand-chose d'autre que des jeunes gens buvant un peu trop de bière dans les lieux publics et tout ce qu'ils firent fut de s'égosiller dans leur talkie-walkie. Mais, à ce moment, il n'y avait guère de policiers dans la ville qui ne fussent pas en train de faire de même et, par conséquent, pas beaucoup qui écoutaient.

A la grande surprise de tout le monde, et à la sienne en particulier, Hauser réussit à passer entre les mailles du filet et put quitter le pays sans encombre, via Hälsingborg et Helsingør.

Par contre, Hoff se fit prendre, mais à cause d'un curieux oubli. A quatre heures moins cinq il monta en effet à bord du ferry-boat *Malmöhus*, en partance pour Copenhague, en costume gris, chemise blanche et cravate, mais en portant également sur la tête une cagoule noire genre Ku Klux Klan. Etant un peu distrait de nature, il avait omis de l'enlever. La police et la douane le laissèrent bien passer, pensant qu'il s'agissait d'une mascarade ou de quelqu'un qui enterrait sa vie de garçon, mais le personnel du bateau eut tout de même quelques doutes et le confia, à l'arrivée au Danemark, à un policier d'un certain âge qui ne portait pas d'arme et faillit lâcher sa bouteille de bière de stupéfaction lorsque son prisonnier aligna bien gentiment sur la table deux pistolets chargés à balles, une baïonnette et une grenade à main artisanale. Mais il retrouva ses esprits lorsqu'il constata que l'intéressé portait le nom d'une bière... danoise.

Outre un billet pour Francfort, Hoff avait sur lui une petite somme d'argent, très exactement quarante marks, vingt couronnes danoises et trois couronnes trente-cinq centimes en pièces de monnaie suédoise.

Ce fut tout ce que l'on put récupérer du butin.

Mais cela ramena tout de même la perte de la banque à deux millions six cent treize mille quatre cent quatre-vingt-seize couronnes soixante-cinq centimes.

A Stockholm, pendant ce temps, se déroulaient d'étranges événements.

La principale victime en fut Einar Rönn.

En compagnie de six agents, il avait été chargé du rôle secondaire de surveiller Rosenlundsgatan et de mettre la main sur l'adjudicataire A. Etant donné que cette rue est assez longue, il avait réparti ses troupes de façon aussi tactique que possible, c'est-à-dire une section volante de deux hommes en voiture et les autres placés à des endroits stratégiques.

Bulldozer Olsson lui avait recommandé le plus

grand calme et surtout de ne pas perdre la tête, quoi qu'il arrive.

A trois heures moins vingt-deux il se tenait donc sur le trottoir en face du jardin public de Bergsgruvan, parfaitement flegmatique, lorsqu'il vit arriver à sa rencontre deux jeunes gens. C'étaient des garçons tout à fait banals pour l'époque, c'est-à-dire fort sales.

L'un d'entre eux lui demanda :

— T'as pas une sèche à me filer ?

— Euh, non, dit Rönn, gentiment. En fait, je ne fume pas.

Une seconde plus tard il se retrouvait avec un couteau à cran d'arrêt contre le ventre et une chaîne de vélo en train de décrire au-dessus de sa tête des cercles plutôt inquiétants.

— Espèce de cave, dit le jeune au couteau.

Puis, se tournant vers son copain :

— Occupe-toi de son portefeuille. Moi, je prends sa montre et son alliance et ensuite on lui fait son affaire.

Rönn n'avait jamais été un champion de judo ni de karaté, mais il avait malgré tout certains souvenirs de salle de gymnastique.

Il fit donc un croche-pied au type au couteau, qui tomba sur les fesses, la mine tout étonnée. Mais la suite fut moins réussie. Bien qu'ayant écarté très vite la tête, il reçut tout de même un coup de chaîne de bicyclette au-dessus de l'œil droit. Pourtant, alors que le noir se faisait devant ses yeux, il parvint à empoigner le second de ses agresseurs et à le faire tomber avec lui sur le trottoir.

— Tu me le referas pas deux fois, vieux con, siffla le gars au couteau.

A ce moment les membres de la section volante

arrivèrent sur les lieux et, lorsque Rönn reprit ses esprits, ils avaient déjà réduit les deux voyous en compote, avec leur bâton et la crosse de leur pistolet, et leur avaient passé les menottes.

Celui qui tenait la chaîne de bicyclette se réveilla le premier et regarda autour de lui, le visage ruisselant de sang. Il demanda, l'air de ne pas en croire ses yeux :

— Qu'est-ce qui s'est passé ?

— Tu es tombé dans un piège tendu par la police, mon gars, dit l'un des agents.

— Quoi ? Un piège tendu par la police ? Pour nous ? Vous êtes pas un peu dingues ? On voulait simplement plumer un micheton.

Rönn se retrouva avec une bosse à la tête, mais ce furent les seuls dégâts physiques que la BRB eut à déplorer ce jour-là.

Par ailleurs, elle avait tout au plus quelques plaies à l'âme.

Dans l'autobus gris, pourvu des derniers perfectionnements de la technique, d'où il dirigeait les opérations, Bulldozer Olsson ne tenait pas en place. Pour la plus grande contrariété de l'opérateur radio, qui n'arrivait pas à faire son travail comme il le voulait, mais aussi de Kollberg, qui se trouvait également sur les lieux.

Au point culminant de l'attente, à trois heures moins le quart, les secondes s'égrenèrent avec une lenteur intolérable.

A trois heures, le personnel de la banque commença à exiger de fermer et les importantes forces de police se trouvant dans les locaux, sous la conduite de Gunvald Larsson, ne pouvaient guère l'empêcher de vaquer à ses occupations.

Un sentiment de grande déception s'empara de tout

le monde mais Bulldozer Olsson consola ses troupes en disant :

— Messieurs, nous n'avons perdu que la première manche. Ce n'est d'ailleurs même pas certain. Roos se doute de quelque chose et espère que nous allons lâcher prise. Il va dire à Malmström et à Mohrén de frapper vendredi prochain, c'est-à-dire dans une semaine. C'est donc en fait lui qui a perdu du temps et non pas nous.

Ce n'est qu'à trois heures et demie que parvinrent les premières nouvelles inquiétantes. Mais celles-ci l'étaient suffisamment pour que l'on se replie immédiatement sur le quartier général de Kungsholmen afin d'y attendre la suite des événements. Les heures d'après ne furent que plus riches en dépêches crachées par les téléscripteurs.

Peu à peu, on put se rendre compte de la situation.

— Apparemment, Milano ne voulait pas dire ce que tu pensais, dit Kollberg, glacial.

— Non, dit Bulldozer. Malmö, ah ! ils sont fortiches.

Il était en fait resté assis sans bouger pendant un bon moment.

— Qui pouvait savoir qu'il y avait une rue portant le même nom à Malmö, bon sang ? dit Gunvald Larsson.

— Et puis, presque toutes les banques sont construites sur le même plan, maintenant, dit Kollberg.

— Nous aurions dû le savoir, messieurs, s'écria soudain Bulldozer. Roos le savait, lui. Mais une personne avertie en vaut deux. Nous avons oublié de penser à la standardisation des locaux, dictée par des raisons d'économies. Roos nous a bien eus cette fois. Mais rira bien qui rira le dernier.

Bulldozer se leva, semblant avoir repris ses esprits.
— Et où est Werner Roos en ce moment ? demanda-t-il.
— A Istanbul, dit Gunvald Larsson. Il profite de quelques jours de congé pour s'y reposer.
— Ah bon, dit Kollberg. Et Malmström et Mohrén, qu'est-ce qu'ils ont choisi, comme lieu de villégiature ?
— Ça n'a aucune importance, dit Bulldozer, retrouvant son ancienne flamme. L'argent facilement gagné s'envole tout aussi facilement. Ils seront bientôt obligés de revenir. Et nous les attendrons au tournant.
— Tu crois, dit Kollberg, d'un ton sceptique.

Toutes les énigmes de la journée étaient maintenant éclaircies mais il est vrai qu'il se faisait tard.

Malmström avait déjà gagné, à Genève, sa chambre d'hôtel réservée depuis plusieurs semaines. Mohrén, lui, était à Zurich. Mais ce n'était pour lui qu'une escale sur la route de l'Amérique du Sud.

Ils n'avaient pas eu le temps de beaucoup se parler au cours de leur changement de voiture, dans ce coin du port de Malmö.

— Tâche de ne pas dépenser tout cet argent durement gagné en slips et en femmes de petite vertu, exhorta Mohrén.

— Ça fait un sacré pactole, entre nous, dit Malmström. Qu'est-ce qu'on va bien pouvoir en faire ?

— Le mettre à la banque, tiens, pardi, répondit Mohrén.

Un jour plus tard, Werner Roos était assis au bar de l'hôtel *Hilton* d'Istanbul, en train de siroter un Daiquiri, tout en lisant le *Herald Tribune*. C'était la première fois qu'il avait les honneurs de cet organe de presse si sélect. Ce n'était guère, il est vrai, qu'un bref article d'une colonne sous le titre laconique : *Hold-up en Suède*.

Mais on y citait cependant un certain nombre de faits importants. Par exemple le montant du butin : un demi-million de dollars.

Et un autre détail de moindre importance :

Un représentant de la police suédoise affirme que l'on connaît l'identité des auteurs de ce coup.

Un peu plus bas on pouvait encore lire une autre nouvelle en provenance de Suède :

Evasion en masse dans une prison suédoise. Quinze des plus dangereux repris de justice suédois se sont évadés aujourd'hui de la prison de Koomla, considérée comme particulièrement sûre, en franchissant le mur d'enceinte. Il ne fallait tout de même pas en demander trop à la presse américaine, question orthographe des noms de lieux étrangers.

Bulldozer Olsson, lui, apprit cette dernière nouvelle alors que, pour la première fois depuis plusieurs semaines, il venait de se mettre au lit avec sa femme. Il en ressortit d'un bond et se mit à trottiner dans la chambre en répétant, l'air ravi :

— Quelles possibilités ! Quelles possibilités extraordinaires ! Maintenant, c'est la guerre au couteau !

XXVIII

Martin Beck arriva à l'immeuble de Tulegatan, ce vendredi-là, à cinq heures et quart. Il portait son puzzle sous le bras et tenait à la main un sac en papier du Monopole de l'alcool. Il rencontra Rhea au rez-de-chaussée. Elle descendait l'escalier dans un grand bruit de sabots et ne portait rien d'autre que sa veste lilas tombant à mi-cuisses. Elle tenait un sac à ordures dans chaque main.

— Salut, dit-elle. Tu fais bien de venir. J'ai quelque chose à te montrer.

— Laisse-moi porter ça, dit-il.

— Mais c'est mes ordures, dit-elle. Et puis tu en as déjà plein les bras. C'est le puzzle que tu amènes ?

— Oui.

— Parfait. Si tu veux simplement m'ouvrir la porte.

Il lui ouvrit la porte de la cour et la regarda se diriger vers les poubelles. Ses jambes étaient comme tout le reste en elle. Musclées, robustes et bien faites. Une fois le couvercle de la poubelle retombé avec un grand bruit, elle revint en courant. Véritablement à la manière d'un coureur : droit devant elle, tête baissée et coudes au corps.

Puis elle escalada l'escalier au petit trot et Martin Beck dut monter plusieurs marches à la fois pour ne pas se laisser distancer.

Dans la cuisine, deux personnes étaient assises, en train de prendre le thé ; Ingela et quelqu'un qu'il ne connaissait pas.

— Qu'est-ce que tu voulais me montrer ?

— Viens voir par ici.

Il la suivit.

Elle montra une porte du doigt.

— Tiens, en voilà une, dit-elle. Une chambre close.

— La chambre de tes enfants ?

— Oui, exactement. Il n'y a personne dedans et elle est fermée de l'intérieur.

Il la regarda sans rien dire. Elle avait l'air de bonne humeur, aujourd'hui. Et en pleine forme.

Elle se mit à rire, d'une voix un peu rauque mais de bon cœur.

— Les enfants ont un loquet, à l'intérieur. C'est moi-même qui l'ai posé. Il faut bien qu'ils puissent être tranquilles s'ils le désirent, eux aussi.

— Mais je croyais qu'ils étaient à la campagne.

— Bêta, lui dit-elle. J'ai passé l'aspirateur et, en sortant, j'ai tiré la porte derrière moi. Mais j'ai dû y aller un peu trop fort. Le loquet est tombé tout seul et maintenant plus moyen d'ouvrir.

Il secoua la porte. Elle ouvrait vers l'extérieur mais paraissait impossible à bouger.

— Le loquet est sur la porte elle-même et le mentonnet sur l'huisserie, dit-elle. Et c'est des trucs solides.

— Comment l'ouvrir ?

Elle haussa les épaules et dit :

— En employant les grands moyens, je suppose. Ne te gêne pas. Il faut bien que ça serve à quelque chose d'avoir un homme dans la maison.

Il avait probablement l'air très bête car elle éclata

de rire à nouveau. Puis elle lui caressa furtivement la joue avec le revers de la main et dit :

— Ne te fais pas de souci pour ça. Je trouverai bien un moyen toute seule. Mais en tout cas, c'est bien une chambre close. Quant à savoir dans quel type et quelle sous-catégorie il faut la classer, je n'en ai pas la moindre idée.

— On ne peut pas passer quelque chose par la fente ?

— Où vois-tu une fente ? Je t'ai dit que c'est moi qui ai posé ce loquet. C'est du beau travail.

Elle avait raison. La porte ne laissait pas plus d'un millimètre d'intervalle.

Elle saisit la poignée, enleva sa chaussure droite avec le pied gauche et s'arc-bouta sur la porte.

— Non, dit-il. Attends une seconde. Laisse-moi faire.

— D'accord, dit-elle, avant d'aller rejoindre les autres dans la cuisine.

Martin Beck resta un moment à contempler la porte. Puis il fit comme elle, c'est-à-dire qu'il s'arc-bouta du pied sur l'huisserie et saisit la poignée qui, heureusement, avait l'air ancienne et solide.

En fait, il n'y avait pas d'autre moyen. A moins de faire sauter les gonds.

La première fois, il ne tira pas de toutes ses forces, seulement à partir de la seconde. Mais il lui fallut malgré tout attendre la cinquième pour réussir. Il entendit alors les vis s'arracher du bois avec un petit bruit plaintif et la porte de la chambre s'ouvrit violemment.

C'étaient les vis du loquet qui avaient cédé. Le mentonnet, lui, était toujours en place. Il était d'une seule pièce et simplement percé de quatre trous.

Le loquet était resté fiché dans le mentonnet. Il était large, lui aussi, probablement en acier, et donc impossible à plier.

Martin Beck regarda autour de lui. La chambre d'enfants était vide et la fenêtre soigneusement fermée.

Pour pouvoir condamner à nouveau la porte il allait falloir déplacer loquet et mentonnet de quelques centimètres. A l'ancien endroit, le bois était trop endommagé.

Il se rendit dans la cuisine, où tout le monde parlait en même temps car on y discutait du génocide au Viêtnam.

— Rhea, dit-il ? Où sont les outils ?
— Dans la boîte, là-bas.

Elle désigna celle-ci avec le pied, car elle avait les mains occupées, étant en train de montrer aux autres un point de crochet.

Il alla chercher vrilles et tournevis mais elle lui dit :
— Ce n'est pas pressé. Viens plutôt t'asseoir avec nous. Amène une tasse. Anna a fait de la pâtisserie. Regarde un peu ces petits pains.

Il s'assit et en mangea un. Il suivit distraitement la conversation mais finit par laisser ses pensées divaguer vers autre chose.

Plus précisément, il repensait à cet enregistrement qu'il avait effectué onze jours auparavant.

Entretien enregistré dans un couloir du Palais de Justice de Stockholm, le mardi 4 juin 1972.

Martin Beck : Une fois que vous avez eu démonté les gonds et ouvert la porte, vous êtes donc entré dans l'appartement.

Kenneth Kvastmo : Oui.

Martin Beck : Qui est entré le premier ?

Kenneth Kvastmo : Moi. Kristiansson était indisposé par l'odeur.

Martin Beck : Qu'as-tu fait exactement en entrant ?

Kenneth Kvastmo : Il régnait une puanteur épouvantable. La pièce était mal éclairée mais j'ai vu le cadavre allongé sur le sol, à deux ou trois mètres de la fenêtre.

Martin Beck : Et ensuite ? Tâche de te rappeler tous les détails.

Kenneth Kvastmo : On pouvait à peine respirer, là-dedans. J'ai fait le tour du corps et je me suis approché de la fenêtre.

Martin Beck : Celle-ci était-elle fermée ?

Kenneth Kvastmo : Oui. Et le store était baissé. J'ai essayé de le relever mais il ne marchait pas. Le ressort n'était pas en position. Mais je me suis dit qu'il fallait absolument ouvrir la fenêtre pour pouvoir respirer.

Martin Beck : Qu'est-ce que tu as fait, alors ?

Kenneth Kvastmo : J'ai écarté le store et ouvert la fenêtre. Puis nous avons roulé le store et mis le ressort en place. Mais ça, c'était ensuite.

Martin Beck : Et la fenêtre était fermée ?

Kenneth Kvastmo : Oui. L'un des deux crochets, au moins, était bien en place. Je l'ai poussé et j'ai ouvert.

Martin Beck : Te souviens-tu si c'était celui du bas ou du haut ?

Kenneth Kvastmo : Pas de façon certaine. Je crois que c'était celui du haut. Je ne me rappelle plus bien dans quelle position était celui du bas. Je crois que je l'ai ouvert, lui aussi, mais je n'en suis pas sûr.

Martin Beck : Mais tu es certain que la fenêtre était fermée de l'intérieur ?

377

Kenneth Kvastmo : Oui. J'en suis absolument certain. J'en mettrais ma tête à couper.

Rhea lui donna un petit coup de pied amical dans la jambe.

— Prends un petit pain pour le chat, lui dit-elle.
— Rhea, dit-il. As-tu une bonne lampe de poche ?
— Oui, dit-elle. Elle est accrochée à un clou dans le placard à balais.
— Je peux l'emprunter ?
— Bien sûr que tu peux.
— Alors je sors un instant. Mais je ne vais pas être long, je vais revenir t'arranger ta porte.
— Parfait, dit-elle. Salut.
— Salut, dirent également les autres.
— Salut, dit Martin Beck.

Il alla chercher la lampe de poche, appela un taxi et se fit conduire directement à Bergsgatan. Là, il resta un moment sur le trottoir, levant les yeux vers la fenêtre de l'immeuble, de l'autre côté de la rue.

Puis il se retourna. Derrière lui s'élevait le parc de Kronoberg, dont la pente rocheuse était raide et couverte de buissons.

Il escalada celle-ci jusqu'à se trouver juste en face de la fenêtre. Il était à peu près au même niveau et la distance était d'environ vingt-cinq mètres. Il sortit alors son stylo à bille et tendit la main vers le rectangle sombre de la fenêtre située en face de lui. Le store était baissé ; à son grand désespoir, le propriétaire s'était vu interdire de louer l'appartement à nouveau avant d'y être autorisé par la police.

Martin Beck changea plusieurs fois de position avant de trouver l'endroit idéal. Ce n'était pas un tireur d'élite mais, si le stylo avait été un quarante-cinq automatique, il aurait pu atteindre une personne se montrant à cette fenêtre, il en était sûr.

A cet endroit, il était également bien dissimulé. Naturellement, la végétation était certainement moins dense au milieu du mois d'avril mais, même alors, il devait être possible de se tenir là sans trop éveiller l'attention. Surtout si l'on restait sans bouger.

Il faisait grand jour, en ce moment, mais même tard le soir l'éclairage public devait être suffisant. En outre, l'obscurité dissimulait encore mieux une personne se tenant à cet endroit.

Par contre, personne n'aurait osé tirer de là sans un silencieux.

Il s'assura encore une fois qu'il était bien au meilleur endroit et se mit alors à chercher tout autour.

La rue n'était pas très passagère mais les rares passants sursautèrent en l'entendant faire du bruit dans les buissons.

Mais un instant seulement. Ensuite ils pressèrent le pas, un peu inquiets et soucieux de ne pas se trouver mêlés à quoi que ce soit.

Il fouilla systématiquement l'endroit. En commençant par la droite. Presque tous les automatiques éjectent la douille vers la droite, mais à une distance et dans une direction variables. Ce fut un travail pénible. Au ras du sol il s'aida de sa lampe de poche.

Martin Beck n'était pas décidé à abandonner. En tout cas, pas avant longtemps.

Au bout d'une heure quarante minutes il trouva la douille. Elle était coincée entre deux pierres, pleine de terre et en mauvais état. Il avait plu bien des fois depuis le mois d'avril. Des chiens et autres animaux étaient passés par là et sans doute aussi des êtres humains. Par exemple de ceux qui n'hésitent pas à enfreindre la loi en consommant de la bière dans un lieu public.

Il sortit avec précautions le petit cylindre de cuivre de sa gangue de terre et de pierre, l'enveloppa dans son mouchoir et mit celui-ci dans sa poche.

Puis il revint vers l'est. A la hauteur du Palais de Justice, il trouva un taxi et se fit conduire au laboratoire. A cette heure-là il devait normalement être fermé mais il tenta le coup, se disant qu'il y avait presque toujours, en ce moment, des gens qui y faisaient des heures supplémentaires.

Et il ne se trompait pas. Mais il lui fallut parlementer longuement avant que l'on accepte de recevoir sa trouvaille.

On finit malgré tout par la prendre, la placer dans une petite boîte en plastique et lui faire remplir une fiche.

— Et naturellement, c'est tellement pressé qu'il faudrait déjà que ce soit fait, n'est-ce pas ? lui dit l'employé.

— Non, pas particulièrement, dit Martin Beck. Et même pas du tout, à vrai dire. Je serai heureux si vous pouvez y jeter un coup d'œil quand vous aurez le temps.

Il regarda la douille. Elle n'avait rien d'impressionnant maintenant. Elle était sale, cabossée et n'avait pas de quoi inciter à de bien grands espoirs.

— Eh bien, puisque c'est comme ça, pour une fois, je vous promets que je m'en occuperai dès que j'aurai un moment de libre. On en a tellement marre de tous ceux qui viennent vous dire que chaque seconde compte.

Il était maintenant tellement tard qu'il se dit qu'il serait plus décent d'appeler Rhea au téléphone.

— Salut, dit-elle. Tu sais, je suis seule, maintenant. La porte d'entrée est fermée mais je te jetterai la clé.

— Il faut que je répare la porte de la chambre d'enfants.

— C'est déjà fait. Et toi, tu as fait ce que tu voulais ?

— Oui.

— Bon. Eh bien je t'attends dans une demi-heure.

— A peu près.

— Appelle-moi d'en bas.

Il arriva vers les onze heures et se mit à siffler sur le trottoir.

Tout d'abord il ne se passa rien.

Puis il la vit arriver elle-même, pieds nus et vêtue de sa grande chemise de nuit rouge, et lui ouvrir la porte.

Une fois dans la cuisine elle lui demanda :

— Elle t'a servi, ma lampe de poche ?

— Oh oui, drôlement.

— Si on buvait un petit coup de vin ? Mais, au fait, as-tu mangé ?

— Non.

— Tu ne peux pas rester comme ça. Je m'en occupe. J'en ai pour une minute. Tu dois mourir de faim.

Mourir de faim.

Peut-être bien, après tout.

— Et Svärd, ça avance ?

— Ça commence à s'éclaircir.

— C'est vrai ? Comment ça ? Raconte. Je suis tout ouïe.

A une heure du matin la bouteille était vide.

Elle bâilla.

— J'ai oublié de te dire que je ne serai pas là

demain, dit-elle. Je pars pour quelques jours, en fait. Je ne serai peut-être pas rentrée avant mardi.

Il allait dire : Je m'en vais. Mais elle fut plus prompte que lui :

— Tu n'as pas envie de rentrer chez toi.

— Non.

— Eh bien, reste coucher ici.

Il accepta d'un signe de tête. Elle dit :

— Je te préviens que je ne suis pas une sinécure, au lit. Je n'arrête pas de bouger et de faire du bruit. Même quand je dors.

Il se déshabilla et se mit au lit.

— Tu veux que j'enlève ma belle chemise de nuit ? demanda-t-elle.

— Oui.

— D'accord.

Elle s'exécuta et vint se coucher à côté de lui.

— Mais ça s'arrête là, dit-elle.

A ce moment-là il se dit que cela faisait bien deux ans qu'il n'avait pas couché dans le même lit que quelqu'un d'autre.

Martin Beck ne répondit pas. Il sentait la chaleur toute proche de son corps.

— On n'a même pas eu le temps de commencer le puzzle, dit-elle. On verra ça la semaine prochaine.

Tout de suite après il s'endormit.

XXIX

Lundi matin. Martin Beck arriva à Västberga en sifflotant. L'une des secrétaires le regarda dans le couloir, stupéfaite. Il avait passé un week-end excellent, bien que seul. En fait, il avait peine à se souvenir d'un moment où il ait vu l'existence sous des couleurs aussi roses. Pas depuis la Saint-Jean 1968, en tout cas.

Allait-il enfin réussir à sortir de la solitude de sa propre chambre close, tout en pénétrant dans celle de Svärd ?

Il posa devant lui les notes qu'il avait prises dans les registres de la firme de transport, mit une croix devant les noms qui lui semblèrent convenir le mieux, du point de vue chronologique, et empoigna le téléphone.

Les compagnies d'assurances ont une tâche très pressante, à savoir gagner autant d'argent que possible, et c'est pourquoi leur personnel est toujours sur les dents. Pour la même raison, elles tiennent leurs papiers de façon exemplaire, ayant toujours peur de se faire rouler par quelqu'un qui viendrait ainsi rogner impunément leur profit.

De toute façon, c'est presque un but en soi, de nos jours, que d'être débordé.

Impossible, nous n'avons pas le temps.

Il existait pourtant un certain nombre de ruses que l'on pouvait utiliser en pareil cas. Par exemple celle à laquelle il avait eu recours le vendredi soir, au laboratoire. Une autre consistait, au contraire, à avoir l'air encore plus débordé que la personne à laquelle on s'adresse ; elle est efficace lorsqu'elle est pratiquée par des membres de l'administration à l'encontre du commun des mortels. Mais quand on est soi-même dans la police, il est bien difficile de faire peur à d'autres policiers. Pourtant, il existe des cas où elle peut faire de l'effet.

Impossible, nous n'avons pas le temps. C'est pressé ?

Extrêmement pressé. Il va bien falloir que vous y arriviez.

Nous n'avons pas le temps.

Passez-moi votre supérieur.

Et ainsi de suite.

Les réponses finirent donc par arriver et il les nota sur sa liste : dommages versés ; affaire classée ; bénéficiaire décédé avant le règlement de l'affaire, etc.

Martin Beck s'escrima au téléphone et sur sa feuille. La marge commençait à se remplir même si, naturellement, il n'obtenait pas de réponse dans tous les cas.

Au cours de son huitième coup de téléphone, il lui vint tout à coup une idée et il dit :

— Que devient la marchandise endommagée lorsque vous avez versé un dédommagement ?

— On l'inspecte, naturellement. Et, si elle est encore utilisable, nos employés peuvent l'acheter à des prix avantageux.

Ah, ah ! Pas de petits profits, n'est-ce pas ?

Il lui revint soudain à l'esprit une expérience personnelle en ce domaine. Au début de son mariage, il y a près de vingt-deux ans, il n'avait pas beaucoup d'argent. Avant leur mariage, Inga, sa femme, avait travaillé dans une compagnie d'assurances. Elle avait pu y acheter dans les conditions qui viennent d'être évoquées un très grand nombre de boîtes contenant un bouillon de viande encore plus infect que les autres. Ils en avaient mangé pendant des mois et, depuis ce temps, il était totalement allergique au bouillon. Peut-être ce liquide écœurant avait-il déjà été goûté par Kalle Svärd ou par un autre expert de la même espèce et considéré comme indigne d'être consommé par un être humain.

Martin Beck n'eut pas le temps de donner son neuvième coup de téléphone. Car il en reçut un lui-même.

Ce ne pouvait tout de même pas être...

Non, bien sûr.

— Beck à l'appareil.

— Hum, ici Hjelm.

— Salut, c'est chic de m'appeler.

— Ça, tu peux le dire. Mais tu as laissé une bonne impression, ici. Et puis je voudrais te rendre un dernier service.

— Un dernier ?

— Oui. Avant que tu sois promu. J'ai vu que tu avais trouvé la douille.

— Vous l'avez examinée ?

— Pourquoi est-ce que je t'appellerais, sans ça ? dit Hjelm, sur un ton un peu plus vif. On n'a pas le temps de donner des coups de fil inutiles, ici.

Il doit avoir une idée derrière la tête, se dit Martin Beck. Hjelm ne téléphonait jamais que pour annoncer une grande nouvelle d'un genre ou d'un autre. Dans les cas ordinaires, on pouvait gentiment attendre ses conclusions écrites. Mais Martin Beck s'en tint là et dit à voix haute :

— C'est drôlement chic de ta part.

— En effet, approuva Hjelm. Elle était en bien piteux état, ta douille. Pas facile d'en tirer grand-chose.

— Je comprends.

— Permets-moi d'en douter. Mais je suppose que tu désires savoir si elle contenait la balle du suicide ?

— Oui.

Silence.

— Oui, répéta Martin Beck. Je suis très impatient de le savoir.

— Eh bien, c'est le cas.

— Tu es sûr ?

— Je crois t'avoir déjà dit que nous n'avons pas l'habitude de jouer aux devinettes, ici.

— C'est vrai, excuse-moi. C'est donc bien la douille correspondant à la balle retrouvée dans le corps de Svärd ?

— Oui. Tu n'aurais pas le pistolet, par hasard ?

— Non. Je ne sais pas où il est.

— Eh bien, je le sais, moi, par contre, dit Hjelm. Il est sur la table, devant moi.

Dans la tanière de la BRB, à Kungsholmsgatan, l'atmosphère n'était pas à l'optimisme. Bulldozer avait été convoqué à la direction nationale, pour consultation. Le directeur l'avait aussitôt informé que rien ne devait transpirer et s'efforçait maintenant de s'informer lui-même de ce qui ne devait pas transpirer.

Kollberg, Rönn et Gunvald Larsson étaient assis, sans rien dire, dans des poses qui n'étaient pas sans rappeler *Le Penseur* de Rodin.

On frappa à la porte et, presque au même moment, Martin Beck apparut dans l'embrasure de la porte.
— Salut, dit-il.
— Salut, dit Kollberg.
Rönn se contenta d'un petit signe de tête, ce qui était malgré tout beaucoup plus que Gunvald Larsson.
— Vous n'avez pas l'air gais.
Kollberg regarda son vieil ami de la tête aux pieds et dit :
— On a nos raisons. Toi, par contre, tu as l'air en pleine forme. J'oserais même parler de métamorphose. Qu'est-ce que tu viens faire, au juste ? Personne ne vient ici de sa propre initiative.
— Eh bien si : moi. Si je suis bien informé, vous avez mis la main sur un rigolo du nom de Mauritzon.
— Euh oui, dit Rönn. Le meurtrier de Hornsgatan.
— Qu'est-ce que tu lui veux ? dit Kollberg, tout de suite méfiant.
— Je voudrais le voir, c'est tout.
— Pourquoi ça ?
— Je désire lui parler un peu, si c'est possible.
— Ça ne te servira à rien, dit Kollberg. Il cause beaucoup, mais pas de la façon qu'il faut.
— Il nie ?
— Tu parles. Mais nous avons les preuves qu'il faut contre lui. On a trouvé tout l'attirail utilisé pour le hold-up dans l'immeuble où il habite. Ainsi que l'arme du crime. Et nous avons la preuve qu'elle lui appartient.
— Quelle preuve ?
— Eh bien, le numéro de série a été effacé à l'aide d'une meule. Et les traces que porte le métal ont été faites par une machine à meuler qui lui appartient et qui a été retrouvée dans le tiroir de sa table de nuit.

C'est absolument évident au microscope. Il est cuit. Mais il s'obstine à nier l'évidence.

— Euh. Les témoins l'ont même identifié, dit Rönn.

— Bah...

Commença à dire Kollberg. Puis il appuya sur un ou deux boutons de l'interphone et obtint rapidement une réponse.

— Ils l'amènent.

— Où est-ce qu'on peut se mettre ?

— Prends mon bureau, dit Rönn.

— Prends bien soin de lui, dit Gunvald Larsson. C'est tout ce que nous avons.

Au bout de cinq minutes, Mauritzon fit son entrée, attaché par des menottes à un garde en civil.

— Ce n'est pas indispensable, dit Martin Beck. Je le fais simplement venir pour avoir une petite conversation avec lui. Détachez-le et attendez à l'extérieur.

Le garde s'exécuta. Mauritzon se frotta le poignet droit, l'air très offensé.

— Asseyez-vous, dit Martin Beck.

Ils s'assirent au bureau, l'un en face de l'autre.

Martin Beck n'avait encore jamais vu Mauritzon et remarqua sans étonnement qu'il avait l'air très marqué psychologiquement et extrêmement nerveux ; en fait, il était au bord de l'effondrement.

Peut-être avait-il été passé à tabac ? Mais c'était peu probable. Car les assassins, qu'ils aient agi avec préméditation ou non, sont en général des instables qui perdent facilement contenance lorsqu'ils sont pris.

— Je suis victime d'un complot diabolique, dit Mauritzon d'une voix pointue. La police, ou quelqu'un d'autre, a planté chez moi tout un tas de fausses preuves. Je n'étais pas à Stockholm lorsque ce hold-up a été commis mais même mon propre avocat ne me croit pas. Qu'est-ce que je peux faire, enfin, bon sang ?

— Vous venez d'Amérique ?
— Non. Pourquoi ça ?
— Vous avez dit « planté ».
— Comment voulez-vous appeler ça, bon dieu, quand la police pénètre chez vous avec une perruque, des lunettes de soleil, des pistolets et je ne sais plus quoi et soutient ensuite qu'elle les y a trouvés ? Je jure que je n'ai jamais commis le moindre hold-up. Mais mon avocat lui-même estime que je n'ai aucune chance de m'en tirer. Qu'est-ce que vous voulez que je fasse ? Avouer un meurtre avec lequel je n'ai absolument rien à voir ? C'est à devenir fou.

Martin Beck passa la main sous le plateau de la table et appuya sur un bouton. Le bureau de Rönn était neuf et comportait un magnétophone ingénieusement dissimulé.

— Vous savez, je ne m'occupe pas de cette histoire, dit Martin Beck.
— Ah non ?
— Non, absolument pas.
— Qu'est-ce que vous me voulez, alors ?
— Vous parler de quelque chose d'autre.
— Et de quoi ?
— D'une histoire qui vous rappellera des souvenirs, je pense. Elle commence en mars 1966. Par une caisse de liqueur espagnole.
— Quoi ?
— J'ai les preuves de tout ce que j'avance. Vous avez donc, à cette époque, importé, de façon parfaitement légale, une caisse de liqueur. Vous l'avez dédouanée et vous avez acquitté ce qu'on vous récla-

mait : les droits de douane mais également le prix du transport. Est-ce exact ?

Mauritzon ne répondit pas. Martin Beck leva les yeux et vit qu'il était bouche bée de stupéfaction.

— J'ai les preuves, répéta Martin Beck. Alors je suppose que c'est exact,

— Oui, finit par dire Mauritzon. C'est sans doute vrai.

— Mais vous n'avez jamais reçu la caisse en question. Si j'ai bien compris, il lui est arrivé un accident au cours du transport.

— Oui. Mais on ne peut pas parler d'accident.

— Non, vous avez certainement raison sur ce point. Pour ma part, j'ai tendance à croire qu'un manutentionnaire du nom de Svärd a fait exprès de briser cette caisse pour en recueillir le contenu.

— Ah ça oui, c'est rudement exact. C'est bien ce qui s'est passé, en effet.

— Hum, dit Martin Beck. Je comprends que vous êtes fatigué par toute cette autre histoire. Vous ne désirez peut-être pas parler de cette vieille affaire ?

Après avoir réfléchi, Mauritzon finit par dire :

— Si, pourquoi pas ? Je suis trop heureux de parler de quelque chose qui s'est vraiment passé. Sinon, je vais devenir fou, je vous l'ai dit.

— Comme vous voulez, dit Martin Beck. Mais, voyez-vous, j'ai dans l'idée que ces bouteilles ne contenaient pas de la liqueur.

— Et vous avez toujours raison.

— Quant à ce qu'elles contenaient exactement, je crois que ça n'a pas grande importance.

— Si ça vous intéresse, je peux vous le dire. Je me les étais procurées en Espagne, ces bouteilles. Elles avaient l'air parfaitement normales mais elles contenaient une solution de morphine-base et de phénédrine qui était assez appréciée à l'époque. Et il y en avait pour pas mal d'argent.

— Oui, vous ne risquez pas grand-chose à le reconnaître puisque, à ce qu'il me semble, cette tentative de contrebande — car cela n'a pas dépassé le stade de la tentative — est couverte par la prescription.

— Ah oui, c'est vrai, dit Mauritzon, comme si c'était là un détail qui lui avait échappé.

— Mais j'ai également des raisons de croire que vous avez été victime d'un chantage de la part du dénommé Svärd.

Mauritzon ne répondit pas. Martin Beck haussa les épaules et dit :

— Vous n'êtes pas obligé de répondre si vous ne le désirez pas, vous le savez.

Mauritzon avait toujours l'air aussi mal à l'aise. Il n'arrêtait pas de changer de position sur sa chaise et ses mains étaient fébriles.

On dirait vraiment qu'ils l'ont travaillé moralement, se dit Martin Beck, non sans étonnement.

Il connaissait les méthodes de Kollberg et savait qu'elles n'avaient rien d'inhumain.

— Je vais répondre, dit Mauritzon. Continuez. J'ai l'impression de retrouver la réalité.

— Vous versiez tous les mois sept cent cinquante couronnes à Svärd.

— Il en demandait mille. Je lui en proposais cinq cents. Nous avons transigé à sept cent cinquante.

— Pourquoi ne racontez-vous pas la suite vous-même ? dit Martin Beck. S'il y a quelque chose que vous ne comprenez pas, je pourrai vous aider.

— Vous croyez ? dit Mauritzon.

Son visage était agité de tremblements nerveux. Il marmonna :

— Est-ce pensable ?

— Certainement, dit Martin Beck.

— Alors vous croyez, vous aussi que je suis fou ? demanda soudain Mauritzon.

— Non. Qu'est-ce qui pourrait me faire penser ça ?

— Tout le monde a l'air de croire que je suis cinglé. J'en suis presque arrivé à le croire moi-même.

— Contentez-vous de raconter ce qui s'est passé, dit Martin Beck. Tout pourra certainement s'expliquer, vous verrez. Nous disions donc que Svärd vous faisait chanter.

— C'était un vampire, dit Mauritzon. Quand c'est arrivé, je ne pouvais pas me permettre d'aller en cabane. J'y étais déjà allé et j'avais été à nouveau condamné avec sursis, j'étais sous surveillance. Mais vous savez tout ça, naturellement.

Martin Beck ne répondit rien. Il n'avait pas encore eu le temps de vérifier de très près le passé de Mauritzon du point de vue pénal.

— Enfin, dit Mauritzon. Sept cent cinquante balles par mois, ce n'est pas le bout du monde. Ça fait neuf mille par an. Cette caisse endommagée valait bien plus que ça.

Il s'arrêta et dit, l'air consterné :

— Je n'arrive pas à comprendre comment vous pouvez savoir tout ça.

— Dans une société comme la nôtre, il reste une trace écrite d'à peu près tout, dit amicalement Martin Beck.

— Mais ces salauds-là, ils en bousillaient toutes les semaines, des caisses.

— Oui, mais vous avez été le seul à refuser tout dédommagement.

— C'est vrai. Il a presque fallu que je les supplie pour ne pas qu'ils me donnent de l'argent. Parce que, sans ça, les inspecteurs de la compagnie d'assurances seraient venus fourrer leur nez dans mes affaires. Svärd suffisait amplement.

— Je comprends. Vous avez donc continué à payer.

— Au bout d'un an, environ, j'ai essayé d'arrêter mais il suffisait que j'aie un ou deux jours de retard pour que ce type commence à me menacer. Et mes affaires n'étaient pas du genre à souffrir trop de publicité.

— Vous auriez pu dénoncer Svärd pour chantage.

— Oui. Et en prendre pour plusieurs années moi-même. Non, tout ce que je pouvais faire, c'était de casquer. Il a d'ailleurs arrêté de travailler, cette espèce de vieux salaud, et il s'est servi de moi comme d'une sorte de caisse de retraite.

— Mais vous avez quand même fini par vous lasser ?

— Oui.

Mauritzon entortillait nerveusement son mouchoir autour de ses doigts.

— Entre nous, dit-il. Vous ne vous seriez pas lassé, vous aussi ? Vous savez combien je lui ai payé, à ce type ?

— Oui. Cinquante quatre mille couronnes.

— C'est vrai, vous savez tout, dit Mauritzon. Dites, vous ne pourriez pas vous charger aussi de cette affaire de hold-up, plutôt que ces cinglés-là ?

— Cela risque d'être difficile, dit Martin Beck. Mais vous n'avez tout de même pas payé tout ça sans renâcler un peu ? Vous l'avez menacé de temps en temps, n'est-ce pas ?

— Comment pouvez-vous le savoir ? Il y a environ un an, j'ai pensé tout à coup à la somme que j'avais pu verser à ce bandit au cours de toutes ces années. Et j'ai pris contact avec lui cet hiver.

— Comment ?

— Je l'ai guetté en ville et je lui ai dit que ça suffisait comme ça. Mais cet enfant de salaud m'a répondu que je savais ce qui se passerait si l'argent n'arrivait pas à la date voulue.

— Qu'est-ce qui se passerait ?

— Il irait tout droit à la police. Bien sûr, c'était vieux comme Hérode, cette histoire de caisse mais la police mettrait tout de même le nez dans mes affaires. Et tout n'était pas parfaitement en règle. Et puis j'ai du mal à m'expliquer moi-même pourquoi j'ai continué à casquer comme ça pendant autant d'années.

— Mais Svärd a calmé vos inquiétudes. Il vous a dit qu'il allait bientôt mourir.

Mauritzon garda le silence un bon moment avant de reprendre :

— C'est donc Svärd qui vous a raconté tout ça ? Ou bien il l'a écrit ?

— Non.

— Alors vous lisez dans la tête des gens ?

Martin Beck secoua la tête.

— Comment faites-vous, alors ? Il m'a dit qu'il avait un cancer dans le buffet et qu'il ne vivrait pas six mois. Je crois même qu'il a été un peu patraque. Alors je me suis dit qu'après autant de temps, six mois de plus ou de moins, ça n'avait pas beaucoup d'importance.

— Quand lui avez-vous parlé pour la dernière fois ?

— Au mois de février. Il m'a abreuvé de jérémiades, comme si j'étais de sa famille, bon sang. Il m'a dit qu'il allait devoir entrer à l'hôpital. L'usine à macchabées, comme il disait. Comme c'était l'Institut de radiothérapie, je me suis dit qu'il devait être au bout du rouleau. Alors bon...

— Mais vous avez téléphoné à l'hôpital pour vérifier ?

— Oui. Mais il n'y était pas. On m'a dit qu'il avait été transféré dans un service de l'hôpital sud. C'est à ce moment-là que j'ai commencé à avoir des doutes.

— Ah oui. Et alors vous avez appelé le professeur et vous lui avez dit que vous étiez le neveu de Svärd.

— Puisque vous savez tout, c'est peut-être pas la peine que je continue...

— Oh si.

— Pour dire quoi ?

— Par exemple le nom que vous avez indiqué.

— Ben : Svärd, bien sûr. Comment est-ce que je pouvais passer pour le fils de son frère, à ce salaud, si je m'appelais autrement que Svärd ? Vous n'avez pas pensé à ça ?

Mauritzon regarda Martin Beck, l'air heureusement surpris :

— Honnêtement : non. Vous voyez, dit celui-ci.

Ils commençaient à se comprendre.

— Le docteur auquel j'ai parlé m'a dit qu'il se portait comme un charme, le vieux, et qu'il en avait encore bien pour vingt ans. Alors je me suis dit...

Il se tut. Martin Beck fit rapidement l'opération de tête et dit :

— Que ça ferait cent quatre-vingt mille couronnes de plus.
— Oui, bon, j'abandonne. Vous êtes trop fort pour moi. Le même jour, je lui ai versé l'argent de mars afin qu'il trouve bien l'avis de versement en rentrant chez lui. Et en même temps... vous savez ce que j'ai fait en même temps ?
— Vous avez décidé que c'était la dernière fois.
— Exactement. J'avais réussi à savoir qu'il sortirait le samedi alors je l'ai guetté et, dès qu'il s'est pointé dans la boutique pour acheter sa bon sang de pâtée à chats, je l'ai harponné et je lui ai dit que c'était terminé. Mais il était toujours aussi culotté et il m'a dit que je savais ce qui se passerait s'il ne recevait pas son avis de versement au plus tard le vingt du mois suivant. Mais il a quand même eu la pétoche. Parce que vous savez ce qu'il a fait ?
— Il a déménagé.
— Oui, bien sûr, vous le saviez. Et vous savez aussi ce que j'ai fait après ?
— Oui.
Le silence se fit dans la pièce. Martin Beck put constater que le magnétophone était vraiment silencieux. Avant de recevoir Mauritzon, il était venu vérifier qu'il fonctionnait bien et mettre une bobine neuve. Maintenant il s'agissait de choisir soigneusement sa tactique. Il reprit :
— Je vous ai dit que je le savais. Alors nous pouvons peut-être mettre fin à cet entretien, si vous le désirez.
Cette idée n'eut pas l'air de plaire beaucoup à Mauritzon.
— Attendez une seconde, dit-il. Vous le savez vraiment ?

— Oui.

— Eh bien, vous en savez plus que moi. En fait, je ne sais même pas si le vieux est mort ou vivant. Et c'est là que commencent les histoires de fous.

— Les histoires de fous ?

— Oui, depuis ce moment-là ça a été un véritable... enfin, comment dire, un enfer. Et dans quinze jours je vais prendre la perpète pour quelque chose que seul le Cornu peut avoir commis. C'est complètement dingue.

— Vous êtes originaire du Småland[1] ?

— Oui. Vous ne vous en étiez pas encore rendu compte ?

— Non.

— Curieux. Vous qui savez tout. Alors, qu'est-ce que j'ai fait, selon vous ?

— Pour commencer, vous avez repéré où habitait Svärd.

— Oui. Ce n'était pas difficile. Je l'ai tenu à l'œil pendant quelques jours pour savoir quand il sortait et ce genre de choses. Ce n'était pas bien souvent. Et puis il gardait toujours le store de sa fenêtre baissé, même le soir quand il aérait. J'ai repéré ça aussi.

— Vous vouliez tirer sur Svärd pour lui faire peur. Dans le pire des cas, le tuer.

— Comme je vous l'ai dit, peu m'importait que ce soit l'un ou l'autre. Mais il n'était pas facile à épingler. Alors j'ai fini par trouver un moyen assez simple. Mais je n'ai certainement pas besoin de vous dire lequel.

— Vous vous êtes dit que vous alliez le tuer par la fenêtre, quand il viendrait l'ouvrir ou la fermer.

1. Mauritzon vient d'employer une expression typique de cette province pour désigner le Diable (N.d.T.).

— Vous voyez. Eh oui, puisque c'était le seul moment où il se montrait. Et j'ai trouvé un endroit propice. Mais vous le connaissez, bien sûr.

Martin Beck acquiesça.

— Je m'en doutais. C'était le seul endroit, si je ne voulais pas pénétrer dans l'immeuble : le talus du parc, de l'autre côté de la rue. Svärd ouvrait sa fenêtre à neuf heures et la refermait à dix heures tous les soirs. Alors je m'y suis posté pour lui régler son compte, à ce vieux salaud.

— Quel jour ?

— Le lundi 17. Au lieu d'aller faire le versement habituel. A dix heures du soir. Et c'est maintenant que commencent les histoires de fous. Vous me croyez, hein ? Mais je peux vous le prouver, vous savez. Je voudrais simplement vérifier un dernier détail. Savez-vous avec quoi j'avais décidé de le buter ?

— Oui. Avec un quarante-cinq automatique. Le nom exact du modèle est Llama 9 A.

Mauritzon se prit la tête entre les mains et dit :

— Vous aussi, vous faites partie du complot. Ce n'est pas possible que vous sachiez ça. Et pourtant vous le savez. Ce n'est pas normal.

— Pour ne pas que la détonation éveille l'attention, vous avez mis un silencieux.

Mauritzon hocha la tête, l'air consterné.

— Je suppose que vous l'avez fabriqué vous-même. Le modèle ordinaire, celui qui ne sert qu'une fois.

— Oui, oui, c'est exact, dit Mauritzon. Mais dites-moi alors ce qui s'est passé après, puisque vous êtes si fort.

— Commencez, dit Martin Beck, je vous expliquerai le reste.

— Bon, eh bien, j'y suis allé. En voiture, en fait,

mais peu importe. Il faisait nuit. Pas une âme à proximité. La lumière était éteinte dans l'appartement. La fenêtre était ouverte et le store baissé. Je me suis posté sur le talus. Au bout de quelques minutes j'ai regardé ma montre. Il était dix heures moins deux.

Alors tout se déroule comme je l'ai prévu. Le vieux écarte le store, se montre à la fenêtre, qu'il va certainement fermer, selon moi. Pourtant, à ce moment-là, je n'étais pas encore vraiment décidé. Mais ça ne vous surprend certainement pas.

— Vous n'aviez pas encore décidé si vous alliez vraiment tuer Svärd ou bien simplement lui faire peur, au moyen d'une balle dans le bras ou dans le montant de la fenêtre.

— Naturellement, dit Mauritzon, totalement résigné. C'était évident que vous le sauriez également. Pourtant, c'est des choses que j'ai seulement pensées en moi-même, qui ne sont jamais sorties de là.

Et il se frappa le front avec les phalanges.

— Mais vous vous décidez très vite.

— Oui, en le voyant là, je me dis : autant en finir avec lui pour de bon. Et je tire.

Il se tut.

— Que s'est-il passé ?

— Ensuite ? Eh bien, je ne sais pas. Il me paraissait impossible de le rater et pourtant c'est bien ce que j'ai cru tout d'abord. Il disparaît et j'ai l'impression que la fenêtre se referme. Très vite. Le store est en place. Tout est dans l'état habituel.

— Qu'avez-vous fait après ?

— Je suis rentré chez moi. Qu'est-ce que je pouvais faire d'autre, bon sang ? Puis je regarde le journal, jour après jour. Mais je ne vois rien. Tout ça paraît incompréhensible. C'est ce que j'ai pensé alors. Mais ce n'est rien à côté de ce que j'éprouve maintenant.

— Dans quelle position se trouvait Svärd quand vous avez tiré ?

— Légèrement penché en avant, le bras droit levé. Il devait tenir le crochet de la fenêtre d'une main et s'appuyer sur le dormant de l'autre.

— Comment vous êtes-vous procuré ce pistolet ?

— Des gars que je connaissais avaient acheté des armes à l'étranger, avec licence d'exportation. C'est moi qui devais les faire pénétrer dans le pays. Alors je me suis dit que ça pouvait m'être utile d'avoir un flingue moi-même. J'en ai donc acheté un de plus. Ils en avaient déjà des comme ça. Je ne m'y connais pas très bien en armes mais il m'a plu.

— Vous êtes certain d'avoir touché Svärd ?

— Oui, le contraire est impensable. Mais c'est le reste que je ne comprends pas. Par exemple : pourquoi personne ne s'en est-il jamais soucié ? Je passe de temps en temps devant l'immeuble et je jette un coup d'œil sur la fenêtre. Mais elle est perpétuellement fermée et le store est toujours baissé. Alors j'ai commencé à me demander si je ne l'avais pas raté, malgré tout. Surtout qu'après il n'a pas arrêté de se passer les choses les plus étranges. Bon Dieu, quelle salade. Je n'y comprends plus rien. Et puis vous arrivez, vous, et vous savez tout.

— Je peux au moins vous expliquer certaines choses, dit Martin Beck.

— Alors, je peux vous poser quelques questions, pour changer un peu ?

— Allez-y.

— Eh bien, d'abord : est-ce que je l'ai tué ou pas ?

— Oui. Vous l'avez tué sur-le-champ.

— C'est toujours ça. Je commençais à croire qu'il était là, dans le bureau d'à côté, en train de lire le journal et de rire à en pisser dans son froc.

Martin Beck crut alors bon de rappeler :

— Vous avez commis un meurtre.

— Oui, je sais, dit Mauritzon sans se démonter. C'est bien ce que soutiennent les autres fortiches. A commencer par mon avocat.

— D'autres questions ?

— Si vraiment il était mort, pourquoi est-ce que personne ne s'en est soucié ? Je n'ai pas vu une seule ligne dans le journal.

— On n'a découvert le corps de Svärd que très longtemps après. Et diverses circonstances ont fait que l'on a d'abord cru à un suicide.

— Un suicide ?

— Eh oui, la police commet des négligences, elle aussi. La balle l'avait frappé en pleine poitrine, ce qui s'explique très bien par le fait qu'il était penché en avant au moment où vous avez tiré. Et la chambre dans laquelle il se trouvait était fermée de l'intérieur ; même la fenêtre, je veux dire.

— Ah bon. Il a dû l'entraîner avec lui en tombant et l'espagnolette s'est refermée toute seule.

— C'est en gros la conclusion à laquelle je suis parvenu. Lorsque quelqu'un est touché par un projectile d'aussi gros calibre, il est projeté plusieurs mètres en arrière. Même si Svärd ne tenait pas vraiment le crochet, celui-ci peut fort bien être retombé de lui-même dans l'anneau lorsque la fenêtre s'est refermée. J'ai vu des phénomènes analogues. Tout récemment encore.

Martin Beck sourit en lui-même.

— Ce qui explique à peu près tout, n'est-ce pas ? ajouta-t-il.
— A peu près ? Mais comment pouvez-vous savoir, par exemple, ce que j'ai pensé avant de tirer ?
— Ça, en fait, je l'ai deviné, dit Martin Beck. Avez-vous d'autres questions à me poser ?

Mauritzon le regarda, l'air véritablement interloqué.

— D'autres questions ? Vous vous moquez de moi ?
— En aucune manière.
— Alors expliquez-moi ceci, si vous voulez bien. Ce soir-là, je suis rentré directement chez moi. J'ai mis le pistolet dans une vieille serviette que j'avais remplie de pierres. Puis j'ai ficelé la serviette, et même drôlement bien ficelé, et je l'ai mise en lieu sûr. Je prends d'abord le silencieux et je l'écrase avec un marteau. C'était en effet un de ceux qui ne servent qu'une fois. Mais ce n'est pas moi qui l'ai fabriqué, là vous vous trompez. Je l'ai acheté en même temps que le pistolet lui-même. Le lendemain, je me rends à la gare pour prendre le train pour Södertälje. En chemin, je rentre dans un immeuble où je n'ai jamais mis les pieds auparavant et je jette le silencieux dans le vide-ordures. Je ne me rappelle même plus moi-même où se trouve exactement cet immeuble. A Södertälje, je vais chercher mon bateau à moteur que je laisse là pendant l'hiver. Je reviens à Stockholm avec et j'arrive ici le soir. Le lendemain, je prends la serviette contenant le pistolet et je m'en vais au diable Vauvert, du côté de Waxholm, la jeter au milieu du chenal.

Martin Beck fronça les sourcils.

— Je suis donc sûr et certain d'avoir fait tout ça, dit Mauritzon avec un certain emportement. Personne ne peut rentrer dans mon appartement pendant mon absence. Personne n'en a jamais possédé la clé. Aux rares connaissances qui savent où j'habite, j'ai dit que j'étais en Espagne ces jours-là, pendant que je réglais mes comptes avec Svärd.

— Et alors ?

— Eh bien, ça ne vous empêche pas d'être là, aujourd'hui, et de tout savoir. Vous savez tout sur ce pistolet qui, jusqu'à preuve du contraire, est au fond de la mer. Vous êtes au courant pour le silencieux. Si vous vouliez bien avoir la gentillesse de m'expliquer tout ça.

Martin Beck se mit à réfléchir. Puis il dit :

— Vous devez vous être trompé quelque part.

— Trompé ? Mais je viens de tout vous raconter en détail. Je sais quand même encore ce que je fais, non ?

Mauritzon se mit à rire d'une voix de fausset, s'interrompit soudain et dit :

— Oui, je sais, vous êtes en train de me tendre un piège. Mais ne comptez pas sur moi pour répéter tout ça devant le tribunal.

Il partit à nouveau d'un rire impossible à contrôler.

Martin Beck se leva, ouvrit la porte et fit signe au garde avant de dire :

— J'en ai terminé. Pour l'instant, tout au moins.

On emmena Mauritzon, qui riait toujours. Cela avait quelque chose de très déplaisant.

Martin Beck ouvrit alors l'armoire de piétement du bureau, rembobina la bande et alla retrouver ses camarades de la BRB en la tenant à la main.

Rönn et Kollberg étaient là.

— Alors, dit Kollberg. Comment tu le trouves, ce Mauritzon ?

— Plutôt désagréable. Mais je dispose de preuves suffisantes pour l'inculper de meurtre.
— Qui est-ce qu'il a tué ?
— Svärd.
— Vraiment ?
— Absolument sûr. Il a même avoué.
— Euh, cette bande-là, dit Rönn. Tu l'as enregistrée sur mon magnéto ?
— Oui.
— Eh bien, ça ne servira pas à grand-chose, il ne marche pas.
— Je l'ai essayé.
— Oui, il marche les deux premières minutes. Mais après on n'entend plus rien. Y a un gars qui doit venir le réparer demain.
— Ah bon !
Martin Beck regarda la bande qu'il tenait à la main et dit :
— Ça ne fait rien. Il y a suffisamment de preuves matérielles contre lui. Il est prouvé que l'arme du crime lui appartient, comme l'a dit Kollberg. Est-ce que Hjelm vous a dit qu'il y avait un silencieux sur le canon ?
— Oui, dit Kollberg en bâillant. Mais il ne s'en est pas servi à la banque. Mais pourquoi est-ce que tu fais cette tête-là ?
— Il a quelque chose de bizarre, ce Mauritzon. Je ne le comprends pas.
— Qu'est-ce qu'il te faut ? demanda Kollberg. Comprendre parfaitement le psychisme humain ? Tu as l'intention d'écrire une thèse de criminologie ?
— Salut, dit Martin Beck avant de sortir.
— Euh, dit Rönn. Il va avoir tout son temps. Maintenant qu'il va être chef de division.

XXX

Mauritzon fut jugé par le tribunal de Stockholm, devant lequel il eut à répondre de diverses accusations : meurtre, homicide involontaire et attaque à main armée, ainsi que d'entorses à la législation sur les stupéfiants et autres broutilles.

Il nia tout en bloc. A toutes les questions, il répondit qu'il ne savait rien et que la police avait voulu faire de lui un bouc émissaire et avait forgé ses preuves de toutes pièces.

Bulldozer Olsson était aux anges et l'accusé passa de bien mauvais moments. Le procureur alla même jusqu'à changer le chef d'accusation en pleine séance du tribunal, l'homicide involontaire devenant meurtre.

Au bout de trois jours d'audience, la cause était entendue.

Mauritzon fut condamné à la prison à perpétuité pour meurtre sur la personne de Gårdon et pour le hold-up de Hornsgatan. Il fut en outre reconnu coupable de divers autres délits, entre autres de complicité avec la bande de Mohrén.

Par contre, il fut déclaré innocent de la mort de Karl Edvin Svärd. L'avocat de la défense, qui était resté passablement apathique au cours de la première partie du procès, se réveilla soudain et s'en prit violemment aux preuves présentées par l'accusation. Il fit en particulier citer des contre-experts qui infirmèrent les conclusions de l'enquête balistique et firent valoir, non sans raison, que la douille était en bien trop mauvais état pour que l'on puisse avancer avec certitude qu'elle provenait bien du pistolet de Mauritzon.

Martin Beck vint témoigner, mais le tribunal considéra que ses déclarations comportaient trop de trous et étaient basées sur des hypothèses invraisemblables.

Mais, du point de vue de ce qu'il est convenu d'appeler la justice, cela n'avait pas grande importance. On ne peut jamais être condamné qu'une seule fois à la perpétuité, peine la plus sévère existant en Suède depuis l'abolition de la peine de mort en 1921. Que ce soit pour un meurtre ou pour deux ne change pas grand-chose à l'affaire.

Mauritzon écouta la sentence avec un petit sourire en coin. Il avait d'ailleurs eu un comportement fort étrange pendant tout le procès.

Lorsque le président lui demanda s'il avait compris le jugement, il secoua la tête.

— Cela signifie que vous avez été jugé coupable de l'attaque de la banque de Hornsgatan et du meurtre de monsieur Gårdon. Par contre, le tribunal vous innocente de la mort de Karl Edvin Svärd. En conséquence, vous êtes condamné à la prison à perpétuité et vous allez regagner votre cellule à la maison d'arrêt dans l'attente de l'exécution du jugement.

Mauritzon éclata de rire et les gardes l'emmenèrent. Nombreux furent ceux qui le considérèrent alors comme un criminel particulièrement endurci, incapable de faire preuve du moindre remords ni du moindre respect envers la loi et le tribunal.

Monita était assise à la terrasse de l'hôtel, dans le coin le plus abrité, avec son livre d'italien pour adultes sur les genoux.

Dans le petit bois de bambou, en dessous d'elle, dans le jardin, Mona était en train de jouer avec l'une de ses nouvelles camarades. Elles étaient assises sur les taches de soleil, entre les minces tiges de bambou, et Monita entendait leurs belles petites voix, s'étonnant de la facilité qu'ont les enfants de communiquer les uns avec les autres même quand ils ne comprennent pas un mot de leur langue respective. Mona avait d'ailleurs déjà réussi à apprendre quelques mots et Monita était bien consciente que sa fille saurait parler cette langue étrangère bien avant elle, qui avait déjà quelques doutes quant à ses capacités de jamais y parvenir.

A l'hôtel elle se débrouillait très bien avec l'anglais et parfois au moyen de quelques mots d'un allemand plutôt défectueux, mais elle désirait pouvoir parler avec d'autres personnes que les employés de l'hôtel. C'est pourquoi elle s'était mise à l'italien, qui avait l'air nettement plus facile que le slovène et qu'elle espérait pouvoir utiliser, en attendant mieux, dans cette région proche de la frontière italienne.

Il faisait très chaud et elle se sentait légèrement étourdie, bien qu'elle fût à l'ombre et qu'il ne se fût pas écoulé plus d'un quart d'heure depuis sa dernière douche, la quatrième de la journée. Elle referma le livre et le fourra dans son sac, posé sur le dallage, près de sa chaise.

Dans la rue et sur le quai, devant le jardin de l'hôtel, flânaient des touristes en tenue légère, parmi lesquels de nombreux Suédois ; un peu trop même, au goût de

Monita. Les autochtones n'étaient pas difficiles à distinguer dans cette cohue ; ils se déplaçaient sans difficultés, sachant où ils allaient, et portaient des paniers contenant divers produits : des œufs, des fruits, de grands pains bruns provenant de la boulangerie située sur le quai. D'autres transportaient des filets de pêche ou bien leurs enfants et, quelques instants plus tôt, était passé un homme portant sur sa tête un cochon venant d'être abattu. En outre, les personnes d'un certain âge étaient presque toutes vêtues de noir.

Elle appela Mona, qui accourut, avec sa nouvelle camarade sur les talons.

— Je vais faire un tour, dit Monita. Simplement jusqu'à la maison de Rozeta et je reviens. Tu veux venir avec moi ?

— Je suis obligée ? demanda Mona.

— Bien sûr que non. Tu peux rester jouer ici, si tu préfères. Je ne vais pas être longtemps partie.

Monita commença à monter la côte située derrière l'hôtel.

La maison de Rozeta se trouvait sur le flanc de la montagne, à environ un quart d'heure à pied de l'hôtel. On l'appelait toujours ainsi bien que Rozeta fût morte depuis cinq ans et que sa maison fût maintenant la propriété de ses trois fils, qui avaient déjà chacun la leur en ville.

Dès la première semaine, Monita avait fait la connaissance de l'aîné des trois, qui possédait une cave-restaurant sur le port et avec la fille duquel Mona était en train de jouer en ce moment. Monita connaissait maintenant toute la famille mais ne pouvait parler qu'avec l'homme, qui avait été marin et parlait bien anglais. Elle était heureuse de s'être fait aussi rapidement des amis dans cette ville mais le mieux serait encore qu'elle puisse louer la maison de Rozeta lorsque l'Américain qui y passait l'été serait rentré chez lui. Et, comme elle n'avait été promise à personne avant l'été suivant, Monita et sa fille pourraient y loger pendant l'hiver.

La maison de Rozeta était assez vaste, confortable et blanchie à la chaux. Elle était située au milieu d'un grand jardin d'où l'on avait une vue merveilleuse sur les montagnes, le port et toute la baie.

Monita aimait bien y monter et rester assise un moment dans le jardin, à parler avec l'Américain, un officier en retraite qui s'était installé là pour écrire ses mémoires.

A mi-pente, Monita repensa tout à coup aux événements qui l'avaient amenée là. Elle ne savait plus exactement combien de fois elle l'avait fait en l'espace de ces trois dernières semaines. Mais elle ne cesserait certainement jamais de s'étonner de la rapidité et de la simplicité avec laquelle tout s'était déroulé, une fois prise la décision d'agir. Elle n'arriverait certainement jamais, non plus, à admettre d'avoir tué afin de parvenir à son but. Mais, le temps passant, elle finirait peut-être par accepter le souvenir de ce coup de feu non intentionnel mais mortel, dont l'écho la hantait encore au cours de ses insomnies.

C'est la découverte qu'elle avait faite dans le placard de la cuisine de Filip Mauritzon qui avait décidé de tout. En fait, elle avait arrêté sa décision dès ce moment-là, sur place, lorsqu'elle avait tenu dans sa main le pistolet. Puis il lui avait fallu deux mois et demi afin d'échafauder son plan et de se donner du courage. Dix semaines au cours desquelles elle n'avait pensé à rien d'autre.

Lorsqu'elle était enfin passée à l'action, elle croyait

avoir envisagé toutes les éventualités, en particulier pendant le temps où elle se trouverait dans la banque.

Mais elle n'aurait jamais pensé pouvoir être surprise comme elle l'avait été. Elle ne connaissait rien aux armes à feu, n'avait pas examiné le pistolet de près, puisqu'il ne devait servir qu'à intimider, et n'aurait jamais cru qu'il serait possible de tirer avec sans se livrer au préalable à certaines opérations.

Lorsque cet homme s'était jeté sur elle, elle avait serré le pistolet par une sorte de réflexe et elle avait été la première étonnée d'entendre le coup partir. Quand elle avait vu l'homme s'effondrer et avait compris ce qu'elle venait de faire, elle s'était affolée. Elle avait toujours peine à croire qu'elle avait, malgré tout, été capable d'agir comme elle l'avait prévu auparavant. Elle avait été comme paralysée intérieurement par le choc.

Elle avait pris le métro pour rentrer chez elle et avait fourré le filet contenant l'argent dans une valise où elle avait déjà, la veille, mis les vêtements de Mona et d'autres affaires.

Puis elle s'était mise à agir de façon totalement irrationnelle.

Elle s'était changée, avait mis une robe et des sandales et pris un taxi pour Armfeltsgatan. Ceci ne faisait pas partie de son plan original mais elle avait aussitôt senti que Mauritzon était partiellement coupable de la mort de cet homme et elle avait eu l'intention de remettre l'arme là où elle l'avait prise.

Mais, une fois dans la cuisine, elle avait compris à quel point cette idée était déraisonnable, avait été prise de panique et était ressortie en courant. Au rez-de-chaussée, elle avait vu la porte de la cave entrouverte. Elle était descendue et s'apprêtait à ouvrir la porte du local à poubelles, afin de jeter le sac de toile vert dans les ordures, lorsqu'elle avait entendu des voix. Elle avait compris que c'étaient les éboueurs qui passaient faire leur travail et était allée se cacher plus loin dans le couloir de la cave. Là, elle était entrée dans cette sorte de débarras et avait caché le sac dans une grande caisse en bois qui se trouvait dans un coin. Puis elle avait attendu d'entendre la porte se refermer derrière les éboueurs avant de quitter elle-même l'immeuble.

Le lendemain, c'est le pays lui-même qu'elle quittait.

Monita avait toujours rêvé de voir Venise et, moins de vingt-quatre heures après l'attaque de la banque, elle s'y trouvait avec Mona. Elles n'y restèrent que deux jours car il était difficile d'y trouver une chambre, la chaleur était étouffante et même presque insupportable, conjuguée à l'odeur qui montait des canaux. Et puis elles pourraient toujours y revenir une fois le gros de la saison touristique écoulé.

Elles prirent le train pour Trieste et ensuite pour cette petite cité d'Istrie, sur la côte yougoslave, où elles se trouvaient en ce moment.

Dans l'un des sacs de voyage qui se trouvaient dans la penderie de sa chambre d'hôtel, était caché le filet de nylon noir contenant quatre-vingt-sept mille couronnes en billets de banque suédois. Elle avait plusieurs fois pensé mettre cet argent un peu plus en sécurité. Un jour elle irait à Trieste, le déposer dans une banque.

L'Américain n'était pas chez lui et Monita alla s'asseoir dans le jardin, adossée à un arbre qui devait, selon elle, être un pin.

Elle plia les jambes, appuya le menton sur ses

genoux et regarda l'Adriatique en fermant à moitié les yeux à cause du soleil.

La vue était bien plus claire que d'habitude, elle pouvait même voir l'horizon et un petit bateau blanc qui se dirigeait vers le port.

En bas, les rochers, la plage de sable blanc et cette baie d'un bleu étincelant étaient bien attirants, sous la canicule du milieu de la journée. Dans un moment elle descendrait se baigner.

Le directeur de la police nationale avait convoqué le contrôleur général Stig Malm dans son bureau, une grande pièce claire faisant l'angle de la partie la plus ancienne des bâtiments du quartier général de la police. Le soleil dessinait sur la moquette couleur framboise une tache de forme rhomboïdale et, par les fenêtres fermées, parvenait l'écho légèrement assourdi du chantier de construction du métro, juste en dessous.

La conversation portait sur Martin Beck.

— Tu as eu plus souvent que moi l'occasion de le rencontrer, à la fois au cours de son congé et pendant les deux semaines qui se sont écoulées depuis qu'il a repris le travail, dit le directeur. Quel effet te fait-il ?

— Ça dépend à quel point de vue, répondit Malm. Tu veux parler de son état de santé ?

— Non, ça c'est aux médecins d'en décider. D'après ce que j'ai pu voir il m'a l'air complètement rétabli, maintenant. Je voulais plutôt parler de l'impression qu'il te fait sur le plan psychologique.

Malm passa la main sur ses boucles bien peignées.

— Bah, dit-il. C'est bien difficile à dire...

Au bout d'un instant de silence, le directeur, las

d'attendre la suite, poursuivit lui-même, avec un rien d'impatience dans la voix :

— Je ne te demande pas une analyse psychiatrique très poussée. Je désire seulement que tu me dises l'impression qu'il te fait en ce moment.

— Tu sais, je n'ai pas tellement eu l'occasion de le rencontrer, moi non plus.

— Mais tu as plus affaire à lui que moi, dit le directeur. Tu ne le trouves pas un peu changé ?

— Tu veux dire par rapport à ce qu'il était avant sa blessure ? Oui, peut-être un peu. Mais il est resté longtemps sans travailler, du fait de son état, et il faut toujours un certain temps pour se remettre dans le bain.

— De quelle façon le trouves-tu changé ?

Ne sachant trop quelle ligne adopter, Malm regarda son chef et dit :

— Eh bien, pas en mieux, en tout cas. Il a toujours été un peu bizarre. Et il prend parfois bien des libertés dans le service.

Le directeur de la police nationale se pencha en avant et son front se couvrit de rides.

— Tu trouves ? Oui, tu as peut-être raison, mais auparavant il a toujours obtenu de très bons résultats dans son travail. Tu penses qu'il prend de plus en plus de libertés ?

— Bah, je ne sais pas. Il n'a repris le travail que depuis quinze jours...

— Il me fait l'effet de manquer de concentration, dit le directeur. De ne plus avoir autant de punch. Il suffit de voir sa dernière enquête, celle sur le mort de Bergsgatan.

— Oui, dit Malm. C'est vrai : c'est du travail bâclé.

— Scandaleusement. Et non seulement ça. Mais ça

n'a ni queue ni tête. Encore heureux que la presse ne se soit pas vraiment intéressée à l'affaire. Il est vrai qu'il n'est pas trop tard. Cela peut toujours transpirer et ce ne serait pas très bon pour nous, surtout pas pour Beck lui-même.

— Je ne sais pas quoi dire, répondit Malm. Il y a des choses, dans cette enquête, qui ont l'air d'être le fruit d'une imagination surchauffée. Quant à ces prétendus aveux... enfin, qu'est-ce qu'on peut en penser ?

Le directeur se leva, alla jusqu'à la fenêtre et regarda en direction d'Agnegatan et du Palais de Justice, juste en face. Au bout de quelques minutes il regagna son fauteuil, posa la paume de ses mains sur le plateau de la table, examina attentivement ses ongles et dit :

— J'ai beaucoup pensé à cela ces derniers temps. Tu comprends que j'en ai conçu une certaine inquiétude, surtout étant donné notre décision de principe de le nommer chef de division.

Il observa une pause et Malm attendit la suite avec intérêt.

— Alors voici comment je vois la chose, poursuivit le directeur. La façon dont Beck a procédé dans cette affaire Sköld...

— Svärd, coupa Malm. La victime s'appelait Svärd.

— Quoi ? Ah oui, c'est ça : Svärd. Je disais donc que le comportement de Beck indique clairement qu'il n'est pas dans son état normal. Qu'en penses-tu ?

— Il me semble même complètement fou, à certains égards, répondit Malm.

— Espérons que cela ne va pas jusque-là, malgré tout. Mais il souffre certainement de graves déséquilibres mentaux et il me semble qu'il convient d'attendre afin de pouvoir juger si ceux-ci seront permanents ou bien s'ils sont seulement la conséquence passagère de sa maladie.

Le directeur souleva alors ses mains de quelques centimètres au-dessus de la table avant de les laisser retomber.

— En d'autres termes, ajouta-t-il, je considère que, dans les circonstances présentes, une promotion de la nature que nous envisagions pour lui serait très risquée. Il est bon qu'il garde ses fonctions actuelles afin que nous puissions juger de l'évolution de la situation. L'affaire n'en était encore qu'au stade de la proposition, aucune décision n'a été prise ; alors je propose d'oublier tout cela pour l'instant et de laisser les choses en l'état. J'ai d'autres candidats à suggérer pour ce poste et Beck lui-même n'est pas forcé de savoir que son nom était avancé. Ainsi, le mal ne sera pas grand. D'accord ?

— Bien sûr, dit Malm. Il me semble que c'est une sage décision.

Le directeur se leva, alla jusqu'à la porte et l'ouvrit à l'intention de Malm, qui bondit de son siège.

— C'est bien mon avis, dit le directeur, en refermant la porte derrière Malm. Une décision très sage.

Lorsque, une ou deux heures plus tard, la nouvelle parvint aux oreilles de Martin Beck, celui-ci se trouva, pour une fois, dans l'obligation d'approuver cette déclaration de son principal supérieur hiérarchique.

Il avait en effet pris là une décision d'une sagesse vraiment exceptionnelle.

Filip Trofast Mauritzon faisait les cent pas dans sa cellule.

Il n'était d'ailleurs pas plus calme mentalement que

physiquement. Mais ses pensées s'étaient bien simplifiées, avec le temps, et se résumaient maintenant à deux questions bien précises.

Que s'était-il passé, au juste ?

Comment cela s'était-il passé ?

Malheureusement, il ne connaissait la réponse à aucune des deux.

Ses gardiens s'étaient déjà entretenus de la chose avec le psychiatre de la prison. La semaine suivante, ils comptaient également avertir le pasteur.

En effet, Mauritzon n'arrêtait pas de répéter qu'il aimerait avoir des explications sur certains mystères. Or, qui était mieux placé que le pasteur pour élucider les mystères ?

Le prisonnier était allongé dans l'obscurité, sans bouger. Il n'arrivait pas à dormir.

Il pensait :

— Mais qu'est-ce qui a bien pu se passer, bon dieu ?

Comment est-ce que ça s'est passé ?

Quelqu'un devait bien le savoir.

Mais qui ?

Cet ouvrage a été réalisé par la
SOCIÉTÉ NOUVELLE FIRMIN-DIDOT
Mesnil-sur-l'Estrée
pour le compte des Éditions U.G.E. 10/18
en janvier 1998

Imprimé en France
Dépôt légal : juin 1987
N° d'édition : 1763 – N° d'impression : 41239
Nouveau tirage : janvier 1998

Md p. Labo

Analyse 94130

De întâi n noiembrie
Moartea nu întârzie.
Să apară urcă, nu vrei
Pe la târg în Odorhei

Și cu trâmbițe și surle tobe
Urlea murari, să i se-afrole
Locuit întâi orișii-ntâi vetatea
peste toată Vietatea.